LORI FOSTER

EN EL CALOR DE TUS BRAZOS

Editado por Harlequin Ibérica.
Una división de HarperCollins Ibérica, S.A.
Núñez de Balboa, 56
28001 Madrid

© 2015 Lori Foster
© 2019 Harlequin Ibérica, una división de HarperCollins Ibérica, S.A.
En el calor de tus brazos, n.º 256 - 16.10.19
Título original: Holding Strong
Publicada originalmente por HQN™ Books
Traducido por Ángeles Aragón López

Todos los derechos están reservados incluidos los de reproducción, total o parcial.
Esta edición ha sido publicada con autorización de Harlequin Books S.A.
Esta es una obra de ficción. Nombres, caracteres, lugares, y situaciones son producto
de la imaginación del autor o son utilizados ficticiamente, y cualquier parecido con
personas, vivas o muertas, establecimientos de negocios (comerciales), hechos o
situaciones son pura coincidencia.
® Harlequin, TOP NOVEL y logotipo Harlequin son marcas registradas por
Harlequin Enterprises Limited.
® y ™ son marcas registradas por Harlequin Enterprises Limited y sus filiales,
utilizadas con licencia. Las marcas que lleven ® están registradas en la Oficina Española
de Patentes y Marcas y en otros países.
Imagen de cubierta utilizada con permiso de Harlequin Enterprises Limited. Todos
los derechos están reservados.

I.S.B.N.: 978-84-1328-312-8
Depósito legal: M-27216-2019

CAPÍTULO 1

Le quemaba verla reír y coquetear de aquel modo. Le encantaba cuando reía y coqueteaba con él, pero no le gustaba cuando lo hacía con otros.

Y allí estaba el problema.

La deseaba de un modo casi salvaje. Cuando la miraba, cuando oía su risa desenfadada, se sentía a punto de perder el control.

Denver Lewis tomó un sorbo de cerveza reflexionando sobre decisiones y posibles errores. Debería dejar de mirarla, pero sabía que no lo haría. Toda ella era tetas, culo y temperamento en un envase pequeño, ¡y cómo lo excitaba!

Desde que había decidido que no le convenía tener nada con ella, la había esquivado, negándose a dejarse atraer por sus sonrisas tentadoras, y no le había hecho ningún caso, así que no tenía derecho a juzgarla por buscar diversión en otra parte.

Pero saber eso y reconocer que era cierto no arreglaba en absoluto su problema. En todo caso, solo lo acentuaba.

Ella estaba fantástica.

Las luces cambiantes de la discoteca jugaban con su cabello rubio y con las curvas de su cuerpo exuberante. Su colega Stack, otro luchador, la invitó a un baile rápido. Ella no se negó. Nunca se negaba.

Cherry Peyton era siempre el alma de la fiesta.

La música alta competía con el tamborileo furioso del corazón de Denver, quien seguía todos los movimientos de ella. El ritmo salvaje de la música evitaba que el cuerpo de ella tocara el de Stack. Bailaban uno alrededor del otro y mezclados con todos los demás que había en la pista.

Todos los hombres presentes se fijaban en ella. Se quedaban mirándola al verla. Su alegría, su risa y aquel cuerpo juntos producían un impacto fuerte en la libido masculina.

Denver observó más de una hora cómo llamaba la atención e inspiraba sonrisas y sin duda también pensamientos sexuales. No hacía caso de otras mujeres que intentaban hablar con él, que se acercaban a insinuarse, a veces con modestia y a veces con lascivia.

Sí, quería echar un polvo.

Pero deseaba a Cherry y a nadie más.

Le fastidiaba no poder sacársela de la cabeza. Debería haberse acostado con ella antes de decidir que aquello sería solo una relación de conocidos. Quizá eso le habría dado algo de perspectiva a la hora de verla con otros hombres.

O quizá no, porque, a los pocos días de conocerla, había sabido ya que no solo quería sexo con ella. Había empezado a considerarla suya, aunque ni siquiera la había besado aún.

Desgraciadamente, sus tendencias posesivas chocaban frontalmente con la personalidad juguetona y fiestera de ella.

Cuando la vio aceptar su tercera copa de vino, terminó la cerveza y decidió que ya era suficiente.

Al menos en lo referente al alcohol.

La observó disfrutar de bailes con varios chicos distintos, lo cual le hacía hervir de rabia, a pesar de que todos eran de su grupo, luchadores a los que tanto ella como él conocían bien y que eran amigos. Todos habían ido en masa a animar a uno de ellos. Eran luchadores del mismo centro, que entrenaban y peleaban juntos. Hombres a los que conocía desde hacía tiempo.

Hombres que habían acogido a Cherry como amiga cuando ella había empezado a compartir piso con Merissa, hermana de otro de los luchadores.

Cherry estaba bien incrustada en su vida, tenían amigos en común, eran parte del mismo grupo y, si Denver no estuviera empeñado en reprimirse como un estúpido masoquista, estaría en ese momento en la pista con ellos. Y ella reiría y bromearía con él. Bailaría con él.

Lo trataría como a todos los demás.

Que fuera tan bien aceptada en su círculo hacía que resultara aún más imposible dejar de pensar en ella, porque dondequiera que iba se la encontraba.

Por fin, después de un baile intenso que la hizo reír con fuerza, Cherry empezó a dar muestras de cansancio y se sentó en una mesa con tres luchadores más y algunas otras mujeres.

En ningún momento dirigió la mirada hacia donde estaba él, casi como si supiera dónde se encontraba y evitara mirar.

A Denver aquello le parecía bien. Básicamente.

«¡Maldita sea!», pensó.

No fue fácil, pero se obligó a apartar la vista.

Esa noche había sido memorable. Habían ido todos temprano al lugar de la lucha, unos para comer algo antes del combate y otros para asegurarse los mejores asientos. Todos habían disfrutado viendo pelear a Armie Jacobson.

Lo habrían disfrutado aún más si este hubiera aceptado las ofertas de la SBC, la organización de lucha profesional de élite, pero, por razones que solo él sabía, las esquivaba e insistía en seguir con clubs más pequeños. Y no era por falta de talento.

Cannon Colter era una estrella de la SBC, y tanto Stack como él habían firmado hacía poco con ellos. Como todos peleaban con Armie, sabían de primera mano que era rápido y engañosamente fuerte, hábil de un modo que traslucía un talento innato, algo que no se podía enseñar ni aprender, sino que le salía natural a alguien que nacía atleta. Armie sabía lo que se hacía.

Si aceptaba un contrato con la SBC, lo haría bien. Denver estaba seguro de que también destacaría allí.

Pero Armie lo rechazaba continuamente.

Y hablando del rey de Roma...

Cuando Denver vio que Armie se acercaba, puso los codos en la barra, contento de tener por fin una distracción.

—¿Cómo te encuentras?
—¿Por qué lo dices? —preguntó Armie. Hizo una seña al barman y le pidió un whisky.

La competición había sido al estilo torneo, es decir, los competidores tenían que ganar para seguir avanzando y tenían que luchar en distintas ocasiones. Ese estilo ya no era algo común y la SBC no funcionaba así. Pero los eventos más pequeños hacían lo que podían para que se lucieran los luchadores e incrementar la emoción.

Armie había noqueado a su primer contrincante y sometido a los dos siguientes, las tres veces en el primer asalto. En la segunda pelea había hecho una palanca de brazo tan fuerte, que el otro luchador se había rendido para no arriesgarse a una lesión. En la tercera, había sometido al contrincante con una estrangulación desnuda. Las tres veces había dado la impresión de que no hacía esfuerzos. Había salido de las peleas con solo una pequeña contusión en un pómulo y un roce con el tatami en un codo. Nada más. Ninguna otra lesión. Apenas había sudado. Armie destrozaba a otros combatientes con una facilidad asquerosa.

Después del evento, la mayoría de los competidores y muchos fans se habían congregado en la discoteca más próxima, en una fiesta preparada por los patrocinadores. Armie, uno de los favoritos de la organización local, era el centro de la fiesta.

—Has destrozado al último. Estaba casi noqueado cuando optaste por la palanca de brazo.

Armie se bebió de un trago el chupito de whisky y pidió otro.

—Sí, supongo que es nuevo o algo así.

Denver sabía que la victoria se debía más bien a que Armie era bueno, pero también sabía que su amigo no lo admitiría. Por alguna razón, rechazaba todas las oportunidades de avanzar en su carrera como luchador. Debido a eso, Denver se sintió obligado a advertirle:

—Dean Connor estaba entre el público, buscando talentos nuevos.

Armie se quedó parado un segundo, pero reaccionó casi enseguida.

—¿Caos estaba allí? —preguntó.

—Claro que sí.

Dean Connor, conocido como «Caos», era una leyenda en el deporte de las artes marciales mixtas y uno de los luchadores más reverenciados de la historia. Tiempo atrás había pasado de competir a entrenar y en ese momento dirigía, junto a Simon Evans, otro veterano famoso, uno de los gimnasios más solicitados, el mismo en el que entrenaba a menudo Cannon, amigo de Armie y Denver.

Y Cannon competiría pronto por el título de campeón de los pesos semipesados, así que era obvio que sabían lo que hacían.

Simon y Dean eran amigos del presidente de la SBC y a menudo le recomendaban luchadores nuevos.

Armie enarcó las cejas y soltó un resoplido.

—Este evento no ha sido precisamente de alto nivel. ¿Por qué pierde Caos el tiempo en competiciones de bajo nivel?

—Por ti —repuso Denver.

—Pamplinas.

—Ha tomado muchas notas cuando te observaba y, en cuanto has terminado de luchar, ha llamado por teléfono.

Armie flexionó un hombro.

—Seguramente habrá venido para ver a Cannon.

—Ha hablado con Cannon. Y también con Merissa.

Armie casi se cayó del taburete.

—¿Qué? —se esforzó por calmarse—. ¿Por qué demonios ha hablado con Rissy?

—Ella te estaba animando como una loca y supongo que eso le ha llamado la atención —Denver se encogió de hombros—. La hermana de Cannon lo acompañaba a menudo a las peleas. Aquello no tenía nada de particular—. Y teniendo en cuenta que iba con Cannon...

—Sí, claro —Armie terminó su segundo chupito de whisky y pidió un tercero.

«Interesante», pensó Denver.

—Caos sigue aquí —dijo—, pero Cannon se ha ido ya con Yvette y Merissa.

Como todavía no estaba convencido de irse de allí, pidió un vaso de agua con limón. Faltaban dos meses y medio para su segunda pelea con la SBC y había empezado ya a vigilar la dieta, aunque nunca se alejaba mucho del peso y podía perder cinco o incluso diez kilos con cierta facilidad. Pero le gustaba mantenerse sano. Lo consideraba parte de las exigencias de su trabajo.

—Sabía que Cannon iba a venir. Habíamos hablado antes —dijo Armie.

—¿Y no te dijo nada de Caos?

—No, y me va a oír por eso —Armie se relajó lo suficiente para conseguir sonreír—. Antes Cannon habría cerrado la discoteca conmigo, pero desde que está con Yvette, siempre tiene prisa por quedarse a solas con ella. Esos dos están deseando que llegue la boda.

—Unas semanas después de su próximo combate —repuso Denver.

Si dependiera de Yvette, se habrían casado ya, porque a ella le daba igual no tener una boda elegante.

Pero Cannon los consideraba a todos ellos como familia y sabía que querrían celebrarlo con él, así que habían organizado la boda teniendo en cuenta las agendas de competiciones de todos, y en particular la suya propia.

—¿Estás deseando ser padrino? —preguntó Denver.

Armie hizo una mueca.

—Todos esperáis que salga corriendo al ver un esmoquin, pero, qué narices, tú también irás vestido de mono.

Denver observó a su amigo para ver su reacción y dijo:

—Sobre todo, espero que salgas corriendo al pensar en estar en la boda con Merissa.

Armie miró en dirección a la pista y entrecerró los ojos.

—¿Quién es ese tío que está ligando con Cherry? —preguntó.

Denver se giró, olvidando ya meterse con su amigo. Seguramente había sido esa la intención de Armie, pero no había mentido. Cherry rehusaba riendo la propuesta de un tipo, empeñado en sacarla a bailar. Sonaba música lenta y Denver respiró aliviado cuando ella no cedió.

Verla abrazada a otro hombre, uno al que no conocía, lo habría vuelto loco.

Stack estaba sentado junto a Cherry, mirando también al idiota que se negaba a aceptar una negativa.

Al otro lado de ella se encontraba Miles, quien también empezaba a fruncir el ceño.

De pronto, Cherry echó atrás su silla y Denver sintió una presión fea en el pecho... hasta que vio que ella agarraba su bolso y escapaba en dirección a los servicios.

Cuando el idiota empezó a seguirla, Miles le bloqueó el paso y Stack le dijo algo al oído. Fuera lo que fuera, el pretendiente frunció el ceño y miró hacia la barra.

Cuando sus ojos se encontraron con los de Denver, desistió por fin y se alejó en dirección contraria a la que había ido Cherry.

Stack y Miles sonrieron, le hicieron un gesto de saludo a Denver y volvieron a la mesa con las otras mujeres.

Denver estaba pensando en lo que habría dicho Stack cuando Armie le dio un empujón y estuvo a punto de caerse del taburete. Se enderezó.

—¿Qué coño...? —murmuró. Y empujó a su vez a Armie, pero, como este no estaba soñando despierto, apenas se movió. Movió la cabeza y soltó una risita.

—¡Maldita sea, tío! Contrólate o síguela.

—No es necesario. Stack se ha librado de él.

—Sí —contestó Armie con tono burlón—. Ya se ha ocupado Stack.

¿Aquello era sarcasmo?

—¿Qué quieres decir con eso? —preguntó Denver.

—Los dos sabemos que lo que ha hecho Stack ha sido amenazar a ese pobre tonto contigo.

—¿Conmigo?

—Sí, Depredador, contigo —Armie enfatizó el nombre de luchador de Denver y tomó un sorbo de su tercer chupito—. Tienes una mirada letal y lo sabes. Ese pobre diablo probablemente habrá sentido tu intención diabólica hasta en las pelotas.

—Eres un... —empezó a decir Denver. Pero en ese momento divisó a Caos observando a la multitud antes de que un grupo de fans se parara ante él—. ¿Crees que te busca a ti?

Armie se hundió un poco en el taburete.

—No.

—No tienes arreglo.

—¿Sabes lo que no tiene arreglo? Tu autoengaño en lo que se refiere a Cherry Peyton. Admítelo de una vez.

Denver lo miró de hito en hito. ¿Por qué demonios quería meterse todo el mundo en sus asuntos privados?

—¿Por qué no hablas de una vez con la SBC? Quizá...

—¿Por qué no hablas tú con Cherry? —Armie terminó el chupito y pidió otro—. Mejor aún, no hables. Llévatela directamente a la cama y elimina un poco de tensión.

Armie peleaba fuerte, jugaba fuerte, pero normalmente no bebía fuerte. Denver lo miró.

—Aquí no se trata de Cherry y de mí —dijo.

—Se trata de que tú intentas evitar hablar de Cherry y de ti —Armie tomó un puñado de cacahuetes pelados mientras esperaba el próximo whisky.

—¿Le vas a dar la vuelta a todo lo que diga? —preguntó Denver, disgustado.

—¿Sabes a lo que me gustaría darle la vuelta? —Armie señaló a alguien—. A ella.

Denver alzó la vista y vio a una pelirroja pechugona que avanzaba hacia ellos con los labios apretados y expresión coqueta. Definitivamente, buscaba sexo.

—Parece madura para montarla al estilo perrito, ¿no te parece?

En ocasiones, el modo de hablar descarado de Armie bordeaba lo repulsivo. En realidad, muchas veces. Pero, en aquel caso concreto, teniendo en cuenta las caderas de esa chica, Denver captó lo que quería decir e incluso sonrió en concordancia con él.

La chica captó sus sonrisas y entrecerró los ojos. Por suerte, miraba a Armie.

—¿La conoces? —preguntó Denver.

—No. Pero dame un minuto.

La pelirroja se detuvo delante de él y le puso un dedo en el pecho.

—Tú eres Armie Jacobson.

—Culpable.

—¿Y los rumores son ciertos?

—Claro que sí.

Denver reprimió una carcajada. Armie ni siquiera le había preguntado a qué rumores se refería, pero, tratándose de él, era posible cualquier cosa.

La chica le puso las manos en los muslos y se inclinó, mostrando el escote.

—Te he visto pelear.

—¿Sí?

—Eres una bestia. Eso me parece sexy —terminó ella, con un pequeño escalofrío.

Armie sonrió.

Denver enarcó una ceja. Se sentía como un voyeur, pero no estaba dispuesto a irse. Aquello era muy entretenido.

—Y bien... —ella fingió modestia y bajó la cara, aunque sin dejar de observarlo—. ¿Es una travesura por mi parte acercarme así?

Armie la miró a los ojos.

—Sí, eres muy traviesa. ¿Y sabes lo que hago yo con las chicas traviesas?

—¿Las... las castigas?

Denver casi estuvo a punto de atragantarse de risa, pero Armie no se inmutó.

—Así es —dijo. Su sonrisa tenía embelesada a la mujer. Y más cuando añadió—: Aunque sean muy, muy buenas.

Ella respiró fuerte y se enderezó. Prácticamente vibraba de excitación.

—¿Tienes una habitación cerca de aquí, cariño?

—Justo enfrente —susurró ella sin aliento, sonrojada y con una mano en el pecho.

Armie la miró a los ojos con firmeza.

—Pues vámonos allí —terminó el chupito y dejó el vaso en la barra—. Paga la cuenta, ¿quieres? —dijo a Denver. Dio un azote a la chica en el trasero y echó a andar hacia la salida.

Denver movió la cabeza y se giró hacia la barra... y estuvo a punto de chocar con Cherry Peyton. A esas horas y después de tanto baile, ella tenía el pelo rubio algo alborotado, el maquillaje un poco corrido y la piel sonrojada y sudorosa.

La camiseta con cuello en V se pegaba a sus pechos y unos vaqueros ceñidos le abrazaban el trasero.

Tan sexy estaba, que él se puso rígido y su pene se movió.

—¿Armie hablaba en serio? —preguntó ella con ojos muy abiertos y sin aliento.

—¿Sobre qué? —pregunto Denver en broma, aunque sabía muy bien a lo que se refería. También sabía que no debería hablar con ella más de lo necesario, pero su convicción en ese terreno empezaba a debilitarse.

Cherry miró a su alrededor para asegurarse de que no los oían.

—¿Azotes? —murmuró.

¡Maldición! ¡Qué bien olía!

—Lo dudo —él se apartó un poco para no seguir respirando su olor—. Armie quiere sexo como sea, pero no creo que le encante el sadomaso en particular.

—Pues es muy descarado con eso —contestó ella, escandalizada.

Era verdad, pero su interés por Armie irritaba a Denver. De hecho, su interés por todos los hombres era la razón principal por la que se esforzaba tanto por evitarla.

Porque, desde luego, él no compartía.

Cherry Peyton era la mujer más atrayente que había conocido jamás. Sexy, cariñosa, divertida... Pero también era una coqueta de primera, y eso lo exasperaba.

—¿Por qué te interesa? —preguntó. Se echó un poco a un lado para admirar el trasero en forma de corazón de ella—. ¿Te gusta la idea de que te calienten el culo?

En lugar de avergonzarse, la pregunta la hizo sonreír de un modo que lo excitó.

—No, así que no te hagas ilusiones —repuso.

Demasiado tarde. Denver se había hecho ilusiones desde que la había conocido.

Cherry puso una mano en el taburete contiguo al de él y preguntó:

—¿Te importa que me siente?

Sí le importaba. Para él habría sido más fácil si ella mantenía la distancia. Hasta el momento, no lo había hecho. Coqueteaba y jugaba con él constantemente... igual que con cualquier otro hombre que tuviera cerca. Esa noche no lo había hecho y Denver había pensado que a lo mejor se había rendido por fin, pero cuando había terminado de bailar con todos los demás...

Tardó tanto en contestar, que ella retrocedió.

—A menos que prefieras que no —lo miró con sus grandes ojos oscuros, que parecían dolidos, y respiró hondo—. Seguro que quieres ligar, ¿verdad? Stack y Miles ya se han enrollado y no quería estorbar.

¿O sea que solo se había acercado a él para darles espacio?

—Me parece que tampoco debo estorbarte a ti —dijo ella al ver que Denver seguía sin contestar.

Sí, ese había sido el plan de él al empezar la velada. Una aventura de una noche con una mujer sin nombre a la que no volvería a ver. Aliviar tensiones, aclarar su mente y luego alejarse.

Pero ese plan se había ido a la mierda.

Sabía desde el principio que Cherry iría a esa pelea. Apoyaba a Armie tanto como todos los demás del grupo. En el lugar de la pelea, con todos los asientos ocupados, apenas la había visto. Allí, en la discoteca, no podía apartar la vista de ella.

Y de nuevo dudó demasiado tiempo y ella hizo una mueca y asintió.

—Entendido —se colocó el pelo detrás de la oreja con dedos temblorosos—. Siento haberme entrometido, no volverá a ocurrir —se volvió con las mejillas sonrojadas y los ojos vidriosos.

—¡Eh! —dijo Denver, antes de que ella pudiera dar un paso. Señaló el taburete—. Siéntate.

Teniendo en cuenta el tiempo que le había llevado invitarla, ella debería haberse sentido insultada y él casi esperaba que lo mandara a la porra.

No fue así. Lo miró unos segundos y se sentó a su lado.

Denver la deseaba tanto, que no le resultaba fácil hablar de trivialidades con ella. Tuvo que concentrarse para preguntar:

—¿Quieres beber algo?

Cherry negó con la cabeza, haciendo bailar sus rizos suaves sobre los hombros.

—Es mejor que no —arrugó la nariz, sin mirarlo—. Tres vinos son mi límite.

¿Estaba bebida? En ese caso, no podía dejarla sola, ¿verdad? Miró hacia atrás y comprobó que, como había dicho ella, Stack tenía a una chica en el regazo y Miles se besaba con otra.

Peor aún, el hombre que antes había intentado ligar con ella la miraba todavía desde el otro lado de la sala. Denver lo miró amenazador hasta que logró que apartara la vista.

—¿Tú te quedas también en el hotel de enfrente? —preguntó Cherry.

Denver la miró. Tenía el codo apoyado en la barra y la barbilla en la mano. Parecía cansada.

La maldita música sonaba tan alta, que él sentía el ritmo en el pecho.

O quizá lo que provocaba el golpeteo fuerte de su corazón era estar sentado tan cerca de Cherry.

¿Por qué le preguntaba en qué hotel estaba? Le miró los labios y contestó:

—Sí.

—Yo también.

¡Maldición! Él no quería saber eso.

Cherry sopló para apartarse un rizo de la cara.

—Me alegro de haber decidido quedarme y no volver conduciendo esta noche —respiró hondo y cerró los ojos—. Estoy agotada.

Volver conduciendo a Warfield, Ohio, habría significado pasar dos horas en el coche, y ya era la una de la mañana. La fiesta posterior a los combates estaba en pleno apogeo, aunque Armie, que habría tenido que ser el centro de atención, se hubiera largado ya con una piba.

Denver no sabía si había salido disparado porque le interesaba la pelirroja o por huir de una posible propuesta de la SBC.

Vio que Cherry se frotaba las sienes y preguntó:

—¿Te duele la cabeza?

—La música está muy alta.

¿Eso era una indirecta para que se fueran? Tenerla tan cerca resultaba muy tentador.

—Quizá tengas hambre. ¿Quieres que te pida…?

—No —ella negó con la cabeza—. No quiero ni pensar en comida —se llevó una mano al estómago—. Empiezo a tener náuseas.

Denver frunció el ceño. Le echó el pelo hacia atrás y le tocó la frente. ¡Maldición!

—Estás caliente.

Cherry se quedó inmóvil, pero la subida y bajada de sus pechos evidenciaba que respiraba hondo.

¿Por un simple contacto? ¿Cómo iba a resistir él aquello? Apartó la mano con lentitud y ella se relajó.

—Gracias. Supongo que será de tanto bailar. Hay mucho ruido, hace mucho calor y… Creo que será mejor que me vaya a la cama.

Denver la observó bajarse del taburete sin hacer comentarios ni ofrecerse a acompañarla. Sin hacer ni decir nada.

Cherry dudó un momento, dándole tiempo, y él vio el segundo exacto en el que ella ya desistió, y probablemente no solo por esa noche.

Tal vez para siempre.

Y, aunque seguramente sería lo mejor, eso le preocupó.

—Buenas noches, Denver —dijo ella con un suspiro suave.

Él se sintió como un capullo. Peor, se sintió como un cobarde.

—Cherry... —extendió el brazo y le tomó la muñeca.

Ella se volvió y lo miró a los ojos.

—No te vayas —dijo él.

La risa breve y sin pizca de humor de ella le llegó al alma.

—¿Por qué?

Aunque no era esa su intención, Denver le pasó el pulgar por los nudillos. ¡Tenía una mano tan pequeña, suave y delicada!

Se dijo que había muchos hombres agresivos por allí, con la adrenalina alta por las peleas, unos de verlas como espectadores y otros de participar en ellas. Y el alcohol debilitaría sus buenos modales.

Sabía que aquello era una excusa, pero resultaba tan buena como cualquier otra.

—Te acompañaré —dijo.

—No es necesario. El hotel está justo enfrente —ella lo miró a los ojos—. A menos que quieras hacerlo.

Sí, quería eso y mucho más. Los dos lo sabían. Lo único que faltaba por saber era si llegarían al final o no.

—Dame un segundo —musitó él.

Pagó sus bebidas y las de Armie, sin dejar de repetirse por qué tenía que portarse bien. «Acompáñala y, cuando esté en su habitación, vete a la tuya».

Pero sí, hasta él sabía que no haría eso.

Cuando se giró, ella le puso una mano en el pecho y él sintió aquel contacto en todo el cuerpo.

—No quiero parecer insistente, pero estoy harta de jugar a las adivinanzas.

¿Eso era lo que pensaba ella?

—De jugar, nada.

Cherry enarcó las cejas con exasperación.

—Tengo que saberlo, Denver. ¿Me vas a dejar en la puerta —lo miró a los ojos— o te vas a quedar un rato?

¿Se refería a quedarse para hacer algo juntos? ¿O solo de visita?

Denver no lo sabía y tenía miedo de equivocarse, pero asumía que era por sexo. Quizá después de estar con ella pudiera acabar con aquella obsesión.

Subió la mano de ella hasta su boca. Si quería dejárselo a él, no tenía ningún problema en tomar la decisión final. La deseaba demasiado para seguir combatiéndolo.

—Me quedaré.

Ella inhaló y sonrió.

—¿En serio?

Parecía genuinamente contenta.

—¿Te gusta la idea?

—No soy yo la que no tiene claras las cosas.

Denver, que sabía que había sido de todo menos decidido, encajó aquello como un golpe.

—¿Tú no has venido aquí con Stack y Miles? —preguntó ella.

—Sí, ¿por qué?

Cherry se lamió el labio inferior y él se vio obligado a reprimir un gemido.

—Porque puede que ellos salgan temprano.

Denver esperó, consciente de que la sangre le latía con fuerza y tenía los músculos tensos.

—Puedes llegar conmigo —dijo ella.

Él no necesitaba que lo alentaran más cuando su cerebro ya solo podía pensar en verla desnuda. Su determinación, ya debilitada, después de una invitación tan explícita, perdió por completo la batalla.

Cherry abrió mucho los ojos, como si le leyera el pensamiento, y se echó a reír.

—Eso ha sonado raro, ¿verdad?

—No —a él le sonaba muy bien.

Ella lo miró de soslayo, sin dejar de sonreír.

—Puedes volver en el coche conmigo mañana —aclaró.

No era natural cómo bromeaba con él, sonreía y mantenía su buen humor por muy mal que él se portara. Denver confió en que no estuviera bebida.

—Buen plan —dijo. Porque una vez que había cedido, sabía que necesitaría toda la noche para quedar satisfecho.

Con ella de la mano, siguió el camino que había tomado antes Armie.

Cuando pasó cerca de Stack y Miles, se detuvo un momento para decir:

—Mañana no me esperéis.

Stack se apartó un poco de la mujer que tenía en las rodillas, los miró a los dos, miró después sus manos unidas y sonrió de un modo que hacía innecesarias las palabras.

Miles dejó de besar a su amiga para chocar la mano con él.

Denver ignoró la mano alzada de su amigo, le mostró el dedo corazón y se alejó.

Los otros se echaron a reír a sus espaldas.

—Eso ha sido embarazoso —musitó Cherry, con una mano en la cara.

—¿Esperabas otra cosa?

Ella bajó la mano y sonrió con tristeza.

—¿Con esos dos? No, la verdad es que no.

Que los conociera tan bien provocó los celos de Denver, pero se negó a mostrar ninguna reacción. Desde el momento en el que sus amigos habían sabido que le interesaba Cherry, esta se había convertido en terreno prohibido para ellos. Sabía que no se enrollarían con ella bajo ningún concepto, a menos que él les diera vía libre.

Y no tenía la menor intención de hacerlo.

Le pasó un brazo por los hombros y la atrajo hacia sí. Le gustaba la sensación de tenerla cerca. Ella lo sorprendió apoyando un segundo la cabeza en su hombro. La miró y vio que parecía feliz.

Ver esa expresión en su cara le provocó, más que ninguna otra cosa, una oleada de lujuria en la sangre y lo convenció de que había tomado la decisión correcta… para los dos.

Pasaron al lado de Gage Ringer y su nueva novia Harper, ambos habituales del centro recreativo. Gage era un luchador y Harper una ayudante. Pero ambos estaban tan absortos el uno en el otro, que no se fijaron ni en Denver ni en Cherry.

Denver la guio entre la multitud, esquivando grupos pequeños y otros más grandes. La música y el clamor de las voces y las risas hacían que les resultara difícil hablar hasta que llegaron por fin a la entrada.

Cuando salieron por la puerta a la noche tranquila, Cherry alzó el rostro e inhaló el aire húmedo.

—¡Oh! Mucho mejor así.

En la distancia, una tormenta enviaba destellos de rayos por el horizonte. Denver olía la lluvia en el aire y sentía cómo se incrementaba su tensión.

Con la brisa jugando con su pelo, Cherry se apoyó cómodamente en él, como si llevaran siglos con aquella intimidad.

No podía saber cómo le afectaba a él tener su cuerpo tan cerca, inhalar el olor cálido de su piel mezclado con la humedad de la noche.

No pudo evitar tocarle la mejilla y echarle el pelo hacia atrás. Ella se volvió hacia su mano, sonriente.

¿Tendría ese mismo aspecto relajado y satisfecho después de un orgasmo?

Alzó las pestañas y lo miró.

—Es una buena sensación, ¿verdad? —preguntó.

¿Le había leído el pensamiento? Denver abrió la mano y pasó los dedos por su pelo sedoso.

—¿Cuál?

—El silencio y el aire fresco.

La buena sensación era la que le producía ella. Pero estaba tan excitado, que todo lo que decía y hacía Cherry le parecía una indirecta sensual.

Nubes espesas cubrían las estrellas y la luna, pero las farolas iluminaban la escena. De vez en cuando pasaba un coche. En la discoteca y en el hotel de enfrente entraba y salía gente.

Cherry, quien al parecer tenía menos prisa que él por llegar a la habitación, se volvió hacia él.

—Yvette y Cannon se han ido justo después de que terminara el combate —comentó.

Denver la abrazó por la cintura y asintió.

—He hablado con él.

Cannon siempre asistía como consejero a los combates de Armie si su calendario de luchas en la SBC se lo permitía. Era un regalo para todos los demás luchadores del evento y contribuía a la emoción de los encuentros.

—Está tan embobado como Gage —dijo Denver.

Cherry sonrió.

—Supongo que ayuda que a ellas les gusten tanto las peleas —comentó.

Las sombras jugaban con su figura, realzando las curvas de sus pechos. Esa parte de su cuerpo atraía los ojos de él cada vez que hacía un movimiento. Estaba deseando tocarla.

Y besarla.

Ella no exhibía exactamente sus curvas, pero era consciente de ellas y del efecto que causaban. La camiseta con el escote en V que llevaba esa noche era una prenda informal, pero el modo en que se ceñía a su cuerpo lo distraía. Notaba que llevaba sujetador, pero debía de ser poca cosa.

Respiró con fuerza cuando vio que la brisa había endurecido sus pezones.

O quizá fuera la mirada de él la que había hecho eso.

Consciente de que ella lo observaba, Denver le preguntó:

—¿Y a ti?

Cherry había asistido a todos los combates locales y, siempre que era posible, viajaba con Merissa, su compañera de piso y hermana de Cannon, para ver competir a este. Incluso había ido con ellos a Japón.

Como educadora infantil de preescolar, tenía los fines de semana libres y a menudo también cambiaba el viernes con otra empleada. Pero Denver sabía que a algunas mujeres les gustaba la atmósfera, la excitación y la interacción con los luchadores más que el deporte en sí.

—¿Y yo qué? —quiso saber ella.

Teniendo en cuenta cómo le miraba el cuerpo Denver, a este no le costó trabajo entender su confusión. Sabía que no podría aguantar mucho más sin tocarla y echó a andar de nuevo.

—¿Te gustan las artes marciales mixtas?

—En su mayor parte —cuando atravesaban el aparcamiento, se cruzaron con un trío de hombres que reían. Cherry se apretó más contra él para dejarlos pasar.

Y a él le gustó la sensación. Con su metro sesenta y ocho, era bastante más pequeña del metro ochenta y cinco de él, pero no muy pequeña.

—No lo entiendo todo —admitió ella—. Pero es emocionante cuando gana alguien que conozco.

El viento, cada vez más fuerte, los golpeaba y arrastraba el pelo de ella hasta la barbilla de él. Denver inhalaba su aroma y se preguntaba si olería así de bien, o incluso mejor, por todo el cuerpo.

—Podría pasar sin la sangre —confesó ella—. Y una vez vi romperse un brazo —hizo una mueca como si sintiera ella el dolor.

Denver, sonriente, se detuvo con ella en la puerta del hotel para dejar salir a un grupo.

—Recuerdo aquella pelea. El idiota tendría que haberse rendido. Esas lesiones no son comunes, pero ocurren de vez en cuando.

—¿Tú has resultado herido alguna vez?

Él se echó a reír.

—Sí, claro, pero no malherido. Mis peores lesiones han sido entrenando, no compitiendo.

—¿Como cuáles?

Denver se encogió de hombros.

—En las articulaciones, principalmente. Una costilla rota.

Un dedo de la mano y del pie. Un desgarro en un manguito rotador. Contusiones. Tirones en los músculos isquiotibiales...

—¡Santo cielo! —exclamó ella, sorprendida—. No tenía ni idea.

—Es parte del trabajo. Como ya he dicho, nada serio, y nada demasiado malo en una pelea.

Ella, que seguía frunciendo el ceño con preocupación, le dio un golpe con el hombro.

—¿Porque eres muy bueno?

—Claro —en la vida de un luchador profesional no tenía cabida la modestia—. Pero también estoy entrenado y eso supone una gran diferencia.

Cherry le agarró el brazo.

—Estoy deseando verte luchar.

Denver no sabía cómo irían las cosas con ella y no quería hacer planes de futuro. Quería planes para esa noche y nada más.

—¿Tu dolor de cabeza ha mejorado? —preguntó.

—Umm —contestó ella, sonriente.

Resultaba tan adorable, que para Denver era un reto no besarla. Si hubieran estado solos, no se habría molestado en resistirse. Pero había gente en el vestíbulo del hotel y también fuera de las puertas. Algunos luchadores lo saludaban. Una mujer le pidió hacerse una foto con él. Denver soltó a Cherry el tiempo suficiente para cumplir su deseo.

—Eres muy popular —susurró ella cuando volvió a acercarse.

Solo era popular en ciertos ambientes. Y en aquel momento, habría preferido no serlo.

—Vamos —la tomó de la mano, entró con ella y fue directo a los ascensores. Entraron en uno en el que iba más gente... incluido el hombre que había intentado ligar con ella.

CAPÍTULO 2

Denver mantuvo la boca cerrada y la mirada vigilante. Cherry devolvió la sonrisa del hombre con un gesto educado de la cabeza y apartó la vista.

—¿Ya te retiras? —preguntó él. Miró a Denver, que le devolvió la mirada.

—Sí —contestó ella con un bostezo—. Estoy agotada.

Demasiado estúpido, o quizá alentado por el valor que da el alcohol, el hombre miró a Denver de nuevo.

—¿Tú también eres luchador?

¿También? ¿Eso significaba que aquel idiota estaba entrenado? Perfecto. Después de como había jadeado antes con Cherry, no le importaría encontrárselo en una competición.

—Así es. ¿Y tú?

—Solo en esta mierda de torneos pequeños.

Denver no contestó a eso. Armie se ganaba muy bien la vida con aquella «mierda de torneos pequeños».

El hombre le tendió la mano.

—Leese Phelps. Tú eres un peso pesado en la SBC, ¿verdad? Denver Lewis.

Este le estrechó brevemente la mano, sin molestarse en explicar que hacía muy poco que había sido reclutado por la SBC.

—¿Nos conocemos? —preguntó.

—No, pero sigo las peleas. Yo soy un peso semipesado, pero estoy pensando en subir un escalón.

Probablemente para eludir a Armie.

—¿Tú luchas en esta arena?

—Sí. Hay que conocer a alguien en la SBC, ¿verdad? Yo estoy atrapado aquí. Pero no he luchado esta noche.

Denver sabía que, si entraba en una jaula con Armie, este lo aniquilaría.

—¿La SBC te deja llevar el pelo tan largo? —preguntó Leese.

Denver enarcó una ceja. Sí, el pelo le llegaba hasta los hombros. Pero ¿a quién le importaba? A él no.

—No le molesta a nadie —contestó.

—¡Ah!

Cuando la gente empezó a salir del ascensor, Denver se permitió acercarse más a Leese. Se disponía a hablar, cuando Cherry se inclinó hacia él.

—Me gusta tu pelo —dijo. Se acercó un paso más y pasó los dedos por él—. Es sexy —dijo con tono juguetón.

Denver la miró con el ceño fruncido. Su intención no era resultar sexy. No se había molestado en cortárselo, pero ¿sexy? Había todavía cinco personas en el ascensor con ellos y sintió que enrojecía hasta las orejas.

Cherry miró a Leese.

—Cuando seas tan buen luchador como Denver, seguro que a nadie le importará lo largo que lleves el pelo.

Leese proyectó la mandíbula hacia fuera lo suficiente para resultar ofensivo.

—Solo has luchado una vez con la SBC, ¿verdad? —dijo.

Denver no tuvo ocasión de contestar. Cherry se le adelantó.

—Y ganó —dijo con énfasis. En ese momento el ascensor se detuvo en su piso y ella tiró de la mano de Denver y partió con un brusco:

—Buenas noches.

El pasillo estaba vacío y, cuando se cerraron las puertas, Denver la atrajo hacia sí y la empujó contra la pared.

—¿A qué ha venido eso?

—¿Qué?

—No necesito que me defiendas con ese tío ni con nadie.
—Solo he dicho la verdad.
—¿Y lo de mi pelo?
—Es sexy —ella volvió a pasar los dedos por él y se estremeció. Se puso seria—. Pero no te defendía.
—¿No?
—Mirabas al pobre Leese como si quisieras matarlo y he pensado que le ibas a atacar, así que... Quería desactivar la situación.

Denver inhaló. Se sentía insultado.

—¿Crees que provocaría una pelea en un ascensor lleno de gente?

—No. Pero no haría falta. Tu destreza está a años luz de la de él y lo sabe. Se sentía intimidado y actuaba como un tonto. No quería que dijeras nada que...

—¿Qué? —preguntó él, más disgustado todavía—. ¿Que hiriera sus sentimientos?

La mirada de Cherry se suavizó y recorrió el cuerpo de él.

—En serio, Denver. ¿De verdad quieres discutir en este momento?

Él observó su rostro.

—No —respondió.

No quería. Y menos con ella mirándolo de aquel modo. Se acercó más y colocó una mano en la pared, al lado del hombro de Cherry.

—Lo que pasa es que no sé si quieres lo mismo que yo.

Sus miradas se encontraron un momento largo. La respiración de ella se hizo más rápida y sus mejillas se sonrojaron.

—¿Me deseas? —preguntó.

Denver asintió y la apretó contra la pared para sentir todo su cuerpo.

—Desde hace mucho.

—Lo has ocultado muy bien.

—Porque soy un actor de primera —él posó los labios en la frente de ella—. Tenemos mucho de lo que hablar, pero preferiría hacerlo después.

—¿Después?
—Después de haberte hecho mía. Quizá varias veces.
Ella bajó la cabeza, de modo que él se quedó mirándole la coronilla. Frotó su nariz contra ella, en la sien y en la oreja.
Cherry se agarró a él.
—Tengo la sensación de que no te caigo bien.
—Me caes bien —contestó él. Era su forma de coquetear lo que no le caía bien.
—¿Por fin nos vamos a acostar?
Oírla decirlo así, como si acabara de hacerle un regalo, añadió combustible al fuego. Él cerró los ojos e inhaló.
—Ese sería mi deseo, sí.
Ella lo apartó para verle la cara y preguntó con ansiedad.
—¿No cambiarás de idea?
Denver casi se echó a reír. Se reprimió porque la deseaba demasiado para correr el riesgo de molestarla.
—¿Dónde está tu habitación?
—Cerca —Cherry respiró con fuerza, lo apartó unos pasos y se puso en marcha—. Vamos.
Al principio él se quedó mirando el modo en que movía el trasero, cómo oscilaban sus pechos, su prisa evidente y el modo en que le bailaba el pelo sobre los hombros. Ella se detuvo en mitad del pasillo, hurgó en el bolso y sacó una tarjeta llave. Abrió la puerta, volvió a guardar la tarjeta en el bolso y lo miró.
¡Ah, demonios! Denver sentía que no iba a durar mucho. Con unas cuantas zancadas largas, se acercó a ella.
Segundos después estaban en la habitación.
Un segundo más tarde, la estaba besando.

¡Dios santo, qué bien sabía! Mejor aún de lo que Cherry había imaginado, lo cual resultaba increíble porque había imaginado mucho. Grande y atrevido, ladeó la cabeza y la obligó a abrir los labios para introducirle la lengua.
¡Hala! Aquel hombre sí que sabía excitar a una chica.
¡Cuánto deseo! Si no supiera que no era posible, habría

pensado que la deseaba tanto como ella siempre lo había deseado a él. Pero eso no podía ser, porque él casi siempre la evitaba. En eso no estaba equivocada. Simplemente no sabía por qué.

Pero en ese momento estaba allí con ella y Cherry quería hacer aquello bien.

Se apartó para tomar aire y dijo:

—Espera.

Denver alzó la cabeza, pero permaneció cerca, con el cuerpo duro apretado contra el de ella, excitándola. Hacía tanto tiempo que lo deseaba, que la realidad de que aquello ocurriera por fin casi hacía que quisiera ir al grano con frenesí. Sentía el aliento cálido de él, cómo flexionaba los músculos del pecho y de los brazos, y sentía también el bulto intimidatorio de su erección.

Pero, si pensaba en eso en aquel momento, perdería el control por completo. Era mejor concentrarse en hacer lo que había que hacer.

Se agarró a sus bíceps, tan sexys, se lamió los labios, tragó saliva y consiguió decir:

—¿La puerta?

Seguía abierta porque él había empezado a besarla en cuanto había entrado en la habitación.

Lenta, metódicamente, deslizó una mano por la nuca de ella y en su pelo, apretando solo lo suficiente para sujetarla con firmeza y mantenerla justo allí, contra él.

Ese abrazo posesivo hizo que la respiración de ella se volviera jadeante y el corazón le latiera con fuerza.

Denver cerró la puerta con la otra mano, echó el pestillo y el cerrojo de seguridad. Todo aquello parecía tan definitivo, que a ella le temblaron las rodillas.

Tiró del pelo de ella para echarle atrás la cabeza y acercar la boca a su cuello. Saboreó su piel, succionó y lamió por el hombro hacia abajo, y después se concentró en el punto del cuello donde latía el pulso de ella.

Cherry no pudo evitar gemir al sentir sus dientes y su lengua caliente.

—Denver...

Él siguió besándola hasta llegar a su boca.

Tanto calor la sofocaba, se sentía mareada. En el último segundo volvió la cabeza.

—Necesito cinco minutos para ducharme.

Él usó la mano que tenía en el pelo de ella para obligarla a girar de nuevo la cabeza.

—Después.

Volvió a besarla en la boca, jugando con la lengua, consumiéndola.

Haciendo que se olvidara de sí misma.

Cherry se agarró a él, sin importarle que estuviera cansada de tanto bailar ni que quisiera que esa primera vez con él fuera perfecta.

La mano libre de él se posó en su cintura. Presionó con firmeza y luego subió por las costillas sin llegar a tocarle los pechos, para bajar de nuevo hacia la cadera y el trasero. Le acarició las nalgas con la mano abierta y la izó hasta que se puso de puntillas.

Era tan grande, que ella se sentía empequeñecida a su lado. Se apretó más contra ella, la encerró contra la pared y volvió a subir la mano por su cuerpo.

Cuando ella emitió un gemido suave de anticipación, aflojó la presión y le besó con gentileza la comisura del labio y la mandíbula. La miró a los ojos. Sus alientos se mezclaron y él enganchó los dedos en el cuello en V de la camiseta y el sujetador de encaje y tiró de ambas prendas hacia abajo hasta liberar uno de los pechos.

Ella sentía una corriente de aire en la piel desnuda y en el pezón sensible. Una luz suave iluminaba la habitación desde la lámpara de la mesilla, que ella había dejado encendida. Pero él no la miró.

Le agarró el pecho, todavía con la mano en el pelo de ella y mirándola a los ojos con expresión intensa.

Cherry abrió los labios. La mirada de él se hizo aún más intensa.

—¡Cuánto me gusta tocarte!
Con el corazón golpeándole con fuerza, ella cerró los ojos cuando él pasó el pulgar por el pezón endurecido.
—Mírame, Cherry.
¡Ah! ¡Qué voz tan ronca! Ella abrió los ojos y la sobresaltó verlo así, ser la destinataria de aquella mirada marrón dorada y depredadora.
—Me gusta que respires con fuerza —dijo él—. Se nota aquí.
«Aquí» era el pecho que él seguía acariciando con cuidado.
—¡Cuánta carne suave! —musitó. Al fin bajó la vista hacia allí, emitió un sonido entrecortado e inclinó la cabeza para introducirse el pecho en la boca.
Cherry volvió a colocar la cabeza contra la pared y contuvo el aliento para ahogar un gemido. Desde la primera vez que lo viera, meses atrás, Denver había personificado para ella lo que era un hombre por excelencia.
Como luchador peso pesado, era grande e increíblemente fuerte, con bíceps fantásticos, abdominales fuertes y muslos que la dejaban sin aliento. Todos los luchadores del club eran grandes y musculosos, pero Denver era el más grande, con excepción de Gage.
Todo su cuerpo trasmitía fuerza.
Tenía seguridad en sí mismo para dar y tomar, pero no era nada fanfarrón. De hecho, ella había visto que tenía un gran corazón lleno de bondad y generosidad. Le encantaba verlos a todos trabajar con los chicos en riesgo del barrio, pero, probablemente por su tamaño, la admiraba más verlo a él forcejear con un niño, entrenar a un joven o dar clases a un chico del instituto.
Podía partir en dos a un hombre normal, pero atemperaba toda esa fuerza con un control gentil. Aquello resultaba muy excitante.
Con su sentido del humor, la hacía reír tan a menudo como suspirar de lujuria. Pero, cuando se trataba de cosas que de verdad le importaban, tenía una concentración admirable.

Trabajaba con chicos.

Apoyaba a sus amigos.

Entrenaba para el deporte que amaba.

Cherry quería desesperadamente que también se concentrara en ella. Pero, después de lo que había parecido una gran conexión, con interés mutuo y los dos coqueteando con el otro, él había cortado aquello de pronto y ella no sabía por qué.

Si no podían tener una relación, al menos tendría aquello. Lo conocería íntimamente. Sería un recuerdo al que aferrarse, una fantasía para las noches oscuras y solitarias.

—Quédate conmigo, cariño —él volvió a besarla en la boca, lo que le impidió contestar a ella.

¿Quedarse con él? Estaba allí al ciento por ciento.

Cuando él profundizó más el beso, bajó la mano por la espalda de ella... y la deslizó dentro de los vaqueros y del tanga.

Ella se puso de puntillas por la sorpresa.

Denver soltó un gruñido apreciativo al sentir el cuerpo de ella aflojándose contra el suyo.

Le soltó por fin el pelo, alzó la boca y la miró con pasión.

—Tienes el mejor trasero que he visto jamás —mientras hablaba, bajaba los dedos para agarrarle una nalga entera.

—¡Ah! —ella, de puntillas todavía, miró hacia la cama.

—Pronto —respondió él—. Cuando lleguemos ahí, estaré acabado. Y quiero que la primera vez dure.

Cherry pensó que, si él quería, podría durar para siempre. Por supuesto, no lo dijo. Había necesitado mucho trabajo solo para llevarlo hasta aquel punto.

Un relámpago atravesó la noche e iluminó la habitación dos segundos. Lo siguió un trueno que hizo tintinear los cristales. Ella sintió toda aquella turbulencia dentro de sí, haciendo que le diera vueltas la cabeza y le temblaran las rodillas.

Denver, sin dejar de mirarla, acercó la mano libre y desabrochó el botón de los vaqueros.

Cherry contuvo el aliento cuando él le bajó la cremallera con lentitud y después deslizó ambas manos en los vaqueros para bajarlos por los muslos.

Estar básicamente desnuda de cintura para abajo ya era chocante, pero cuando él puso una rodilla en tierra, el corazón casi se le salió del pecho. Se tambaleó ligeramente y las manos de él le agarraron las caderas.

La miró preocupado.

—¿Estás bien?

Denver Lewis estaba de rodillas delante de ella, que tenía los vaqueros bajados.

Como no quería que parara, asintió con la cabeza.

—Sí. Muy bien.

Inmersa en un frenesí de deseo. Tensa de expectación. Incapaz de dar respuestas de más de una palabra... pero, por lo demás, encantada de la vida.

Él siguió observándola, no muy convencido.

—¿Seguro que no estás bebida?

—Lo juro —se sentía algo mareada, sí, y le dolía un poco la cabeza, pero sabía bien lo que quería.

A Denver. Aquello.

Ya.

Él apartó las manos, pero se sentó sobre los talones con el ceño fruncido y Cherry entró en pánico.

—Te juro, Denver, que si te marchas ahora...

—¿Qué? —él ladeó la cabeza y la miró—. ¿Qué harías?

Cherry alzó la barbilla.

—Esparciré el rumor de que eres un mal amante.

La sonrisa lenta y torcida de él le dio confianza.

—Eso no podemos tolerarlo, ¿verdad? —Denver volvió su atención al cuerpo de ella, acercó los labios a su piel, hurgó con la boca en su vientre y le mordisqueó la cadera mientras subía y bajaba las manos por la parte de atrás de los muslos—. ¡Qué suave eres! ¡Y qué bien hueles!

Ella quería derretirse de nuevo, esa vez por la sensación general. Las manos grandes de él seguían acariciándole la piel, subiendo de vez en cuando a apretar y acariciar el trasero. Sus labios eran cálidos, su lengua juguetona, y le dio un mordisco suave a través del tanga.

«¡Oh, Dios mío!». Cherry apoyó las manos en la pared para sujetarse y lo miró. No había mentido sobre el pelo castaño claro de él. Era más que sexy. Pero, por otra parte, todo en él era sencillamente exquisito.

—Me encantaría que te quitaras la camiseta —dijo.

Denver se detuvo el tiempo suficiente para tirar de la camiseta y sacársela por la cabeza. Volvió a ponerse de pie, con la respiración algo más acelerada.

—Te toca —murmuró.

Ella había visto muchas veces su maravilloso cuerpo en pantalón corto, pero nunca antes había tenido la oportunidad de tocarlo. Extendió el brazo, pero él le atrapó las manos, besó las palmas por turno y las levantó por encima de la cabeza de ella.

—Déjalas ahí —ordenó. Y sin más, tiró del dobladillo de la camiseta de ella y la subió despacio hasta que la sacó por la cabeza y la prenda se quedó enganchada en los codos. La dejó así, estirada del todo.

Aquello no era justo.

—Denver...

—He pensado un millón de veces en desnudarte —murmuró él—. Deja que me divierta.

¿Había pensado en desnudarla? «Oh, bueno, en ese caso...».

—Está bien.

—Buena chica.

Cherry frunció el ceño, pero con la mano de él jugando en su cuerpo desde el hombro hasta la cadera, como si estuviera saboreándola, no podía pensar lo bastante para protestar.

Denver la besó de un modo apasionado que la dejó temblando y luego acercó las manos para abrir el cierre delantero del sujetador.

Cherry lo oyó respirar con fuerza cuando se separaron las copas, mostrando las curvas interiores de los pechos, pero sin dejar al descubierto los pezones.

—Eres muy pechugona —susurró con rudeza. Bajó la cabeza para apartar la prenda con la boca.

Ella se quedó muy quieta, con el pulso latiéndole con fuerza y la vista fija en la coronilla de él. Esperó… y sintió su aliento cálido y después el roce más caliente de la lengua.

Denver succionó.

Y ella se puso rígida y soltó un gemido. Tenía todos los músculos tensos en una ola de placer.

—Relájate —él fue besando la piel hasta el otro pecho y se introdujo ese pezón en el calor húmedo de la boca. Al mismo tiempo, ella sintió las yemas de los dedos recorriendo ligeramente su entrepierna por encima del tanga.

Frenética por tocarlo, se debatió contra la atadura de la camiseta.

—Tranquila —dijo él. Y la ayudó a liberar las manos.

En cuanto pudo hacerlo, ella se inclinó sobre él y empezó a tocar por todas partes, disfrutando de la sensación de su vello en el pecho, de los hombros fuertes, del bulto de los bíceps. Bajó una mano por su abdomen y fue siguiendo el rastro sedoso del vello hasta que desapareció dentro de los vaqueros.

—La cama… —sugirió, casi con desesperación.

Él le agarró la mano.

—He dicho que no —le dio la vuelta con mucha facilidad y ella se quedó de cara a la pared. Él se acercó más a su espalda y descansó su erección en el trasero de ella—. Confía en mí, ¿de acuerdo?

Cherry sentía mucho calor, y estaba mareada de deseo. Asintió y susurró:

—De acuerdo.

Pero no sabía cuánto tiempo más podría seguir allí de pie. Las piernas parecían incapaces de sostenerla y le rugían los oídos.

Denver la besó en la sien, colocó un pie entre los de ella y le separó las piernas.

—Buena chica —dijo, cuando ella se acomodó—. Así, sí.

—Eres un machista —comentó ella sin aliento.

—Es posible. Perdona —la abrazó, le tomó un pecho con una mano y metió la otra entre sus muslos—. Estoy demasiado excitado para que eso me preocupe.

Acarició y... No, ella tampoco quería que le preocupara eso. A menos...

—Espera.

Él la sujetó con más firmeza.

—¿Qué pasa ahora? —le preguntó al oído.

—¿Tienes protección?

—Un preservativo —él le mordisqueó el lóbulo y le metió la lengua en la oreja—. Más en mi habitación, si llegamos tan lejos.

«Más si...»

—De acuerdo —repitió ella. Y esa vez terminó con un gritito cuando él le introdujo la mano en el tanga.

—Umm —gruñó él, explorando con los dedos. La abrió y jugó con ella—. Antes necesitas que me ocupe de ti, ¿no es así, nena?

«Sé fuerte», se dijo Cherry. Dile que eres una mujer, no una nena. Dile...

Denver movió los dedos en su interior.

—Sí —gimió ella, arqueándose contra él.

—Eso está bien —él la acarició, jugando deliberadamente con ella—. Eres amable y estás mojada, pero eres pequeña. Y puesto que yo no soy pequeño, necesito...

—Armie me lo dijo —admitió ella, pensando principalmente en la sensación de estar abrazada contra él, con los brazos fuertes de él alrededor de su cuerpo y sus dedos haciéndole cosas increíblemente eróticas.

Denver se quedó inmóvil.

—¿Qué te dijo Armie? —preguntó.

—Que eres grande —ella movió el trasero contra él, tanto para reconocer su tamaño como con la esperanza de que volviera a acariciarla. Estaba muy excitada y un poco nerviosa.

Él parecía de pronto tan frío y tan duro como el granito desde la cabeza hasta los pies. La hizo girar con un movimiento rápido.

Los hombros de Cherry tocaron la pared y Denver se inclinó hacia ella.

—¿Por qué coño hablabas de mi polla con Armie?

La pregunta, susurrada, sonaba más letal que un grito. Eso, unido a la expresión de sus ojos, hizo que ella no pudiera pensar.

—Umm...

Él esperaba con impaciencia, sin ceder, sin repetir la pregunta.

Cherry se dijo que era una bocazas.

—Verás, Yvette y yo estábamos hablando —comentó. Hablaba principalmente ella, fantaseando con Denver. Pero no le pareció que él fuera a mostrarse muy receptivo a eso en aquel momento, así que hizo lo posible por resumir—. De lo bien dotados que estáis los luchadores. Y Armie nos oyó.

Denver entrecerró los ojos. Pero ella no le tenía miedo. Eso nunca.

Solo quería que pasara aquello para que volvieran a lo que hacían antes de que hubiera metido la pata con sus palabras.

Carraspeó.

—Ya sabes cómo es Armie —dijo.

—Sí —asintió él, en un susurro perturbador—. ¿Lo conoces muy bien?

—Lo bastante para que solo me avergonzara un poco que nos pillara. Nos acusó...

—¿A Yvette y a ti?

Cherry asintió.

—Principalmente a mí —admitió avergonzada.

—Continúa.

—Dijo que éramos más superficiales que los hombres solo porque apreciamos que estéis cachas.

Denver apretó los dientes.

Cherry tendió el brazo muy despacio hasta tocarlo a través de los pantalones vaqueros. Entreabrió los labios al captar la realidad de su longitud y de su grosor, vaciló y se preguntó por primera vez si no sería demasiado grande.

—Te cabrá —le aseguró él, con voz baja y brusca. Tenía los párpados pesados y la boca tensa, pero no se apartó.

Cuando vio que ella, abrumada, guardaba silencio, la alentó a seguir.

—Continúa.

Y ella lo acarició.

—No —él tragó saliva y el movimiento se reflejó en su garganta—. Llega a la parte en la que Armie y tú hablasteis de mi pene.

—¡Oh! —ella prefería explorarlo—. Armie me oyó hablar de ti y...

Denver la detuvo el tiempo suficiente para abrirse la cremallera de los vaqueros y meter la mano de ella allí. Su pene era caliente, resbaladizo, y era tan grande, que los dedos de ella casi no podían rodearlo.

La inundó una oleada de calor que parecía fuego líquido.

Denver soltó un gemido suave, le tapó la mano con la suya y la guio en una caricia lenta. Después de tres respiraciones profundas, preguntó:

—¿Qué decías exactamente?

¿Cómo podía hablar en aquel momento? Cherry no podía.

—No recuerdo.

—Cherry.

Ella movió la cabeza. Quería terminar con aquella conversación.

—Decía que me gustaban tus hombros y tus muslos.

Él apoyó una mano en la pared al lado de la sien de ella y la miró, disfrutando de su caricia.

—Te escucho.

—Sí. Y, ah, él insinuó... —Cherry se lanzó a fondo para acabar con aquello antes de que se desmayara—. Que estarías encantado de dejarme ver tu cuerpo y que la tenías más grande que la mayoría de los hombres.

—Seguro que no usó esas palabras.

—¡No puedo pensar!

Él le rozó la sien con los labios.

—Inténtalo.

¿Cómo no había notado antes esa vena mandona de Denver?

—Dijo que estarías encantado de enseñarme tu cuerpo y que tenías un pollón.
En cuanto terminó de hablar, notó la sonrisa de él.
—Sí. Eso suena más a Armie.
—Tenía razón —ella levantó la otra mano y le sujetó el pene entre las dos—. Te lo juro, Denver. Jamás imaginé...
La risa estrangulada de él fue acompañada de un abrazo.
—No es para tanto.
—Tengo... Tengo que sentarme —musitó ella. Era verdad.
—Pronto —Denver le puso dos dedos debajo de la barbilla para alzarle la cara—. Se acabó hablar de mi polla con otros hombres.
Sus palabras la sorprendieron por un momento. Luego asintió.
—De acuerdo —de todos modos, no había sido su intención tener aquella conversación con Armie—. Sin problemas.
—Puedes presumir con las otras mujeres todo lo que quieras —dijo él con una sonrisa torcida.
Cherry sintió una punzada de celos. ¿Él quería la atención de otras mujeres?
—Eres...
—Si hemos terminado ya con las interrupciones... —él le apartó las manos y volvió a una de las rodillas, bajándole al mismo tiempo el tanga—. Sal de ahí.
Distraída, notó la posición de él a sus pies, con la mirada fija en su cuerpo, y todo lo demás dejó de existir. Otro relámpago enfatizó la intensidad de sus ojos cuando la miró desnuda.
Nadie la había mirado nunca con tanta atención.
En cuanto pensó aquello, los malos recuerdos intentaron colarse en su mente. Recuerdos de verse observada con sentido crítico, contra su voluntad...
«No». Aplastó sin piedad aquellos pensamientos.
Estaba con Denver y no había nada de malo en eso. Él no se parecía a ningún otro hombre que había conocido. Definitivamente, era mejor que la mayoría. Y en lo relativo a experiencias feas, no había ninguna comparación posible.

Manteniendo la atención en su cuerpo, él le tomó la mano para sostenerla mientras se libraba de la prenda interior. La apartó con el resto de la ropa que se habían quitado.

—¡Caray, Cherry! Tienes un cuerpo fabuloso —bajó las puntas de los dedos por su vientre hasta su sexo—. Me muero de ganas de probarte.

Sin más aviso que ese, le agarró el trasero, tiró de ella hacia sí y apretó su cara contra ella.

Cherry soltó un respingo, hundió los dedos en su pelo y se agarró con fuerza.

Aparentemente harto de esperar, él pasó las manos por el cuerpo de ella mientras le dedicaba besos suaves y devoradores que la obligaron a cerrar las rodillas y apoyarse en la pared.

Él puso las manos en el interior de los muslos de ella para separarlos. Cuando la hubo colocado a su gusto, introdujo en ella dos dedos de una mano y usó dos dedos de la otra para abrirla.

Soltó otro gemido de apreciación y cerró la boca en torno a su clítoris palpitante, que empezó a succionar suavemente, raspándolo también con la lengua.

«¡Oh, sí, oh, sí, oh, sí», pensaba ella. El pelo de él le rozaba los muslos, sus dedos trabajaban en el interior de ella, apretando, y él seguía emitiendo aquellos sonidos bajos de deseo... y apreciación.

Un trueno sacudió el suelo debajo de ellos. El viento lanzó la lluvia contra la ventana. El efecto estroboscópico de los relámpagos se incrementó hasta convertirse en un destello casi constante.

Cherry unió las manos en el pelo de él y gritó cuando el placer la llevó a las alturas y se tensó por dentro. Se sorprendió al explotar muy deprisa, como un barril de pólvora con una mecha corta. Denver la sujetó con facilidad, y menos mal, porque ella se sentía floja, con el corazón galopante, sin aliento y demasiado débil.

CAPÍTULO 3

Denver tomó en brazos su cuerpo laxo y la llevó a la cama, donde la dejó de espaldas y, tras apartarse un paso para mirarla, se quitó los zapatos y los calcetines y después los pantalones y los calzoncillos. La tormenta seguía rugiendo fuera, a juego con su turbulenta lujuria.

El orgasmo de ella, los sonidos que había emitido durante el placer y su sabor lo habían hecho sentirse de maravilla. Siempre había sabido que juntos harían saltar chispas y la facilidad con la que había conseguido que llegara al clímax así lo probaba.

Ahora quería más. Mucho más.

Con los ojos todavía cerrados, ella se volvió a medias, subió una rodilla para esconder su sexo y cruzó los brazos sobre el pecho.

Esa pose solo consiguió calentarle más la sangre a él. La encontraba a la vez tímida y sexualmente atrevida.

Tenía unos pechos magníficos, grandes y suaves, y temblaba con su respiración fuerte y entrecortada. Veía cómo latía el pulso en su garganta pálida.

—Déjame verte —Denver le agarró las muñecas con gentileza y le puso los brazos a los costados—. No tienes que esconderte de mí nunca.

Cherry tenía los pezones más suaves que durante el orgasmo y el cabello más revuelto. No era tan delgada como la mayoría de las mujeres que paraban por el centro recreativo.

Era mejor.

Más redondeada en los lugares indicados y tan condenadamente sexy que él sabía que le iba a costar mucho contenerse. Pensando en eso, sacó el preservativo de la cartera, arrojó esta sobre la mesilla y abrió el paquetito.

Cherry no se movió.

Denver, que seguía empapándose de su cuerpo, sonrió.

—Chica, no te has dormido, ¿verdad?

Ella negó con la cabeza. Inhaló fuerte y susurró:

—No.

—¿Y por qué no abres esos bonitos ojos y me miras?

Cherry obedeció y su mirada fue directa al pene de él. Abrió mucho los ojos, se mordió el labio inferior y se llevó una mano al corazón.

Su reacción casi hizo reír a Denver.

—Estás exagerando, cariño —se acomodó a su lado—. Te voy a agotar y a ti te va a encantar —prometió con voz ronca.

Cuando empezó a besarla, ella estiró el brazo para pararlo.

—¿Puedo preguntarte algo antes?

¡Demonios! Denver no se esperaba tantas reservas por parte de ella. A la mayoría de las mujeres las excitaba el tamaño de su paquete.

Pero había sabido desde el principio que ella no era como la mayoría.

Le apartó el pelo y la besó en la frente.

—Pregunta lo que quieras —después de todo, él no tenía nada mejor que hacer.

Cherry lo miró a los ojos. Pasó la vista por su pecho y sus hombros. Suspiró y lo tocó con gentileza, como probando su fuerza.

—Estás muy duro.

Si bajaba un poco más la mano, él le mostraría claramente hasta qué punto.

—Gajes del oficio.

—¿De luchador?

Él alzó un hombro.

—Y de entrenar sin parar.

—¿Vas a pasar la noche conmigo?

Después de lanzar la pregunta, lo miró a los ojos con aire retador y volvió a morderse el labio inferior.

—Sí.

Denver se inclinó hacia la boca de ella para morder también a su vez. Cuando la oyó gemir, deslizó la mano en su pelo revuelto para sujetarla inmóvil. Quería estrecharla contra sí de muchas formas y agotar así su lujuria hasta que consiguiera sacársela de la cabeza.

Por otra parte, odiaba la idea de no desearla.

La besó desde la boca hasta la mejilla, el cuello, el hombro sedoso, y fue bajando los labios hasta uno de los pezones.

—No iré a ninguna parte a menos que tú me des la patada.

Ella lo rodeó con sus brazos.

—Nunca —y entonces fue ella quien lo besó y él se sintió abrasado, no solo por la necesidad sexual de ella, sino por su cariño espontáneo.

Parecía pensar que no le caía bien, que no la deseaba, y aun así se abría a él. Eso lo hacía sentirse ultraprotector... y más posesivo todavía.

La piel caliente de ella llamaba a sus manos y su boca. Inhaló su olor una y otra vez, hasta que llenó sus pulmones, su cabeza y su corazón. Nunca había conocido a una mujer a quien le oliera tan bien el pelo, la piel y el fragante calor húmedo entre los muslos.

También sabía bien y, pensando en eso, volvió a bajar por el cuerpo de ella.

—Denver —gimió ella en protesta—. No.

—Sí —el vientre de ella se encogió cuando le lamió la piel, y se retorció cuando le mordisqueó la cadera.

En un esfuerzo por volver a subirlo, ella le deslizó los dedos en el pelo, pero eso no lo frenó. Ahora estaría más sensible, las caricias y lametones serían más intensos y los dos lo sabían.

Eso la dejaba a ella temblorosa y a él decidido.

En cuanto le separó los muslos suaves, ella volvió a dejarse caer de espaldas. Se arqueó cuando él empezó a explorarla con los dedos y la lengua.

—No puedo —gimió.

Y a él le causó una gran satisfacción decirle:

—Ya lo estás haciendo.

Denver, quien se negaba a apresurarse, fue despacio y, después de que ella se corriera de nuevo, esa vez con gritos débiles y entrecortados, todavía no se colocó para penetrarla. La había deseado tanto tiempo, que le apetecía saborearla.

La llevó hasta el límite una tercera vez, encantado con el modo en que temblaba, con sus gemidos roncos y su piel sudorosa. Le introdujo dos dedos y fue subiendo por su cuerpo para besar sus labios entreabiertos. El pelo húmedo se le pegaba a las sienes y respiraba con fuerza.

—¡Cielo santo! —gruñó ella. Colocó una pierna sobre la de él—. Ya no más.

—Estoy muy lejos de haber terminado —respondió él.

La mano de ella se agarró a su pelo y tiró de él para poder verle la cara.

—En ese caso, por favor deja de jugar.

—Pero jugar contigo es muy divertido —susurró él. Añadió un tercer dedo para asegurarse de que estaba preparada.

Cherry soltó un grito entrecortado y cerró los ojos al tiempo que arqueaba el cuerpo con la cabeza retorciéndose en la almohada.

Denver la besó con fuerza, se colocó sobre ella, le abrió más los muslos y muy, muy despacio, sacó los dedos de su interior.

Ella rio un poco, sin aliento.

—Estás loco.

—Y tú estás preparada.

—Más que preparada. Es solo que... —su explicación terminó en una inhalación fuerte en cuanto él empezó a penetrarla.

Ella se tensó demasiado, obligándolo a parar con los músculos rígidos y sin estar para nada donde quería estar. Todo eso lo dejaba al borde de perder el control.

Tres respiraciones profundas después, ella susurró:

—Estoy bien.

Denver le mordisqueó el labio inferior.

—Lo sé.

Ya solo necesitaba que ella se lo creyera. Estaba muy excitado, de eso no había duda. Pero nunca en su vida había hecho daño a una mujer y, desde luego, no iba a empezar con Cherry. Apoyado en los brazos, la vio relajarse un poco y entró un poco más.

Ella le agarró los brazos, justo por encima de los codos, apretando con fuerza y clavándole las uñas como si pensara que así podía contenerlo si decidía hacerlo.

—Dime que me deseas —él volvió a retirarse, pero solo para entrar un poco más.

—Sí —musitó ella. Sus piernas se tensaron contra él—. Hace mucho tiempo que te deseo.

—Pues deja de luchar conmigo.

—No lucho.

No fue fácil, pero él sonrió.

—Estás tensa desde la cabeza hasta los dedos de los pies, chica. Respira hondo.

Cherry así lo hizo, pero la respiración no tardó en dar paso a un jadeo.

—¿Te hago daño?

Ella negó con la cabeza.

—Es que... te siento.

—Eso espero.

Ella cerró los ojos y echó atrás la cabeza.

—Tú ya me entiendes.

—¿Sabes lo que siento yo? —no esperó a que ella contestara—. Siento que me estrujas la polla como si la quisieras ahí —decir eso lo excitó aún más y apretó los dientes—. Te siento cada vez más mojada. Y más caliente.

Notó otro apretón y esa vez estaba seguro de que era de excitación.

Le besó la mandíbula.

—Quieres más, ¿verdad? —preguntó con voz rasposa como la grava. «Por favor, di que sí». Estaba al borde de perder el control.

Cherry se movió contra él.

—Sí —gimió.

Denver se apoyó en un codo, le pasó el otro brazo debajo de las caderas para agarrarla mejor y embistió un poco más fuerte, un poco más hondo.

Ya casi había llegado.

Cuando la llenó por completo, ella le clavó los talones en los muslos, quizá en un gesto de protesta, pero él estaba ya en otro lugar. Sintió la entrega del cuerpo de ella cuando lo aceptó dentro, supo que se retorcía para adaptarse, y eso lo destruyó.

Observó el movimiento de sus pechos cuando los acunaba a los dos, vio la cara de ella cuando, increíblemente, se acercaba a otro orgasmo. Buscando eso, mantuvo un ritmo firme, cada embestida más fuerte que la anterior, más fuerte y más profunda y, cuando supo que estaba lista para correrse, la animó, haciendo lo posible por aguantar, decidido a sentir las contracciones de su cuerpo cuando llegara al clímax, esa vez con él enterrado bien adentro.

Ella arqueó el cuerpo con fuerza, abrazándolo con las piernas y con los ojos fuertemente cerrados.

—Denver.

«¡Coño, sí!».

—Eso es, preciosa. Eso es —gimió él.

En cuanto sintió que ella terminaba, renunció a luchar. Embistió una última vez, muy hondo, y gruñó con fiereza cuando el orgasmo fue acabando con su tensión.

Se dejó caer poco a poco sobre el cuerpo suave y entregado de ella.

Sabía que debía moverse, pero no podía. Todavía no.

Ella tenía ambas manos en su pelo.

Denver se sentía sonreír.

Cherry aflojó los dedos, lo besó en el pecho y su cuerpo quedó laxo.

Él alzó la cabeza, la miró y la sonrisa se convirtió en una risita. La señorita Cherry Peyton estaba dormida.

Denver se colocó a un lado con cuidado, extendió las piernas y recibió agradecido el aire fresco que pasó por su piel caliente y húmeda.

Aquella mujer era increíble, más apasionada aún de lo que esperaba. El corazón le latía con fuerza y no le resultaba fácil llenar los pulmones de aire, pero tenía que tocarla.

Apoyó una mano en su muslo, admirado de encontrar su piel todavía muy caliente.

Ella no se movió.

Como a él también lo invadía la letargia, se obligó a salir de la cama. En una hora más estaría listo para volver a empezar, así que tenía que ir a su habitación a buscar más preservativos. Cuando se estaba poniendo los vaqueros, miró a su alrededor, buscando la tarjeta llave, pero no la vio por ninguna parte. Ni en el escritorio, ni en la cómoda ni en la mesilla. Miró el bolso de Cherry, encima de la silla del escritorio, y después el cuerpo totalmente relajado de ella.

Decidió que no había motivo para despertarla y abrió su bolso. Hurgó entre el billetero, el peine, el móvil, una agenda y algunos artículos de maquillaje. No encontró la tarjeta. Abrió el billetero. Solo llevaba cuarenta dólares encima, algunas tarjetas de crédito y un carné. Abrió la agenda y encontró la tarjeta llave dentro, entre las páginas... y una lista con los números de teléfono de todos los luchadores.

Cannon, Armie, Stack, Miles... El número de él también estaba allí, aunque nunca lo había llamado.

¿Había llamado a alguno de los otros?

Lo atacaron unos celos malditos, alterando su paz mental. ¿Por qué demonios necesitaba los teléfonos de hombres con los que no salía? Estaba seguro de que ninguno de ellos había salido con ella. Su círculo no era muy grande. Se habría enterado. Mejor dicho, lo habría visto.

Devolvió la agenda al bolso sintiéndose como un cotilla.

Si ella planeaba estar con otros, él la convencería de lo contrario. Juntos eran puro fuego. La tendría tan satisfecha que no pensaría en otros hombres.

Con eso en mente, miró una vez más su figura dormida. El efecto que tenía en él era... Movió la cabeza.

Se obligó a dirigirse a la puerta y salió de la habitación sin hacer ruido. A pesar de su contrariedad, volvía a desearla. En ocasiones pensaba que la desearía siempre.

Lo antes posible le contaría claramente lo que buscaba: exclusividad. Y nada de coquetear con otros hombres.

Los golpes en la puerta hicieron que Cherry abriera los ojos. Le dolía la cabeza, sentía la garganta rasposa y solo quería seguir durmiendo.

Pero los golpes no pararon.

Cuando se sentó en la cama, la habitación pareció dar vueltas a su alrededor y el estómago le dio un vuelco. Se agarró un momento al colchón para ver dónde estaba.

Confusa, miró a su alrededor. Tenía escalofríos y se dio cuenta de que estaba desnuda.

¡Ah, sí! Denver.

¿Adónde se había ido? Frunció el ceño, lo que hizo que la cabeza le doliera más, e intentó entender cómo había pasado del placer a despertarse sola y sintiéndose tan mal.

Sonaron más golpes y, pensando que podía ser Denver, intentó aclarar sus ideas.

Se envolvió con la sábana y cruzó la habitación, aunque cada paso era un esfuerzo. Cuando se asomó por la pequeña mirilla de seguridad, no vio a Denver sino a Armie.

La ausencia de Denver la llenó entonces de preocupación y abrió la puerta.

—¿Qué ocurre?

Hasta que no habló, no se dio cuenta de lo ronca que sonaba su voz. Intentó carraspear, pero eso solo empeoró aún más el dolor de garganta.

Armie había levantado la mano para volver a llamar y abrió

la boca para hablar, pero al verla, miró sorprendido su cuerpo envuelto en la sábana.

Enarcó las cejas y por fin la miró a los ojos.

—¡Maldición, Cherry! Casi me das un infarto.

Ella, que se sentía cada vez peor, se apoyó en el marco para no caer al suelo.

—¿Dónde está Denver?

—¿No está contigo? —Armie miró la habitación con el ceño fruncido—. Porque francamente, muñeca, tienes aspecto de que haya estado aquí.

Ella, confusa, miró a su alrededor, intentado aclararse.

—Estaba, pero luego creo que me he quedado dormida.

—¿Sí? —Armie, sonriente, entró sin ser invitado—. ¿O sea que habéis estado juntos? Eso es lo que me ha dicho Stack.

Cherry volvió a la cama, donde se dejó caer sentada. Estar de pie exigía una gran concentración. Tenía mucho frío, así que se envolvió mejor con la sábana e intentó respirar hondo. Pero eso era lo que más dolía de todo.

—¿Qué te ocurre? —Armie se acercó con cautela—. No te va a dar un síncope, ¿verdad?

—No, es solo que no me siento bien.

Armie le puso una mano en la frente y lanzó un silbido. Se acuclilló delante de ella e intentó verle la cara.

—Estás ardiendo.

Aquello no podía ser verdad.

—Tengo mucho frío.

—Eso es por la fiebre —él cogió la manta de la cama y en ese instante entró Denver con una bolsa de viaje. Cuando vio a Cherry sentada en la cama con una sábana y a Armie tocándola, se detuvo en seco.

A pesar de su estado, ella captó la sospecha en la mirada de él y habló la primera.

—¿Adónde has ido?

Él dejó la bolsa en el suelo y se cruzó de brazos.

—A por mis cosas.

Cherry tenía tanto frío que no podía pensar y solo quería estar sola.

—¿Queréis iros los dos? Tengo que vestirme —dijo.

—¿Para ir adónde?

—¿A la cama? —ella no se sentía con fuerzas para nada más.

Denver entrecerró los ojos.

—Ya te he visto desnuda.

—Bastardo suertudo —murmuró Armie. Frunció el ceño con desaprobación—. Pero yo no la he visto, así que acompáñame fuera. De todos modos, venía a buscarte a ti.

Denver dudó y la observó un momento, pero al final asintió.

¡Menos mal! Un minuto más y ella se habría metido debajo de las mantas solo para esconderse.

En cuanto se cerró la puerta, salió de la cama y se puso una camiseta y bragas.

Tiritando de un modo incontrolable, entró en el cuarto de baño. Le bastó una mirada al espejo para que esconderse pasara a ser una posibilidad real.

¡Qué desastre! El pelo revuelto, el maquillaje arruinado, los ojos rojos y la cara pálida.

Pero carecía de energía para lidiar con eso. Solo ponerse la camiseta y las bragas había sido toda una prueba. Imposible que pudiera lavarse el maquillaje o peinarse. Cuando salió del baño tambaleándose, se sentía tan débil como un bebé. Y eso le daba ganas de llorar.

Aquella tenía que haber sido su gran noche con Denver… y se había puesto enferma.

—Primero —dijo Armie en cuanto se cerró la puerta—, quítate esa mierda de la cabeza.

—Muy bien. Pues dime por qué estás aquí —contestó Denver, quien sabía exactamente a lo que se refería.

—No para ligar con ella, y lo sabes.

Ambos se miraron desafiantes durante diez segundos.

Hasta que Denver comprendió que aquello era absurdo.

Armie no solo era de fiar, sino que además no ligaba con chicas como Cherry. ¡Qué narices!, más bien las esquivaba. Se frotó la cara con las manos y se dejó caer contra la pared. Lo que sentía por Cherry le hacía perder el control. Tenía que calmarse, y rápido, si no quería hacer el imbécil. O mejor dicho, hacer todavía más el imbécil.

—De acuerdo. Lo siento. Sé que no es tu tipo.

—No he dicho eso.

Esa frase volvió a poner en peligro la postura más relajada de Denver.

—Si no hubiera sido por ti, lo habría intentado —admitió Armie con una media sonrisa.

—Pamplinas.

Las preferencias de Armie eran bien conocidas, porque él hacía que lo fueran. Simpatizaba con todas las mujeres, pero dejaba claro que dividía al sexo opuesto en tres categorías: mujeres con las que follar porque eran rápidas, pícaras y un poco duras, o en otras palabras, perfectas para sus gustos; buenas chicas, a las que consideraba poco interesantes; y mujeres emparentadas con algún conocido, lo que las convertía en terreno prohibido, como Merissa, la hermana de Cannon.

Aunque Denver pensaba que Armie podía perder la batalla con esa última.

—Creía que no te gustaban las buenas chicas —dijo Denver entre dientes.

Armie se encogió de hombros.

—Cherry es un tipo distinto de buena chica —murmuró.

Denver lo sabía perfectamente. Era la mezcla perfecta de tierna y sexy. Una chica amable que podía ponérsela dura a cualquiera.

Decidido a dejar las cosas claras, dio un paso agresivo hacia su amigo.

Y Armie se echó a reír.

—Estás tentando a la suerte —le advirtió Denver, que no le veía la gracia a aquello.

—Y tú eres muy gracioso —Armie movió la cabeza—. Yo

puedo ser un capullo y lo sé. Pero no haría eso —dijo fingiendo lástima.

«¡Mierda!». No, Denver sabía que no lo haría. Retrocedió y respiró hondo, pero eso no le ayudó.

—Sí, lo sé. Perdona otra vez.

—Díselo a ella, no a mí.

—Ya estoy planeando esa conversación concreta.

Armie resopló.

—Buena suerte con eso.

—¿Qué quieres decir?

—Vas con mucha agresividad, tío. Pero, eh, ¿quién soy yo para decirlo? Quizá le guste esa mierda de cavernícola.

Denver pensó que, si Armie no dejaba de provocarlo abiertamente, lo aplastaría solo por divertirse.

Su amigo le dio una palmada en el hombro.

—Me parece que esta noche te va a gustar mostrar tu vena protectora de chico grande malote, ¿eh?

Denver frunció el ceño y movió la cabeza.

—¿De qué demonios hablas?

—Por eso estoy aquí —Armie se puso serio—. He oído cosas y he pensado que debías saberlas. No te he encontrado en tu habitación y Stack me ha dicho que estarías aquí.

—¿Qué cosas? —preguntó Denver.

Lo que más deseaba en el mundo era volver con Cherry. Enterraría su agresividad en el cuerpo suave de ella y quizá entonces volviera a sentirse él mismo en lugar de soportar tantos sentimientos caóticos.

—Me fui a mi coche, pero Caos, ese bastardo escurridizo, estaba cerca, así que tuve que volver a la discoteca…

—¿Has esquivado a Caos? ¡Por Dios, tío! Habla con él de una vez.

—Y —continuó Armie, ignorando tanto la interrupción como el consejo— al lado del bar, había tres tíos hablando de Cherry.

Denver se enderezó, olvidado ya de Caos.

—¿Qué quieres decir con que hablaban de ella?

Armie se frotó la parte de atrás del cuello.

—Verás, eso es lo que me preocupó, que todo parecía turbio y como a escondidas, así que me acerqué.

—¿Y qué decían?

—Algo de que tenían que verla, pero sabían que ella no los recibiría bien, así que tendrían que pillarla desprevenida y forzar el tema.

Nada de aquello tenía sentido, pero aun así, enfureció a Denver.

—¿Estás seguro de que hablaban de mi Cherry?

Armie sonrió.

—Ya la has reclamado para ti, ¿eh?

—Armie…

—Sí, me temo que sí. Verás, cuando oí que el más grande mencionaba su nombre, los interrumpí. Cherry no es un nombre muy corriente, ¿verdad?

Denver sabía que Armie no dudaba ni dos segundos en meterse en medio de lo que fuera.

—¿Y qué pasó? —quiso saber.

—Les pregunté si hablaban de Cherry Peyton. Tendrías que haberles visto las caras. Los había pillado in fraganti y lo sabían. El más joven me miró raro y preguntó si la conocía. Le dije que sí y me preguntó en qué habitación estaba.

Cuando viajaban juntos, el grupo siempre comunicaba sus números de habitación para emergencias, pero Denver sabía que su amigo jamás daría esa información a un desconocido.

—Espero que lo mandaras a la mierda.

—Con esas mismas palabras, sí.

Denver, impaciente, lo miró de hito en hito.

—¡Jesús, tío! Esto es como sacarte muelas. Escúpelo ya de una vez, ¿quieres?

Armie se encogió de hombros.

—El más grande, quien, por cierto es más grande que tú, quiso insistir en que hablara. Y con insistir, me refiero a que las cosas se pusieron feas. Me agarró por el hombro e intentó aplastarme contra la pared.

—Estúpido.

—Sí, pero aún no te he contado lo más estúpido. El más viejo sacó una navaja.

—¡Jesús! —Denver respiró con fuerza. Se preguntó qué narices querrían esos hombres de Cherry.

—Hubo puñetazos. Le di en las pelotas al que sujetaba la navaja y tumbé al otro. Vino más gente y el más viejo de los tres detuvo aquello. Los cobardes se iban a largar cojeando, pero pensé que tú querrías respuestas, ¿no?

No dio a Denver ocasión de contestar.

—Así que... insistí.

—¿Insististe?

—Sí. Cherry es de los nuestros, ¿verdad? Como tú has dicho, es tu Cherry. Y si querían molestarla...

Denver lo interrumpió.

—¿Qué has descubierto?

—Dicen que son familia suya —Armie suspiró—. Y tal y como lo dijeron, yo los creo. O sea, lo decían con arrogancia, un poco desafiantes. No sé. Los habría interrogado más, pero apareció Caos y me atrapó.

«¡Maldición! ¡Qué inoportuno!», pensó Denver

—¿Se entrometió? —preguntó.

—No —Armie adoptó un aire evasivo y miró hacia la puerta—. ¿No vas a entrar ahí a hacer algo con ella?

Denver lo miró de hito en hito. ¿Cómo se atrevía?

—Eso no es asunto tuyo —dijo.

Armie sonrió.

—Entiendo. No me refería a sexo. Lo digo porque está enferma.

Denver lo miró sin entender.

—Tiene fiebre, tío. ¿No lo sabías?

—No —contestó Denver.

¡Maldición! Le había parecido que estaba muy caliente, pero estaba inmerso en su placer y no pensaba con claridad. O mejor dicho, pensaba principalmente en repetir la actuación.

Armie puso los brazos en jarras y frunció el ceño.

—¿Por qué demonios crees que le tocaba la frente? No es el lugar en el que yo me suelo concentrar más, ¿sabes?

Denver abrió la puerta de un empujón y encontró a Cherry en la cama, con la manta subida hasta las orejas. Incluso desde allí, era fácil verla tiritar.

El corazón le dio un vuelco al acercarse a ella. Se sentó a su lado en la cama y le apartó el pelo.

—Hola.

—Lo siento —dijo ella con una vocecita rasposa, sin abrir los ojos—. Creo que estoy enferma.

Su cuerpo emanaba calor.

—Sí, cariño, creo que lo estás —contestó Denver. Se dio cuenta de que Armie lo había seguido, pero no hizo caso—. ¿Has tomado algo?

—No tengo nada. Solo quiero dormir.

Antes se había quejado de dolor de cabeza y no había querido comer. No se tenía bien en pie y él había asumido que había bebido mucho.

Armie se acercó más.

—¿Quieres que os traiga algo antes de largarme?

¿Largarse? Denver se volvió hacia él.

—¿No te quedas hasta por la mañana?

—Ahora que Caos y esa loca saben dónde encontrarme, es mejor que me largue.

Denver alzó los ojos al cielo.

—Creí que ibas con la chica a la habitación de ella.

—Lo hice. Y luego me fui. Pero ella me siguió.

Cherry emitió un sonido estrangulado y Armie la miró con interés.

—No sufras, cariño. Resulta que solo quería que le hablara sucio.

Ella abrió un ojo.

—Apuesto a que eso se te da bien.

Armie sonrió.

—Sí.

—Tengo noticias —intervino Denver, solo para evitar que

los otros dos coquetearan delante de él—. Caos también te puede encontrar en el centro recreativo.

—No, no se molestará en venir a Ohio —Armie observó a Cherry con preocupación—. ¿Algo para la fiebre? ¿Y algo más?

Denver le apartó de nuevo el pelo de la cara a Cherry, acercó los labios a la frente y se encogió.

—La tienda del hotel está cerrada.

—Buscaré una farmacia de guardia. No es problema.

—¿No te importa? —Denver no quería dejarla sola.

Cherry se incorporó contra el cabecero. Le castañeteaban los dientes.

—Podéis iros los dos. Puedo cuidarme sola.

La frase terminó en tos.

Aquello no sorprendió a Denver. Tenían que bajarle la fiebre. Cuando acompañaba a Armie a la puerta, le dio una lista de cosas que quería. Sacó su cartera, pero Armie se negó.

—Tú has pagado mis copas. Así estaremos en paz.

—Gracias.

En cuanto Armie salió, Denver entró en el baño y mojó una toallita. Cuando volvió, Cherry lo miró asustada.

—¿Qué vas a hacer?

—Calentarte no ayudará nada, cariño. Tienes que quitarte la manta.

—No —dijo ella.

En cualquier otro momento, a él le habría divertido su tono ronco, pero entonces no. Parecía sentirse tan mal, que el corazón le dio un vuelco.

Volvió a sentarse a su lado, dejó la toalla mojada en la mesilla y tomó la manta.

—Denver, no —gimió ella.

—Confía en mí, ¿de acuerdo? —él le quitó la manta sin piedad, pero le dejó conservar la sábana… Por el momento—. Conseguiré que estés mejor.

Cherry volvió a toser.

—Tú no eres un maldito doctor —gruñó.

—Mi padre lo es.

Ella lo miró.

—¿En serio?

—Sí —él casi nunca contaba su historia familiar. No tenía sentido. Pero, si la conversación la ayudaba a relajarse, qué narices, le contaría cuentos de hadas si ella quería oírlos—. Tiene una consulta.

Mientras ella se lamía los labios secos y pensaba en eso, le pasó la toalla fría por la cara y el cuello.

Al principio ella inhaló con fuerza. Un segundo después buscó su mano.

Si, como él sospechaba, tenía el mismo virus que otra mucha gente en ese momento, no habría nada de sexo en una semana por lo menos, que sería lo que tardaría ella en volver a sentirse humana.

Tenía el pelo pegado en un lado y muy revuelto en el otro. Y nunca había visto su maquillaje tan desintegrado. Pero quería abrazarla y cuidar de ella, y quería estar a su lado todo el tiempo que tardara en mejorar. Aunque no estuviera tan irresistible como de costumbre.

Con o sin sexo.

Armie tenía buen instinto y, si él no se fiaba de los hombres que afirmaban ser familia de ella, él tampoco. Por el momento, al menos, tenía un buen motivo para estar cerca de ella, aparte del hecho de que, por primera vez en su vida, una mujer lo tenía loquito perdido y él lo sabía.

CAPÍTULO 4

Cuando Denver le quitó también la sábana y después la estrechó contra sí, los escalofríos intensos hicieron que ella intentara acercarse más.

—Esto es horrible —murmuró.

—¿Que yo te abrace?

Eso nunca. Las atenciones de él eran lo más maravilloso que le había ocurrido jamás.

Pero el momento no podía ser más inoportuno.

—Que me veas así —susurró, casi demasiado exhausta para contestar.

Cuando él le alzó la parte trasera de la camiseta, el primer contacto de la toalla mojada le pareció hielo en la columna y respiró con un siseo que terminó en un desagradable ataque de tos.

Él la acarició, la acunó, emitió sonidos suaves para tranquilizarla... los mismos que había hecho cuando le abría las piernas y la penetraba con gentileza.

Al recordar su tamaño y la sensación deliciosa de tenerlo dentro, bajó la cara.

—Esto apesta a lo grande.

—Me alegro de estar aquí contigo —Denver le levantó el pelo con una mano y le pasó la toalla mojada por la nuca, y por la espalda, hasta la parte trasera del tanga—. Y me encanta tu ropa interior.

Ella lanzó un gemido.

—Si hubiera sabido que iba a enfermar...

—No digas que no te lo habrías puesto.

—No tengo otro tipo de bragas —dijo ella. Pero por Dios que se las habría comprado si hubiera sabido que no le serviría de nada seducirlo.

Él se quedó un momento inmóvil y luego la abrazó con cuidado antes de colocarla de nuevo de espaldas en la cama.

—No te muevas. Enseguida vuelvo.

Ella tendió la mano hacia la sábana, pero él la detuvo.

—Confía en mí.

La confianza no tenía nada que ver con sufrir fuertes escalofríos.

—Date prisa.

Vio cómo entraba en el cuarto de baño y enjuagaba la toallita.

—Háblame de tu padre —musitó, en un esfuerzo por concentrarse en algo que no fuera lo mal que se sentía.

Denver tardó un rato en contestar.

—Es un doctor magnífico. Muy respetado —volvió a la cama y se sentó al lado de la cadera de ella. Empezó a pasarle la toalla mojada por las piernas y, sí, algunos de los peores escalofríos remitieron y se quedó principalmente letárgica y con dolor por todo el cuerpo.

Observó el rostro de Denver, que estaba con la cabeza inclinada y el cabello caído hacia delante, ocultando sus pómulos altos. A esas horas de la noche, mostraba una sombra de barba muy atractiva. Tenía la nariz estrecha, ligeramente torcida por habérsela roto una vez. Unas pestañas largas enmarcaban sus increíbles ojos de color topacio.

Y su boca era firme y sexy.

—¿Se parece a ti?

—Es tan alto como yo —comentó Denver, que seguía enfriándola—. Atlético. Pero no ha competido nunca.

—O sea que no es todo músculo como tú.

Denver sonrió.

—Los mismos rasgos, pero su color de piel es distinto. Más claro que el mío. Está en forma —dijo.

Estaba inclinado sobre las piernas. Cherry levantó una mano y pasó los dedos por el pelo de él. Correr bajo el sol de la tarde había puesto toques dorados en su color castaño claro y era lo bastante largo para poder sujetarlo con una goma cuando luchaba.

—Apuesto a que lleva el pelo de otro modo —comentó ella.

—Corto a estilo militar —él le levantó una pierna y pasó la toalla por detrás de la rodilla—. No dice gran cosa de mi pelo, pero sé que no le gusta. En cambio, a mi madrastra sí.

Cherry pasó la vista del pelo a su cara y vio que apretaba los dientes.

—¿Tu madrastra?

Denver se puso tenso. Se levantó y subió la camiseta de ella hasta encima de los pechos.

—Sí —puso un momento la mano en el pecho izquierdo, con el pulgar peligrosamente cerca del pezón—. Eres preciosa.

Cherry pensó que era un engatusador que quería cambiar de tema.

—Estoy horrible.

Él se inclinó a besarle el pecho y a ella casi se le paró el corazón.

—Estás enferma, tesoro, pero aquí no.

La besó de nuevo un momento, con gentileza, y luego se enderezó. Pasó la toalla por los pechos de ella, sin dejar de mirarla, y bajó hacia el vientre.

Cherry se retorció, tanto por la frialdad del contacto como por el modo absorto en que él miraba su cuerpo.

Sus ojos se llenaron de lágrimas y resopló.

—¡Maldita sea! Me gustaría no estar enferma.

Él enarcó una ceja.

—A mí también me gustaría que no lo estuvieras.

La melancolía se apoderó de ella y supo que tenía que preguntarlo.

—¿Esto será todo?

Él la miró a los ojos, sujetando la toalla en la parte interior del muslo de ella.

—¿Cómo has dicho?

Cherry se apartó de su contacto, se bajó la camiseta y se tapó con la sábana. Se apartó el pelo revuelto y resopló. Se sentía tan mal, que casi le resultaba insoportable.

—Me ha costado siglos traerte aquí y ahora... —su acusación se vio interrumpida por un golpe de tos tan fuerte, que le dolió hasta la espalda.

Denver salió de la cama para buscar un zumo en el minibar.

—No —jadeó ella—. Costará una fortuna.

Sin hacerle caso, él abrió la botella y volvió a sentarse a su lado.

—Invito yo —se lo acercó a la boca—. Vamos, bebe.

Como no tenía mucha opción, ella bebió y no paró hasta que se hubo tragado la mitad del zumo.

Él le pasó el pulgar por el labio inferior.

—¿Mejor?

Cherry asintió. Se sentía mejor, pero el modo insistente que tenía él de hacer que se sintiera desamparada resultaba tierno y perturbador a la vez.

—Denver...

—Contestando a tu pregunta, no. Esto no acaba aquí —él dejó el zumo en la mesilla y la miró a los ojos.

Las quejas de ella desaparecieron bajo aquel escrutinio.

—¿No?

—Ni muchísimo menos.

—¡Ah!

A ella se le ocurrían un millón de preguntas a la vez, pero Denver habló antes de que hubiera decidido por dónde empezar.

—Armie traerá más zumo. Tienes que estar hidratada. ¿Cómo está tu tripa?

—Bien —contestó ella. Gracias a Dios, no tenía náuseas—. A menos que me mueva deprisa.

Él le puso una mano en la nuca y la miró a los ojos.

—¿La cabeza te duele todavía?

—Un poco —el dolor crecía en intensidad, pero no quería parecer quejica. Ya era bastante malo que se le llenaran los ojos de lágrimas de vez en cuando.

—¿Qué más? —preguntó él.

Cherry no contestó de inmediato. ¿Qué mujer quería pasar su primera noche con el hombre de sus sueños quejándose? Denver le tomó la cara entre las manos.

—Tienes razón, no soy doctor, pero he aprendido mucho de mi padre y del deporte.

—¿El deporte?

—Sí. Los luchadores tienen que conocer sus cuerpos lo bastante bien para mantenerse sanos. Así que dímelo. La cabeza, la garganta y, con esa tos, supongo que el pecho. ¿Qué más?

Cherry sabía que él no cedería, así que admitió la verdad.

—Todo el cuerpo.

—¿El cuerpo entero?

Ella asintió.

—Y me arden los ojos —quizá aquello fuera una buena excusa para las lágrimas.

—Eso probablemente es por la fiebre. Cuando vuelva Armie, tomarás alguna medicina —le pasó el pulgar por el labio inferior y respiró hondo—. Lo siento muchísimo.

—Tú no me has hecho enfermar.

—Tampoco te he prestado la atención suficiente para darme cuenta de que no estabas bien.

Ella tampoco se había prestado atención. Con Denver tocándola y besándola, solo se había concentrado en una sensación.

—Creías que estaba bebida —dijo.

—Eso me preocupaba, sí. No quería aprovecharme de ti —contestó él.

A Cherry le dolía la garganta al hablar, pero tenía que decirlo.

—¿Cuando yo prácticamente te supliqué que vinieras?

Denver entrecerró los ojos, pensativo.

—Tenías que habérmelo dicho, ¿sabes?

—No me daba cuenta... —empezó a decir ella.

—¡Chist! —él la besó en la frente para contrarrestar la reprimenda—. No me mientas, Cherry. Nunca.

¿Cómo se las arreglaba ese hombre para hacer que se sintiera culpable con tanta facilidad? Se mordió el labio inferior.

—Bueno...

—Es imposible que no supieras que estabas enfermando.

Cierto... Hasta un punto.

—No me sentía bien, pero... —ella tosió más, y tuvo que reprimir un gemido por el dolor que irradiaba del pecho.

Denver la sujetó y le frotó la espalda hasta que pasó el ataque.

Cherry, abrazada a él, respiró con cautela.

—No sabía que sería tan malo —jadeó—. De verdad. No me habría arriesgado a contagiarte a ti.

—Eso no me preocupa —él la ayudó a acomodarse en la cama—. ¿Pero por qué no me lo dijiste?

Cherry empezó a morderse el labio inferior, pero, cuando él posó la mirada en su boca, se detuvo.

—Es embarazoso —murmuró con un susurro ronco.

Denver movió la cabeza, como si la vergüenza no tuviera cabida en todo aquello.

—Quiero que siempre seas sincera conmigo, pase lo que pase.

A ella le fastidiaba aquella insistencia en que podía no ser sincera.

—No soy ninguna mentirosa.

—No, pero la sinceridad tiene capas —él ladeó la cabeza y la miró a los ojos—. Tengo que tener el ciento por ciento.

—Muy bien —aunque se sentía al borde de la muerte, ella alzó la barbilla—. Tenía miedo de que, si te lo decía, aprovecharas esa excusa para largarte.

La mirada penetrante de él se suavizó entonces.

—¿Me he largado?

—No —y eso la confundía mucho—. Pero no sé por qué.
Denver le tomó la mano.
—¿Crees que te dejaría sola estando así de enferma?
Ella no quería su lástima.
—Si esa es la única razón por la que te quedas…
—No lo es.
—¡Oh! —con los ojos llorosos y la cabeza palpitándole, casi no podía mantenerse semierguida. Pero se mantuvo, respirando despacio para no toser—. Ya que estamos siendo sinceros, ¿por qué me esquivabas?

Denver miró largo rato las manos unidas de ambos y ella sintió el tumulto de sus pensamientos, su resistencia e incluso una especie de resentimiento apagado.

Se puso nerviosa, temiendo lo que pudiera decir. Había sido duro soportar su rechazo silencioso cuando estaba bien. Enferma sería peor. Pero si lloraba delante de él, se moriría de vergüenza.

Al fin él levantó la cabeza. Lo penetrante de su mirada la ponía nerviosa.

—Principalmente te evitaba porque te deseaba demasiado.

¡Guau! Cherry no se esperaba aquello. No tenía sentido.

—Tu olor —murmuró él. Bajó la nariz a la sien de ella e inhaló—. Tu aspecto. Tu risa, el modo en que mueves el pelo, las tetas, ese culo increíble…

Ella tragó saliva. El tono de él era áspero, casi duro, y no se le ocurría nada que decir.

—¡Oh! —repitió.

—Te olía cada vez que te acercabas a mí o que estabas en la misma habitación.

—Eso es… perturbador.

—Hueles bien, nena. Hueles muy bien —seguía mirándola—. Sabes que estás bien dotada —continuó sin importarle la sorpresa muda de ella—. Es imposible que no lo sepas. Pero he conocido a muchas mujeres bien formadas.

Cherry hizo una mueca, y su cabeza protestó con una punzada de dolor.

—Pero ellas no son tú. Creo que es la combinación. Tu cuerpo, tu actitud, que, por cierto, me volvía loco.

—¿Mi actitud? —preguntó ella con un graznido.

—Fiestera —la acusó él—. Coqueta.

A pesar de estar enferma, ella se puso rígida.

—Yo no soy…

—Coqueteas con todos los hombres que se te acercan.

Cherry se atragantó con un respingo, lo que le impidió protestar. Ella no coqueteaba. ¿Cómo se atrevía…?

—Lo haces aunque no sea tu intención —declaró él. Miró el cuerpo de ella y sus manos siguieron a sus ojos hasta que la agarró por las caderas—. No tienes ni idea de cómo me afectaba eso.

Ella pensó que, si así había conseguido llevarlo hasta allí, hasta estar en la cama con ella, estaba muy dispuesta a aceptar la culpa.

—Odio admitirlo, pero probablemente por eso me pasé tanto —él bajó la voz—. Te juro por Dios, nena, que si no estuvieras enferma, ahora mismo estaría dentro de ti.

Ella abrió mucho los ojos y, sobresaltada, respiró con fuerza. Lo cual, por supuesto, desencadenó otro golpe de tos.

Denver la atrajo contra su pecho duro y la acunó con gentileza.

—Tranquila —apenas acababa ella de recuperar el aliento cuando añadió—: Te apuesto a que yo he querido esto desde antes que tú. Lo he deseado tanto tiempo, que me estaba volviendo loco. Y ceder por fin…

«¿Ceder?». Ella se preguntó que querría decir con eso.

—Eso no es excusa para haberte presionado tanto, pero la verdad es que tú me afectas mucho. Contigo estoy siempre tan excitado que resulta agónico.

Cherry agachó la cabeza contra él.

—Eso es lo que sentía también yo —murmuró—. En cuanto a presionarme… —se estremeció, recordando—. Me ha gustado.

Sintió la sonrisa de él cuando le besó la sien.

—Ya lo sé. Pero te gustará más cuando vuelvas a ser tú misma —dijo. Y luego añadió, como si se le acabara de ocurrir—: Todavía hay muchas cosas que quiero hacerte.

«¡Santo cielo!», pensó Cherry. No decía hacer con ella sino hacerle a ella. ¿Cómo iba a respirar con normalidad cuando él decía esas cosas?

Parecía que con Denver todo fuera sexual. Le encantaba haber llegado a ese punto con él, pero sabía que ella quería mucho más.

Él le bajó la mano por la espalda en dirección al trasero... pero se detuvo en seco.

—En cuanto estés bien, volveremos a probar todo esto —le besó la oreja—. Cuando puedas soportarlo, te haré suplicar —le susurró al oído.

¡Caray! Aquello sonaba inquietante, pero ella no podía esperar.

Denver le puso la mano debajo de la barbilla y le alzó la cara.

—Por lo que a mí respecta, no hay un fecha final a la vista —la miró a los ojos y después se concentró en su boca—. ¿Eso te parece bien?

Cherry había quedado colgada de Denver Lewis la primera vez que lo vio, y, desde entonces, cada día se había enamorado más. Si le pedía que se casara con él en aquel momento, probablemente diría que sí.

En vez de eso, él quería sexo ilimitado, y la respuesta seguía siendo la misma.

—Sí.

—Bien —él le apartó el pelo de la cara y se echó hacia atrás para ver su cuerpo—. Vuelves a estar temblando.

De excitación nerviosa y, sí, también por la fiebre. El modo en que la había enfriado él la había ayudado, pero no por mucho tiempo.

Denver se quitó la camiseta, lo cual siempre era un regalo, por muy enferma que estuviera, y los zapatos, y se metió en la cama con ella para estrecharla contra su pecho cálido.

—¿Mejor?

Paradisíaco.

—Sí.

—Duérmete si quieres —él estiró sus largas piernas, tomó el mando a distancia y se puso cómodo, con la tele muy baja—. Te despertaré cuando llegue Armie.

A pesar de que estaba muy cansada, Cherry pensaba que no podría dormir. Sentía la cabeza como si fuera a explotar y la garganta le dolía cada vez más.

—¿Podemos charlar un poco más? —por «charlar» se refería a estar apoyada en él y que Denver le contara detalles de su vida.

—¿De qué?

De muchas cosas.

—Háblame de tu familia.

—Ya lo he hecho. Mi padre es doctor —dijo él.

Su modo de resumir el tema, hasta el punto de resultar cortante, dio que pensar a Cherry. ¿Tenía una mala relación con su padre?

—¿Has mencionado una madrastra?

—Sí. Papá volvió a casarse hace años.

Cherry se acurrucó contra él. Con la mejilla en el pecho desnudo de él y el brazo de Denver rodeándola, se sentía más reconfortada que si hubiera tomado medicinas. El calor del cuerpo de él parecía atravesar sus músculos doloridos, y su olor la envolvía. Cuando apoyó una mano en el abdomen de él, notó que se tensaban sus músculos.

—¿Cuántos años tenías tú?

—Diecinueve —él le cubrió la mano con la suya y le pasó el pulgar por los nudillos—. Eres muy suave.

¿Otra vez cambiando de tema?

—¿Te cae bien tu madrastra?

Se produjo un silencio, con Denver jugando con sus dedos. Cherry no le metió prisa. Si optaba por no contestar, dejaría el tema.

Sabía perfectamente que había temas familiares que era mejor guardar en secreto.

—Papá la quiere —repuso él al fin—. Supongo que eso es lo que importa.

Ella alzó la cara para mirarlo.

—¿No te llevas bien con ella? —teniendo en cuenta lo maravilloso que era, no podía imaginar que hubiera alguien que no lo quisiera.

De nuevo tardó él en contestar. Al fin se pellizcó el puente de la nariz y dijo:

—Es complicado —le dio un abrazo rápido y la besó en la cabeza—. Tendremos tiempo de hablar cuando estés mejor —prometió—. Es tarde. Deberías dormir.

Cherry no quería, pero la letargia tiraba de ella. En cuanto Denver remetió la sábana a su alrededor, sintió que se adormilaba.

Tiempo después, más floja que nunca, se despertó y vio que Armie había vuelto. Mientras intentaba orientarse, oyó que hablaban en voz baja de parientes.

Se sentía peor que antes, tan mal que ni siquiera le importaba de lo que hablaran. Se tapó la cabeza con la sábana y gimió:

—Gracias, Armie. Ahora vete, por favor.

Por supuesto, él no se fue. De hecho, notó que los dos se acercaban a la cama. La testosterona que emitían casi bastaba para marearla.

Armie se acuclilló al lado de su cabeza.

—¿Cómo te sientes, muñeca?

Ella se acurrucó un poco más, para asegurarse de que no la destaparan.

—Tan mal que no quiero que nadie me vea.

Una mano grande y cálida se posó en su hombro. Armie.

Antes de que se hubiera adaptado al impacto de eso, otra mano se posó en su cadera. Denver.

¡Cielo santo!

Casi se le paró el corazón. ¿Intentaban matarla con aquel machismo combinado?

Ya era bastante con tener a un tío grande y atractivo pendiente de ella. Los dos combinados la dejaban temblando.

Aunque solo deseaba a Denver, los dos eran sementales y no estaba acostumbrada a nada parecido. Cerró los ojos con fuerza debajo de las sábanas, y como no sabía qué hacer, permaneció inmóvil.

Hasta que las manos de los dos apretaron y frotaron comprensivas.

La sorpresa le arrancó un gruñido que terminó en un ataque de tos.

—Muévete —oyó decir a Denver.

Un segundo después, él le bajó la sábana hasta la cintura, dejando al descubierto su pelo odioso y las manchas de maquillaje. Al menos habían dejado la luz baja, lo que le permitía esconderse en las sombras.

Denver la ayudó a sentarse y le dio un vaso con zumo frío.

Necesitaba beber, pero él había bajado tanto la sábana, que le parecía más prioritario recuperarla. Cuando hubo preservado su modestia, aceptó el zumo.

Era tan consciente de la presencia de Armie mirándolo todo, que quería morirse. Pero el zumo alivió el dolor de la garganta, así que ignoró la vergüenza que sentía y se lo bebió todo.

Cuando terminó, Denver le acarició el pelo.

—Vamos a empezar con las medicinas.

Cherry odiaba que la cuidaran tanto. Jamás en su vida había sido el centro de tanta atención.

—Puedo hacerlo yo. Tú deberías irte a casa con Armie.

El aludido le sonrió.

—¡Caray, Cherry! Buen modo de insultar a un hombre.

—No iré a ninguna parte —intervino Denver, sin alzar la voz pero con firmeza —abrió dos frascos de pastillas y uno de jarabe para la tos.

—No tienes por qué quedarte aquí.

Esa vez Armie movió la cabeza y, deliberadamente provocador, le dijo a Denver:

—¡Mujeres!

—Ya hemos arreglado esto —Denver le pasó las pastillas a Cherry—. ¿Puedes tragarlas?

—Sí —pero le dolió hacerlo. En cuanto hubo terminado, él alzó el frasco con el jarabe para la tos.

Este pasó con más facilidad y no tenía mal sabor. Cherry volvió a taparse, con la vista un poco borrosa.

—¿Qué hora es? —preguntó.

—Pronto amanecerá —le dijo Denver.

—He estado fuera una hora —le informó Armie—. Lo siento. Me ha costado encontrar una farmacia abierta.

—Gracias —ella hizo ademán de reclinarse de nuevo, pero Denver le agarró los hombros.

—Quiero tomarte la temperatura —dijo.

—¿Tú crees que podrá sujetar el termómetro en la boca? —preguntó Armie.

Denver sonrió pero Cherry se atragantó con un respingo y tosió con tanta fuerza que soltó la sábana para cubrirse la boca.

Y aun así intentó maldecir a Armie y asegurarle que bajo ningún concepto le tomarían la fiebre en...

—Está de broma, nena. Cálmate.

—No tiene gracia —consiguió gruñir ella, entre respiraciones entrecortadas y miradas asesinas.

Armie frunció el ceño con preocupación.

—Lo siento. No pretendía provocar todo esto.

Cherry se secó los ojos llorosos y se concentró en respirar con cuidado.

Armie se acercó a tocarle la frente.

—¿Seguro que no tiene neumonía? —preguntó a Denver.

A Cherry le resultaba muy raro todo aquello. Nadie tomaría nunca a Denver Lewis o a Armie Jacobson por enfermeros. Los tíos grandes y musculosos como ellos no debían dedicarse nunca a cuidar enfermos, y menos de dos en dos.

Tener a ambos esforzándose por mimarla a la vez era como una sobredosis de fantasía, solo que ella jamás habría osado fantasear con algo tan irreal.

¿Cómo esperaban que lidiara con eso?

La palma de Armie seguía en su frente, así que se echó hacia atrás para apartarse. Él pareció sorprendido, hasta que le vio la cara. Entonces sonrió y le guiñó un ojo. Todo eso resultaba demasiado familiar cuando era obvio que ella se sentía fatal y claramente no estaba en condiciones de bromear con él.

Denver sacudió el termómetro y dijo:

—No lo sé seguro, pero lo dudo. Ya sabes que circula un virus muy activo —se volvió, esperó a que Cherry abriera la boca y le puso el termómetro debajo de la lengua—. Si le sube demasiado la fiebre, la llevaré al hospital para ir sobre seguro.

—Nada de hospital —dijo ella con cuidado para no expulsar el termómetro.

¿Cómo se atrevían a hacer planes sin contar con ella?

—Todavía no —asintió Denver. Le tocó con los dedos la barbilla para recordarle que tuviera los labios cerrados.

—No sé por qué, pero no parece tan grave cuando es un tío el que está enfermo —comentó Armie.

—Lo sé.

—Machistas —murmuró ella, y se dejó caer contra el cabecero.

Mientras esperaban a sacar el termómetro, los dos la miraban con demasiada atención, lo que la ponía nerviosa. Solo llevaba una camiseta y un tanga, estaba en la cama, en una habitación de hotel, y tenía a dos megasementales pendientes de ella.

La parte buena de aquel horrible asunto sería contárselo a sus amigas, a Yvette, Rissy, Harper y Vanity. Sabía que les encantarían los detalles y ella embellecería algunos para causar risas.

Tal vez incluso la envidiaran… teniendo en cuenta que no habían tenido que sufrirlo.

Al final, Denver decidió que ya era hora de sacarle el termómetro de la boca y ella se tumbó en la cama y se subió la sábana hasta la barbilla. Él acercó el termómetro a la lámpara para leerlo y miró a Armie con el ceño fruncido.

—Treinta y ocho y medio.

Cherry entendió por qué se sentía tan mal.

—¡Caray! —Armie miró el reloj—. Dale una hora y vuelve a tomársela. Si para entonces no ha hecho efecto la medicina…

—Sí —Denver la miró pero se dirigió a Armie—. Yo me ocupo.

¡Cabezotas! Cherry era muy capaz de decidir si necesitaba ir al hospital. De momento, solo quería esconderse, así que se subió la sábana por encima de la cabeza.

—Se va a asfixiar —oyó que decía Denver en voz baja—. Será mejor que te vayas.

—¿No necesitas nada más?

—Está todo controlado.

—De acuerdo —Armie bajó más la voz—. ¿Me avisarás si ocurre algo nuevo?

—Sí, pero estaré vigilante, no te preocupes.

¿Vigilante en qué sentido? Cherry bajó la sábana lo suficiente para ver a los dos hombres de pie al lado de la puerta abierta.

Armie salió al pasillo.

—¿Crees que volverás mañana al centro recreativo?

—Depende de cómo se encuentre ella —cuando Denver la miró, ella cerró rápidamente los ojos—. Te llamaré y te lo haré saber.

—Odio que tenga que soportar el largo viaje a casa si no está bien —declaró Armie.

De haber tenido fuerzas, Cherry le habría dicho que no era una niñita frágil, pero en aquel momento se sentía como tal.

—Lo sé —asintió Denver—. Si es ese virus, debería sentirse un poco mejor mañana. Con menos fiebre.

—Pero todavía destrozada —Armie hizo una pausa—. ¿Qué tienes tú mañana? ¿Una clase de niños y luego la de defensa personal de las mujeres?

—Sí, a las cinco y media y luego las mujeres a las siete y media.

«¡Caray!», pensó Cherry. Denver no dormía esa noche y luego tendría que conducir, hacer su entrenamiento y después dos clases. La culpabilidad hizo que se sintiera aún peor. Todos los luchadores del grupo trabajaban en el centro recreativo. Era una especie de intercambio por utilizar el sitio y poder relacionarse con los luchadores mejor establecidos que visitaban a Cannon de vez en cuando, pero también porque eran muy amigos de Cannon y les gustaba colaborar.

—¿Qué tal si te cubro yo? —preguntó Armie.

—Tú acabas de hacer un torneo —le recordó Denver.

—¿Y qué?

—¿Seguro que puedes hacerlo?

—¿Quieres cabrearme?

Denver se echó a reír.

—Está bien. De acuerdo. Gracias —contestó.

Dijeron algo más, pero Cherry no pudo oírlo todo, y luego se cerró la puerta y supo que Denver volvía hacia ella. Curiosa por lo que haría a continuación, abrió los ojos y lo miró.

—¿Ya está haciendo efecto la medicina? —preguntó él.

Cherry revisó mentalmente su cuerpo y se dio cuenta de que no temblaba tanto.

—Creo que sí.

Denver le sonrió.

—Tienes aspecto somnoliento.

Ella sabía qué aspecto tenía y no quería hablar de eso.

—¿Vienes a la cama?

—Sí. Los dos necesitamos dormir —repuso él.

Se quitó la ropa sin ningún pudor, calzoncillos incluidos.

Cherry abrió mucho los ojos, y los abrió más todavía cuando él dobló las prendas y las colocó en una silla. Supuso que dormiría desnudo, lo cual incrementaría el tormento de ella, que no estaba en condiciones de aprovechar aquel cuerpo sexy. El trasero musculoso de Denver era una belleza. Y los hombros anchos y fuertes la hicieron suspirar.

Él debió de oírlo porque la miró.

—No toses. Eso es bueno.

Tal vez estuviera demasiado atónita por su cuerpo desnudo para toser.

Denver se acercó a la cama.

—¿No te importa? —preguntó.

¿Verlo desnudo? Claro que no. Ella negó con la cabeza y pasó la vista por el cuerpo de él.

—Dame cinco minutos y me reúno contigo —Denver tomó la bolsa de viaje y desapareció en el baño. Cherry oyó que corría el agua y los sonidos de él cepillándose los dientes.

Eso hizo que se sintiera muy maloliente y, en cuanto terminó él, salió como pudo de la cama. Sabía que caminaba como un zombi viejo, pero no podía ir más deprisa.

Denver la tomó del brazo y la ayudó a sentarse en el váter. Le alzó la barbilla.

—Si me necesitas, dilo.

—Gracias.

Cherry cerró la puerta tras él. Le costó un gran esfuerzo, pero se lavó los restos de maquillaje, se cepilló los dientes, usó el váter y comprendió que no le quedaba energía para lidiar con el lío imposible del pelo.

Cuando abrió la puerta, Denver estaba al lado. La tomó en brazos y la llevó a la cama. Después de arroparla, apagó la luz, se metió con ella bajo la sábana y la atrajo hacia sí. Le puso un brazo debajo de la cabeza y el otro alrededor del cuerpo, debajo de la camiseta y encima de un pecho.

—¿Bien?

Sus enormes puños poseían una fuerza noqueadora, pero en aquel momento, la palma abierta y los dedos largos eran tan gentiles, que ella estaba admirada.

—Sí.

Denver le besó un hombro.

—Duerme. Te despertaré cuando tengas que tomar más medicinas.

Disfrutando de su proximidad, Cherry cerró los ojos y cayó en un sueño profundo.

CAPÍTULO 5

Denver la abrazó durante su sueño inquieto hasta que la luz del sol atravesó las cortinas. Una hora antes se había levantado para volver a enfriarla, darle medicinas y algo de beber. Sabía que ella necesitaba tiempo, descanso y medicinas más que nada, y se encargaría de que los tuviera.

Denver no había dormido gran cosa, pero teniendo en cuenta que ella estaba enferma y él se sentía muy culpable, era un milagro que pudiera relajarse algo. Gracias a su colosal ego y, sí, a la lujuria que le producía ella, la había presionado demasiado, haciéndola correrse una y otra vez. Eso no la había ayudado.

Definitivamente, a él no lo había ayudado nada, porque ahora que conocía el cuerpo de ella, sabía los sonidos que hacía durante el orgasmo y cómo se apretaba en torno a él, no podía dejar de pensar en repetirlo.

Se pasó una mano por la cara y procuró controlarse.

Gracias a Dios, ella estaba con él, no sola. Cuando pensaba en su terquedad, en cómo había estado a punto de dejar que fuera sola a su habitación, le daban ganas de darse patadas en el trasero. En ese momento ella necesitaba a alguien.

Y él quería ser ese alguien.

Por suerte, tenía tiempo y, aunque odiaba verla sentirse tan mal y le hubiera ahorrado aquello de haber podido, le gustaba cuidarla.

Lo primero era ampliar la estancia en el hotel.

Salió de la cama sin molestarla y permaneció un momento mirándola.

Durante la noche, cuando había cedido la fiebre, ella se había colocado de espaldas y descansado con una mano encima de la cabeza y la otra apoyada en el estómago.

La sábana y la manta habían caído hasta las rodillas.

Una tortura.

Cherry tenía el cuerpo más dulce y exuberante que había visto nunca.

Y aquellos tangas... Eran básicamente una tira de encaje por delante y otra más estrecha por detrás, y resultaban muy excitantes.

Denver se obligó a volverse. Tomó su ropa y entró en el baño a vestirse y afeitarse. Eso último era una concesión a la piel delicada de ella. Muchos días no se molestaba en afeitarse, a menos que tuviera reuniones con clientes en su trabajo como contable. Pero, desde que había entrado en la SBC, había recortado mucho ese trabajo... y el afeitado. Ya solo seguía trabajando con unos pocos clientes con los que llevaba años.

Después de cepillarse los dientes, se peinó con los dedos y volvió a salir.

Cherry no se había movido. Sus rizos rubios revueltos estaban esparcidos por la almohada. La luz del sol le iluminaba la cara. Enferma y sin maquillaje, estaba hermosa, con la piel cremosa y los labios llenos y suaves.

Si no hubiera tenido un combate en puertas, no le habría importado pasar una semana entera con ella en el hotel.

Los dos solos.

Pasando la mayor parte del tiempo en la cama. O en la ducha. ¡Demonios!, le gustaría doblarla sobre el escritorio para apreciar mejor aquel culo espectacular.

Pero no podía saltarse el entrenamiento, así que lo de la semana estaba descartado.

Tendrían ese día, pero ella no estaba en condiciones para las cosas que se moría de ganas de hacerle.

Apartó la vista de la tentación, se guardó la cartera en el

bolsillo, tomó la llave tarjeta de la habitación y salió sin hacer ruido.

En recepción, pagó por su habitación y amplió la estancia en la de Cherry, explicando que estaba enferma. Había muchas probabilidades de que, una vez despierta, pudieran hacer el viaje de vuelta por la tarde, pero no quería meterle prisa.

Una vez hecho eso, pasó por el restaurante del hotel y pidió comida para él y bebidas para ella. Se dirigía al ascensor con su carga, cuando sintió que lo vigilaban. Se detuvo con el ceño fruncido y miró por encima de su hombro.

Al otro lado del vestíbulo, dos hombres seguían con la vista todos sus movimientos. Su aspecto rudo, desaliñado y sin afeitar, no escondía sus hombros amplios y su probable fuerza.

Ni su aura de peligro.

Denver los miró receloso, valorando sus prioridades.

Tenía que volver con Cherry. Pero ¿y si esos tres eran el trío que había mencionado Armie? Podían ser una amenaza para ella.

Tomó una decisión. Se volvió y avanzó hacia ellos, sin dejar de mirar a los ojos al más grande de los dos.

Aquello los sorprendió claramente, porque el grandullón dejó de mirarlo con desafío y se enderezó con nerviosismo. El más pequeño, que no era ni mucho menos pequeño, le dijo algo al otro y...

«¡Maldición!».

Denver los vio salir por la puerta giratoria y desaparecer. Apretó los dientes. ¿Debía ir tras ellos? En su experiencia, los hombres solo huían si tenían un motivo.

Así que sí, tenía que ir tras ellos.

Vio a un par de chicas, fans de la lucha, mirándolo, y les sonrió, dispuesto a aprovechar la coyuntura.

—¿Me hacéis un favor?

Una morena esbelta le devolvió la sonrisa.

—Claro que sí.

—¿Me cuidáis la comida un minuto?

—¡Oh! ¡Ah!...

Denver puso su bolsa encima de la maleta de ruedas de ella.

—Juro que solo serán un par de minutos —o eso esperaba.

Una rubia más bajita asintió con la cabeza.

—De acuerdo.

—Gracias —Denver salió por la puerta, miró a la izquierda, giró a la derecha… y vio a los dos hombres girar hacia el lateral del edificio.

Echó a correr y dobló la esquina con cuidado. Había tres hombres voluminosos juntos, todos claramente beligerantes. Idiotas. ¿Pensaban que estar juntos les daba alguna ventaja?

¿Y por qué necesitaban ventaja para empezar? ¿Qué se proponían?

Si tenían algún tipo de parentesco con Cherry, no se notaba. Aunque dos llevaban gorra, Denver veía que eran morenos, musculosos pero con muestras de disipación, con los ojos enrojecidos por el alcohol o las drogas, quizá ambas cosas.

El tercero tenía una cresta de mohicano y llevaba el lateral de la cabeza tatuado.

Denver no se apresuró. Miró detenidamente a cada uno de ellos y enarcó una ceja.

—Habéis huido de mí.

Uno de ellos escupió tabaco, que cayó demasiado cerca del pie de Denver. Este esperó sin moverse.

—No huíamos —dijo el más mayor.

—A mí me ha parecido que sí —estaban de espaldas a un callejón largo y estrecho, que se abría a una calle detrás del hotel. Si tenía que perseguirlos, atraparía al menos a uno, quizá a dos, sin problemas—. ¿Por qué me observabais?

—Revísate el ego, tío. Yo no te miraba.

Denver, sonriente, dio otro paso al frente, dispuesto a provocar si no obtenía respuestas.

—Eso es mentira.

El grandullón, quien, como había dicho Armie, medía más que el metro ochenta y cinco de él, frunció el ceño.

El que había escupido se echó a reír.

—Tranqui, ¿de acuerdo? Solo queremos saber si estás con Cherry Peyton. Hemos oído que está con un luchador y anoche otro luchador hizo una escena...

—¿A cuál de vosotros le dio en los huevos?

Eso no les hizo gracia. Denver sabía que uno de ellos había sacado una navaja. Casi deseaba que esos mierderos lo intentaran de nuevo.

El que había escupido se quitó la gorra de camionero, se pasó una mano por el pelo y volvió a ponerse la gorra, mirando al más callado de los tres.

El de la cresta de mohicano dio un paso al frente.

—Ese fue Gene —señaló al del escupitajo.

—¿Todavía llevas la navaja? —preguntó Denver al aludido.

Fue el mohicano el que contestó.

—Sí, la lleva —tendió una mano que mostraba tatuajes en los nudillos y algunas cicatrices—. Soy Carver Nelson.

Denver ignoró la mano extendida.

—Gene siempre lleva una navaja encima. No significa nada —Carver retiró la mano—. Estos son mis hermanos. Mitty y Gene.

Mitty, el más grande, seguía mirándolo de hito en hito. Gene, el portador de la navaja, escupió otra vez.

—Tienes un hábito muy asqueroso —comentó Denver.

Gene enderezó los hombros en plan gallito.

—¿Y bien? —preguntó Carver—. ¿Estás con Cherry?

—¿Y qué si es así?

—Solo queremos encontrarla, nada más.

Denver no podía imaginar a Cherry emparentada con ninguno de ellos, pero menos con el que hablaba. En el mundo de la lucha veía de todo. Los tatuajes y los cortes de pelo extravagantes no le impresionaban.

Pero reconocía a un canalla solo con verlo. Carver era eso... y algo más.

—¿Por qué?

—Es nuestra hermana pequeña —repuso Mitty.

¡Imposible! Denver, que sabía que eran visibles su incredulidad y su desdén, los observó de nuevo.

Cherry era alegre, llena de sonrisas, amable, suave y sexy.

Aquellos hombres parecían canallas arrastrados.

—En ese caso, creo que tendríais su número de teléfono y un modo mejor de contactarla que merodeando por hoteles.

El grandullón apretó los puños.

—No estábamos merodeando.

—Nos distanciamos hace un tiempo —explicó Carver—. Hubo una riña familiar y perdimos el contacto, eso es todo.

—Pero ahora queremos un reencuentro —añadió Gene, con una mirada lasciva.

Denver se esforzó por moderar el tono, con la esperanza de descubrir la verdad.

—¿Cómo sabíais que estaría aquí en los combates?

Carver se encogió de hombros.

—Sabíamos que era fan de la lucha y que vivía en esta zona —se cruzó de brazos, mostrando bien sus músculos—. Fue una suposición.

Denver no quería, pero para ser justo, hizo una oferta.

—Dadme un número en el que pueda contactaros y me aseguraré de dárselo.

—Eso no sirve —contestó Gene—. No nos llamará.

Denver quería golpearlo a él más que a los otros, darle una buena lección. Parecía que Carver intentaba la diplomacia y Mitty era demasiado estúpido para hacer otra cosa que murmurar frases incompletas. Supuso que Carver sería el líder y Mitty pondría la fuerza cuando era necesario.

Pero a Gene no le importaba incitarlo a la rabia y a Denver le encantaría descargarla sobre él y una navaja no se lo iba a impedir.

En vez de eso, como sabía que así lo molestaría, le habló a Carver.

—En ese caso, supongo que no tenéis suerte.

Carver hizo una mueca apaciguadora a sus hermanos y se colocó delante de ellos.

—Ha habido una muerte en la familia.
—¿Quién?
—Nuestro padre.

Si estaban emparentados, ¿eso destrozaría a Cherry? No era algo que pudiera ocultarle.

—Lamento oírlo. Se lo diré —ansioso por volver a su lado, dijo—: ¿Queréis darme un número de teléfono, sí o no?

—Sí, claro —Carver se tocó los bolsillos con dramatismo—. ¡Mierda!, no llevo ni papel ni bolígrafo.

—Y supongo que tampoco una tarjeta.

—Me la he dejado en casa.

—Entra en el hotel y di en recepción que quieres dejarme un mensaje. Pídeles que se lo den a Denver Lewis. Lo recogeré antes de irme.

—¿Sí? ¿Y cuándo será eso exactamente?

Denver rio, pero no sentía ni pizca de humor. Carver intentaba ser hábil y fracasaba miserablemente.

—Todavía no lo sé, pero sería inteligente por tu parte no estar presente cuando lo haga.

Se disponía a alejarse cuando sintió que se acercaba alguien por detrás. No apartó la vista de los hermanos, pero se puso más alerta.

Hasta que oyó preguntar:

—¿Te echo una mano?

Denver se relajó y se giró a mirar a Dean Connor, más conocido como Caos, quien estaba de pie a poca distancia con los brazos cruzados y una expresión divertida.

—Gracias, pero está todo controlado.

—En ese caso, esperaré.

Porque quería hablar de Armie. «¡Mierda, mierda, mierda!». Denver no tenía tiempo para eso. Quería volver con Cherry.

Maldijo en su fuero interno a Armie por ser tan testarudo. Pero no podía faltarle al respeto a Dean, así que contestó:

—Haz lo que quieras.

—Siempre lo hago.

Denver se giró de nuevo hacia los hermanos y apuntó a Carver con el dedo.

—No la molestes. No te lo diré dos veces. ¿Nos entendemos?

Carver, que no parecía nada intimidado, asintió levemente con la cabeza.

—Sí, creo que sí.

Intentó decirlo a modo de advertencia, pero a Denver no le importó lo más mínimo. Caminó hacia Dean y los tres palurdos se fueron en dirección contraria. Si no eran tan tontos como parecían, seguirían andando.

—¿Amigos tuyos? —preguntó Dean cuando se reunió con él.

Denver negó con la cabeza.

—No son nadie.

—¡Qué curioso! Lo mismo me dijo Armie anoche.

—Quizá porque es verdad.

—O más probablemente porque pensáis que no es asunto mío —Denver iba a contestar, pero el otro levantó una mano—. Quienesquiera que sean, creo que les has metido miedo. Me alegro de que ya hayas firmado con la SBC.

—¿Crees que lidiar con unos gamberros callejeros prueba algo?

Dean se encogió de hombros.

—Te has manejado bien y has mantenido la calma —sonrió, divertido—. Al menos mejor que Armie anoche.

Denver había visto a Dean unas cuantas veces, pero no diría que eran amigos. Más bien conocidos. Como era nuevo en la SBC, siempre agradecía el tiempo que le dedicaba Dean, que era una leyenda.

Excepto en aquel momento.

—Armie tiene mucho control cuando lo necesita —como no siempre daba muestras de ello, añadió—: Cuando lucha.

—Estoy de acuerdo —Dean echó a andar al lado de Denver—. ¿Tienes prisa?

—No quiero ser grosero...

—No es problema. Te acompañaré.

—De acuerdo —repuso Denver, que no vio forma de evitarlo. Atravesaron las puertas del hotel.

—En realidad, quería hablarte de Armie.

Denver negó con la cabeza.

—No es asunto mío.

—Lo entiendo. Sin presiones. Solo dale un mensaje de mi parte, ¿quieres?

Las dos mujeres seguían en el vestíbulo, esperando ansiosas.

—Espera —Denver se acercó a ellas y se disculpó—: Lo siento. He tardado más de lo que pensaba.

La rubia le sonrió.

—No importa.

Él recogió la bolsa con la comida y las bebidas.

—¿Adónde vais? ¿Al aeropuerto?

La morena asintió, pero su mirada había pasado de Denver a Dean y parecía a punto de desmayarse.

Dean le dedicó su «sonrisa patentada para las fans», se adelantó y le tendió la mano.

Las chicas quedaron encantadas cuando Dean se hizo una foto con ellas y Denver les pagó el taxi.

Una vez resuelto eso, Denver preguntó:

—¿Qué quieres que le diga a Armie?

—Que deje de huir de mí. Dile que te he dicho que se porte como un hombre y me dé una oportunidad de hablar con él.

Denver lanzó un silbido.

—Así no te lo vas a ganar.

—No, pero lo obligaré a escuchar —repuso Dean. Y sorprendió a Denver entrando con él en el ascensor.

—¿Quieres algo más? —preguntó este.

—Sí, pero seré rápido. Quiero saber cómo dirige Cannon su centro recreativo. Es un lugar único, la combinación de centro de entrenamiento de primera, la oportunidad de practicar con y aprender de él, y todo eso ayudando también al barrio. ¿Cómo funciona eso exactamente? Le preguntaría a Cannon, pero es demasiado humilde en ese terreno.

Ese sí era un tema al que Denver podía hincarle los dientes.

Cannon y él eran amigos de toda la vida y lo respetaba más que a ningún otro hombre que conociera.

—Cannon lo tiene montado de modo que todos participemos por turnos, algunos una vez a la semana, otros una hora todos los días. Ahora que Cannon ha triunfado tanto, es Armie el que lleva la mayor parte de la carga. Él prepara la agenda y recluta a los voluntarios. Siempre que Cannon está fuera de la ciudad, Armie lo dirige todo.

—¿Es un empleado o un socio?

—Ambas cosas, supongo —Denver no había comentado nunca los detalles con Armie, pero, conociendo a Cannon, asumía que Armie estaba bien recompensado por todo el tiempo que dedicaba a eso—. Armie tiene un alto nivel de energía y se niega a estar sin hacer nada.

Dean sonrió.

—Creía que pasaba todo su tiempo libre con las chicas.

—También saca tiempo para eso, te lo aseguro —a veces daba la impresión de que Armie pasaba días enteros sin dormir. Y, sin embargo, nunca se escaqueaba.

Dean, riendo, sacó una tarjeta de su bolsillo.

—Dale mi mensaje a Armie. Y, eh, la próxima vez que estés en Harmony, a ver si cenamos juntos.

—Bien —puesto que Harmony no estaba muy lejos, solo un poco más al sur, en Kentucky, Denver iba a menudo por allí. Se guardó la tarjeta—. Eso me gustaría.

Cuando se detuvo el ascensor, Dean siguió dentro, pero mantuvo la puerta abierta después de que saliera Denver.

—Yo tampoco habría dejado que esos tres se acercaran a mi chica —dijo. Y después de eso, permitió que se cerraran las puertas.

¡Ah! O sea que Dean había captado más de lo que había dado a entender.

Denver tenía mucho en lo que pensar... Más tarde.

De momento, solo quería ver a Cherry.

Para su sorpresa, cuando abrió la puerta de la habitación, encontró la cama vacía. Mientras cerraba la puerta despacio, oyó el ruido de la ducha. Sintió calor y su cuerpo se tensó. Dejó la bolsa y se dirigió al cuarto de baño.

Cherry se había esforzado por recogerse el pelo en alto, abrir la ducha, quedarse de pie debajo del chorro y lavarse de arriba abajo. Después, recostada contra la pared de azulejos, se dio cuenta de su error. Nunca en su vida se había sentido tan agotada. Estar de pie parecía requerir una cantidad increíble de energía... una energía que había desaparecido rápidamente.

En casa, sola, no se habría molestado.

Pero ya era bastante malo estar tan patéticamente enferma con Denver. No podía permitirse estar también mugrienta. Además, creía sinceramente que se sentiría mejor cuando estuviera limpia.

Sin embargo, no sabía si tendría fuerzas para cerrar el grifo, secarse, vestirse y volver a la cama.

Quería dejarse caer en la bañera y volver a dormir, incluso con el agua cayendo sobre ella. Si hubiera estado segura de que no se acabaría el agua caliente ni se ahogaría, quizá lo habría hecho.

A decir verdad, todavía era una posibilidad.

Acababa de pensar eso, cuando se abrió la cortina de la ducha y apareció Denver, quien le lanzó una mirada ardiente. Se mostraba severo y un poco excitado.

Una combinación única.

—¡Maldita sea, nena! ¿Qué te crees que haces fuera de la cama?

Cherry sintió un nudo en la garganta.

—Estaba... No puedo... —apoyó una mano en la pared de la ducha y dijo sencillamente—: Un gran error.

Denver extendió el brazo y cerró el grifo. Agarró una toalla blanca grande, la envolvió en ella y, sin importarle mojarse, la levantó contra él. Bajó la tapa del váter con una mano y la sentó encima.

—Denver...

—Calla. Ya me encargo yo —se apoyó en una rodilla y le secó las pantorrillas, las piernas y el vientre.

Cherry se mantuvo tan erguida como le fue posible, totalmente mortificada y muy consciente de dónde la tocaba y cómo. Para él parecía algo impersonal. Para ella era muy, muy personal.

Sus ojos se encontraron.

—Respira, nena. Despacio.

El timbre ronco de su voz le dio a ella ganas de derretirse.

—Lo siento. He pensado…

—Tendrías que haberme esperado —contestó él.

Le secó los pechos con gentileza y, cuando le pasó la toalla suave por los pechos, ella tragó saliva con fuerza. El aire, más fresco después de la ducha, la hizo estremecerse y le endureció los pezones.

—Casi he terminado —le dijo él.

Y su voz sonaba tensa. Al fin acabó con los pechos, le secó los hombros con energía y le pasó la toalla por la cara con suavidad.

—Arriba —la levantó y la apoyó contra su cuerpo.

¡Qué caliente era su cuerpo! Cherry cerró los ojos y pensó sinceramente que podía adormilarse así, con él sosteniéndola con cuidado.

Después de secarle la espalda, él pasó demasiado tiempo en el trasero, mirando por encima del hombro de ella, hasta que Cherry dijo:

—Denver.

Entonces la besó en el cuello, la envolvió en la toalla y la tomó en brazos. Ella sabía que era fuerte; cualquier que lo viera sabría eso. Pero la acarreaba con una facilidad que la impresionó y la hizo sentirse una «mujercita» por excelencia.

Denver echó a andar hacia la cama.

—Me alegro de que no hayas intentado lavarte el pelo —musitó.

Ella apoyó la mejilla en su hombro duro, una palmada por encima de su corazón.

—No podía —confesó.
Él se detuvo al lado de la cama, con ella todavía en los brazos.
—¿Te sientes algo mejor? —la besó en la sien—. No pareces tener tanta fiebre.
Cherry bostezó.
—Por eso he pensado que podía ducharme —susurró. Pero a mitad de camino había sabido que era muy mala idea.
—Siento haber tardado tanto —él ladeó un poco la cabeza para mirarla—. ¿Tienes algo que ponerte?
Con el modo en que la trasportaba, la toalla apenas conseguía ocultar algo. Ella se dio cuenta de que él miraba el espejo de la cómoda y cuando miró hacia allí, entendió por qué. Se retorció para soltarse.
Denver la sujetó con más fuerza.
—Tranquilízate.
—¡Deja de mirarme!
Él lanzó otra mirada larga al espejo.
—Lo siento, pero eso no va a pasar.
La imagen del espejo mostraba las piernas de ella encima del brazo de él, la toalla suelta colgando muy por debajo del trasero y un montón de piel desnuda entre las dos cosas. Él podía verle desde la parte de atrás de los muslos hasta la mitad de la espalda.
A Cherry le dolía el corazón en el pecho y se sentía humillada.
—Denver...
Él la abrazó y se volvió para que el trasero de ella ya no apuntara al espejo, pero no la soltó.
—No tienes motivos para avergonzarte. Me gusta mirarte.
—Así no.
—Especialmente así —él le frotó la nariz en la cabeza—. Quiero ver todas las partes de tu cuerpo.
Cherry giró la cara caliente contra la garganta de él y gimió:
—Esto es horrible.
—Eres muy hermosa —le susurró él al oído con voz ronca.

Aquella no era una foto hermosa, pero ella no tenía fuerzas para debatir con él en ese momento.

—La camiseta... —murmuró.

Miró la que se había quitado antes de entrar en la ducha. Estaba muy arrugada, pero cualquier cosa sería mejor que sentirse tan vulnerable.

Denver seguía observándola.

—Un día, pronto, me mostrarás todo lo que quiero ver.

Medio muerta de vergüenza y algo temerosa de que él tuviera razón, ella no contestó.

Denver miró su expresión y volvió la cabeza hacia la camiseta descartada encima de la cómoda.

—Yo he traído de sobra, si no te importa ponerte una mía —le lanzó una sonrisa torcida—. Aunque me encanta verte así, probablemente ayude a mi cordura que no te quedes desnuda.

—Yo no haría eso.

Él lanzó un gruñido.

—Los dos sabemos que, si estuvieras sola, no te preocuparía tanto la suciedad.

Aquello era cierto.

—Me las habría arreglado —musitó ella.

—Tal vez —él la depositó en la cama, apartó la toalla y volvió a mirarla con atención—. Ahora no tienes que hacerlo —la besó en la frente, en el hombro, y en la parte superior de uno de los pechos, antes de sacar una camiseta negra de la SBC de su bolsa de viaje.

Cherry odiaba sentirse tan débil. Consiguió sentarse antes de que él volviera a la cama, pero dejó que le pusiera la camiseta por la cabeza e incluso que le metiera los brazos en las mangas cortas.

—¡Pobrecita! —musitó él con una sonrisa indulgente muy masculina—. Estás destrozada, ¿eh? —le subió la sábana hasta más arriba del regazo y ahuecó las almohadas detrás de ella.

—Lo siento...

—Deja de disculparte —él le quitó la goma del pelo y le pasó los dedos por él para alisarlo—. Ya te dije que hay un virus circulando. He visto a unos cuantos luchadores hundidos.

Y ella no era una luchadora grande, musculosa y muy en forma.

—¿De verdad? —preguntó.

—Sí, de verdad. Solo tienes que descansar unos días —Denver le tomó la cara entre las manos—. ¿Crees que puedes estar despierta lo suficiente para tomar una medicina y beber líquido?

—Sí —en realidad, una vez de vuelta en la cama, sabía que se sentía mejor por estar limpia—. ¿A qué hora tenemos que irnos?

Él abrió un zumo de naranja y le pasó unas pastillas y el jarabe para la tos antes de contestar.

—He ampliado tu estancia un día más.

La cara de ella debió de mostrar algo, pues él dijo:

—No te preocupes. Yo me encargo.

Cherry negó con la cabeza. Ya era bastante que la cuidara, no quería costarle también dinero.

—Te lo devolveré —dijo.

—No, no lo harás —Denver no hizo caso de su enfado—. Yo también me quedo, así que no le des importancia.

—No hace falta…

Él se inclinó y la besó en la frente.

—No estás en condiciones de discutir conmigo, nena, así que relájate, ¿de acuerdo? —volvió a besarla.

La ducha había despejado la niebla de letargo lo bastante para que se colara la realidad. Aquello era un problema, y no solo en el sentido más evidente.

—Mañana tengo que trabajar.

—¿Con niños? —él enarcó las cejas—. Eso no va a pasar.

—Me encuentro mejor —mejor, pero todavía muy mal. Y teniendo en cuenta que trabajaba en una escuela infantil, seguramente no debería acercarse a los niños. Pero…

—Odio decirte esto, cariño, pero vas a necesitar al menos dos días más. Quizá tres —él la miró detenidamente—. O más.

Aquello era inaceptable, pero a Cherry le latió con fuerza el corazón al pensar que él podía tener razón.

—¿Quieres una pajita para el zumo?
Ella hundió los hombros.
—No.
Él le tendió el vaso y se acercó a la mesa para abrir las bolsas de la comida.
—He comprado comida para mí, pero no estaba seguro…
Cherry alzó una mano.
—No. Yo no quiero comida.
—Lo suponía —la expresión de él se suavizó—. ¿Te molestará que coma yo?
—No… pero no hables de comida.
Denver movió la cabeza con una sonrisa y se sentó en la silla.
—Si te doy náuseas, dímelo.
Ella se puso de lado y se acurrucó en la cama. No era fácil tener los ojos abiertos, pero ya había dormido mucho.
—¿Qué vas a hacer hoy? —preguntó.
Él abrió varios recipientes de comida.
—¿A qué te refieres?
—¿No sueles entrenar o salir a correr?
—Las dos cosas, pero puedo saltarme un día.
Cherry vio cómo empezaba a comer lo que parecía queso fresco. Cerró los ojos.
—¿Denver?
—¿Umm?
—¿Me haces un favor enorme? —preguntó ella. Cuando abrió los ojos vio que la miraba, esperando—. Por favor, ¿irás a usar el gimnasio? O al menos sal a correr.
—¿Estás planeando otra ducha?
Ella sonrió con cansancio.
—No —bostezó y se acurrucó más en la cama—. Voy a dormir y me sentiré mejor sabiendo que no te he arruinado todo el día.
Denver echó la silla hacia atrás y fue a sentarse en un lado de la cama.
—Me gusta estar aquí contigo.

—Así no.

—Así también.

¿Sería cierto? Y de ser así, ¿significaba eso que sentía algo por ella? Tenían mucho que aclarar, pero antes...

—¿Por favor?

Él frunció el ceño, dudoso.

—¿Prometes quedarte en la cama?

Como de todos modos no creía que pudiera moverse, ella asintió.

—Está bien. Terminaré de comer y me marcharé una hora —Denver se inclinó y le tocó la frente con la suya—. Sé buena en mi ausencia.

Cherry decidió que, en cuanto se pusiera bien, hablarían del autoritarismo de él. Pero hasta entonces... Sí, dormir parecía una idea estupenda.

CAPÍTULO 6

Denver tenía que reconocer que correr le había sentado bien. Seguía todavía tenso por el encuentro con la presunta familia de Cherry. No se había alejado mucho del hotel y había estado alerta mientras hacía ejercicio, pero no los había visto por ninguna parte ni al irse ni al volver. Con un poco de suerte, habrían seguido su consejo y se habrían largado.

Cuando regresó, la mayoría de las personas relacionadas con la lucha se habían ido ya y consiguió llegar a su planta sin que lo pararan ni una sola vez. Salió del ascensor con la camiseta sudada, pantalones de correr y el teléfono y la tarjeta llave en una especie de riñonera pegada con velcro a la cintura.

Cuando se dirigía a la habitación, sonó la alarma de incendios, eliminando de un plumazo la calma que había obtenido con el ejercicio. Corrió los últimos pasos hasta la puerta, la abrió y encontró a Cherry sentada en la cama, adormilada y confusa.

—¿Qué ha pasado?

—Alarma de incendios —Denver guardó sus cosas en la bolsa de viaje y a continuación recogió las de ella. La ropa, los zapatos y el maquillaje que había dejado en el baño.

—¿Qué haces?

—Hay que largarse —repuso él, buscando un tanga y unos vaqueros entre la ropa de ella—. Y, en ese caso, vale más que vayamos a casa.

—¡Oh! —exclamó ella.

Su mirada se iba aclarando poco a poco. Era muy probable que el jarabe para la tos tuviera tanta culpa del aturdimiento como la enfermedad.

Ella empezó a salir de la cama y él corrió a ayudarla.

—Tengo que ir al baño.

—Muy bien, pero hay que darse prisa.

En alguna especie de interfono que había en la habitación sonó una voz que pedía a los huéspedes que siguieran las indicaciones que había pegadas en la puerta. Denver llevó a Cherry al baño, dejó los vaqueros y el tanga encima del tocador y retrocedió.

—¿Dónde está tu teléfono? —preguntó.

—En la mesilla de noche —contestó ella. Y cerró la puerta de un empujón.

Denver vio que había una llamada perdida en el teléfono de ella y en el de la habitación. Toda aquella situación le resultaba muy rara, desde los palurdos que afirmaban estar emparentados con ella, hasta la alarma antiincendios y la evacuación.

Pero no estaba dispuesto a correr riesgos con Cherry.

Oyó primero el mensaje en el buzón de voz del teléfono de la habitación.

«Escucha, Cherry. Tienes que ponerte en contacto. Lo digo en serio. Déjate de tonterías, joder».

Una tensión airada invadió todos los músculos del cuerpo de Denver. Cuando el que llamaba, que pensó que debía de ser Carver, dejó un número, lo anotó en una libreta de notas, sujetando el teléfono entre el hombro y la mandíbula y se guardó el papel en el bolsillo.

«Esta noche, Cherry. Ya has causado bastantes problemas. No me obligues a ir detrás de ti».

La llamada terminaba así.

Denver pensó que tenía que saber qué demonios era todo aquello. Y pronto, antes de que sucediera algo más. Para ir sobre seguro, miró la llamada perdida del móvil de Cherry y vio que era de Rissy, su compañera de casa. También había un mensaje de texto que solo decía: «*Rissy ha estado aquí*». Aquello era muy típico de Merissa Colter y, en otras circunstancias, habría hecho sonreír a Denver.

En aquel momento, sin embargo, estaba muy lejos de poder sonreír.

Al dejar el teléfono y el cargador en el bolso de Cherry, vio las llaves del coche. Las sacó y se las guardó en el bolsillo del pantalón. Cuando se abrió la puerta del baño, acababa de recoger las medicinas y guardarlas en la bolsa de viaje de ella.

Cherry salió arrastrando los pies, vestida con los vaqueros, pálida por la fatiga y con el agotamiento evidente en todo su cuerpo.

Denver tomó las bolsas y la rodeó con un brazo.

—Ven, cariño, tenemos que irnos.

No creía que hubiera fuego de verdad, pero no iba a correr riesgos.

—Los zapatos.

—¡Maldición! Lo siento, pero ya los he guardado. Te los buscaré en el coche.

La ayudó a salir por la puerta y giró en dirección al ascensor.

—Con una alarma de incendios no se puede —musitó ella.

—Tienes razón —contestó él.

Miró los ojos enrojecidos de ella, su postura derrotada y movió la cabeza. Se colocó en una mano las dos bolsas de viaje y el bolso de ella.

—Lo siento —musitó.

—¿Qué…? —la frase de ella terminó cuando él se agachó, la tomó por las caderas y se la echó al hombro—. ¡Denver!

—Estamos en el sexto piso, nena. Tú apenas puedes andar seis pasos —explicó él.

Para su sorpresa, ella no protestó. Se agarró a su camiseta y dijo:

—¡No me tires!

—Jamás —le prometió él.

Intentó no sacudirla mucho bajando las escaleras. En el segundo piso se encontraron con otras personas y la dejó de pie para no avergonzarla, pero le puso un brazo en la cintura para sujetarla.

—¿Todo bien? —le preguntó al oído.

Cherry asintió, pero la tensión era evidente en su cara. Cuando por fin llegaron al vestíbulo, los huéspedes se acumulaban en la entrada y Denver dio un rodeo con ella por un pasillo corto hasta una puerta lateral.

La tormenta había pasado antes de que saliera a correr, dejando el aire fresco y limpio. Un sol cegador brillaba en un cielo azul sin nubes.

—Vamos. Tu coche está por aquí, ¿verdad?

—Sí —ella tropezó, tosió y se enderezó.

Denver se detuvo, preocupado.

—¿Quieres que te lleve en brazos?

Ella negó con la cabeza con firmeza.

—No.

—Ahora habla tu orgullo.

Ella apretó los labios y siguió andando.

En el camino había piedras y maleza.

—Ten cuidado donde pisas —dijo él.

Estaban ya casi en el coche cuando vio a los presuntos «hermanos» en la puerta de un bar que había al otro lado de la calle, conversando con Leese Phelps, el idiota que había querido ligar con ella la noche anterior.

Todo aquello mosqueaba cada vez más a Denver.

Y cada vez eran más hombres.

Todos miraban la puerta delantera del hotel, probablemente con la esperanza de atrapar a Cherry cuando saliera. Pero ¿por qué?

¿Habían hecho saltar ellos la alarma de incendios? Parecía posible, y a Denver no le gustaba nada todo aquello.

Por suerte, un coche de bomberos que se acercaba haciendo sonar las sirenas y con las luces puestas atrajo la atención de los hombres y evitó que miraran más allá de la puerta del hotel.

Cherry tenía la cabeza baja y no los vio. Denver tiró de ella, la dejó en el asiento del acompañante y metió las bolsas detrás.

—Mi bolso.

—Te lo doy en un minuto —repuso él.

Sacó las llaves del bolsillo, mientras daba la vuelta al coche, y se sentó al volante.

—Abróchate el cinturón.

Acababa de poner el coche en marcha cuando los hombres giraron la cabeza y lo vieron. Leese se puso la mano a modo de visera y los miró alejarse. Los otros se enderezaron, maldijeron y echaron a correr, presumiblemente a sus medios de transporte.

La camiseta sudada se pegaba a la espalda de Denver, quien habría preferido llevar vaqueros a pantalones cortos de correr.

Y le habría encantado poder ducharse.

Pero ignoró las incomodidades y se encaminó hacia la autopista, mirando a menudo por el espejo retrovisor para ver si los seguían. Cherry iba sentada despatarrada en el rincón de su asiento, con los ojos cerrados y tiritando.

Denver apretó los dientes y pensó cuándo podría ser un buen momento para hacerle preguntas. Su instinto lo empujaba a mimarla, a hacer que estuviera lo más cómoda posible.

Sin embargo, estaba metida de algún modo en un buen lío. Aunque aquellos hombres fueran hermanos suyos, no había duda de que eran peligrosos. Y el amenazante mensaje telefónico...

Salió de la autopista en la segunda salida, condujo hasta una tienda de ultramarinos y aparcó en la parte de atrás.

No creía que los hubieran seguido, pero, en todo caso, no importaba mucho.

Si Carver y los otros querían encontrarla, con la ayuda de Leese solo sería cuestión de tiempo que se presentaran en la puerta de su casa.

A Denver eso no le hacía ninguna gracia. Hermanos o no, no le gustaban y no los quería cerca de Cherry. Todavía no sabía cómo los iba a mantener a distancia. Quizá lo mejor sería no alejarse mucho para estar con ella cuando aparecieran por fin.

Cuando aparcó el coche, ella se movió un poco. Suave, enferma, confiada.

Suya.

No, no podía pensar así. Aún no. En contra de la creencia de que los atletas eran mucho músculo y poco cerebro, él no era ningún idiota. Había aprendido de sus experiencias, en especial de las que habían alterado su vida.

Había facetas de Cherry que quizá no pudiera aceptar nunca. Pero, mientras se aclaraba con eso, se ocuparía de protegerla.

—¿Por qué hemos parado?

La voz de ella sonaba rasposa y sus ojos estaban pesados por el sueño. Era imposible estar cerca de ella y no tocarla. Como Denver sabía que su expresión era seria, le acarició el muslo a través de los vaqueros.

—Quería que te acomodaras mejor. Es un viaje largo.

—Estoy bien —ella se enderezó, se desabrochó el cinturón y miró a su alrededor antes de lanzarle una mirada de curiosidad.

—Acabo de darme cuenta de que no hemos pagado el hotel.

—Tienen nuestra información. Los llamaré desde casa —contestó él.

Le puso el dorso de la mano en la frente. Muy caliente. Tomó el bolso del asiento de atrás, lo abrió entre ellos y hurgó en busca de las medicinas.

Cherry lo miró a él y luego las manos que tenía en el bolso.

—Muy bien —musitó con sequedad—. Toma lo que quieras.

Denver apartó la agenda.

—¿Tienes algo que ocultar?

—No. Es solo... —un gran bostezo la tomó por sorpresa—. Perdón.

—¿Es solo qué?

—No sé —ella se mordió el labio inferior—. El bolso es algo personal, ¿no?

Él le pasó dos aspirinas y buscó una botella de agua en el asiento de atrás.

—¿Y acostarte conmigo no lo fue?

—Es diferente y lo sabes —ella tragó las pastillas sin quejarse y miró la tienda.

Denver le tomó la mano.

—Esto son circunstancias extrañas, ¿de acuerdo? No quiero que pienses que cotilleo en tus cosas. Pero contigo en este estado y...

—La alarma en el hotel —ella se inclinó hacia él y apoyó la frente en su hombro—. El modo en que hemos tenido que salir de allí.

—Tesoro —él la devolvió a su sitio—. Estoy sudado.

—Porque no has tenido tiempo de cambiarte —ella volvió a acurrucarse contra él—. Tu cuerpo da calor.

Si a ella no le importaba, él tampoco se iba a preocupar. Le pasó los dedos por el pelo. Normalmente tenía rizos suaves, pero en aquel momento su pelo estaba más liso, enredado. Se lo colocó detrás de las orejas.

—Ya he registrado antes tu bolso.

Cherry se puso tensa y echó atrás la cabeza para mostrar su disgusto.

A esa distancia, sus ojos marrones parecían más grandes y suaves. Y él la deseaba con fuerza, quizá incluso más después de haberla poseído que antes.

Sonriente, le tocó la boca, divertido por el modo en que apretaba los labios.

—Tenía que buscar la tarjeta llave —bajó la mano al hombro de ella—. ¿Quieres hablarme de tu agenda?

Ella arrugó la frente.

—Suelo guardar los números en el teléfono, pero si este se queda sin batería...

—Claro. ¿Pero por qué tienes los números de Armie, Stack y Miles?

Ella se apartó muy despacio, con respiraciones lentas y superficiales. La falta de maquillaje realzaba su expresión dolida, y su voz forzada por la tos completaba esa imagen.

—¿De qué me acusas? —quiso saber.

—Solo pregunto —«porque eres mía». ¡Maldición!

Ella lo miró a los ojos.

—No, creo que es algo más que eso.

«Cierto. Es la necesidad casi salvaje de reclamarte para mí». Como Denver sabía que no podía admitir eso en voz alta, dijo:

—Creo que tú y yo tenemos que llegar a un entendimiento.

—¿Qué clase de entendimiento?

—En realidad varios, pero empecemos por la exclusividad.

Ella se lamió el labio inferior con incertidumbre.

—¿O sea que no saldrás con nadie aparte de mí? —preguntó.

¡Demonios! De todos modos, desde que la conocía, no le apetecía estar con otra mujer.

—Y viceversa —dijo.

Cherry levantó la barbilla.

—¿Por cuánto tiempo?

Denver pensó en eso. No estaba dispuesto a admitir lo mucho que le importaba todo aquello.

—Mientras dure.

Dio la impresión de que la respuesta le molestaba, pues se cruzó de brazos y volvió a apoyar la cabeza en el asiento.

—Cannon insistió en que tuviera los números de teléfono —dijo—. Vivo con Rissy y ya lo conoces —levantó una mano en el aire—. Dos mujeres solas. Quiere que, si ocurre algo, pueda localizarlo a él, o a cualquiera de vosotros.

Sí, aquello tenía sentido. Y allí, tan cerca de ella, se sentía como un matón. Tiró de un rizo de su pelo.

—Si alguna vez hay una razón para algo así, llámame a mí primero.

Cherry sonrió con cansancio.

—Es curioso, pero Cannon insistió en lo mismo.

Denver guardó silencio. Cannon tenía derechos que él no tenía... todavía.

Cherry se llevó una mano al estómago, lo que lo salvó de tener que contestar.

—Creo que tengo un poco de hambre —comentó.

Aquello era buena señal.

—Es el momento perfecto, teniendo en cuenta donde estamos —repuso él.

Ella se miró los pies descalzos y se tocó el pelo revuelto.

—Necesito las sandalias.

—Puedo entrar yo a comprar.

Aunque Cherry intentó ocultarlo, su alivio resultó visible.

—¿No te importa? —preguntó.

¿Cómo no iba a besarla? La atrajo hacia sí y la besó en la nariz. No era bastante. Ni mucho menos. En cuanto ella estuviera bien, volvería a saborear todo su cuerpo.

—Me alegra hacerlo. ¿Qué te apetece?

—¿Quizá... *pretzels*? Y Coca Cola.

Estaría bien dejarla comer antes de seguir haciéndole preguntas. De todos modos, debería haber hablado con ella de sus condenados parientes en vez de comentar lo de la agenda.

—Te llamó Merissa cuando estabas durmiendo. ¿Por qué no le pones un mensaje mientras estoy en la tienda? ¿Y Cherry? No salgas del coche y deja las puertas cerradas, ¿de acuerdo?

Ella buscó su teléfono en el bolso.

—Supongo que no querrás que pague.

—No —él le agarró la barbilla y la obligó a mirarlo—. En serio, nena. Prométeme que te quedarás en el coche con las puertas cerradas.

Ella enarcó las cejas, confusa, pero asintió.

—Está bien.

—Solo tardo un minuto —Denver tomó las llaves, pulsó el cierre automático y cerró también su puerta después de salir.

En el aparcamiento había solo unos cuantos adolescentes, un hombre mayor que caminaba con bastón y una madre con dos niños. Aun así, compró deprisa y volvió en menos de tres minutos.

Cherry sonreía y asentía con el teléfono en la oreja, pero, cuando lo vio, terminó apresuradamente la llamada.

—¿Merissa? —preguntó él cuando hubo entrado.

—Umm.

Algo en el modo de actuar de ella le llamó la atención. Se había sonrojado y esquivaba su mirada.

—¿Le has dicho que estás enferma?
—Sí.
—Cherry —cuando ella alzó la vista, él ladeó la cabeza—. ¿De qué más habéis hablado?
Ella se sonrojó más todavía, y esa vez no era por la fiebre.
—Ahh, quería detalles.
—¿De qué? —Denver, que ya lo había adivinado, abrió el refresco y le pasó la lata—. ¿De nosotros?
—Todo el mundo sabe que estoy colgada de ti desde hace siglos —se apresuró a decir ella.
¿Colgada de él, o sea que no buscaba solo diversión? Bien. Y, si era cierto, eso daba mucho que pensar a Denver.
Cherry tragó saliva y bajó la voz.
—Probablemente no he debido decir eso.
—¿No quieres que sepa que sientes algo por mí?
Ella soltó un ruidito grosero.
—¿Cómo podías no saberlo? He sido muy obvia.
Cierto, pero él no se había dado cuenta de que nadie más prestara atención a eso. Y menos con la facilidad con la que ella coqueteaba con todos los hombres que se acercaban.
—¿Se han dado cuenta otros? —preguntó.
Ella asintió, nerviosa.
—Rissy decía que debía dejar de perseguirte tanto. Decía que te lo ponía demasiado fácil.
—Pues se equivocaba —contestó él. Sus sentimientos por ella nunca habían sido fáciles. ¿Merissa le había aconsejado también que no coqueteara con otros hombres o solo con él?
Cherry se mordió el labio inferior. Parecía confusa.
—Vanity y ella me dijeron que debía aceptar otras ofertas para salir.
Denver decidió que odiaba los juegos a los que jugaban algunas mujeres.
—¿Otros hombres te invitaron a salir?
—Bueno... —ella lo miró como si estuviera loco—. Sí.
Por supuesto que sí. Denver sabía cómo la deseaba él y era

lógico pensar que otros hombres tendrían la misma reacción con ella.

La sonrisa de ella vaciló.

—No siempre tengo este aspecto —bromeó.

No, normalmente tenía un aspecto muy sexy.

—En primer lugar, ahora no estás mal, así que deja de decir eso. A decir verdad, si no estuvieras enferma, ahora mismo estaría encima de ti.

Ella lo miró sorprendida.

—¿De verdad?

Él le miró la cara, la garganta y el cuerpo.

—Tienes un aspecto suave, delicado y extremadamente *follable*.

—¡Oh!

—Y, en segundo lugar, esos otros hombres que te invitaban... ¿los rechazabas?

—Después de conocerte a ti, ¿por qué iba a querer a ningún otro? —en cuanto terminó de hablar, Cherry abrió mucho los ojos y se dejó caer en el asiento con un gemido dramático y ronco—. Probablemente no tendría que haberte dicho eso.

El humor de él mejoraba por segundos.

—A mí puedes decirme todo lo que quieras.

La risa de incredulidad de ella terminó en un golpe de tos. Denver esperó hasta que recuperó el aliento.

—Merissa y Vanity se equivocan, ¿de acuerdo? Sé siempre sincera conmigo y todo funcionará mejor.

Ella no parecía convencida, pero asintió con la cabeza.

—¿Y qué le has dicho a Rissy de nosotros? —preguntó él.

Cherry apartó la vista y carraspeó.

—Vamos —Denver esbozó una sonrisa a su pesar—. ¿Qué detalles le has contado?

Ella entrelazó las manos y se miró los pies.

—Solo que eres fantástico —murmuró.

Bien. Pero él no se creyó ni por un segundo que aquello fuera todo.

—¿Y?

Ella alzó los hombros y miró por la ventana.

—Que la tienes... —jugó con el pelo y tomó un trago de refresco—... todavía más grande de lo que imaginaba —murmuró por fin.

—¿Qué has dicho? —Denver enarcó una ceja, fingiendo no haber oído.

Cherry volvió a mirarlo y habló deprisa.

—Dijiste que podía presumir con mis amigas y Rissy es mi mejor amiga. Sabía que yo te deseaba desde hace mucho y que tú me evitabas y...

—Habla más despacio o te volverá a dar tos.

—... y ella había oído lo mismo que yo.

Increíble.

—¿Sobre el tamaño de mi polla?

A ella le brillaron los ojos y respiró con tanta fuerza que tosió y tuvo que beber más cola antes de contestar:

—Somos muy amigas, Denver —explicó, jadeante todavía—. Hablamos continuamente.

Más divertido que molesto, él pensó que habría sido fantástico ser un mosquito en la pared durante esas conversaciones.

—Estar contigo ha sido genial. Excepto en lo de ponerme enferma, por supuesto.

—Mujeres cotilleando —Denver movió la cabeza con indulgencia—. ¿Y a las dos os lo dijo Armie?

—Bueno... Cuando me lo dijo Armie, yo se lo dije a Harper y a Rissy.

¿A Harper también? ¡Vaya, vaya!

—¿Se lo dijiste?

Denver jamás se había imaginado a un grupo de mujeres a las que conocía como amigas hablando juntas de su paquete.

Cherry respiró con cuidado y pasó a la ofensiva.

—No me vas a decir que los hombres no habláis de mujeres.

Él se encogió de hombros.

—A veces.

Ella enderezó los hombros, lo cual atrajo la atención de él hacia su impresionante delantera.

—Los hombres habláis continuamente de tetas —lo acusó ella.

—Quizá no tan a menudo como piensas —contestó él. Pero sí lo bastante a menudo para que la acusación resultara certera. Denver extendió el brazo, le cubrió un pecho con la mano y pasó el pulgar por el pezón—. Con lo hermosas que son las tuyas, puedes estar segura de que no contaré detalles a los chicos del centro recreativo.

Cherry lo miró, culpable y sonrojada, y él se sintió mal por hacerle aquello, tocarla de un modo que la excitaba a ella... y a él... cuando sabía que no podían hacer nada al respecto.

Retiró la mano.

—¿Qué más le has dicho? —preguntó con curiosidad.

Esforzándose por recuperar la compostura, ella colocó una mano en la puerta y la otra en el asiento al lado de su cadera.

—¿Quieres oírlo todo?

—¡Demonios, sí! —exclamó él. Aunque Dios sabía que había cosas más importantes de las que deberían hablar mientras ella tuviera fuerzas—. Puedes resumírmelo —dijo.

—Le he dicho que eres increíble en la cama —declaró ella—. Porque es la pura verdad —añadió.

Denver recordó la sensación de estar dentro de ella y el modo en que los músculos de ella apretaban su pene durante el orgasmo. El efecto que tenía sobre él visual y emocionalmente, con su cuerpo, sus palabras y sus condenadas sonrisas sensuales, era casi preocupante.

—Creo que es posible que sencillamente seamos increíbles juntos —comentó.

—Y además también eres humilde —ella le dedicó otra de sus dulces sonrisas—. También le he dicho lo sexy que eres desnudo, lo bien que hueles...

—¿Sí? —preguntó Denver. Se dijo que el hecho de que presumiera de él era mejor que si se hubiera llevado una decepción y se lo hubiera contado a sus amigas.

—... y de las ganas que tengo de repetirlo una y otra vez y, en vez de eso, estás obligado a cuidarme —ella tomó otro *pretzel*—. Rissy me ha compadecido por ponerme enferma en este preciso momento.

En conjunto, Denver suponía que podía aceptar aquel tipo de cotilleo.

—Estoy donde quiero estar, así que no lo hago obligado, ¿de cuerdo?

Ella hundió los hombros, no muy convencida.

—Eres muy amable, eso sí. Pero es imposible que disfrutes de esto.

De que ella estuviera enferma, no. ¿Pero de cuidarla? Desde luego, no quería que lo hiciera ninguna otra persona.

—Es verdad que no era así como pensaba que pasaría mi tiempo contigo —Denver lanzó una mirada intencionada al cuerpo de ella, específicamente a su regazo—. Preferiría volver a tenerte desnuda tumbada de espaldas.

Cherry abrió mucho los ojos y siguió comiendo despacio, sin pestañear.

Denver pensó en sus pechos, su cintura estrecha y su hermoso trasero. En los sonidos que hacía cuando llegaba al orgasmo, en cómo intensificaba el ejercicio el olor de su piel caliente...

Pensar en eso hizo que le ardiera la sangre, porque, bueno, porque ella tenía un cuerpo fantástico.

Se movió en el asiento.

—Lo que yo quiero hacerte a ti...

Ella dejó de masticar.

Él sabía que tenía que controlarse. Cherry no estaba en condiciones de hacer el amor, así que no tenía sentido que siguieran excitándose. Además, había que dejar claras algunas normas. Cuando ella se pusiera bien, esa tenía que ser su prioridad... antes de llegar más lejos con aquello.

Se pasó una mano por la frente y dijo:

—Pero pasan cosas y los dos tenemos que lidiar con ellas.

—Pareces...

—¿Excitado? Seguramente seguiré así hasta que pueda volver a tenerte.

Cherry tragó saliva con fuerza.
—Iba a decir irritado.
—No —él le puso la mano en la nuca—. Es solo que ahora que te he visto y probado, sé lo que me pierdo y eso me vuelve loco —ella parecía más recuperada, como si el sueño y el aire fresco le hubieran sentado bien. Pero, aunque ya no tenía la piel tan ardiente, solo habían pasado unas horas y todavía estaba caliente.
Ni mucho menos preparada para todo lo que él quería.
—Si quieres recompensarme más tarde, no me quejaré.
Ella dejó los *pretzels* a un lado y susurró:
—Quiero. Muchísimo.
Incluso enferma, parecía tan excitada como él.
—Bien.
—Ya me siento un poco mejor —ella le puso una mano en el pecho y lo acarició—. Creo que estaré bien muy pronto.
—Eso espero —pero Denver calculaba que pasarían dos días más por lo menos—. Ambos seremos pacientes y la espera hará que la anticipación sea mayor.
Cherry pasó los dedos por el cuello de él y luego por la mandíbula.
—Eres muy amable con todo esto.
Denver sabía que los hombres excitados podían ser muy magnánimos. Pero lo suyo con Cherry era algo más que eso. Mucho más.
Se inclinó hacia ella para besarle la frente y decidió que tenían que volver a la carretera antes de que olvidara sus buenas intenciones.
—No te muevas. Me cambio esta camiseta, busco tus sandalias y nos ponemos en marcha —dijo.
En ese momento tenían tiempo, así que sacó otra camiseta para que se la pusiera ella si empezaba a tiritar de nuevo y se aseguró de que todo lo demás que pudiera necesitar estuviera cerca.
Ella se volvió para mirarlo atentamente cuando se cambiaba de camiseta y siguió mirándolo cuando se sentó al volante y

salieron del aparcamiento. Él casi podía leer sus pensamientos y eso lo mantenía excitado.

Consciente de que necesitaba una distracción, esperó hasta que ella hubo comido la mitad de los *pretzels* y bebido casi toda la cola, antes de iniciar otra conversación.

—Háblame de tu familia —dijo.

Ella se quedó inmóvil y evitó mirarlo.

—No hay nada que decir.

—¿Madre, padre? —la miró un momento—. ¿Hermanos?

—Mis padres ya no viven —ella se acurrucó en la esquina del asiento.

Lejos de él.

La vio mirar la carretera, a nada en particular, y eso le dijo más de lo que seguramente esperaba ella.

—¿Hermanos? ¿Hermanas?

Cherry cerró la bolsa de los *pretzels*, de los que al parecer no quería más.

—¿No has comprado nada de comer para ti? —preguntó.

Denver se negó a captar la indirecta. Adoptó un tono más suave, con la esperanza de conseguir que así le contara más cosas.

—Entonces, ¿tus padres han muerto? —preguntó.

Ella asintió y no dijo nada más.

—¿Quieres decirme cómo murieron? —insistió él, tanteando el camino.

Hubo un silencio. Ella estaba cada vez más tensa.

Denver extendió el brazo y le tomó la mano.

—Si hay alguna razón para que no quieras hablar de ello…

—Los asesinaron —contestó ella. Le apretó los dedos, sin mirarlo todavía.

—¿Asesinaron? —él no se esperaba aquello. No sabía qué pensar y su deseo de protegerla se hizo más intenso—. ¿Cómo? ¿Cuándo?

—No es una buena historia —susurró ella.

—Aun así me gustaría conocerla —dijo él. Necesitaba conocerla.

La mirada de ella vaciló. Parecía oscurecida por la vergüenza.

—Nunca se lo he contado a nadie. Ni siquiera a Rissy.

Eso también hizo que él quisiera resguardarla del mundo.

—No quiero que haya secretos entre nosotros —sin embargo, sabía que había cosas que él no quería contarle ni a ella ni a nadie. Consciente de que era un hipócrita, se llevó la mano de ella a la boca y le besó los dedos—. Puedes confiar en mí.

—Es solo que... me da vergüenza.

—¿Por qué?

—Porque dice mucho de mi infancia y porque es una infancia horrible.

—En ese caso, me impresiona doblemente lo dulce y cariñosa que eres —él seguía tomándole la mano y le frotó los nudillos con el pulgar, esperando.

—Papá vendía drogas y mamá le ayudaba —dijo ella al fin.

¿Traficantes de drogas? Denver pensó en Carver, Mitty y Gene, y el corazón le latió con fuerza. Con recelo y con determinación.

Con ganas de protegerla.

De aislarla.

Jamás había tomado drogas, ni siquiera de más joven. Siempre había sido atleta, fanático de la forma física. Lo que sabía de las drogas lo había aprendido en las noticias, nunca por experiencia.

—¿Un negocio que se fue al traste? —preguntó.

—Algo así —ella terminó el refresco y apoyó la cabeza en el asiento—. Es terrible, pero creo que voy a dormir otra vez.

A pesar de lo agotada que parecía, él necesitaba presionarla. Cuando llegaran a casa, no tendría excusa para instalarse con ella, pero no quería dejarla sola hasta que no entendiera bien lo que pasaba, sobre todo el nivel de amenaza al que se enfrentaba.

—Lo siento, cariño. Sé que estás cansada —debería estar en aquel momento en la cama, no soportando una inquisición, pero siguió presionándola de todos modos—. Dime qué les pasó a tus padres y luego podrás dormir más si quieres.

—No sé por dónde empezar.

—¿Cuándo murieron?

—Cuando tenía catorce años. Hace un poco más de diez años.

Si había perdido a sus padres, ¿dónde había vivido? ¿Quién la había criado?

—¿Los mataron juntos?

Cherry respiró hondo, perturbada por la conversación.

—Alguien sabía que iban a entregar drogas y les cortaron el paso por el camino. Nadie sabe de cierto lo que pasó, hubo todo tipo de especulaciones.

—¿Y nunca encontraron a los asesinos? —Denver suponía que muchos crímenes de drogas quedarían sin resolver—. ¿No hubo detenciones? ¿No había testigos?

Ella negó con la cabeza.

—La teoría es que papá luchó con ellos y le hirieron. Mamá conducía la camioneta. Él debía de ir en la caja de la camioneta porque había agujeros de bala allí y sangre suya y...

Denver esperó a que ella recobrara la compostura.

—En algún momento él se cayó y... —Cherry lo miró un instante y luego apartó la vista—. Le pasaron por encima.

¡Cielo santo!

—Encontraron la camioneta a casi un kilómetro de él, o sea que mamá probablemente siguió conduciendo hasta que la sacaron de la carretera. Su cuerpo estaba a varios metros del vehículo. Nadie sabe si la arrastraron o si intentó huir —Cherry soltó la mano para abrazarse el cuerpo, en una retirada tanto física como emocional—. Le habían disparado tres veces. Una en cada rodilla y la tercera en la cabeza.

Denver se sentía bombardeado por emociones. Prevalecían la rabia y la compasión. Pensar en lo que ella había sufrido casi le partía el corazón.

—Tienes razón. Eso suena muy horrible.

Cherry se acurrucó más en la esquina, con ojos pesados.

Y condenadamente triste.

Exhaló el aire despacio.

—Así ha sido mi vida —apartó la cara—. Espero que no te importe, pero voy a volver a dormir.

Denver le puso una mano en la rodilla.

—Adelante, cariño. Te despertaré cuando lleguemos a casa.

Cherry suspiró débilmente.

—Gracias.

Utilizó la camiseta que le había dado él para hacer una especie de almohada contra la puerta y se durmió en pocos minutos.

Denver quería hacerle un millón de preguntas. La primera, por qué una chica con un pasado tan terrible podía ser siempre el alma de la fiesta.

Pero percibía claramente la incomodidad de ella, su tristeza por el pasado, y eso lo destrozaba. Agradecía aquel aplazamiento porque necesitaba recomponerse tanto como ella.

¿Quién iba a imaginar que una mujer enferma y vulnerable conquistaría más deprisa su corazón contándole un pasado trágico que siendo increíble en la cama?

CAPÍTULO 7

Cherry, adormilada todavía, estaba de pie al lado del coche en el camino de entrada de la casa que compartía con Merissa Colter. El sol de mediodía le caía sobre la cabeza y hacía subir olas de calor desde la acera, lo que aumentaba la incomodidad de la fiebre. El cansancio tiraba de ella, que se mantenía en pie a base de determinación.

Merissa, Rissy para amigos y familiares, los esperaba en el umbral de la puerta abierta.

Denver sacaba las bolsas y, por supuesto, había rehusado la ayuda de Cherry. Aquel hombre era demasiado macho alfa para su bien, aunque, por otra parte, ella sabía que se agotaría solo con entrar en la casa.

Lo mejor sería empezar ya. Se apartó del vehículo y Denver la siguió.

Cuando llegaron a la mitad del camino, Cannon y Armie habían aparecido también en la puerta.

—Genial —murmuró Cherry.

Denver la miró.

—¿Algún problema?

—¿Por qué tienen que estar aquí? —preguntó ella. Intentó colocarse detrás de Denver, pero este se volvió con ella para no perderla de vista.

—¿Cannon y Armie? ¿Por qué te importa eso?

—Tengo aspecto de muerta.

Él se inclinó sonriente y le dio un beso en el puente de la nariz.

—Creo que estás muy guapa.

Cherry no estaba de acuerdo.

—Sin maquillaje, con el pelo revuelto, la ropa arrugada...

—Los ojos grandes y oscuros, las mejillas sonrosadas —dijo él, muy serio. Bajó la mirada al pecho de ella y frunció el ceño—. Pero probablemente tendría que haberte buscado el sujetador para que te lo pusieras.

—¡Denver! —teniendo en cuenta lo ronco de su voz, la reprimenda de Cherry sonó como un gruñido. Se cruzó de brazos y lo miró de hito en hito—. Ahora también me dará vergüenza eso.

Él la miró a los ojos.

—Aparte de eso, ¿cómo te sientes?

La preocupación de él y su comprensión le llegaban al alma a ella.

—Cansada, aunque he dormido interminablemente.

—Vamos —Denver se colocó a su lado y la empujó hacia delante.

Ella notó que tanto Armie como Cannon miraban cómo caminaba. O más bien cómo se arrastraba. Le habría encantado apretar el paso, andar con más alegría.

En vez de eso, parecía que necesitaba de toda su concentración solo para poner un pie delante del otro.

Todos retrocedieron para dejarlos entrar.

—¡Maldita esa, Cherry! —dijo Armie comprensivo. Le puso el dorso de la mano en la frente—. ¿Estás peor?

—Estoy mejor.

Cannon fue el siguiente en tocarle la frente.

—Lo siento, pero nadie se va a creer eso con los ojos y la nariz enrojecidos.

«¡Genial!». Cherry se apartó de ellos y se agarró a la barandilla de las escaleras que bajaban a su parte de la casa.

—¿Tiene ese virus que circula por ahí? —preguntó Cannon a Denver.

—Eso creo.

¿Cherry era la única que notaba cómo miraba Rissy la entrepierna de Denver? Lanzó una mirada de advertencia a su amiga y carraspeó.

Lo cual hizo que Armie se fijara en Rissy y frunciera el ceño.

—Hola, Merissa —dijo Denver, sonriente—. ¿Qué tal?

Ella se sonrojó de tal manera que parecía tener más fiebre que Cherry.

—¿Queréis que haga té o sopa? —preguntó.

Denver esperó la respuesta de Cherry.

Esta negó con la cabeza.

—Nada, gracias. Estoy bien —bajó un escalón y después otro—. Voy a... —«esconderme»—. Sí —renunció a dar explicaciones, se agarró fuerte a la barandilla y salió huyendo.

Si se podía llamar huir a bajar escalones a paso de caracol.

—Quedaos un minuto, ¿de acuerdo? —oyó que decía Denver a sus espaldas—. Quiero hablar con vosotros.

—De acuerdo —repuso Cannon.

Al instante siguiente, Denver estaba al lado de Cherry. La sujetó por el otro brazo y la ayudó con paciencia a bajar las escaleras y entrar en el dormitorio. Ella siempre había considerado que su espacio en el nivel inferior de la casa era bastante grande. Tenía baño propio, una cocina pequeña, que incluía lavadora y secadora, una salita pequeña y un dormitorio grande. Pero en ese momento, con Denver allí, las paredes parecían juntarse hasta producir la sensación de que estaban metidos en una alacena.

Denver, un metro ochenta y cinco, musculoso de la cabeza a los pies y muy seguro de sí mismo, ocupaba mucho más espacio, física y mentalmente, que la mayoría de la gente. Y a decir verdad, ella nunca había estado con un hombre en aquel dormitorio.

Al poco tiempo de conocer a Rissy y mudarse allí, había conocido a Denver y se había encaprichado de él. Después de eso, no le había apetecido estar con ningún otro hombre.

—Es una sensación rara —comentó.

Denver había dejado su bolsa en la puerta principal, pero llevaba la de ella y la dejó al lado del armario.

—¿En qué sentido? —preguntó.

—Que estés aquí conmigo.

Él la miró con intensidad y cerró la puerta.

«¡Oh, guau!», pensó ella.

No era su intención, pero cuando se le doblaron las rodillas, se sentó en la cama. Denver se acercó sin dejar de mirarla a los ojos, la tomó por los hombros, la tumbó en la cama y se dejó caer sobre ella apoyado en los codos. Deslizó una mano bajo la camiseta de ella y la colocó en el estómago. Después se inclinó y le frotó la garganta con la nariz.

—Te vas a poner enfermo si no dejas de hacer eso —comentó ella.

—Yo nunca estoy enfermo —repuso él. La mordisqueó en el cuello y levantó la cabeza.

—Pero aun así… —el contacto de la boca cálida y húmeda de él la calmaba. Deseaba desesperadamente aprovecharse de toda aquella atención y saber que no podía hacerlo la ponía sensiblera—. Sinceramente, Denver, el espíritu está deseando, pero el cuerpo no puede.

Él sonrió.

—Tranquila, nena —le pasó una mano por el pecho—. Solo quiero tocarte, nada más.

Pero el modo en que la tocaba bastaba para anular la poca voluntad que tenía ella.

—Sí, pero…

—Calla —él se sentó y levantó la camiseta de ella. Tomó un pecho y la abrazó.

Era un contacto sexual y, sin embargo, no lo era. Sexual porque era su pecho. Sin embargo, no tocaba el pezón ni intentaba excitarla.

Si le sujetara así el codo, no habría ningún problema.

Pero, aunque su intención no fuera excitarla, ella era tan consciente de su presencia y de dónde tenía la mano, que casi no podía soportarlo.

—Estás muy bien hecha —murmuró él, más para sí que para ella. Como si llevaran años juntos, le besó la punta de cada pecho, le bajó la camiseta y se puso de pie—. ¿Necesitas algo?

«A ti», pensó ella. Negó con la cabeza.

—No, gracias.

La invadió la ansiedad. ¿Se marcharía él ya? Y en ese caso, ¿cuándo volvería a verlo?

—Puedes tomarte las medicinas dentro de una hora —Denver las sacó de la bolsa de ella y las dejó en la mesilla—. Aunque te encuentres mejor, no dejes de tomarte el jarabe para la tos.

—De acuerdo, gracias —Cherry yacía allí desorientada, intentando pensar qué decir o hacer.

—Te voy a poner más cómoda y después tengo que ir a casa un rato.

¿Cómo la iba a poner más cómoda? ¿Y cuánto tiempo era un rato? Seguramente no pensaría volver ese día después de las horas conduciendo y de... Dejó de pensar cuando las manos de él agarraron la cintura de sus vaqueros.

Denver deslizó sus dedos cálidos dentro de los vaqueros y rozó sin querer el estómago de ella. Bajó la cremallera y después bajó también poco a poco los vaqueros por las caderas, los muslos y las rodillas hasta sacarlos por los pies.

Sí, ya la había visto desnuda, pero aquello era diferente. Cherry se agarró a la colcha y se mordió el labio inferior.

Denver respiró hondo y observó su cuerpo. Aunque ella sabía que tenía mal aspecto, la mirada de él era de apreciación... Y de algo más.

Definitivamente, la deseaba todavía.

—Ya has hecho mucho por mí —comentó ella, nerviosa.

—Ahora necesitas ayuda —él la miró a los ojos y, aunque ella intentó apartar la vista, no pudo—. Cuando estés bien, te miraré a conciencia.

Su voz ronca llegó como una advertencia a las terminaciones nerviosas de ella. El corazón le dio un vuelco y luego empezó a latir con fuerza. Cherry intentó una risa, que le salió temblorosa.

La expresión intensa de él no varió.

Y eso también la ponía nerviosa.

—¿Qué quieres decir? —preguntó.

Denver le puso una mano en el vientre y entrecerró los ojos.

—Sé que cuesta entenderlo, pero he vivido con ello desde que te conocí.

—¿Vivido con qué?

Él guardó silencio, pensando, sin apartar su mirada depredadora del rostro de ella.

—Con la abrumadora necesidad de follarte hasta dejarte sin sentido, de hacer que te corras una y otra vez hasta que yo sea el único hombre con el que quieras estar.

«¡Guau!». Cherry no sabía qué pensar. Él decía aquello con mucha calma, mirándola en todo momento para calibrar su reacción.

Sus palabras sonaban a la vez enérgicas y sensuales. Una combinación muy excitante... al menos en labios de Denver.

Con cualquier otro hombre habría sido...

—Quiero verte sudar —añadió él, interrumpiendo sus pensamientos—. Oírte jadear, quizá gritar.

¿Gritar?

Denver se debatía visiblemente consigo mismo.

—Necesito oírte decir mi nombre —dijo.

Algo oscuro y vulnerable ensombreció su expresión.

—¿Denver? —preguntó ella en un susurro.

Él sonrió levemente.

—Así no, nena. Quiero que me desees tanto que te vuelvas loca. Quiero oírlo. Quiero sentirlo, joder. Y lo sentiré —acarició con los dedos de la mano derecha el interior del muslo de ella y luego se apartó—. Cuando estés bien.

Pasaron los segundos mientras Cherry se esforzaba por ordenar sus pensamientos. Le encantaba todo lo que le había hecho Denver. Le gustaba mucho. Pero lo que decía en aquel momento... Bueno, no estaba segura.

—Eso suena un poco intimidante —musitó.

Él se encogió de hombros, le cubrió el sexo con una mano y la miró a los ojos.

—Te va a encantar, te lo prometo.

Cherry no sabía qué decir. Por primera vez en años, se había quedado muda.

Él le miró los pechos y el tanga.

—Piensa que nuestra primera vez fue solo un aperitivo, ¿de acuerdo?

¡Caray! Aquello podía acabar con ella allí mismo. Para colmo, él la movió en la cama, la arropó bien y la besó en la frente. Muy atento y gentil. Era el hombre más fuerte que conocía, y el más sexy.

Hasta aquel momento, no se había dado cuenta de que también era el más tierno.

—Antes de dejarte dormir, necesito saber algo.

—De acuerdo —ella se sentía mal, pero no estaba tan débil como creía él. Ya no.

—¿Cuánto conoces al tío del ascensor, el tal Leese no sé qué?

—¿Phelps?

Denver movió la cabeza con impaciencia.

—Sí, como se llame. ¿Lo conoces mucho?

Ella no podía creer que estuviera celoso. ¿Por qué lo preguntaba? Tenía que saber que ningún otro hombre podía compararse con él.

—Deja de intentar analizar las cosas, Cherry. Es importante, solo contéstame.

—No me gusta tu tono.

Él echó atrás la cabeza con frustración. Cuando volvió a mirarla, ella vio irritación en sus ojos, pero habló con calma.

—Te agradecería que pudieras hablarme de tu relación con Phelps.

«Mucho mejor», pensó ella.

—Ha intentado ligar unas cuantas veces. Hemos hablado. Nada más.

—¿Tiene tu número de teléfono?

Cherry negó con la cabeza.

—¿Nunca le has dicho dónde vives?

—Sí, pero no tiene mi dirección.

—¡Mierda! —él se puso de pie y se alejó unos pasos—. ¿O sea que sabe que vives en Ohio? ¿En Warfield? —preguntó de espaldas.

—Sí —ella no entendía aquel humor extraño de él—. Una simple conversación. Nada más.

—Tal vez. Pero no me fío de él —Denver se volvió a mirarla con una nueva determinación en la mirada—. Háblame de tu familia.

El cambio de tema la sorprendió y la puso nerviosa.

—Ya lo he hecho.

Él entrecerró los ojos.

—Me has hablado de tus padres.

—Sí —el modo inquisitivo en que la miraba la ponía nerviosa—. No hay nada más que...

—¿Y tus hermanos?

Una ola de calor la invadió y, por un segundo, sintió que se mareaba.

Denver no preguntaba. Hablaba de sus hermanos como si...

¿Lo sabía y aun así tenía el valor de mirarla como si ella le ocultara algo?

—Eres un bastardo.

Denver enarcó las cejas.

El grito que ella intentó lanzar salió convertido en un susurro dolido y patético.

Aquello no era lo que quería.

Apartó la colcha y se puso de pie al lado de la cama. Y se habría caído si él no hubiera corrido a agarrarla por los hombros.

—Cálmate.

—¡Vete al diablo! —exclamó ella. Los remordimientos le dieron fuerzas para debatirse, pero no las suficientes.

Ni mucho menos.

Denver la tumbó de espaldas en la cama y se colocó sobre ella. Cuando ella le empujó los hombros, él le tomó las manos y se las sujetó a los costados.

Estaba sobre ella, con los ojos brillantes de preocupación y el pelo caído hacia delante y casi tocándole las mejillas.

—Dime lo que ocurre —pidió.

Su tono de calma enfureció a Cherry.

—¡Tú los conoces! —aquello le dolía más que nada de lo que hubiera podido imaginar.

¿De verdad había sido tan tonta otra vez?

—Los he visto —él le alzó las manos por encima de la cabeza para poder sujetárselas con una de las suyas. Con la otra le colocó con ternura el pelo detrás de las orejas—. No me gustó lo que vi y me gustó todavía menos hablar con ellos. Pero tengo que decir que tu reacción me confunde —era evidente que se esforzaba por conservar la calma y se inclinó a besarla en la boca—. Dime por qué te alteran tanto.

La sinceridad de sus palabras venció al pánico en ella, dejando solo un zumbido apagado. Tenía un millón de preguntas que hacer, pero antes necesitaba saber algo.

—¿Por eso te acostaste por fin conmigo?

Denver la miró confuso.

—¿Por qué dices eso?

—¿Te dijeron ellos que lo hicieras?

Él consideró aquella acusación durante lo que pareció un largo rato. Arrugó el ceño con preocupación y eso hizo que su mirada resultara más intensa.

—Nos acostamos porque los dos habíamos llegado al punto de ebullición.

—¡Tú no querías!

—He querido siempre, pero me resistía —él se movió a su lado, buscando una postura más cómoda—. Tú y yo tenemos diferencias que aclarar, pero eso no tiene nada que ver con ese trío de idiotas.

¿Era así como los veía él? Eran idiotas. También eran crueles, manipuladores y un peligro muy real. Siempre.

Cherry, que empezaba a sentirse un poco tonta, hizo una comparación entre Denver y el trío. No, no podía verlos como amigos. Y, desde luego, mucho menos como cómplices.

Cerrar los ojos no hizo nada por ahorrarle la vergüenza.
—¿Quieres soltarme?
—No.
Ella abrió los ojos.
—Ahora no —dijo él—. Ni mañana ni en el futuro inmediato. ¿Algo más que necesites saber antes de explicarte?
Ella abrió la boca, pero tenía que pensar lo que iba a decir.
—Me refería a si me sueltas...
—La respuesta sigue siendo no.
Eso la irritó.
—Lo siento, nena, pero me gustas donde estás. Habla ya.
—Muy bien —Cherry tenía la impresión de que solo la llamaba «nena» cuando estaba excitado—. No tengo hermanos ni hermanas.
Él frunció los labios con recelo.
—Cherry...
—¡No los tengo! —si la acusaba de mentir le...
Llegó un ataque de tos, provocado por haber alzado la voz. Y una vez que empezó a toser, le costaba mucho respirar.
Denver se colocó rápidamente a su lado y la ayudó a sentarse. Se quedó junto a ella, rodeándole la espalda con la mano.
—Respiraciones lentas y superficiales —dijo.
Cuando el golpe de tos remitió un poco, él salió de la habitación, pero regresó segundos después con un vaso de agua. Volvió a sentarse a su lado, lo que hizo que se hundiera el colchón y ella se inclinara hacia él. La atrajo hacia sí con un brazo y le dio el vaso.
Ella tomó un sorbo.
—Esta tos continuará unos días más, así que intenta no gritarme.
Cherry le lanzó una mirada rabiosa, que esperaba fuera más efectiva que su grito.
A juzgar por la sonrisa de él, no fue así.
Denver le quitó el vaso y la rodeó con ambos brazos.
—He conocido a Carver, Gene y Mitty hoy.
Ella sintió escalofríos solo con oír sus nombres. Quiso

apartarse de él, pero Denver debía de estar preparado, porque no consiguió poner ni un centímetro de espacio entre ellos.

Él la atrajo hacia sí.

—Espero que sea verdad que no son parientes tuyos. Pero ¿puedes decirme por qué dicen que lo son y por qué has tenido esta reacción?

—Yo no...

—Has entrado en pánico, nena. No lo niegues, ¿de acuerdo?

—¿Por qué has hablado con ellos? —preguntó ella.

—Tú primero.

Cherry pensó que, si no estuviera tan débil, le daría un buen codazo en el estómago.

—Son parte de la familia que me acogió cuando mataron a mis padres.

Las manos fuertes de él le acariciaron la espalda.

—No había pensado en eso. De hecho, ni siquiera había llegado a pensar quién te había criado.

—No fueron ellos —le aseguró ella con más sarcasmo del que era su intención. No, en lugar de ser un apoyo familiar, habían sido otro problema, el peor que había tenido que soportar—. Yo ya tenía catorce años y me crie sola.

—Entonces —Denver le echó atrás la cabeza para verla—, ¿asumo que no te caen bien?

No solo no le caían bien, sino que Cherry los despreciaba. Los odiaba.

Y los temía. Terriblemente.

Decir todo aquello la dejaría emocionalmente vulnerable, así que optó por una verdad menos turbulenta.

—Seré feliz si no vuelvo a verlos nunca.

—Dime por qué.

Cherry negó con la cabeza. Ni siquiera enferma iba a tolerar que la manejaran como a un pelele.

—Te toca a ti. ¿Cuándo los conociste y por qué?

—Merodeaban por el hotel donde estábamos.

Ella lo miró alarmada y casi volvió a quedarse sin aliento.

Denver se puso de pie y la miró, obviamente ponderando su reacción.

—Armie los oyó preguntar por ti. Les interrogó y la cosa se puso fea. Peleó con ellos y me lo contó a mí.

¡Santo cielo!

—¿Se pelearon? —preguntó ella en un susurro. La estaban buscando. ¿Y Armie se había colocado en su punto de mira sin darse cuenta? «No, no, no».

Denver captó la alarma que ella no podía ocultar y se cruzó de brazos.

—No te preocupes por Armie. Está bien.

—Pero...

—A la mañana siguiente, vi a unos tipos malencarados vigilándome en el hotel, supuse que eran ellos y decidí hacerles unas preguntas.

—¿Y por qué demonios hiciste eso? —preguntó ella. ¿Se había vuelto loco?

Denver levantó una mano.

—No estás en condiciones para una larga conversación, así que olvídalo. El meollo de la cuestión es que dijeron que eran tus hermanos y querían que los llevara hasta ti. Ya te he dicho que no me gustó su aspecto, pero además pensé que, si fueran tus hermanos, tendrían tu teléfono, ¿no? A menos que tú los esquivaras por alguna razón —se encogió de hombros—. Y les dije que no.

Y sin embargo, estaba allí contándoselo. Cherry pensó que tenía que haber una razón para que no lo hubieran atacado.

Sabía que todavía podían hacerlo.

—¿Cómo sabían que éramos... amigos?

—Creo que por Phelps. Seguramente fueron preguntando por ahí hasta que encontraron a alguien que te conocía.

Leese Phelps. A ella le preocupaba también él, pero había otras preocupaciones más importantes.

—Ya me habían visto en el hotel —continuó Denver—. No hay que ser un genio para suponer que tú también estabas allí.

Ella se frotó las sienes, intentando asimilar aquello.

—Te dejaron un mensaje en el teléfono de la habitación. Debías de estar dormida cuando llamaron.

Ella alzó la cabeza y lo miró fijamente.

—¿Sabes lo que dijeron?

—Que tenías que ponerte en contacto —él entrecerró los ojos—. Para ser exactos, el que llamaba dijo que te dejaras de tonterías.

Cherry se abrazó el cuerpo y resistió el impulso de balancearse con ansiedad nerviosa. No quería ponerse en contacto. Una exigencia siempre llevaba a otra y luego a otra, hasta que...

—¿Cuándo? —preguntó.

—Esta noche.

«O sea: ya», pensó ella.

Denver seguía de pie mirándola, así que tenía que decir algo que no traicionara todo el horror que sentía. Se sentó un poco más erguida y lo miró a los ojos.

—Me ocuparé de eso.

Quizá él vio demasiado, a pesar del intento bravucón de ella, pues negó con la cabeza.

—Preferiría que no lo hicieras.

Sería muy fácil dejarse guiar por él, pero Denver no los conocía, no entendía la situación y lo que podía ocurrir si ella ignoraba su exigencia y ellos la encontraban. Creía que habían desistido de buscarla y había rezado para que fuera así. Pero la habían encontrado.

Nunca se había sentido tan perdida.

—Lo solucionaremos, ¿de acuerdo? —preguntó él.

Cherry parpadeó para apartar la niebla. ¿En plural? ¿Los dos juntos? ¡Dios santo, no! Había cuidado de ella, la había llevado a casa y había estado increíble en todo momento, pero aquello era diferente.

Bajo ningún concepto lo mezclaría con sus retorcidos hermanos de acogida. «Hermanos». Lo absurdo del concepto la hizo reír y se llevó una mano a la boca cuando vio que Denver se acercaba con aprensión. No, no estaban emparentados con ella en ningún sentido.

«Gracias a Dios».

Encontraría el modo de lidiar con ellos.

—Es mi problema —dijo.

Denver la observó.

—Debes de encontrarte un poco mejor.

¿Solo porque no estaba de acuerdo con todo lo que él decía?

—Lo estoy.

—Hay más —él apoyó un hombro en la pared—. Espero que no te duela, pero creo que necesitas saberlo.

¿Qué más podía haber? Ella esperó, preparándose para lo peor.

—Dijeron que su padre había muerto.

Cherry respiró hondo y hundió los hombros, esa vez de alivio. No, no le había deseado la muerte a nadie, solo había deseado verse libre de ellos. Pero tampoco lo sentía.

—Gracias por decírmelo.

—De nada —repuso él con ironía.

¿Por qué querían verla? No porque pensaran que a ella le importaría esa muerte. Sabían que no sería así. ¿Por qué, pues?

—¿Me prometes una cosa? —preguntó Denver.

Ella lo miró con nerviosismo.

—No sé. ¿Qué?

—Prométeme que no te pondrás en contacto con ellos —él se apartó de la pared y se acercó más a ella—. Prométeme que tomarás las medicinas, descansarás y te pondrás bien. Y luego hablaremos de esto.

—No es tu problema.

Denver frunció el ceño.

—No quiero que me excluyas.

¿Eso era lo que pensaba?

—No lo hago —repuso ella. No lo haría.

—Pues prométemelo.

Lo que él pedía era imposible.

—Prefiero quitarme esto de en medio. Necesito —«sacarlos de mi vida»—... dar el pésame —contestó ella. La mentira le dolió, pero ¿qué más podía hacer? No podía decirle la verdad, así que no le quedaba más remedio que mentir.

Denver suspiró decepcionado, lo que hizo que ella se sintiera aún peor.

—De acuerdo, cariño. Lo que tú quieras.

A Cherry se le paró el corazón cuando lo vio dirigirse a la puerta.

—Espera...

—Le diré a Merissa que me quedo aquí.

—No te...

«¿Qué?».

Denver se cruzó de brazos y le lanzó una mirada desmoralizadora.

—En el hotel estaban hablando con Phelps, así que es posible que ya sepan dónde vives. Warfield no es una ciudad tan grande.

¡Dios santo! Ella no había pensado en eso.

—Y, si los llamas, tendrán también tu teléfono. No quieres decirme por qué te dan miedo.

Cherry lo miró a los ojos.

—No he dicho que me den miedo.

Él la miró comprensivo. Su voz exudaba compasión.

—Pero te lo dan.

Sí. Le daban mucho miedo. Se le ponía carne de gallina solo con pensar en ellos. Y saber que la habían mencionado, que estaban cerca, posiblemente buscándola...

En lugar de volver a tumbarse, apartó la vista.

—No quiero abusar de ti más de lo que ya lo he hecho.

—Tengo que ir a casa a ocuparme de algunas cosas, cambiar mi agenda y preparar...

—¡Está bien! ¡Está bien! No los llamaré —prometió ella.

Su tono áspero no hizo cambiar de idea a Denver.

—Gruñir así solo hará que vuelvas a toser —dijo.

Ella le arrojó una almohada, pero el gesto la agotó y la almohada cayó al suelo antes de darle a él.

Denver miró la almohada a sus pies y después a ella.

—Tengo que enseñarte a pelear y a saber perder con gracia.

Cherry pensó que ella no perdería. No podía. Aquello era demasiado importante.

Se sobresaltó cuando él le puso un dedo debajo de la barbilla y le alzó la cara.

—Prométemelo.

—Ya lo he hecho —gruñó ella.

—Sí, pero ahora tengo la impresión de que planeas algo.

Tal vez porque era verdad.

—No los llamaré esta noche.

Denver, exasperado, retrocedió unos pasos.

—¡Maldita sea, Cherry!, no hagas juegos de palabras. Quiero que esperes para llamar hasta que hayamos tenido tiempo de hablar de esto.

—Dará igual.

—¿Qué dará igual?

Ella sabía que no debería haber dicho eso. Movió la cabeza.

—Esperaré. Pero no demasiado.

—Gracias —él miró la hora, se acercó a darle un último beso en la frente y se dirigió a la puerta.

Cherry no quería hacerlo, pero no pudo evitar preguntar:

—¿Cuándo volveré a verte?

Denver se detuvo en la puerta y pareció pensar la respuesta.

—No quiero correr el riesgo de llamarte y despertarte. ¿Por qué no me llamas tú por la mañana? A partir de ahí vamos viendo.

—Está bien, pero...

—Duerme. Descansa —él salió y empezó a cerrar la puerta, pero en el último segundo le sonrió—. Y piensa en todo lo que te voy a hacer cuando estés bien.

Cuando se cerró la puerta, ella se acurrucó en la cama. Si Denver seguía haciendo aquellas promesas oscuras y sensuales sobre lo que planeaba hacer, tendría que darse prisa en ponerse bien.

Suponiendo, claro, que sus hermanos adoptivos no le arruinaran antes la vida, como seguramente planeaban hacer.

CAPÍTULO 8

Cuando subía las escaleras, Denver se cruzó con Merissa, que bajaba.

—Está descansando —dijo él, con la esperanza de que Merissa no quisiera tener una charla con Cherry de las que tenían las chicas a menudo.

Ella se esforzó por mirarlo a la cara, aunque fracasó en dos ocasiones, cuando su mirada bajó a la entrepierna de él.

Denver movió la cabeza. Se detuvo y se cruzó de brazos.

—Lo siento, pero en este momento no está haciendo malabares.

—¿Qué…? —la sorpresa en Merissa dio paso a la exasperación. Le dio un puñetazo en el hombro—. Cállate.

—Pues deja de mirarme así.

La chica frunció los labios.

—Perdona —dijo—. Es solo curiosidad —se apartó el largo pelo moreno de la frente y siguió bajando las escaleras—. Pero ya le preguntaré los detalles a Cherry.

Denver la observó llamar a la puerta del dormitorio y entrar. Unos segundos después, las dos reían a carcajadas. La risa de Cherry terminó en un golpe de tos.

¡Mujeres! Denver terminó de subir las escaleras sonriendo y siguió las voces por el pasillo y hasta la cocina. Encontró a Armie y a Cannon sentados a la mesa, tomando café y comiendo magdalenas. Cannon se echó hacia atrás en la silla, muy cómodo en la casa familiar que había regalado a su hermana gracias a su éxito en la SBC.

Armie, sin embargo, seguía pareciendo muy tenso, lo que seguramente indicaba que Merissa había estado con ellos antes de bajar a visitar a Cherry. Cada vez que Armie estaba con ella, se comportaba como un luchador goloso en una tienda de chucherías que quisiera ganar peso antes de un combate importante.

¿Lo notaba Cannon? Lo notaban todos, excepto, quizá, la propia Merissa.

No porque la hermana de Cannon tuviera nada de obtusa. Era directora de una sucursal bancaria y pasaba una respetable cantidad de horas en su trabajo. Aunque Cannon le había regalado la casa familiar después de la muerte de su madre, ella se ganaba muy bien la vida. Y entendía más del mundo de la lucha que muchos competidores.

Pero, cuando le apetecía, ignoraba por completo los detalles de ser un atleta profesional, como en su negativa a tomar en cuenta las dietas sanas que debían llevar ellos. Merissa Colter era una fanática de la comida basura a la que le encantaba la repostería.

Como además era generosa y le gustaba compartir, solía dejar a mano un plato de sus irresistibles postres como tentación.

Denver, que sabía que caería en la tentación, miró a Armie de camino hacia la cafetera.

—Caos quiere que lo llames.

—No voy a...

—Me dijo que dejaras de huir de él —Denver se sirvió una taza de café solo—. Que quiere que te portes como un hombre y hables con él.

Como era de prever, Armie se puso a la defensiva.

—¿Qué demo...?

—Yo estuve de acuerdo en la parte de la huida, por supuesto. Le dije que probablemente estarías en casa gimoteando, escondido debajo de las mantas, lloriqueando y esas mierdas.

Armie se levantó a medias de su silla y Cannon se echó a reír al ver su expresión ultrajada y lo agarró por un hombro.

—No os peleéis en casa de mi hermana. No le gustará.
Al oír mencionar a Merissa, Armie se mostró más cohibido de lo que era permisible en un malote. Volvió a sentarse. Tomarle el pelo a Armie era fácil y Denver no tenía que sentirse culpable por ello. Todo el mundo sabía que su amigo no se acobardaba con ningún hombre.
Claro que con las mujeres, o más concretamente con una mujer... No, Denver no entraría en eso.
Sacó una silla, se sentó despatarrado y se encogió de hombros.
—Yo he entregado el mensaje. Mi responsabilidad termina aquí.
—Gracias por nada.
Una vez realizado aquel esfuerzo fútil, Denver miró a Armie y después a Cannon.
—Tengo un problema.
—¿Pelo rubio de color miel? —adivinó Armie—. ¿Tetas grandes?
Denver tomó una magdalena de la mesa.
—Le dije a Cherry que no hablaríamos de su cuerpo, así que cierra el pico.
Cannon enarcó una ceja.
—¿Se puede saber cómo surgió esa conversación?
—Porque este gilipollas —Denver señaló a Armie con la magdalena para cerciorarse de que todos supieran a quién se refería— comentó el tamaño de mi paquete a todo el mundo.
Armie sonrió.
—No, tío, solo a las chicas.
Cannon soltó una risita.
—Te estaba ayudando —afirmó Armie—. Pensé que, cuando Cherry supiera lo que tienes, iría a buscarte. Forcé un poco el tema porque tú no le dices lo que sientes.
—Se lo he dicho.
—Sí, vamos —Armie se recostó en el asiento y echó la silla hacia atrás, dejando las patas delanteras en el aire—. ¿Le has dicho que babeabas por ella y que querías follarla hasta dejarla sin sentido?

—Más o menos.

La silla volvió a su posición original.

—¿En serio?

—Sí.

Cannon movió la cabeza con simpatía.

—¿Y entonces se puso enferma?

—Por suerte —repuso Denver, quitándole el papel a su magdalena—, eso ocurrió después.

—¿Después de que os enrollarais?

Denver miró a Armie.

—¿No se lo has dicho?

—¿Tengo aspecto de ser una vieja cotilla?

Cannon sonrió.

—Tío, tú hablaste de su polla con las chicas.

—Está bien. Sí. Eso sí. Pero no, no he dicho nada de tus asuntos personales.

—¿Mi polla no es personal?

Armie sonrió.

—Ya no.

Denver decidió vengarse de esa broma. Mordió la magdalena y suspiró de felicidad. Miró a Armie.

—Merissa es tan buena cocinera y tan guapísima, que es un milagro que no haya una fila de tíos suplicándole que se case con ellos.

Armie hundió los hombros y se sonrojó, pero apretó los labios y guardó silencio.

—Tiene casa propia —añadió Denver, solo para molestarlo—. Un buen empleo, un hermano famoso…

—No vayas por ahí —Cannon fingió un estremecimiento—. Todavía no estoy preparado para eso.

—¿Cuántos años tiene? ¿Veintidós?

—Es casi una cría —contestó Cannon—. Si alguna vez sale en serio con alguien, lidiaré con ello entonces —cruzó los brazos sobre la mesa—. ¿Cuál es el problema?

Denver volvió a mirar a Armie.

—Los supuestos hermanos de Cherry son de una familia de

acogida. Teniendo en cuenta la reacción de ella cuando los he mencionado, son personas a las que le gustaría mucho evitar.

Denver contó a Cannon lo que había ocurrido en el hotel y después les habló a los dos del pasado de Cherry.

—¡Jesús! —exclamó Cannon—. No tenía ni idea.

—Jamás ha dicho nada —asintió Armie—. Un pasado terrible. ¡Pobre niña!

No era ni mucho menos una niña, pero Denver dejó pasar el comentario.

—Dudo de que le guste que se sepa, así que...

Cannon asintió.

—Ni una palabra.

—Excepto a los chicos —añadió Armie—. Ahora voy para el centro recreativo, pero he pensado que quizá quisieras que te llevara.

—Sí, gracias. Y sí, los chicos tienen que saberlo.

—Gage y Miles están allí ahora —le dijo Armie—. Podemos contárselo esta noche.

—Stack irá mañana por la mañana —comentó Cannon—. Se lo contaré entonces.

O sea que esa noche se reunirían todos menos Stack. Eso no tenía nada de sorprendente, pues había ocurrido a menudo. La camaradería no siempre era el único incentivo para estar juntos.

Mucho tiempo atrás, después de la muerte de su padre, Cannon había empezado a recorrer el barrio, vigilando a aquellos que no podían protegerse solos. Los tenderos ancianos, los jubilados, los colegiales, las madres solteras... En muchos sentidos, Warfield era mucho mejor que antes, pues ya no había extorsión ni bandas.

En otros sentidos, sobre todo en el de traficantes de drogas, estaba peor. Los bastardos merodeaban por allí, escondiéndose en las sombras, atrayendo a chicos que no tenían nada mejor en perspectiva.

El centro recreativo ayudaba mucho, daba a los jóvenes en riesgo de exclusión una oportunidad de concentrarse en una dirección distinta. Hasta donde Denver sabía, ninguno de ellos escamoteaba el tiempo que dedicaban al centro. Juntos hacían que su pequeña parte del barrio resultara amigable para todos.

Denver estaba descontento en ese momento.

—Sé que todo el mundo tiene algún pariente lunático al que no quiere ver y que en todas las familias hay una oveja negra...

Armie levantó la mano.

Denver no le hizo caso, pues sabía de sobra que Armie era una de las personas más honorables que conocía.

—No quiero hacer una montaña de un grano de arena, pero tengo un mal presentimiento con esto —declaró.

Armie flexionó los hombros.

—Esos capullos no me gustaron nada cuando los vi, y uno de ellos me sacó una navaja, así que estoy encantado de hacerle caso a tu instinto.

—Te lo agradezco —Denver terminó su magdalena de un bocado y a continuación vació la taza de café—. Cuando Cherry me dé más detalles, os pondré al día —miró a Cannon—. Hasta entonces, debes saber que pienso estar por aquí todo lo que pueda.

No mucho tiempo atrás, Cannon habría puesto objeciones a la historia de Denver con Cherry. Su razonamiento era fácil de seguir. Cherry vivía con Merissa y a Cannon no le gustaba la idea de que alguien fuera a tener relaciones sexuales en casa de su hermana. Pero a Denver ya no le importaba lo que pensara su amigo.

Enferma y vulnerable como estaba, no dejaría a Cherry sola.

—No es mala idea —contestó Cannon, sorprendiéndole—. Cualquiera puede ver que buscas algo más que un polvo rápido.

Cierto. Él no quería que nada en absoluto fuera «rápido» con Cherry.

—Cuando esté libre, estaré aquí. Es solo que...

—El tiempo libre es un bien escaso estos días, lo sé —Cannon le dio una palmada en el hombro—. Intenta no preocuparte demasiado. Rissy tiene un buen sistema de seguridad y le explicaré lo que ocurre. Es lista, así que tendrá cuidado. Y yo estaré una temporada en la ciudad, así que casi siempre habrá alguien por aquí.

Denver lo miró.

—Las dos chicas tienen una lista de números de teléfono —dijo. Lo entendía, pero todavía le molestaba.

—Rissy siempre los ha llevado encima, pero a Cherry tuve que convencerla de que hiciera lo mismo —obviamente, Cannon no le daba ninguna importancia—. Rissy os considera a todos familia en muchos sentidos.

Armie pareció a punto de atragantarse entonces.

—Los dos confiamos en vosotros. En todos vosotros —prosiguió Cannon—. Sé que, cuando estoy fuera, tiene ayuda aquí. Eso es importante. No porque yo espere problemas, pero nunca se sabe.

Todos aquellos razonamientos ayudaban, pero no del todo. Denver no podía sacudirse una sensación de peligro.

Era algo muy personal para decírselo a los otros, pero sabía, por la reacción inicial de Cherry, que ella había creído que estaba de algún modo aliado con aquellos arrastrados. Lo había acusado de utilizarla en algún sentido. Pero ¿en cuál?

Consciente de que no había nada más que pudiera hacer de momento, metió su taza de café en el lavavajillas y se marchó con Armie. Sabía que se sentiría mejor si podía confiar en Cherry, pero su instinto le decía que la chica tenía secretos. ¿Cuánto tiempo tardaría en abrirse a él?

¿Y si no lo hacía nunca?

Para Denver, ese era el mayor problema. La razón principal por la que había intentado mantenerse a distancia.

Estaba casi obsesionado. Como había dicho Armie, loco por poseerla, y ella no se comprometería al cien por cien.

Tendría que vencer su renuencia y conquistarla. No había más remedio. La deseaba.

Pero solo si podía tenerla entera, incluidos sus secretos más profundos y oscuros.

Leese aceptó el chupito y bebió el contenido de un trago. Sintió una ola de fuego garganta abajo que se concentró en el intestino. Cerró los ojos con fuerza, apretó los dientes y soltó el aire con un siseo.

Carver soltó una carcajada.

—Un hombre que sabe beber. ¡Demonios, sí!

Y vació también su chupito de whisky.

Cuando el licor fluyó por las venas de Leese, el mundo vaciló, se volvió borroso y después se aclaró de nuevo. Sabía que había bebido demasiado. Pero Carver, Mitty y Gene lo admiraban tanto que parecían un club de fans personal, y no estaba dispuesto a retirarse todavía.

Estaban al lado de la caja abierta de la camioneta de Mitty, bajo un cielo nocturno lleno de nubes negras que ocultaban la luna por completo. Brilló una luz y Leese volvió la cabeza y vio que Gene encendía un canuto. Un brillo rojo le cubrió el rostro cuando inhaló y el olor dulzón alcanzó a Leese.

Gene le ofreció el canuto.

—¿Quieres una calada?

Leese se apoyó en la camioneta.

—No, gracias.

Mitty se echó a reír.

—¿Al luchador le da miedo una calada?

—¿Miedo? No —él no temía a nada—. Simplemente no es lo mío.

Gene se lo pasó a Carver, quien cerró los ojos, chupó y soltó el humo.

El humo quedó colgando en el aire húmedo y espeso y Leese sintió náuseas. Debía de ser tarde. O temprano. Según se mirara. Echó un vistazo a su alrededor, a las calles casi desiertas. Lo último que necesitaba era que apareciera un poli.

—Tengo que irme —dijo.

Carver exhaló el humo.

—¿A qué viene tanta prisa? —preguntó.

La tensión le agarrotó el cuello. Se agarró el estómago para no vomitar. ¡Maldición! Se había pasado bebiendo muchas veces en su vida, pero nunca se había sentido así. Se alejó un paso de la camioneta y casi cayó de rodillas.

Mitty soltó una risa chirriante, tan invasora como una luz estroboscópica, y tiró de él hacia arriba.

—Patético —murmuró Gene.

Leese sintió el aliento de Carver en la mandíbula.

—¡Eh, tío!, ¿estás bien?

Leese lo sentía demasiado cerca, casi encima. Intentó empujarlo, pero lo empujaron a él. Oyó risas, casi como si llegaran de lejos. No conseguía pensar con la suficiente claridad para saber por qué se movía la tierra o por qué sentía la lengua tan espesa. Extendió el brazo y su mano conectó con la camioneta. Eso le dolió.

—Cálmate, amigo —dijo Carver.

Una mano lo guio y se encontró subido a la caja de la camioneta y después tumbado. Abrió los ojos y miró el cielo. Tan negro. Tan interminable.

—Tengo que ir a casa —pensó. Y se dio cuenta de que había hablado en alto.

—Sí, claro —respondió Carver—. Nosotros te llevaremos. ¿Dónde está tu casa?

Leese arrugó el ceño. No quería decírselo, pero no conseguía saber por qué.

Cuando sintió una mano en los vaqueros, lo invadió el pánico. Un pánico real, enfermizo. Se alzó y agitó los brazos hasta que oyó una maldición.

Mitty lo empujó hacia atrás con tanta fuerza, que se golpeó la cabeza con el suelo roñoso de la camioneta.

—Gilipollas.

Un dolor cegador explotó en el cráneo de Leese.

—Cálmate, tío —dijo Carver—. Solo te estoy sacando la cartera para saber adónde llevarte.

¡Mierda! Leese cerró los ojos y respiró hondo, aunque sin conseguir oxígeno suficiente.

—Lo tengo —Carver dijo algo en voz baja, Leese oyó que se abrían y cerraban las puertas de la camioneta y el mundo empezó a moverse… esa vez de verdad.

Se dio cuenta de que Carver seguía a su lado cuando este lo empujó con la bota.

—¿Sigues aquí? —preguntó.

Leese gruñó cuando la camioneta pisó un bache.

—Sí.

—Tienes que continuar despierto.

En el interior de Leese, la desconfianza gritaba una advertencia que no podía acatar.

—Sí.

—Muy bien. Hablemos.

Leese no estaba seguro de poder. Pero Carver era insistente. El viento que soplaba sobre él y los sonidos del tráfico que lo envolvían lo revivieron lo bastante para despejarle la mente.

La bota volvió a golpearlo, esa vez en el bíceps.

—¡Sigue despierto, maldita sea! Si tengo que despertarte yo, no te va a gustar.

Leese se concentró, pero solo consiguió que le palpitara la cabeza.

—¿Dónde vive? —preguntó Carver.

—¿Quién?

—Cherry —contestó Carver con un gesto de desdén—. Mi encantadora hermanita.

¡Oh, no! Leese no quería que fueran a por Cherry, y de todos modos no sabía dónde vivía. Cherry había sido amable. Había bailado una pieza con él y le había sonreído, aunque no le había dado nada más.

Leese recibió varias patadas más antes de recordar que Cannon Colter y Denver Lewis eran amigos suyos y que Cherry salía con Denver. Eso implicaba que probablemente eran de Warfield, Ohio. Sí. Warfield. Tenía que ser allí.

—Muy bien —lo felicitó Carver—. ¿Qué más puedes decirme?

Y Leese se preguntó si había vuelto a hablar en voz alta.

Esa vez la bota le dio primero en las costillas y después en la cadera.

—Sí, estás hablando en alto, idiota. Contesta a mi pregunta.

Leese rodó instintivamente para alejarse, pero así dejó expuesta la columna y los riñones. «¡Joder!». Entre el traqueteo de la camioneta vieja y las patadas esporádicas a su cuerpo, no conseguía recuperarse.

Necesitaba defenderse, pero los brazos no respondían las órdenes de su cerebro y estaban tan flojos que no hacían otra cosa que abanicar el aire. Tampoco podía colocar las piernas debajo del cuerpo. Se arrastró hasta ponerse de rodillas y recibió una patada en los testículos que le hizo caer boca abajo.

Con el dolor invadiendo su consciencia, intentó entender aquello. Era un buen luchador. ¿Por qué no podía pelear en ese momento?

—Porque eres un estúpido y te has bebido lo que te he dado, gilipollas confiado y patético —otro golpe—. Ahora deja de hacerme perder el tiempo. Has dicho algo de un gimnasio. ¿Dónde está? —golpe—. ¿Quién lo lleva? —golpe.

Leese se acurrucó sobre sí mismo y aceptó su debilidad. De haber podido, habría caído luchando.

Pero no podía luchar.

Aun así, intentó guardar silencio, negarles las respuestas que querían, pero le habían dado algo que le hacía balbucear. Carver seguía golpeándolo y la aprensión de Leese aumentaba con cada respuesta. No se tardaba tanto en llegar a su apartamento. ¿O sí?

Al fin se detuvo la camioneta y se sentó débilmente, con ayuda de Carver.

—Hemos llegado. Tienes que irte —Mitty lo bajó al suelo—. ¡Joder! Este cabrón pesa lo suyo.

Leese intentó ponerse de pie, pero le pasaba algo en las piernas. Mitty medio lo trasportó y medio lo arrastró delante de su edificio de apartamentos, donde se golpeó las espinillas en cada escalón de cemento hasta el rellano. Lo dejaron contra la pared y lo colocaron sentado, son los hombros incrustados en un rincón entre la puerta y la barandilla.

—Ya está bien —dijo alguien—. Si quiere terminar de entrar, que se arrastre.

Una mano le abofeteó la cara para atraer su atención.

—Ha sido divertido, tío. Gracias por toda la información.

¿Información? ¡Oh, no! Habían preguntado cosas de Cherry.

Un puñetazo en la mandíbula lo dejó inconsciente.

Cuando Denver llamó a la mañana siguiente muy temprano, Cherry le abrió la puerta. Lo había llamado media hora antes para decirle que estaba levantada y se sentía mucho mejor. Él terminaba de ducharse después de haber salido a correr, así que se puso unos vaqueros y fue hacia allí, ansioso por verla.

La miró de arriba abajo y sí, creyó que se sentía mejor. Seguía habiendo sombras bajo sus ojos oscuros, pero se mantenía en pie más fuerte, más firme. No llevaba maquillaje, pero con su belleza, no lo necesitaba. Seguramente se había lavado el pelo, pues a Denver le llegó un olor a jacinto cuando se inclinó a besarla en el cuello. Inhaló y no quería apartarse. Su mente se llenó de ideas encaminadas a desnudarla para volver a acariciar aquel cuerpo dulce y exuberante.

Pero aquello no entraba en la agenda, así que recurrió a su resistencia y retrocedió un paso.

—¿Qué tal has dormido?

Ella apartó la vista.

—Bien.

Otra mentira. ¿Habría descansado algo?

—¿Ya no toses más?

Ella arrugó la nariz.

—Solo un poco.

—¿Sigues tomando el jarabe?

—Me da sueño.
Lo que implicaba que no.
—Dormir es lo mejor que puedes hacer ahora.
Cherry puso los ojos en blanco ante tanta preocupación. Se echó hacia atrás.
—Adelante.
—No puedo quedarme mucho —dijo él. Vio que ella relajaba sutilmente la postura. ¿Había temido la visita de él, suponiendo que le pediría explicaciones?
De ser así, estaba en lo cierto. Lo haría.
Denver le tendió una bolsa a modo de ofrenda de paz.
—Te he traído el desayuno.
—No hacía falta que te molestaras.
Él se tocó la oreja con aire ausente. Definitivamente, ese día eran distintas las cosas. Menos íntimas.
Tendría que ver lo que podía hacer al respecto. Conseguiría respuestas, sí. Pero preferiría que ella estuviera dispuesta a hablar. O al menos, no tan reacia.
Por su postura y la cautela con que lo observaba, se notaba que quería actuar como si no hubiera pasado nada, como si no hubiera tres gamberros psicópatas persiguiéndola por alguna razón.
¿Intentaba quitárselo de encima diciendo que estaba bien y haciendo que se fuera? ¿Quería llamar a Carver ya? ¿O más bien tenía la sensación de que debía hacerlo?
Denver miró lo que podía ver de la casa vacía.
—¿Dónde está Merissa? —preguntó.
—Se ha ido a trabajar hace diez minutos.
Él miró su reloj. Eran las siete y media.
—¿Tan pronto?
—Ha dicho que tenía una reunión temprana en el banco. Yo también debería ir a trabajar. Hoy estoy bastante bien.
—Un día más de descanso no te hará daño —Denver sabía bien la energía que se necesitaba para lidiar con chicos y no quería ni pensar lo que debían de ser los de preescolar. La tomó por el codo—. ¿Sofá o cocina? —preguntó.

—Eso creo que depende de lo que me hayas traído.
—Una magdalena grande y zumo.
—La cocina, supongo —de camino allí, ella miró en la bolsa y salió un olor a arándanos calientes—. ¡Umm! Huele de maravilla.

Denver le sacó una silla para que se sentara.

—¿Has recuperado el apetito?

—A lo bestia —ella no se sentó—. ¿Quieres tomar algo tú?

—Ya he comido —contestó él.

Tenía que estar en el centro recreativo en menos de una hora. Los entrenamientos y el trabajo con los clientes que le quedaban le llenaban el día. Pero, gracias a su éxito en las artes marciales mixtas, a los patrocinios y a buenas inversiones, había podido frenar bastante el trabajo y dedicar más esfuerzos a su carrera de luchador.

Hasta el momento, no tenía quejas. Pero todo aquello llevaba mucho tiempo.

Empezar una historia apasionada con Cherry supondría un obstáculo leve en su agenda, pero era un obstáculo agradable y disfrutaría mucho acoplándolo a su vida.

Cherry se sentó, abrió el zumo para dar un trago y dio un bocado a la magdalena con cara de felicidad.

Denver sonrió.

—¿Está buena?

—Divina.

Denver dio la vuelta a una silla y se sentó a horcajadas. Esperó hasta que ella tuvo la boca llena para preguntar:

—¿Cuánto tiempo viviste con la familia de acogida?

Un miedo vago la dejó paralizada en el sitio. Dejó de masticar unos segundos. Pasó el tiempo. Ella tragó, tomó la servilleta, se limpió la boca, dejó a un lado la magdalena y volvió a beber.

Estaba ganando tiempo.

—Cherry... —susurró él.

—Cuatro años.

Denver frunció el ceño.

—¿Cuántos tenías cuando fuiste allí?

—Catorce.
¿Y se las había arreglado sola desde entonces?
—Tienes veinticuatro, ¿verdad?
—Sí.
Llevaba seis años sola.
—¿Adónde fuiste cuando saliste de allí?
Ella apartó la vista.
—Me vine aquí, a Ohio —dijo.
Arrancarle respuestas era como sacarle los dientes.
—¿Desde dónde?
—Desde Kentucky.
Dieciocho años, sola, sin trabajo, en un estado nuevo... Denver quería saber todo lo que había hecho desde entonces hasta los veinticuatro años, pero, al paso que iban, eso llevaría tiempo, así que optó por volver al tema más importante en ese momento.
—Cuando vivías con ellos, ¿estaban solo esos tres? ¿No había más chicos?
—No.
Denver alzó la cabeza, harto de respuestas cortantes de una sola palabra.
—¿Por qué los desprecias tanto?
Ella lo miró a los ojos.
—Tú los has visto. Son terribles.
—Ahora.
—Entonces también lo eran —ella tomó la magdalena y dio otro mordisco grande.
Esa vez, Denver la dejó comer. La magdalena estaba recién hecha, era nutritiva y ella necesitaba comer tanto como dormir. Aunque se recuperaba más deprisa de lo esperado, su voz era todavía levemente ronca y su piel seguía siendo más pálida de lo normal. Pero ya no parecía tener fiebre ni estar al borde del desmayo. Eso era un avance.
Al día siguiente estaría casi bien, o lo bastante bien para que él volviera a tocarla por todas partes y a hundirse en su calor...
—¿Te estoy haciendo perder el tiempo? —preguntó ella.

—No.

—Estás aquí sentado, mirándome como si esperaras algo.

Denver sonrió.

—Estaba pensando en mañana, confiando en que estés preparada para mí.

Cherry arrugó en la mano el papel vacío de la magdalena, se agarró al borde de la mesa y se inclinó hacia delante.

—Ya estoy preparada.

¡Qué ansiosa! Era agradable sentirse deseado por Cherry Peyton.

—Todavía no —dijo él. Ella frunció el ceño, dispuesta a discutir ese punto, y Denver le lanzó su pregunta más importante—: ¿Por qué cediste al pánico, nena?

Ella abrió mucho los ojos.

Denver echó su silla hacia atrás.

—Cuando te dije que los había visto, perdiste los nervios.

Ella se recostó en la silla mientras él caminaba alrededor de la mesa.

—Solo me llamas «nena» cuando estás pensando en sexo.

—Estoy pensando en sexo —confirmó él. Pero no cedió—. ¿Por qué te asustaste tanto? Y no me mientas —añadió, por si se le pasaba por la cabeza.

—¡Deja de acusarme de eso!

—Pues deja tú de alterar la verdad —Denver la tomó por los hombros y la puso de pie. ¡Era tan suave... tan femenina! No pudo evitar acariciarla—. Pensaste que tenía algún tipo de vínculo con tus hermanos.

—No son mis hermanos.

—Me alegro —él le dio un beso breve en la boca—. ¿Qué pensaste?

El modo en que ella se lamía los labios lo volvía un poco loco.

—¿Me besas otra vez? —preguntó Cherry.

—De acuerdo —había pocas cosas que a él le apetecieran más, aparte de obtener respuestas—. Cuando me contestes.

Ella se apartó y se abrazó el cuerpo.

—Quizá yo no tendría que alterar nada si tú no intentaras continuamente asumir el mando —dijo.

Denver pensó si sería eso lo que hacía.

—Creía que estábamos juntos —repuso.

Ella se volvió con ojos muy abiertos.

—Lo estamos.

—¿Pero esperas que no me importe lo que te pasa? ¿Crees que no debo molestarme en comprenderlo? —él se cruzó de brazos y la miró—. ¿Esa es la clase de hombre que crees que soy?

Cherry se puso el pelo detrás de las orejas con ambas manos.

—Creo que eres maravilloso —contestó.

A Denver no le resultaba fácil mantener una expresión severa cuando lo que quería era abrazarla y decirle que dejara de preocuparse. Pero creía sinceramente que el mejor modo de atenuar su preocupación era saber la verdad. Cuando lo supiera todo, podría ayudarla a buscar soluciones.

Ella respiró hondo, y terminó con un suspiro de derrota.

—No es una historia fácil de contar.

—A mí puedes contármelo todo.

Ella negó con la cabeza y se alejó unos pasos.

—Quedaré como una estúpida y una ingenua.

—Yo jamás pensaría eso de ti —él se acercó y le puso de nuevo las manos en los hombros, esa vez de pie detrás de ella—. ¿Por qué no me lo cuentas todo y pensamos juntos lo que vamos a hacer?

La oyó tragar saliva. Asintió con la cabeza y sus rizos rubios acariciaron la barbilla de él.

Denver la estrechó contra sí y esperó.

—Les gustaba tenderme trampas. Les gustaba mucho.

Aquello no tenía ningún sentido para él.

—¿Qué clase de trampas?

Cherry se cubrió la cara con las manos. Siguió un silencio, pero no le metió prisa. Notaba que estaba pensando, buscando las palabras.

Y reuniendo valor para decírselo.

La besó en la sien y siguió abrazándola, dándole el tiempo que al parecer necesitaba.

Ella apoyó las manos en los antebrazos de él, que se cruzaban debajo de los pechos de ella.

—Hacían que los chicos fingieran que les gustaba yo. A veces me invitaban a bailes del instituto y cosas así. Esos chicos... un par de veces eran amigos suyos y otras veces eran unos ingenuos como yo. Forzados a hacer... cosas malas.

Lo de «malas» fue lo que provocó la furia de él, y el hecho de que ella sonara tan avergonzada indicaba que aquello le dolía todavía.

Sin embargo, lo que decía no explicaba nada. ¿Fingir que les gustaba? ¿Cómo podía ser eso tan malo que nunca hubiera dejado de sufrir por ello?

Le dio la vuelta para que lo mirara, pero la dejó acurrucarse contra él.

—¿Puedes ponerme un ejemplo? —preguntó.

Cherry se agarró a su camisa, como si necesitara el apoyo de algo.

—La primera vez que ocurrió yo estaba en segundo curso. Uno de cuarto me invitó al baile de graduación y yo estaba encantada. La vida con los Nelson no tenía nada de divertido para una chica.

—¿En qué sentido?

Ella agitó una mano en el aire.

—La casa era pequeña, sucia, destartalada. Había muchas peleas de borrachos, muchos tacos y actitudes horribles. Para mí, salir de allí, estar en el baile con otros chicos, ser *normal*, habría sido como unas vacaciones en Disneylandia.

Todo lo que decía suscitaba más preguntas. Denver pensó que seguramente podría pasar un día entero interrogándola y seguir sin saber todo lo que quería y necesitaba saber.

—Pasé dos semanas cortando la hierba por Gene y Mitty y me dieron un porcentaje del dinero que ganaban con eso.

—Si cortabas tú la hierba, ¿por qué no te lo dieron todo?

Cherry lo miró a los ojos.

—Porque eran Gene y Mitty.
Claro.
—¿Y qué tiene que ver cortar la hierba con...?
—Con ese dinero compré un vestido y unos zapatos en la tienda de segunda mano.
—Seguro que estabas muy sexy —musitó él. ¿Tenía ella alguna idea de cómo le partía el corazón con sus palabras?

Su respuesta seguramente no fue muy afortunada, porque ella se apartó un par de metros.

—Fue todo un engaño. Yo estaba allí aquella noche, ilusionada, arreglada y esperando—empezó a pasear por la estancia, perseguida por sus demonios, y ocultando la cara—. Por fin se presentó él, con vaqueros y camiseta. Yo no lo entendía... hasta que todos empezaron a partirse de risa. Era una broma —Cherry movió la cabeza y repitió—: Era una broma.

¡Dios santo! Denver decidió que quería matarlos a los tres.

—Aquel juego se convirtió en su deporte favorito —ella se había acercado a un rincón de la cocina y apoyó las manos en la encimera—. La de la graduación fue la peor, pero ocurrió cuatro veces más, cada una más convincente que la anterior. Y supongo que yo estaba tan... estúpidamente desesperada por algo real, que era fácil de convencer. Pero al final espabilé y renuncié a la idea de ir a bailes, a partidos de fútbol americano y a cosas así.

—Lo siento muchísimo —dijo él.

Ella aceptó aquello con una inclinación de cabeza y expresión distante, sumida en sus pensamientos.

—La última vez que ocurrió fue en verano, cuando todos los chicos del barrio se reunieron para ir al lago —susurró.

Su voz sonaba hueca. Y eso era peor que la tos, porque, aunque su expresión estaba desprovista de emoción, en su voz se oía un amago de dolor... y quizá también la promesa de lágrimas. Y Denver no creía que pudiera soportar verla llorar.

—Un chico amable y tímido me convenció para que fuera a nadar con ellos. Dijo lo que quería oír, que Carver y los otros no sabían nada, que aquello era un secreto especial entre nosotros.

Parecía muy delicada, allí de pie y con mirada atormentada, pero tenía los hombros erguidos en actitud de orgullo.

—No tenía traje de baño, así que me puse camiseta y pantalón corto —bajó la voz y entrecerró los ojos con un toque de rabia—. Me besó en el lago. Me... tocó.

—¿Te gustaba él?

Ella rio sin humor.

—Creo que me habría gustado cualquier chico que no fuera uno de los hermanos.

Cualquier chico que hubiera sido amable.

—Eso puedo entenderlo —comentó Denver.

Cherry frunció los labios con desprecio.

Estaba tan desesperada que resultaba patético. Él me besaba, con los dos metidos en el agua, y luego Carver aplaudió en la orilla y alcé la vista y allí estaba todo el mundo. Unos parecían confusos y otros me miraban con lástima. Otros, los amigos de Carver y Gene, se reían hasta no poder más. El chico que me había besado como si yo le gustara se alejó nadando y yo me quedé allí en el lago.

Sola.

Denver dio dos zancadas grandes que lo colocaron justo enfrente de ella.

Ella levantó una mano, quizá para negar la necesidad de consuelo, quizá para impedir que se acercara más. Él siguió andando hasta que ella le puso una mano en el pecho. Denver puso su mano sobre la de ella y acercó la frente a la cabeza inclinada de ella.

Y luchó consigo mismo y con lo que quería de ella.

¡Cuánto deseaba encontrar a aquellos miserables y destrozarlos!

—Después de eso —susurró ella—, me negué a hablar con los chicos y no hice amigas entre las chicas. Como dejé de participar, Carver se vio obligado a renunciar a aquel juego.

Aquel juego. ¿Pero había encontrado otros? Denver quería saberlo todo, en particular si los hermanos la habían agredido alguna vez físicamente. Pero ella llevaba ya bastante tiempo recordando malos momentos.

Cherry respiró hondo y sus pechos se elevaron. Se movió y levantó despacio la cara para mirarlo.

—Hasta el día del lago no entendí por qué hacía Carver todo aquello.

Denver le agarró la cabeza con manos que temblaban por distintas emociones, pero, sobre todo, por una furia debilitadora.

—¿Por qué? —preguntó.

—Dijo que no quería compartir.

—¿Contigo?

Ella negó con la cabeza.

—Dijo que no quería compartirme a mí.

CAPÍTULO 9

La expresión de Denver era terrible. Ella lo había visto luchar, pero nunca había estado cerca cuando él entraba en modo de combate... como en aquel momento. Parecía despiadado. La dureza de su mirada dorada y el modo en que flexionaba sus músculos de acero seguramente habrían asustado a otra persona.

Hasta entonces, ella lo había tocado porque eso la consolaba. En ese momento lo tocó para ser ella la que diera. Pasó la mano por la tensión de su pecho, por los bíceps y por los firmes hombros.

—Carver dijo que eso se debía a que me había visto con la camiseta mojada. Ese fue su modo de echarme la culpa. Pero después, cuando me paré a reflexionar, comprendí que llevaba ya un tiempo pensando de ese modo.

Denver entrecerró los ojos y apretó los dientes.

—¿Te tocó? —preguntó.

Había hecho cosas mucho peores. Ella cerró los ojos con fuerza, intentando bloquearlas.

—Nunca me violó —dijo.

«No porque no lo intentara». Su voz sonaba ronca, pero confió en que Denver lo atribuyera a la enfermedad y no al asco y el miedo que todavía estaban muy enraizados en ella.

—Eso no es lo que te he preguntado.

Cherry se encogió de hombros como si no tuviera importancia, aunque tenía mucha.

—Le gustaba empujarme Los tres encontraban siempre algún motivo para hacerlo. Me amenazaban mucho, pero nunca llegaron a pegarme abiertamente.

Denver respiró con fuerza y bajó la vista.

—Eso suena bastante horrible para una chica.

Demasiado horrible para soportarlo. Sobre todo porque ella sabía que era el preámbulo de cosas peores.

—Después de aquel día en el lago, todo cambió. Parecía que ya no eran bruscos solo por ser mezquinos. Era más bien por…

Denver esperó y ella sintió bajo su mano el golpeteo fuerte del corazón de él.

—Por tocarme, creo.

Aunque la rabia de él resultaba palpable en el modo en que se tensaban sus músculos, su voz sonó tranquila y controlada.

—¿Se lo dijiste a alguien? —preguntó.

Cherry se dio cuenta de que aquella calma en particular no era lo que parecía.

—Al estar tutelada por el estado, recibíamos visitas de vez en cuando. Janet y Gary se encargaban de mantener a los chicos a raya esos días —en su mayor parte. Ella se puso de puntillas y besó a Denver en el cuello—. Y estos me tenían a raya a mí.

Las manos grandes de él se posaron en los antebrazos de ella.

—¿Eso significa que no te dejaban hablar?

Concentrarse en el atractivo de Denver hacía que a ella le resultara más fácil contar su pasado.

—Me decían lo que ocurriría si lo hacía.

—Dímelo —susurró él, con voz letal.

Cherry pensó que no tendría sentido hacerlo.

—Ya puedes imaginártelo —contestó.

Denver apretó los dientes con disgusto.

—¿Janet y Gary son los padres?

—Janet es su madrastra. Gary es su padre —contestó ella.

En ocasiones le parecía que Denver miraba dentro de ella, que conocía ya todos sus secretos. En lugar de sentirse intimidada, esa atención concentrada de él le parecía un bálsamo.

—Tú dijiste que ha muerto —musitó.

—Eso me dijeron ellos —él la abrazó de tal modo que ella tenía que elegir entre apoyar la mejilla en él o echar atrás la cabeza para mantener el contacto visual.

Eligió acurrucarse contra él.

—¿Gary sabía lo que te hacían?

Aquella era la parte más difícil. La que más le asustaba y a veces todavía le producía pesadillas.

—Los pilló intentando entrar en mi dormitorio —odiaba pensar en eso, no quería hablar de ello, pero necesitaba que Denver comprendiera para que lo dejara correr—. Lo hacían mucho, tropezarse conmigo de un modo aparentemente accidental en la ducha o en mi dormitorio.

Ninguna de las cerraduras de la casa era segura. Se requería poca destreza para abrir cualquier puerta y ella vivía siempre con miedo.

—A menudo me daba duchas de dos minutos cuando ninguno de ellos andaba cerca.

Cuando Carver bebía, ella buscaba un escondite, aunque eso implicara pasar toda la noche fuera.

Y esa experiencia conllevaba sus propios terrores...

Denver lanzó un juramento.

—¿Y qué hizo Gary?

Cherry se pegó a él todo lo que pudo.

—Se pelearon. Eso también ocurría mucho. Él les pegaba con el cinturón y ellos se revolvían. Y lo mismo con Janet.

—¿Pegaban a su madrastra?

—Tenían broncas monumentales —y Cherry sabía, ya entonces, que, si Janet aceptaba la violencia sin dejarlos a todos, ella no se libraría—. Las peleas eran interminables. La de aquella noche fue al lado de mi puerta, con muchos gritos. Carver acusó a su padre de que él también me miraba —ella agradeció que Denver la estrechara con más fuerza—. Bajaron las voces y yo sentí que tenía que oír lo que decían y me acerqué a escuchar a la puerta.

Recordaba todavía las palabras exactas que había murmurado Gary a sus retorcidos hijos.

—Oíste lo que decían —comentó Denver.

Aquellas palabras permanecerían para siempre atrapadas en el cerebro de ella. Asintió.

—«Pronto tendrá dieciocho años. Dejad esas mierdas hasta entonces».

Denver la miró incrédulo.

—Carver discutió con él —dijo ella.

Como más tarde, había aprendido ella, el chico no quería esperar. No era una persona que estuviera dispuesta a privarse de algo de lo que se había encaprichado.

La pelea entre el padre y el hijo había sido brutal, lo que quizá explicaba por qué Carver la odiaba y la deseaba a la vez.

Una combinación diabólica.

—¡Eh! —Denver le alisó el pelo hacia atrás y le levantó la cara—. Ahora estás aquí conmigo. Nadie te va a hacer daño.

—Lo sé. Yo no se lo permitiría. Como te dije, ya no soy una niña asustada.

Él le acarició la barbilla con el pulgar.

—Eres una chica dura —murmuró.

—No, pero tampoco soy una quejica —al menos, eso era lo que ella esperaba, aunque había cosas, cosas de las que no podía hablar en ese momento, que todavía tenían la habilidad de dejarla paralizada de terror.

—El padre de Carver tendría que haberte protegido —comentó él.

Cherry se encogió de hombros.

—Supongo que, como el estado dejaría de pagarle por mí cuando cumpliera los dieciocho, me consideraba un blanco aceptable a partir de entonces.

Denver la estrechó en un abrazo gentil pero íntimo.

—Me alegro de que ese bastardo esté muerto.

Ella compartía aquel sentimiento.

—Me fui unos días después de eso —dijo. Pero no lo bastante pronto.

No quería entrar en cómo había conseguido escapar, en la

pesadilla cruel que le había dejado claro que tenía que marcharse o pagar las consecuencias.

Solo dijo:

—No me quedé a terminar el instituto.

—Sabiendo que solo te quedaba un periodo de gracia limitado, fue inteligente por tu parte marcharte.

Los engaños y el tormento habían sido ya bastante malos, pero lo que había planeado Carver... Cherry levantó la barbilla.

—No pude graduarme de secundaria hasta los 19 años —pero por Dios que lo había conseguido—. Más tarde hice una diplomatura en una universidad *online*.

Denver le frotó la espalda, le besó la frente y la apartó de sí con brusquedad.

—¿Tú pensaste que los conocía, que yo sería cómplice de ese mierdero? —sus palabras eran gentiles, pero exploraba el rostro de ella con mirada ardiente—. ¿Tú llegaste a pensar eso de mí?

Ella negó con la cabeza, pero los dos sabían que lo había pensado.

—Solo la primera vez que los mencionaste, pero porque para mí fue un gran sobresalto —se había esforzado mucho para apartar de su mente a la familia Nelson—. Hacía mucho tiempo que no pensaba en ellos, pero, cuando dijiste su nombre, lo recordé todo. Me mataba pensar que tú pudieras hacer algo así —dijo a modo de disculpa. Porque él era mucho más importante para ella de lo que había sido ninguna otra persona.

Le fascinó el modo en que Denver alzó el cuello e hizo chocar los nudillos. Una energía rabiosa salía de él en oleadas.

—Tienes que entender algo, nena —la miró a los ojos—. Yo jamás te haría daño.

Parecía herido.

—Lo sé —susurró ella.

Y pensó que era una suerte que él fuera camino del centro recreativo y de un entrenamiento prolongado. No porque Denver fuera a atacar a personas inocentes. Poseía un control increíble y, hasta donde ella podía ver, dominaba bien su temperamento. Pero en ese momento parecía necesitar quemar energías.

—¿Está claro? —preguntó él.
—Sí.
—¿Y confías en mí?

Ella esperaba aquella trampa.

—Tanto como confías tú en mí.

El semblante de Denver se oscureció todavía más.

—Yo confío en ti.

«¡Las narices!», pensó ella.

—Estupendo —dijo—. En ese caso, déjame lidiar con esto.
—¿Después de lo que me has contado? —él la miró primero con irritación y después como si estuviera loca—. ¡Joder, no!
—Es mi problema —le recordó ella.

Él la atrajo hacia sí.

—Y tú eres mi problema.

Aquello era... Bueno, sí, Cherry sabía que era bonito. Pero él no entendía lo psicópatas que eran los hermanos y ella prefería que siguiera así.

—Si lo llamo, puede que no venga aquí —dijo. Pero probablemente iría porque, fuera lo que fuera lo que quería, ella no podría dárselo.

—Vamos, nena, los dos sabemos que, si puede encontrarte, vendrá.

—Ahora no estás excitado. ¿Por qué me has llamado...?
—¿Quién ha dicho que no? —él la besó en los labios y bajó una mano por la espalda de ella hasta el trasero—. Estoy cabreado, sí —murmuró contra los labios de ella—. Y todavía no he decidido si los voy a destrozar o no.

—Denver...

—Pero a pesar de todo, siempre que te veo, te deseo. ¡Qué demonios! Solo tengo que pensar en ti y ya te deseo. ¿Tenerte abrazada y conseguir que por fin te abras un poco a mí? Sí, claro que eso me excita. No lo dudes nunca.

—A mí me pasa lo mismo —suspiró ella.
Denver soltó un gemido. La alzó en vilo.
—Gracias por decírmelo.
—No es nada nuevo. Tú ya sabías que me gustabas mucho.
—No... —él se mostró primero sorprendido y después resignado. Negó con la cabeza—. Así no. Y deja de hablar de eso o no haré nada más en todo el día —inspiró hondo—. Me refería a contarme lo de la familia de acogida. Sé que no ha sido fácil decírmelo todo.
Contárselo *todo* sería imposible. La persona que dijo que contar los problemas hacía que fuera más fácil soportarlos no conocía los problemas de ella.
—¿Sabes lo que creo que debemos hacer? —preguntó él.
Cada vez que hablaba en plural, a ella le daba un vuelco el corazón y a continuación se le formaba un nudo en el estómago. Nunca había conocido el amor. Era algo tan ajeno a ella como la riqueza o la seguridad. Pero con Denver estaba muy enganchada. Lo quería más de lo que habría creído posible. Y no lo quería cerca de Carver bajo ningún concepto.
Aunque, ¿cómo iba a conservarlo y al mismo tiempo alejarlo? No se le ocurrió nada que decir, así que se limitó a lanzar una mirada interrogante.
—Lo llamaré yo —dijo él.
—No —no y mil veces no.
—Le pondré los puntos sobre las íes.
Cherry casi se echó a reír. Carver era tan malvado, tan malo, que jamás atendería a razones. Si Denver intentaba convencerlo de algo, solo conseguiría que Carver se fijara en él todavía más.
—¿Estás preocupada por mí? ¿De verdad? —preguntó él con una sonrisa.
Sonaba tan incrédulo, que eso le molestó. ¿Cómo lo hacía? ¿Cómo le leía los pensamientos antes de que ella se aclarara con ellos?
Sintió que se le secaba la boca.
—Sé que puedes cuidarte solo —dijo.

Denver era un hombre maravilloso y un atleta increíble.

Pero no era Superman.

Y no era la escoria de la tierra, alguien dispuesto a caer todo lo bajo que hiciera falta con tal de salirse con la suya.

Sus progresos en la SBC eran aún muy nuevos. Estaba creciendo en su carrera y ella no quería que sus problemas interfirieran con eso.

Carver era el tipo de hombre que llevaba consigo la destrucción. No peleaba limpio. No luchaba cara a cara y hombre contra hombre, como estaba acostumbrado Denver. No, él lucharía sucio de un modo que Denver no se esperaría y no podría evitar. Cherry conocía bien el modo cruel y poco normal en el que funcionaba el cerebro de Carver, quien justificaba hasta las brutalidades más injustificables. Inventaba razones para actos de violencia irracionales.

Lo hacía todo sin conciencia.

Y extraía placer de ello.

Ella no podía contarle a Denver todo lo que sabía de Carver y sus hermanos porque eso lo alentaría todavía más a defenderla y protegerla. Pero tenía que intentar convencerlo de que no siquiera escarbando.

—Tú no comprendes cómo es Carver.

—Lo he visto y he hablado con él. Entiendo bastante. Y no sé si te das cuenta, pero te garantizo que él ya me considera un obstáculo.

Eso precisamente temía Cherry.

—Volver a hablar con él no afectará nada a eso —continuó Denver—. Pero tal vez le refuerce la idea de que no estás sola. Tal vez —dijo con más firmeza cuando ella intentó intervenir—, solo tal vez, eso lo eche para atrás.

—No quiero que lo hagas —contestó ella, que ya no sabía qué más decir. Era consciente de que se mostraba quisquillosa, pero ¿cómo podía convencerlo sin hablar de cosas que prefería guardar en secreto?—. Solo tengo que averiguar qué es lo que quiere —porque Carver seguramente querría algo. Ella no conseguía imaginar el qué, pero...

—¿Y si te quiere a ti?

A Cherry se le paró el corazón un momento y después empezó a latir con fuerza.

—¿Por qué me va a querer ahora, después de tanto tiempo? No, tiene que ser otra cosa —aunque sí, cuando la encontrara, sin duda volvería a ser tan sobón y repulsivo como siempre—. Ya no soy una niña. No puede ir de matón conmigo.

Denver no se tragaba aquello, pero, para ser justos, ella tampoco.

—Dame su número de teléfono, ¿de acuerdo? —le pidió él.

¡Qué desastre! Por una parte, Cherry quería contar con ayuda, pero, por otra parte, no quería que sus amigos supieran el modo horrible en que había crecido. Era un tema doloroso y muy íntimo. La mataba pensar que Denver ya lo sabía.

Todas esas preocupaciones le pesaban mucho y la agotaban.

—Yo solo quería estar contigo, nada más. Y todo se ha estropeado. Primero me pongo enferma y ahora esos idiotas quieren volver a verme…

—Pero yo te cuidaré bien, no lo olvides —él le tocó la cara con gentileza—. No estás sola, nena, así que deja de actuar como si lo estuvieras.

En aquel momento, quizá habría sido mejor estarlo. Excepto porque quería a Denver y la idea de perderlo…

Él le levantó la cara, exasperado, y le dio un beso algo más largo, que provocó una oleada de calor en el vientre de ella y le impidió pensar con claridad.

—¿Te quedarás hoy aquí? —preguntó él.

Ella quería decir que no, que tenía que volver a su vida. Pero ya había dicho en el trabajo que estaba enferma, todos sus amigos estaban trabajando y su cuerpo anunciaba que era hora de volver a dormir.

—Sí.

Antes de enfermar, tenía muchísima energía. Quedarse en casa habría sido impensable. En ese momento, sin embargo, a pesar de estar en presencia de un hombre megasexy, tuvo que reprimir un bostezo.

—Todo irá bien, ya lo verás —él pasó la vista de la cara de ella a su cuerpo. Le tocó un momento ambos pechos, emitió un ruido sordo con la garganta y se apartó—. Volveré esta noche, ¿de acuerdo? Aún no sé cuándo, pero no será muy tarde. Si ocurre algo antes, llámame.

Después de cómo la había tocado, ella todavía no podía pensar.

—¿Cherry?

Ella asintió varias veces con la cabeza.

—Está bien.

Dormiría un rato y quizá después tuviera la mente lo bastante despejada para encontrar una solución. Resultaba dudoso, pero lo intentaría.

Se dirigieron juntos a la puerta.

—Cierra en cuanto haya salido.

—Lo haré.

Rissy y ella siempre cerraban la puerta, incluso antes de la reaparición de Carver.

—¿Cherry? —él se detuvo en el umbral—. No imagino que pueda haber hombres que no te deseen, tengan la edad que tengan. Es muy probable que todos los chicos que te engañaron por causa de Carver lo hicieran obligados. Tienes que saber eso, ¿de acuerdo? —la estrechó contra sí, la besó una vez más y fue corriendo hasta su coche.

Ella se apoyó en la puerta, después de cerrarla con llave. A pesar de la mala situación en la que estaba, se dio cuenta de que sonreía... por causa de Denver.

Si conseguía averiguar qué era lo que quería Carver, si lograba lidiar con él y con sus perversas exigencias sin que hubiera ninguna otra víctima, podría volver a la fantasía de contar por fin con las atenciones de Denver Lewis.

Un rayo de sol le calentó la cara y le hizo encogerse cuando abrió los ojos. Volvió a cerrarlos, intentó desperezarse... y el dolor le hizo quedarse inmóvil.

¿Qué demonios...?

Entonces oyó un susurro.

—¿No está muerto?

Leese volvió a abrir los ojos. La luz del sol lo cegó, pero oyó ruido de tráfico y más susurros. ¡Qué raro! ¿Se había dejado la ventana abierta?

—Señor, ¿necesita un hospital?

La voz llegaba demasiado próxima. Leese abrió un ojo y se encontró con una cara muy oscura, con unos ojos grandes más oscuros todavía, bloqueándole el sol de la mañana. Se incorporó sentado con un sobresalto y lanzó un gemido. Tenía la sensación de que le hubiera pasado por encima un rebaño de búfalos en estampida.

Volvió a mirar con cautela y vio que la cara oscura pertenecía a la hija de diez años de su vecina. Detrás de él había una chica vestida con ropa desparejada, con coletas pelirrojas y pecas por todas partes.

Leese, desorientado, miró a su alrededor y se dio cuenta de que estaba en los escalones de su bloque de apartamentos. Tenía saliva en la barbilla. Una barbilla muy magullada, a juzgar por cómo le dolía mover la mandíbula.

—¿Puede hablar? —preguntó la pelirroja.

—Estoy bien, Mayla.

Mayla, la vecina, asintió con la cabeza, pero no se apartó.

—¿Por qué ha dormido fuera?

¿Cómo le iba a decir a una niña de diez años que se había emborrachado mucho y que, al parecer...? No. Un momento. Eso no era verdad. Los recuerdos luchaban por abrirse paso, pero el estómago le daba vueltas.

—¡Va a vomitar! —gritó la pelirroja con una mezcla de horror y excitación.

—No —dijo él. Siempre que ella dejara de gritar, claro—. Calla —recordó algo que había oído decir a la madre de Mayla—. Hablad con la voz de dentro de casa.

—Pero estamos fuera.

Sí, eso era verdad. Leese se agarró a la barandilla y se incorporó lentamente.

—¿Sabéis qué hora es? —preguntó.
Maya se encogió de hombros.
—Hora de jugar.
Leese sacó su teléfono del bolsillo, vio que eran casi las nueve y reprimió una maldición. Buscando en los bolsillos encontró las llaves, pero no la cartera. ¡Hijos de perra!
Se la habían jugado bien. ¿Cuánta gente lo había vestido desvanecido en la calle? Le ardió el cuello al pensar en eso.
—¿Tu madre sabe que estoy aquí fuera? —probablemente no, o no habría dejado que las chicas salieran a jugar fuera.
—No. ¿Quieres que vaya a decírselo?
Leese no podía pedirle a una niña que mintiera a su madre. Esta era una buena mujer, que cuidaba de otros niños, aceptaba hacer coladas, incluida la de él, y trabajaba de encargada del bloque de apartamentos para poder quedarse en casa con su hija. Ganaba suficiente para vivir, pero Leese sabía que no siempre era fácil.

Ignoró la pregunta para la que no tenía respuesta y miró a su alrededor. En su culo del mundo, borrachos durmiendo en las puertas no eran algo tan raro.

Lo avergonzaba haber caído en esa categoría.

La pelirroja, que hasta el momento había mantenido las distancias con cautela, se acercó más. Alzó sus ojos azules y arrugó la nariz.

—Está sangrando —dijo.

Leese se llevó la mano al punto que ella señalaba y encontró sangre seca cerca de la oreja.

—Creo que me caí —se volvió hacia la puerta, contento de tener una excusa para escapar de la curiosidad inocente de las chicas, y más que encantado de que las llaves siguieran en su poder—. Voy a lavarme inmediatamente.

Se tambaleó, se dio cuenta de que le temblaban las piernas y se agarró al picaporte de la puerta. Se maldijo por vivir en el tercer piso.

En el último momento, se volvió hacia las chicas.

—No os mováis de aquí delante, donde puede veros tu madre.

Mayla asintió, con ojos muy abiertos.

—Mi madre dice que puede haber malas personas por aquí.

—Eso es cierto —y la noche anterior, él se había convertido en una de ellas.

Denver entró en el bar de Rowdy con la esperanza de ver a los muchachos antes de dirigirse a casa de Cherry. Pensaba que, si podían analizar juntos el problema, se les ocurriría un modo de hacer salir a la luz a Carver y sus hermanos sin perturbar a Cherry en el proceso. Ella había dejado muy claro que quería lidiar sola con el problema.

Seguramente le molestaría que no se lo permitiera, pero, si la dejaba completamente al margen, que era lo que en realidad quería hacer él, se cabrearía muchísimo. Y él no quería eso.

Quería volver a tenerla a su lado en la cama.

Y quería reclamarla para sí en algún sentido. A más largo plazo que el aquí y el ahora. La idea de que otro hombre se cercara a ella le calentaba la sangre con una rabia posesiva. Estiró el cuello, pero la tensión acumulada allí había clavado profundamente sus garras y no creía que pudiera sacársela como no fuera con una pelea de verdad y un buen polvo.

Cuando se dirigía a la barra, se detuvo en seco. Allí, sentado en un taburete y hablando con Vanity Baker, estaba Leese Phelps. ¿Estaba allí por Cherry? ¿Era un aliado de Carver? El impulso de arrastrar fuera a aquel bastardo y conseguir respuestas al modo anticuado lo empujó a seguir andando.

Rowdy le cortó el paso.

—¿Hay alguna razón para que parezcas decidido a matar? —preguntó.

Como dueño del bar y malote consumado, a Rowdy no se le escapaba nada, y menos si tenía que ver con problemas. Como había trabajado con Cannon y muchos de los luchadores consideraban el bar como su lugar de encuentros favorito, todos lo conocían muy bien.

Y viceversa.

Rowdy no tenía problemas en pelearse con un luchador de los pesos pesados, si lo consideraba necesario. Aunque la verdad era que todos lo respetaban demasiado para que fuera necesario.

Denver señaló a Phelps con la cabeza.

—¿Qué hace aquí?

—Ligar con Vanity, por lo que veo. ¿Eso te molesta?

—¿Que esté aquí? —Denver clavó dagas con la mirada en la espalda de Leese—. Sí.

—¿No por causa de Vanity?

—¿Qué? —aquello desvió la atención de Denver—. No. Su vida es cosa de ella.

—Lo pregunto —dijo Rowdy, cortándote todavía el paso— porque Stack también parece molesto desde que ha llegado.

Denver miró a su alrededor. Stack estaba sentado en una mesa con un par de mujeres, pero miraba continuamente a Leese.

—Conoce a esa escoria —dijo. O quizá su amigo tenía razones propias para querer destrozarlo.

En ese caso, tendría que ponerse a la cola.

—¿De qué lo conoce? —preguntó Rowdy.

Denver se encogió de hombros con impaciencia.

—Estaba en la fiesta de después del torneo en el que peleó Armie. Se puso más pesado de la cuenta intentando ligar con Cherry y Stack tuvo que alejarlo —usándolo a él como amenaza. Pero, eh, le había funcionado.

—Pues a Vanity no parece importarle que hable con ella —Rowdy se colocó en la línea de visión de Denver para asegurarse de que le hiciera caso—. Si va a haber bronca, lleváosla a otra parte.

Denver alzó las manos para indicar que estaba de acuerdo.

—Entendido.

—Gracias.

Denver no se movió.

—¿De verdad crees que yo…?

—¿Provoques pelea? No. Pero he visto esa mirada otras veces. Yo mismo la he tenido en ocasiones.

Denver hizo una mueca. Rowdy lanzaba más miradas asesinas que nadie. Aunque, desde que se había casado, se había calmado. Un poco.

—Necesitas una pelea o un polvo.

¡Maldición! ¿Acaso él no había pensado lo mismo?

—La pelea no será aquí, tienes mi palabra.

Rowdy debió de creerlo, porque desarrugó el ceño y sonrió.

—¿Y lo segundo?

—Puesto que la chica no está presente, eso tampoco va a pasar.

—¡Ah! —la sonrisa se hizo más amplia—. Con suerte, más tarde —Rowdy fue a ocuparse de sus asuntos, recoger vasos vacíos de las mesas, pero Denver sabía que no se le escapaba nada de lo que ocurría allí.

En lugar de dirigirse a la barra, fue hacia Stack.

Cuando llegó donde estaba, apartó una silla con el pie, se sentó y puso los antebrazos en la pequeña mesa redonda. Las mujeres le dieron la bienvenida con miradas de curiosidad y movimientos sugerentes del cuerpo.

Stack apenas si se fijó en él. Estaba ocupado con sus pensamientos. Pensamientos sombríos, a juzgar por su cara.

Denver vio a su amigo beber un trago de cerveza.

—Tengo que pedirte un favor —dijo.

Una de las mujeres estaba prácticamente sentada en el regazo de Stack, con la mano en su pecho. Y él la rodeaba con el brazo libre y le acariciaba la cadera con aire ausente, como si lo hiciera por hábito. Bajó la mano hasta que se encontró con su muslo, debajo del dobladillo de una minifalda vaquera.

—Por supuesto. ¿De qué se trata?

A Denver nunca le habían gustado las mujeres delgadas como modelos. Al parecer, Stack tenía otros gustos.

—Necesito que me eches una mano con algo —o más bien con alguien.

Stack, jugando todavía con la chica con una mano, terminó la botella de cerveza y la dejó en la mesa.

—Te escucho.
Denver lanzó una mirada de disculpa a las chicas.
—Lo siento, pero es mejor que te lo explique en privado.
Stack asintió. Besó apasionadamente a la chica, le dio una palmadita en la cadera y la apartó.
—Si me disculpas...
Ella se cruzó de brazos y adoptó una postura de enfado.
La otra chica lanzó una mirada esperanzada a Denver, pero este levantó las manos.
—Lo siento. No estoy libre.
—¿No? —Stack ignoró a la chica del enfado y sonrió—. ¿Cherry?
Denver asintió.
A Stack le costó un poco, pero al fin consiguió que las chicas se marcharan.
Cherry jamás había sido tan tenaz. Siempre que Denver se había mostrado poco receptivo, lo cual, desgraciadamente, había ocurrido muy a menudo, ella lo había aceptado y se había apartado.
Y él tenía que admitir que respetaba eso de ella.
Aunque también le agradecía que hubiera sido lo bastante insistente para intentarlo una vez más.
—Y bien —Stack se echó atrás en la silla—. ¿Qué ocurre? Y espero que sea importante, ya que has espantado a mi distracción de esta noche.
—¿Las dos?
Stack negó con la cabeza.
—Eso serían más problemas de los que quiero. Ese dolor de cabeza se lo dejo a Armie —miró su reloj—. Miles tiene que venir dentro de una hora. La segunda esperaba por él.
—Entiendo. Pues haz esto por mí y luego las llamas para que vuelvan.
—Está bien. Dime de qué se trata.
—Quiero que intentes ligar con Vanity.

CAPÍTULO 10

Stack, que no estaba seguro de haber oído bien ni de si la sugerencia de Denver iba en serio, apartó la mirada de su amigo para observar a la chica de la barra.

Desde luego, su trasero resultaba muy fascinante en aquel taburete. Enormemente fascinante.

Quizá demasiado.

Nunca había visto a una mujer tan espectacular de la cabeza a los pies, y por supuesto, había conocido a muchas mujeres muy sensuales. Para que todo resultara aún más confuso, Vanity Baker era simpática. Y divertida.

Y, aunque tenía que saber que estaba muy buena, no parecía que le importara mucho.

—¿Ya tengo tu atención? —preguntó Denver con una risita.

—Sí. Te escucho —repuso el otro, sin dejar de mirar a Vanity.

—¿Recuerdas al arrastrado con el que está hablando?

—El tío de Kentucky —Stack se rascó la barbilla—. Leese Phelps. Le dio la lata a Cherry hasta que le hice ver que tú andabas vigilante. Eso pareció desalentarlo.

Denver movió la mandíbula como si aquel recuerdo le molestara.

—Necesito hablar con él.

«¿Y eso por qué?», pensó Stack.

—Sé de buena tinta que Leese no consiguió lo que quería —dijo. Vio que Denver fruncía el ceño y se echó a reír—. ¿Por qué quieres destrozarlo si Cherry no se interesó ni lo más mínimo por él?

—Los demás ya lo saben y Cannon te lo iba a contar a ti mañana, pero puesto que estás aquí...

—¡Caray, tío! Ahora me has despertado la curiosidad —dijo Stack.

La historia que le contó Denver acabó con su sentido del humor. Cherry era una chica maja. Divertida, animosa y muy colgada de Denver. Como este había tardado en corresponderla y, en vez de eso, habría preferido rumiar su pena, había sido triste ser testigo de aquello. Esa era la razón principal por la que Miles y él se habían esforzado en animarla, al tiempo que intentaban pinchar a Denver todo lo que podían.

Miró a Leese.

—Es curioso que se presente aquí después de lo que me has contado.

—No sé si es curioso, pero ese tío me da mala espina.

—No, Leese no es malo, ya lo verás —Stack ignoró el juramento que soltó Denver—. ¿No has notado que le han dado una buena paliza? Lo he visto entrar y te aseguro que se mueve como un hombre que haya aguantado cinco asaltos y los haya perdido todos.

Denver enarcó las cejas y giró en su asiento para mirar a Leese con ojos nuevos.

Desde el ángulo izquierdo en el que lo veía, solo se apreciaban algunas heridas de guerra. Un moratón grande encima de la oreja, con sombras menos coloridas debajo del ojo y a través de la nariz.

—Mucha coincidencia, ¿no crees? —preguntó Stack.

—¡Ah! —Denver no mostró ninguna conmiseración. En todo caso, creció su irritación.

—O sea que interrumpo y lo aparto de Vanity —dijo Stack, como si no tuviera dudas de que la chica lo seguiría, aunque la verdad era que, por una vez en la vida, no estaba seguro de su éxito—. ¿Y qué harás tú? ¿Añadir más moratones al maquillaje de Leese, o simplemente hablar?

—Eso dependerá de él, ¿no te parece? Pero Rowdy ya me ha prohibido que haya peleas aquí.

—No las habrá —declaró Stack.

Denver no era un bravucón de taberna. No era ese su modo de actuar. Por otra parte, nunca había estado tan colgado de una chica. El hecho de que Cherry y él hubieran tardado tanto en solucionar lo que quiera que fuera que los había separado, hacía que Denver se mostrara todavía más irritable con todo lo relacionado con ella.

—De ser necesario, me lo llevaré fuera —comentó Denver.

Y el modo en que lo dijo no dejaba dudas de que estaba dispuesto a arrastrarlo.

Si ocurría eso, Stack los seguiría, porque, si Denver pulverizaba a un luchador más débil, solo lograría sentirse aún peor. Ese también era su modo de actuar. Era el hombre más partidario de jugar limpio que había visto en su vida.

Stack apartó la silla, consciente de la anticipación que circulaba por sus venas. Fingió la chulería imprescindible para convencer a su amigo y dijo:

—Dame dos minutos.

Vanity Baker había llegado hacía poco al barrio y se había unido al grupo. Procedía de California y tenía aspecto de surfista, con pelo muy largo rubio pálido, un ligero bronceado, piernas sexy bien tonificadas y larguísimas y curvas que exhibiría cualquier bikini. El día que había entrado por primera vez en el centro recreativo, los había conquistado a todos con sus grandes ojos azules y su sonrisa fácil. En cuestión de segundos, todos estaban pensando en tirársela, pero, como era amiga de Yvette y esta estaba prometida con Cannon, nadie se había lanzado en picado a por ella.

Aunque seguro que todos lo habían deseado.

Por otra parte, quizá Vanity intimidara a algunos. No todos los días veían a una mujer increíblemente atractiva, con clase, feliz y segura de sí… que siguiera soltera.

Stack se sentó en el taburete a su lado, haciendo que se fijara en él. Probablemente pensó que era un desconocido, porque miró de soslayo y, cuando se dio cuenta de que era él, se volvió a mirar mejor.

Posó sus grandes ojos azules en los de él y sonrió con lentitud. Miró la camiseta oscura de él, los vaqueros desgastados y volvió a subir la vista sonriendo divertida. Enarcó una ceja.

—Hola, Stack.

—Vanity.

Leese se inclinó alrededor de ella para mirarlo con el ceño fruncido.

—¿Qué hay, Leese? —Stack lo saludó con la cabeza—. Veo que has sufrido un atropello.

—La sensación es la misma —gruñó el otro.

—¿Has estado en un torneo?

Leese negó con la cabeza.

—No —se pasó los dedos por un corte en la barbilla—. Es una larga historia.

Ambos se miraron, Stack con ganas de que el otro se largara y Leese negándose a ceder.

Vanity sonrió.

—¡Vaya! ¡Qué popular me siento!

Su broma hizo que Stack quisiera besarla hasta que ambos se quedaran sin respiración, pero se contuvo.

—¿Te importa prestármela un minuto? —preguntó a Leese.

Este frunció el ceño y se giró en el taburete para mirarlo de frente.

—Pues a decir verdad...

Vanity carraspeó fuerte y se dirigió a Stack.

—Eso depende de mí, no de él, y no, no me importa —miró a Leese—. Gracias por la copa.

Stack resistió el impulso de lanzar un silbido. ¡Así se rechazaba a alguien!

Leese se bajó mosqueado del taburete, con cuidado, sin doblar las piernas, e incómodo, lo que demostraba que le dolía el cuerpo.

Retrocedió un paso y miró más allá de Stack hasta donde estaba Denver. Resopló.

—Ahora lo entiendo. Está bien —consiguió enderezarse—. He venido por eso, así que será mejor hacerlo cuanto antes.

Avanzó cojeando hasta Denver.

El asunto había sido más fácil de lo que Stack esperaba. Vanity se dio cuenta de lo que pasaba y se volvió a mirarlo.

—O sea que tú has sido el cordero del sacrificio, ¿eh?

—En realidad, se me conoce más como lobo que como cordero.

—Es tu apodo de luchador, ¿verdad? Creo que tiene que ver con el modo en que acechas a tus contrincantes, como presas en la jaula.

—Eres muy gracio...

—Y en el dormitorio haces aullar a las chicas.

Stack cerró la boca de golpe. Eso era la primera vez que lo oía. Y ¡maldición!, ella estaba muy seria. Como si creyera lo que decía.

—¿Quién te ha dicho eso?

—¿Lo la jaula? Yvette y Rissy.

Stack negó con la cabeza.

—No, lo de las chicas —lo de los aullidos. Eso resultaba risible.

Vanity pasó un dedo por la barra.

—Al parecer, es una conversación bastante corriente en los baños de chicas —alzó las pestañas y lo miró a los ojos—. Ya lo he oído dos veces.

—¿Aquí? —preguntó él.

La chica sonrió

—Desde luego, no ha sido en casa de Rissy ni de Yvette.

Stack apartó aquel horrible pensamiento.

—No, yo nunca he...

—¿Nunca te has acostado con ellas? Lo sé —Vanity apoyó un codo en el borde de la barra y se subió la barbilla con la palma—. A ver si lo he entendido bien. ¿Te han enviado a distraerme para que esos dos pudieran hablar en privado?

—Me he ofrecido voluntario —mintió Stack. El vaso de ella estaba vacío—. ¿Te apetece otra? —preguntó.

Vanity volvió la cabeza y su largo pelo rubio cayó en cascada hasta el muslo.

—Puedo entretenerme sola, ¿sabes? No hay razón para que renuncies a tu distracción anterior.

Stack, que miraba el pelo de ella y pensaba cómo le gustaría enrollárselo en las manos y sujetarla así mientras le hacía el amor, murmuró con aire ausente:

—¿Qué distracción?

—¿Las dos chicas que te bailaban el agua antes? —Vanity lo miró compasiva—. ¿La llegada de Denver ha espantado a tus conquistas potenciales?

—Eras seguras, de potenciales nada. Pero eso se ha terminado —¿ella se daba cuenta de que estaba con otras mujeres? Stack se preguntó qué significaría eso y la miró de arriba abajo.

—¿Y tú qué? ¿Has conocido a alguien esta noche? —preguntó.

Ella suspiró con tristeza fingida e hizo un mohín.

—No. Estoy sola.

En su caso, el mohín resultaba mucho más tentador para Stack que las dos mujeres a las que había despedido antes. Con los ojos azul cielo, la nariz recta, los pómulos altos y aquella boca plena y suave, Vanity podía hacerle olvidar dónde estaba.

—Lo mismo digo —comentó.

—Los dos sabemos que eso no es verdad.

—Lo es, puesto que se han ido —comentó él. El cuerpo de ella, fantástico, ágil y con curvas, era aún mejor que su cara. Él tenía que aclararse mentalmente, y pronto—. ¿Qué te parece si nos hacemos compañía mutuamente?

Ella pareció pensarlo bastante, y eso le provocó un tic en el ojo izquierdo a Stack. No lo habían rechazado desde el instituto, principalmente porque sabía cómo colocar sus apuestas. Si no hubiera sido por Denver, jamás le habría entrado a Vanity de aquel modo.

—Me encantará tener compañía —ella alzó su vaso y dijo—: Y otra copa.

¡Gol! Stack pidió una bebida para cada uno y consideró

sugerir que se fueran a una mesa, pero decidió que probablemente sería más seguro seguir en la barra.

Acababa de tomar un trago de cerveza cuando ella dijo:

—¿Tienes acompañante para la boda?

Y él se atragantó. Maldiciendo interiormente, tomó una servilleta e intentó ignorar el modo en que ella le frotaba la espalda entre los omoplatos y concentrarse en recuperar el aliento. Cosa nada fácil con la mano de ella bajando por su espalda y parándose luego en la parte más baja.

Incluso después de que hubo recuperado el aliento, ella se quedó demasiado cerca, tocándolo todavía, con el calor de su mano penetrando a través de la camiseta.

Él sabía que, si pensaba mucho en aquella mano suave, se empalmaría seguro.

Carraspeó.

—Lo siento. Se ha ido por otro lado.

—Estaba hablando de la boda de Cannon e Yvette —ella ladeó la cabeza—, no pidiéndote matrimonio.

¡Jesús! Stack volvería a atragantarse como ella siguiera así.

—Nunca voy a una boda con una mujer —dijo. Era mejor dejar aquello claro.

—¿Porque eso les puede dar ideas?

Stack sintió un cosquilleo en el cuello.

—Sí. Algo por el estilo —miró a Denver, pero Leese y él estaban absortos en la conversación, ambos muy serios.

Por ese lado no podía esperar ayuda.

No quería preguntar, porque sabía que sería una trampa, pero lo hizo:

—¿Y tú? ¿Tienes una fila de hombres esperando que aceptes ir con ellos?

—Al igual que a ti, no me gusta ir con nadie —Vanity se retiró por fin, dejándole espacio a Stack para beber de la botella.

Pero con el cuerpo mirando hacia él, quizá porque estaban hablando, y las piernas tan largas que tenía, sus rodillas chocaban con el muslo de él, quien se preguntó desde cuánto un roce tan inocente se había convertido en algo tan sexy.

Desde que las rodillas eran de Vanity Baker, claro.

Menos mal que ella llevaba vaqueros. La había visto con minifaldas y pantalones cortos y siempre le había inspirado lujuria.

—¿Stack?

—¿Sí?

La sonrisa volvió a los labios de ella. Eso también resultaba excitante, cómo fruncía los labios y subía primero un lado y después el otro, como si combatiera cada sonrisa.

—Estás aquí para darme conversación, pero no estás cumpliendo tu parte del trato.

—Tienes razón. Perdona —Stack intentó recordar de qué estaban hablando. Ah, sí, de la boda de Cannon—. ¿A ti tampoco te gusta ir acompañada a las bodas? ¿Por qué?

Ella alzó su vaso como si quisiera brindar.

—Beber mucho afecta a mi sentido común.

Él miró su vaso medio vacío, pero no dijo nada.

—Es arriesgado tener a un hombre en la línea de fuego. Pero soy dama de honor y resultará patético que vaya sola.

¡Demonios! Stack sentía que empezaba a cerrarse el nudo.

—Tú me has espantado a Leese —musitó ella con mucha suavidad.

—¿Se lo ibas a pedir a él? —preguntó Stack. ¡Imposible!

Vanity bebió otro sorbo.

—La verdad es que creo que, en cuanto hubiera mencionado la boda, me lo habría pedido él.

Para entonces Stack ya no podía dejar de obsesionarse con cuánto habría bebido ella.

—¿Y habrías aceptado? —preguntó. Ella se merecía algo mejor que un luchador nuevo con una actitud de mierda.

¿Pero qué era él? ¿Un luchador de más categoría con una actitud de mierda?

Cuando ella volvió a beber, él optó por la autodefensa. Tomó el vaso y lo colocó fuera de su alcance.

Vanity lo miró de hito en hito.

—Tú no acabas de hacer eso.

—Lo he hecho —él apoyó un brazo en la barra y se inclinó hacia ella—. No te acerques a Leese.
Esa vez, cuando ella movió la cabeza, el pelo cayó sobre la muñeca de él.
—¿Eso es una orden? —preguntó ella.
—Llámalo una sugerencia preocupada.
—Lo pensaré —contestó ella. Le miró la boca, lo que hizo que a él le costara más respirar. Le costara más... todo.
Tenía que poner espacio, si no físico, al menos mental y emocional, entre ellos, y pronto.
—Fundamentalmente, no llevo acompañantes a las bodas porque son un buen lugar para ligar —dijo.
—¿En serio? —en lugar de insultada, ella se mostró curiosa—. Cuéntame.
—¿Qué?
Vanity enarcó las cejas.
—Detalles. ¿En las bodas ligas con mujeres... de una en una?
¡Mierda!
—De una en una, sí.
—¿O sea que ligas y te las llevas a tu casa? ¿Eso no es arriesgado? No porque te vayan a acosar sexualmente, claro —ella soltó una risita ronca y suave que produjo un efecto curioso en Stack—. Porque de eso se trata, ¿no? ¿Pero cómo te libras de ellas después?
Stack miró de nuevo a Denver, que seguía como antes. Leese y él estaban sentados a la mesa. ¡Maldición! Vanity esperaba con la mirada fija en él, a veces en su cuerpo.
—No llevo pibas a mi casa.
—Pibas —repitió ella con una sonrisa burlona—. ¿Y adónde llevas esas pibas?
Se burlaba de él. Stack, que estaba lo bastante irritado para mostrarse descarado, se inclinó hacia ella.
—Normalmente lo hacemos en un armario o en el baño de hombres.
—¡Iuu! ¿De verdad? —ella extendió el brazo para recuperar

su vaso y sus pechos rozaron el bíceps de él—. Un armario puede ser. ¿Pero el baño? ¡Qué asco!

—Las paredes suelen estar limpias.

Vanity hizo tintinear el hielo en su vaso.

—Asumo que eso son polvos de aquí te pillo, aquí te mato, ¿no? Imagino que no puede haber muchos preliminares en un baño público. Es una imagen decepcionante, supongo que porque yo tenía una visión en mi... Olvídalo.

Stack no estaba dispuesto a olvidarlo.

—¿De qué? —preguntó.

La chica lo miró de arriba abajo.

—Todos esos comentarios sobre aullidos —alzó un hombro desnudo, lo que hizo que se movieran suavemente sus pechos—. No te había imaginado como un hombre de un minuto.

Stack apretó los dientes.

—No lo soy.

—Acabas de decir que sí.

—Es decir —gruñó él, exasperado—, solo lo soy cuando es lo que hay que ser.

—¿Siempre eliges el mejor camino? Entiendo. ¿O sea que hay veces en las que algo de acción rápida en un servicio de hombres es el mejor camino?

Stack se inclinó más hacia ella, sin dejar de mirarla a los ojos.

—Cuando la mujer está tan caliente que te está suplicando, sí, unos minutos son suficientes para llevarla a lo más alto —dijo.

Notó un golpe en el brazo y, cuando se giró, Denver y Leese estaban allí. El primero parecía sobresaltado. El segundo, disgustado.

¡Demonios!

—Hola, chicos —dijo Vanity—. ¿Habéis terminado de hablar?

Denver pasó la mirada de ella a Stack.

—Odio interrumpir, pero...

—Sí, dame un minuto —pidió Stack.

—Es el hombre del minuto, ¿sabes? —comentó Vanity en voz baja.

—¡Déjate de tonterías! —gruñó Stack.

Ella intentó hacerse la inocente, pero su sonrisa estropeó el efecto.

Stack miró a Leese con el ceño fruncido. No se movería de allí hasta que el otro no se fuera.

—Vamos a la mesa —dijo Denver.

—Si vienen sus amigas, diles que él está libre —comentó Vanity.

Denver miró divertido a uno y a otra.

—Lo haré.

Y se alejó.

Leese se quedó y Stack lo miró irritado.

—¿Qué? —preguntó de mal humor.

—Está molesto —explicó Vanity, con una palmada gentil en el brazo de Leese—. Por algo relacionado con polvos rápidos en un armario.

Leese la miró. No parecía divertido.

—¿Nos veremos por ahí? —preguntó.

—Seguro que sí —contestó ella—. ¿Puedes conducir? —preguntó con suavidad.

Eso hizo que Leese se enderezara.

—Sí, estoy bien. Gracias.

Se alejó muy tieso, intentando ocultar su incomodidad. Stack sabía que el orgullo podía ser una cosa muy mala.

—Pobre hombre —murmuró Vanity.

Aunque Stack casi pensaba lo mismo, no le gustó oírselo a ella. También sabía que era lo último que Leese, o cualquier luchador, quería que pensaran de él. Se bajó del taburete.

—¿Quieres una cita para la boda? —preguntó.

—La quería —aclaró ella—. Asumía que tú no querías una cita que se pegara a ti y yo no quería un hombre que hiciera lo mismo —arrugó la nariz—. Estoy bastante bien situada. No sé si lo sabías.

Stack no supo qué pensar de eso. ¿Se refería al dinero?

—Y, bueno —continuó ella, como si no acabara de decir algo tan extraño—. Eso da ideas a los hombres.

Él se echó a reír. ¿En serio? ¿Cuánto dinero podía tener una surfista de California de veintitantos años?

—No sé nada de tus finanzas, pero...

—Podría vivir cómodamente sin volver a trabajar nunca más —ella alzó de nuevo el hombro—. Pero a veces me aburro.

Aquello daba que pensar. Stack sabía que trabajaba media jornada con Yvette en la tienda, así que había asumido...

Sacudió la cabeza para aclararse la mente.

—Da igual que seas millonaria. Oye, cualquier hombre que se haga ideas contigo, se las hace por esto —señaló su cara, su pelo y su cuerpo hasta las uñas pintadas de los pies.

—¿Pero tú nunca te las has hecho?

Él se echó a reír.

—Estoy vivo, ¿no?

Los ojos de ella sonreían, aunque no lo hiciera su boca.

—¿Vendrás conmigo a la boda? —ella le tendió la mano para cerrar el trato—. Sin ataduras.

Stack, molesto todavía por las burlas de ella, vaciló.

—No sé. Eso implicará que tengo que renunciar al sexo y...

—No necesariamente.

«Un momento. Rebobina».

—¿Qué has dicho? —preguntó él, intentando parecer simplemente curioso.

—Digo que yo no haré nada en el cuarto de baño —ella arrugó la nariz con disgusto—. Y sinceramente, un armario tampoco me apetece mucho. Prefiero una cama. Y estar desnudos —lo miró a los ojos—. Una luz de arriba no vendría mal.

El cerebro de Stack se negaba a funcionar, así que permaneció inmóvil, mirándola, visualizando todo lo que ella acababa de decir, que incluía imaginarla desnuda en una cama y bien iluminada para no perderse ni un detalle.

Vanity seguía hablando, con la mano esbelta extendida, esperando la decisión de él.

—Pero estoy abierta a usar mi casa, cama y luz incluidas.

La imagen se volvió sexy y muy vívida.

—Así no tendrás que preocuparte por librarte de mí después. Prometo echarte antes de que empieces a ponerte nervioso.

—Yo no me pongo nervioso —repuso Stack, demasiado atónito para pensar con claridad.

—Y considera esto —continuó ella—. Si aceptas y después me lo piden otros hombres, Leese por ejemplo, puedo decirles que ya tengo una cita.

Chantaje. Un chantaje muy efectivo.

—Faltan meses —dijo él.

Ella asintió.

—Hasta entonces eres libre de seguir como te apetezca. Podemos decirle a la gente que es una cita de amigos, si quieres. Ya te lo he dicho. Sin ataduras.

Stack se pasó una mano por el pelo. Le palpitaban las sienes... y el pene.

Vanity retiró por fin la mano. Se puso de puntillas y alisó el pelo que él acababa de alborotarse.

—Tranquilo, Stack. Te has alterado mucho y yo no pretendía ponerte tan nervioso.

Él apretó los dientes.

—Yo no me altero ni me pongo nervioso —dijo. Ella hacía que pareciera un colegial.

—¿Asumo que tu falta de respuesta es la respuesta? —ella le sonrió con indulgencia y le dio una palmada en el brazo—. No te preocupes. Lo entiendo. Pero tengo que ver si puedo alcanzar a Leese, hacerle la misma oferta y...

Stack la agarró por el codo, y eso fue suficiente para que la sensación bajara desde la mano hasta la entrepierna.

—No estoy alterado —repitió—. Pero sí, me has sorprendido.

—Menos mal que no estábamos en la jaula, ¿eh?

Él hizo una mueca.

—Ningún luchador me ha hecho todavía la oferta que acabas de hacer tú —una respiración profunda le ayudó a volver a sentir las piernas—. Sí, no es un mal trato —dijo, aunque sabía que su respuesta era más bien pobre.

—¿Sexo conmigo no es un mal trato? ¡Caray, Stack! Tanto entusiasmo me abruma.

Él se pasó una mano por los ojos.

—No quería decir eso.

—Me siento aliviada.

—Sexo contigo... —él buscó en su mente, pero no consiguió encontrar las palabras adecuadas.

Ella se acercó más.

—¿Sí?

No besarla era duro, pero él era un tipo duro y podía soportarlo. Quizá.

—¿Cómo demonios voy a poder pensar en otra cosa desde ahora hasta la boda?

Esa vez ella lo premió con una sonrisa genuina y dulce.

—Ahora sí estoy abrumada. Gracias.

—¿Tenemos un trato?

—Desde luego —ella le dio una palmada en el pecho, dejó un momento allí la mano y después recogió su bolso con prisa—. Hasta la vista.

«¿Eso es todo? ¿Hasta la vista?», pensó él.

—¿Puedes conducir? —preguntó.

—Como la primera bebida era solo cola y tú solo me has dejado beber la mitad de la segunda, sí, estoy bien —ella agitó la mano en el aire en señal de despedida y se marchó, atrayendo las miradas de todos los presentes a su bien moldeado trasero. Pero quería que él lo acompañara a la boda.

Le había ofrecido sexo.

Y Stack no sabía si acababa de hacer el mejor trato de su vida o él mismo se había atado un nudo difícil de desatar.

Denver no llegó a la casa hasta casi las nueve de la noche. Después de contarle a Stack todo lo ocurrido, necesitaba ver a Cherry. Para su sorpresa, las encontró a Merissa y a ella sentadas en el porche delantero, hablando con Miles y Brand, dos amigos luchadores, bajo la luz amarilla del porche. Cuando abrió la puerta del coche y salió, oyó la risa de Cherry. Le llegó muy adentro, trasportada por la noche. Y lo excitó.

También alentó su sentido de la posesión.

Lo cual era estúpido porque cualquier idiota podía ver que solo estaban sentados hablando. Y teniendo en cuenta que ellos eran parte del grupo, refuerzos cuando Cannon los necesitaba, asumió que Miles y Brand estaban allí para vigilar la casa. Mejor en el porche que todos cómodos en el sofá.

Se fiaba de ellos. De todos ellos.

Cuando avanzaba por el camino de entrada, con la mochila en la mano, vio que Brand se inclinaba y le decía algo a Cherry. Esta lo escuchó mirando a Denver y su sonrisa hizo que a este le parecieran los vaqueros muy ajustados. Cuando se echó a reír de nuevo, Denver se derritió por dentro, a pesar de que la risa terminó en un golpe de tos.

Brand le dio palmaditas en la espalda y Miles le abanicó la cara.

Cherry recuperó el aliento antes de que Denver llegara a su lado, lo que le permitió a este ponerle una mano en el cuello y besarla en la boca de un modo que resultara claro para todos.

—Denver —musitó ella, sorprendida, a modo de reprimenda, cuando por fin se apartó.

—No te sorprendas si te hace pis encima —comentó Brand, sentado a su lado.

—Está marcando su territorio —convino Miles.

Rissy se echó a reír.

—Sois un poco asquerosos.

Los dos luchadores se pusieron de pie y se desperezaron.

¿Cuánto tiempo llevaban allí? Denver tendió la mano a Cherry, la ayudó a ponerse de pie y la atrajo hacia sí.

—¿Sigues tosiendo? —preguntó.

—No mucho —ella volvió su atención a los hombres—. Solo cuando alguien me hace reír.

Denver le puso dos dedos debajo de la barbilla para que lo mirara.

—¿Cómo te encuentras?

—Bien.

—¿Estás segura?

—Denver —susurró ella, avergonzada—. No te preocupes tanto.

—No me preocupo —contestó él.

Demasiado tarde. A juzgar por sus sonrisas, los chicos la habían oído y estarían un mes dándole la lata. Se acomodó en el escalón superior del porche, dejó la mochila a un lado y sentó a Cherry en sus rodillas.

Rissy recogió los vasos medio vacíos de té con hielo y los dejó en una bandeja.

—Yo también me retiro. Mañana tengo que madrugar mucho.

—Trabajas demasiado —le dijo Miles.

La chica sonrió. Se encogió de hombros.

—No tengo mucho más que hacer.

Cuando se alejó, los tres hombres se miraron entre ellos. Miles corrió a abrirle la puerta.

—Gracias por la comida.

—Me alegro de que os haya gustado.

—¿Ya no sales con ese chico? —preguntó Brand.

—Ya hace una temporada que terminamos.

—Él sigue llamando —intervino Cherry—. Quiere recuperarla.

Rissy alzó los ojos al cielo.

—Eso no va a pasar. De momento me estoy concentrando en ascender en el trabajo. Cruzo los dedos —entró en la casa—. Buenas noches —dijo desde el umbral.

Después de que todos le dieran las buenas noches, Denver subió y bajó los dedos por el brazo desnudo de Cherry, quien llevaba pantalones de pijama de lunares y una camiseta a juego. Se había recogido los rizos rubios en una coleta alta e iba descalza. Las uñas de los pies, pintadas de rosa, sobresalían por debajo del dobladillo de los pantalones, que le quedaban largos.

Denver la deseaba en muchos sentidos. Demasiados para contarlos.

—Me siento como un *voyeur* —dijo Miles—. Esperad hasta que me haya ido.

—No hacemos nada —protestó Cherry.

Denver sonrió. Sin duda tanto Brand como Miles adivinaban la dirección de sus pensamientos. Instinto masculino.

Brand sacó las llaves del coche del bolsillo de los vaqueros.

—Nosotros también nos vamos —sonrió con malicia—. Sed buenos, ¿me oís?

Cuando se alejaban, Cherry intentó levantarse, pero Denver la sujetó con fuerza.

—¿De qué te reías? —preguntó.

—Es algo terrible —contestó ella. Enterró el rostro en el cuello de él, pero este podía sentir su sonrisa.

—Dímelo —la besó en la barbilla y fue subiendo con los labios hasta la oreja. Inhaló con suavidad, acarició el lóbulo con la lengua y la introdujo en el oído.

Ella se movió y él la sintió estremecerse.

—Quiero saberlo —susurró.

Soplaba una agradable brisa de verano, que intensificaba las sensaciones de Denver. Parecía que, cuanto más quería protegerla, más la deseaba.

Cherry volvió a esconder el rostro.

—Los chicos estaban hablando de peleas.

—¿En la jaula?

—Sí —ella lo miró entonces—. Miles ha dicho que te habían dado... en un lugar injusto.

Denver sonrió levemente.

—No me creo que él lo haya dicho así.

—No.

—Dilo —la instó él, desafiante—. Vamos, dímelo.

Cherry se pasó la lengua por los labios, intentando no sonreír.

—Ha dicho que casi te caparon.

—Sí —él pensó que ella estaba aún más guapa cuando sonreía—. Recuerdo bien aquella pelea.

Oyó que se cerraba despacio una puerta de coche y después otra. El motor se puso en marcha. Volvió la cabeza y vio la SUV de Brand alejándose de la acera. Habían aparcado unas cuantas casas más arriba, quizá para evitar que los malos supieran que estaban allí.

Teniendo en cuenta que todos habían acabado en el porche delantero, la medida no había servido de mucho, pero Denver les agradecía igualmente la previsión.

—Cuando te dan así, al principio no duele —explicó—. Tarda unos segundos en llegarte, pero sabes que va a venir y luego sientes náuseas y estás muy débil.

—Miles ha dicho que el árbitro no lo vio.

—No. Hasta que vio la repetición, y entonces se disculpó mucho —el recuerdo ponía sombrío a Denver—. El bastardo me dio un rodillazo tan fuerte que me partió el protector.

—¿A propósito? —preguntó ella.

Su expresión ultrajada casi le hizo reír a él.

—No, intentaba una patada en el interior del muslo. A veces ocurre y hasta a los mejores árbitros se les escapan cosas.

—Dime cómo ganaste.

—Si sabes que gané, es porque ye te lo han dicho Miles y Brand.

Cherry apoyó la mejilla en su hombro e introdujo la mano por el cuello de la camiseta para acariciarle la piel caliente.

—Quiero oírtelo a ti.

Como terminaba bien, a él no le importaba. Pronto tendrían que hablar de cosas más serias. Tal vez por eso quisiera oírlo ella.

—Cuando me golpeó el dolor, bajé la guardia. Me alcanzó con un golpe fuerte y siguió con un puñetazo en la barbilla. Caí y juro que pensé que estaba acabado.

—Me alegro de no haber estado allí —dijo ella, apretándolo con fuerza.

Normalmente, a Denver le molestaba que una mujer se preocupara así por él. Pero con Cherry no le pasaba. Le gustaba el modo protector en que lo abrazaba.

Le frotó la espalda, inhalando su olor.

—A todos los luchadores les pillan antes o después. Si te quedas el tiempo suficiente, lo verás.

Ella se incorporó para mirarlo a los ojos.

—Me quedaré.

—Sí, claro que sí —él le dio un beso rápido.

Apaciguada, ella volvió a acurrucarse.

—¿Y qué pasó entonces? —preguntó.

—Cayó sobre mí buscando golpearme desde arriba, pero se impuso mi instinto y me defendí rodando, salí de debajo y conseguí despejarme. Cuando creía que ya me tenía, se descuidó y le pude agarrar el brazo con fuerza y tirar de él. Eso le dolió.

—Miles dice que el público se volvió loco.

—Sí.

Una por una, las estrellas iban cubriendo el cielo. Era una noche tranquila, donde solo el aullar distante de una sirena y el ladrido ocasional de un perro alteraban la paz. Pero era todo una ilusión. Los dos sabían que cerca acechaban problemas.

—¿Esa fue la noche que te llamaron de la SBC? —preguntó ella.

Denver asintió.

—Y firmé mi primer contrato con ellos.

—Y ahora pronto estarás en los torneos principales —dijo ella.

El modo en que lo dijo hizo sonar campanas de alarma en la cabeza de él.

—Dentro de un par de meses —contestó.

—Eso es fantástico.

Lo era, pero él había trabajado tanto tiempo y tan duro que casi resultaba inevitable. Le puso una mano en el cuello y la besó en la frente, en el puente de la nariz y por fin en la boca.

—Tú eres fantástica.

Su intención era besarla apasionadamente para mostrarle lo que quería decir, pero ella se apartó.

—Tengo que hablar contigo.

Denver se echó hacia atrás en los escalones del porche con los brazos y las piernas extendidos y los ojos cerrados.
—Sabía que ocurriría esto —comentó.

CAPÍTULO 11

Cherry le dio un golpecito en el pecho.

—¡No me leas el pensamiento!

—No te lo leo, pero te entiendo —él respiró hondo, todavía con la cabeza echada hacia atrás y los ojos cerrados. En realidad solo quería llevársela a la cama y abrazarla toda la noche. Y luego, por la mañana, si estaba ya lo bastante recuperada, hacerle el amor—. Suéltalo.

Cherry se bajó de sus rodillas y se sentó al lado de su hombro.

—No puedes dictarme lo que tengo que hacer —dijo.

—Nunca ha sido mi intención.

Ella le dio un empujón con la rodilla en el hombro.

—Tonterías. Tú...

—Ve al grano, cariño, porque yo también tengo cosas que decirte —y cuanto antes hicieran eso, antes podría meterla en la casa y estrecharla en sus brazos entre las sábanas.

Ella se abrazó las rodillas.

—Muy bien. Quiero acostarme contigo. Quiero estar contigo.

Él abrió un ojo.

—¡Ojalá pudiéramos parar la conversación ahí! —dijo.

—Pero —continuó ella, sin hacer caso—, hay cosas que tengo que arreglar sola y tú vas a tener que aceptar eso.

—¿Estamos hablando de tus hermanos adoptivos?

Ella puso los ojos en blanco.

—Sí. Y sé que quieres ayudar.

—¿Ayudar? —ella hacía que pareciera que quería llevarle la bolsa de la compra a una anciana.

—Y me encanta que seas tan protector, de verdad que sí —añadió ella con suavidad.

Denver apretó los dientes. ¿Solo le encantaba eso?

—Protector, ¿eh?

—Es parte de la persona que eres.

¿Creía que actuaba así con todas las mujeres con las que se acostaba? Pronto tendría que explicarle algunas cosas.

Cuando consiguiera entenderlas él.

—He pensado esto todo el día —continuó ella.

Denver pensó que debería haber estado con ella. Nunca antes le había molestado dedicar tanto tiempo a entrenar, pero ese día no había dejado de pensar en ella en ningún momento. Se había dejado la piel en ejercicios cardiovasculares y de fuerza. Había boxeado, practicado golpes y patadas en distintas combinaciones y se había concentrado en estrategia básica.

Y, durante todo eso, una parte de su mente había pensado constantemente en ver a Cherry.

—Si tú interfieres, lo empeorarás todo —declaró ella.

Denver no podía creer lo que oía. ¿Si interfería? ¡Qué chiste!, teniendo en cuenta que ella ya había interferido con su vida a lo grande. Miró la luna con un suspiro de frustración.

—Esta noche han pasado muchas cosas —dijo.

Cherry lo miró sorprendida.

—¿Qué?

—Creo que Stack y Vanity están... No sé. Tienen algún tipo de acuerdo.

El miedo desapareció de los ojos de ella.

—¿Stack y Vanity? —repitió.

—Sí. A mí también me ha sorprendido —dijo él, aunque sabía que ella no se refería a eso. El cambio de tema la había confundido y quizá eso era bueno, pues le daba a él un momento para pensar. Además, sorprenderla quizá hiciera que bajara un poco la guardia y así podría avanzar en la parte de la confianza—. Stack es un gran mujeriego y, por lo que he visto, Vanity no ha salido con nadie desde que se mudó aquí.

—Todos sois mujeriegos —dijo ella, distraída—. No dejaba de pensar que tú ibas a invitar a salir a Vanity.

—No —contestó él.

Incluso resistiéndose con Cherry, no había querido hacer nada que pudiera herirla. Como ella había señalado ya, Denver sabía lo que sentía por él… al menos físicamente.

Saber que podía hacerla suya lo había tenido despierto muchas noches.

Salir con Vanity sin que lo supiera Cherry habría sido difícil, puesto que todos andaban en el mismo grupo. No le había parecido que valiera la pena hacer algo así y, además, no habría sido honrado.

—Es hermosa —comentó ella.

—Claro que sí —pero cuando llegó Vanity, él ya conocía a Cherry y no le gustaba ninguna otra. Miró en su dirección—. Y tú también.

En lugar de contestar a eso, ella optó por seguir especulando sobre la agenda social de Vanity.

—Es extraño que no la inviten a salir. Creo que intimida a los hombres. Si no, no tiene sentido.

—No lo había pensado —comentó Denver. Quizá le comentaría eso a Stack, por si le daba una excusa para precipitar un poco las cosas, teniendo en cuenta que todavía faltaba mucho para la boda.

—Es muy agradable —comentó Cherry.

¿Había celos en su voz? Denver la miró. La luz del porche creaba una especie de halo en su cabello rubio.

—Stack irá con ella a la boda.

Cherry se relajó lo bastante para sonreír.

—¿Te das cuenta de que todos hablamos de ella como si fuera la única boda que hay en el mundo? No decimos la boda de Cannon e Yvette, sino «la boda». Como si fuera una boda real o algo así.

—Sí —repuso él, divertido también.

Ella se apoyó en él.

—¿Asumo que nosotros iremos juntos? —preguntó.

Denver la agarró por la muñeca, se llevó la mano a la boca y le besó primero los nudillos y después la palma.

—Estoy deseándolo —sabiendo que ella no se lo esperaba, siguió agarrándole la mano y dijo—: Leese Phelps está en la ciudad.

La sintió encogerse de miedo y notó que le apretaba la mano.

—¿Qué?

—Me lo he encontrado en el bar de Rowdy —él siguió recostado en actitud relajada, con la esperanza de calmarla con su actitud—. Sabe que voy al centro recreativo, pero ya estaba cerrado cuando ha llegado. Nos hemos encontrado en el bar por casualidad.

—Espera —ella se apartó y Denver pudo ver que fruncía el ceño—. ¿Qué hacías tú en el bar de Rowdy?

A él le divertía que se mostrara recelosa. Si supiera cuánto la deseaba, cuánto la había deseado todo el día, dejaría de estarlo.

—No he ido a ligar, así que no te alteres —comentó.

Pero su comentario solo sirvió para alterarla más.

Él se incorporó sentado. Apoyó los codos en las rodillas y dejó colgar las manos entre ellas.

—Cuando he terminado de entrenar, quería hablar con Stack antes de venir aquí.

Ella pensó en aquello.

—¿Y Leese estaba allí? —preguntó.

—Muy vapuleado —Denver, pendiente de su reacción, le contó lo que sabía—. Carver y los otros se lo llevaron de copas, lo drogaron, le sacaron información a golpes y lo dejaron inconsciente en la puerta de su casa.

La rabia ensombreció el rostro de ella.

—¿Se encuentra bien?

Denver no vio sorpresa en ella, lo que le hizo pensar que no esperaba menos de los hermanos.

—Principalmente lo siente mucho. Me ha pedido que te diga que nunca fue su intención perjudicarte en nada.

—No, seguro que no —musitó ella con voz débil y la mente ya en otra parte. Inhaló con fuerza, como si se preparara para lo inevitable.

Él quería que supiera que la protegería y que, para eso, necesitaba su confianza.

—Lo drogaron, Cherry. Lo drogaron, lo interrogaron sobre ti, lo golpearon y lo dejaron tirado.

—Sí —ella intentaba ocultarlo, pero estaba alterada y también, en cierto modo, avergonzada.

¿O sea que no esperaba menos de ellos? ¿Sabía que sus tendencias violentas iban mucho más allá de atormentar a una adolescente? ¿Y aun así quería que él se apartara y la dejara arreglárselas sola?

Unas narices.

Le contó su conversación con Leese porque sabía que este estaba arrepentido.

—Ha dicho que, cuando se dio cuenta de lo peligrosos que podían ser, a pesar de los golpes, no habría hablado si no lo hubieran drogado. Y yo lo creo.

A primera vista no le había caído bien Leese. Pero después de hablar con él y ver sus remordimientos y su vergüenza, lo comprendía mejor.

Leese no tenía tanto éxito en la lucha como le habría gustado. Tenía más seguridad chulesca que talento y corazón. Un buen entrenamiento podía cambiar eso, pero no todos los luchadores podían pagárselo. Invitarlo al centro recreativo podía ayudar a remediar su situación.

Denver se sentía en deuda con él por haber ido a buscarlo y contarle lo que podía de los hermanos adoptivos de Cherry. Leese había hecho lo que debía y quería hacer lo que pudiera para arreglar el daño. Denver respetaba eso.

—En cuanto se ha despertado esta mañana, ha venido a buscarme para contármelo.

—Debería haber venido a verme a mí.

Denver venció la tentación de enfadarse. Ella todavía no confiaba plenamente en él, pero trabajarían en eso.

—Era más fácil encontrarme a mí —comentó.

Leese lo había mirado con los ojos a la funerala y la nariz hinchada.

—La cuestión —había dicho— es que si yo puedo encontrarte a ti, ellos pueden encontrar a Cherry.

Denver no iba permitir que le ocurriera nada. Solo le quedaba convencerla.

Se puso de pie, le tomó la mano y la ayudó a incorporarse. Después de haberlo perseguido y de haberlo conseguido por fin, ella ahora quería alejarse de él. Y él no se lo permitiría.

—Vamos. Yo estoy molido y a ti te vendrá bien una noche de sueño.

Ella lo miró con incertidumbre.

—¿Ya te vas?

Denver tomó su mochila, tiró de ella hacia la casa, cerró la puerta con llave y negó con la cabeza.

—Esta noche me quedo.

Cherry estaba sentada a los pies de la cama, oyendo a Denver cepillarse los dientes. Él le había pedido que usara el baño antes y, mientras lo hacía, él había abierto la cama.

Era toda una novedad tener, no a cualquier hombre, sino a aquel en particular, pasando la noche con ella. No se le escapaba que él no había preguntado si podía quedarse, sino que le había informado de lo que iba a hacer.

Era protector, autócrata, capaz, mandón, sexy, insistente y tierno, y ella lo quería muchísimo.

Debería protestar por el autoritarismo de él, pero esa noche no podía.

Nunca había llevado a otro hombre a esa casa, ni mucho menos había dormido con nadie. Desde que conociera a Denver no había podido pensar en ningún otro hombre.

¿Se quedaba porque de pronto sentía algo por ella o porque le preocupaba su seguridad?

Parecía que ella le gustaba mucho, pero ella no podía olvidar que todo había cambiado a la velocidad del rayo.

No solo su relación con Denver, sino su vida entera.

Se estremeció. Aceptaba que Carver y sus hermanos acabarían por encontrarla. Ya habían atacado a Leese y no les importaría hacerles lo mismo a otros hasta que consiguieran lo que querían.

¡Si al menos supiera qué era lo que querían!

A pesar de las protestas de Denver, probablemente debería haber llamado a Carver, ¿pero habría supuesto alguna diferencia? Aunque había aceptado la insistencia de Denver en que esperara, al final llegarían hasta ella de todos modos. Cherry sabía mejor que nadie hasta dónde estaba dispuesto a llegar Carver cuando se le metía algo en la cabeza. Era un hombre mezquino, cruel y vengativo. Y de un modo u otro, siempre tenía que acabar saliéndose con la suya.

¿Qué haría Denver si sabía toda la verdad?

—¿Lista?

La intrusión repentina de la voz profunda de él la sobresaltó. Avergonzada, se llevó una mano al corazón y se volvió hacia él con una risa nerviosa en los labios. Hasta que lo vio y se quedó muda.

Denver solo llevaba un breve calzoncillo negro ajustado.

Probablemente se había duchado en el centro recreativo, pero su cabello estaba húmedo en las sienes, sin duda por haberse lavado la cara. Como de costumbre, no se había molestado en afeitarse. El asomo de barba, el pelo más largo y los ojos de color ámbar le hacían parecer más atractivo. La miraba a los ojos, esperando ver cómo lidiaba con aquella intrusión en la vida de ella.

¡Ja! Contaba con la atención de él y, de un modo u otro, quería disfrutar de él lo más posible antes de que todo se desmoronara.

La visita larga de Miles y Brand la había sorprendido. Iban

por allí de vez en cuando, pero, cuando no estaba Cannon, no solían quedarse mucho. No obstante, a Rissy, que los conocía de mucho más tiempo, le había parecido algo normal, así que quizá lo era. Durante la visita le habían contado historias sobre las habilidades de Denver. Cherry había descubierto ya todo lo que había podido sobre su carrera de luchador, pero los muchachos siempre eran una buena fuente de información.

El estilo de Denver era el de un campeón. No solo derribaba fácilmente a sus oponentes, sino que tenía tan buen equilibrio que otros luchadores no podían derribarlo. Bloqueaba con facilidad todas las maniobras y solía dar la vuelta a la tortilla y acabar con el contrincante sometido.

Los comentaristas decían que era tan inamovible como una montaña y tan impenetrable como una cámara acorazada de acero. Su racha de ganador lo convertía en la comidilla del mundillo de las Artes Marciales Mixtas y mucha gente esperaba con anticipación su próxima pelea.

Lo que ella no sabía era que perdería más peso para el próximo torneo y que su cuerpo sería más flexible, más fuerte y más rápido. No veía cómo. Ya era un ejemplar perfecto en todos los sentidos.

Él alzó la cabeza, con el cuerpo relajado y las extremidades flojas.

—¿En qué piensas?

«En muchas cosas», pensó ella.

—En lo increíble que eres —contestó.

Él resopló y empezó a cruzar la estancia. El cabello castaño ondulado le rozaba los hombros, unos tonos más claro que el vello de su pecho poderoso, de los musculosos brazos y de las pantorrillas fuertes. A Cherry le gustaba especialmente el rastro que iba desde su ombligo hasta la cinturilla del calzoncillo.

Mientras lo devoraba con los ojos, él colocó su ropa doblada y su mochila en una silla, dejó el teléfono móvil en la mesilla de noche y se acercó a ella.

«¡Guau!». Los ojos de ella quedaban a la altura del regazo de él. Estaba semiempalmado y aun así resultaba impresionante.

Deseaba tocarlo a toda costa, acariciarlo a través del algodón suave… Agarró con los dedos la colcha doblada a los pies de la cama.

Intentó parpadear, pero no lo consiguió.

—¿Esperas distraerme con sexo? —preguntó.

Sería una distracción fantástica, pero ella necesitaba primero reafirmarse. Tenía que hacerle entender que podía lidiar con Carver. Por feo que pudiera resultar, quería a Denver fuera de eso.

Él le puso un dedo debajo de la barbilla para alzarle la cara.

—Normalmente duermo desnudo.

Si esperaba una objeción, se llevaría una decepción. Dentro de ella explotaba ya el deseo, cálido y turbulento, algo normal siempre que estaba cerca de él

—Me parece bien —dijo.

Él sonrió.

—He pensado que sería mejor quedarme en ropa interior —jugó con la coleta de ella—. Me encantaría que tú también lo hicieras.

Cherry se levantó, se sacó la camiseta por la cabeza y la tiró al suelo. Buscó la cinturilla del pantalón del pijama y Denver le sujetó las muñecas.

—Solo para dormir, nena —miró los pezones duros de ella y notó que respiraba profundamente—. Esta noche solo quiero abrazarte.

Ella no podía creer lo que oía.

Se soltó las muñecas y pasó las manos por el pecho de él y alrededor de su cuello. Denver dejó caer los brazos a los costados.

—No quiero esperar —musitó ella. Frotó el vello suave del pecho de él con la nariz, le besó el esternón hasta el hombro y acarició con los labios su garganta cálida. Él olía a sol, a piel cálida y a almizcle varonil—. No puedo esperar.

—Cherry —él la agarró por la cintura y habló con voz tranquila—. Estás superando un virus y tienes que descansar.

Ella se apartó.

—Escúchame bien. Tú no puedes jugar conmigo.

Denver, con los ojos pesados, bajó las manos al trasero de ella y la atrajo hacia sí. Se inclinó y le dio besos suaves desde la sien hasta la oreja.

—A ti te gusta que juegue.

Aquello era cierto, pero...

—Si solo me vas a frustrar, no.

Denver apoyó la barbilla en la cabeza de ella y la abrazó.

—Será mejor que esperemos, te lo prometo.

Cherry suspiró. ¿Y si esperaba y perdía la oportunidad? No había garantías de que el tormento de Carver no acabara por alejar a Denver. Ella quería construir recuerdos con él, empaparse de él todo el tiempo que pudiera, antes de que la fealdad invadiera sus vidas.

—Cherry... —él le soltó la goma del pelo y le peinó los rizos con los dedos—. Mañana tengo un día muy duro que empieza temprano con entrenamientos —bajó los dedos por la columna de ella hasta llegar al trasero.

—Y yo mañana también voy a trabajar —se apresuró a decir ella. Aquella noche podía ser la única ocasión que tuvieran de estar juntos antes del fin de semana.

Suponiendo, claro, que no apareciera Carver y acabara antes con la relación.

Denver seguía moviendo los dedos por el trasero de ella. Aquel hombre tenía fijación con su cuerpo.

Él bajó más los dedos para explorar mejor.

—¿A qué hora terminas? —preguntó.

Cherry hizo caso omiso de la pregunta.

—Estaría muy bien que movieras esos dedos donde más los necesito —musitó.

—¡Cherry! —la riñó él, sonriente.

Ella pensó que debía de ser masoquista, porque las negativas de él solo hacían que lo deseara más.

—Hasta las tres no.

—Yo estaré en el centro recreativo a esa hora —Denver la miró con atención y deslizó una mano en sus pantalones para tocarla directamente, sin la intromisión de la tela—. ¿Quieres venir allí?

Ella reprimió un gemido.

—Ahora prefiero estar aquí.

Él le apretó una nalga.

—Gage estará allí, así que Harper posiblemente también. Puedes esperar a que termine yo y después podemos ir a mi casa, donde hay más intimidad.

Cherry nunca había estado en casa de Denver y le gustaba la idea.

—¿Crees que aquí no hay intimidad? —preguntó.

Él negó con la cabeza.

—Aquí entran y salen más luchadores que en el centro recreativo —se inclinó con la frente pegada a la de ella—. Necesito al menos unas horas a solas contigo.

—Si no quieres tener sexo ahora, ¿por qué haces todo esto?

—¿En serio, nena? —él ladeó la cabeza para observarla mientras la exploraba con los dedos y le hacía contener el aliento—. ¿Crees que puedo estar tan cerca de ti y no tocarte?

Hablaba con el rostro serio, como si esperara que ella asintiera. Ella, malhumorada, le dio un manotazo y se colocó fuera de su alcance.

—Si no vas a hacer nada, guárdate tus manos para ti.

Los ojos embaucadores de él brillaron de satisfacción.

—Lo intentaré —levantó ambas manos con las palmas hacia fuera en señal de rendición.

Desgraciadamente, ella ya echaba de menos sus caricias.

—¿Seguro que no puedo convencerte para…? —preguntó.

—Los dos necesitamos descansar y no me gustan los polvos rápidos. Contigo no.

Obviamente, quería esperar por ella, aunque pusiera otras excusas. Y lo de que fuera a verlo al centro recreativo era porque quería que estuviera donde pudiera vigilarla y saber que estaba segura.

Todavía no entendía que la presencia de ella allí pondría en peligro a todos los demás.

Pero esa noche la había presionado demasiado. No le suplicaría que le hiciera el amor. Alzó la barbilla.

—Muy bien. Pero acepto bajo coacción.

—Tomo nota, y te prometo que te compensaré más adelante —con cuidado, como si esperara que volviera a pegarle, llevó la mano hasta la cintura del pantalón de ella—. ¿Te importa quitarte esto?

Cherry no creía que tuviera ningún sentido, pero se limitó a encogerse de hombros.

—Gracias —comentó él con una sonrisa.

Le bajó los pantalones hasta los tobillos, la tomó por los hombros miró su cuerpo absorto, como si fuera la primera vez. Respiró hondo, la tomó del brazo y la llevó a la cama.

Cherry, molesta todavía, se colocó en un lateral para dejarle espacio y se subió la sábana hasta la barbilla. Él se metió en la cama, estiró el brazo y apagó la lámpara.

Un silencio oscuro impregnó cada centímetro de la estancia.

Era la primera vez que ella se fijaba en el silencio, pero ese día la asfixiaba. Quizá porque habían terminado con una nota tensa. ¿Pero cómo arreglarlo?

Se hundió el colchón cuando Denver se giró y deslizó un brazo bajo la almohada de ella y le pasó el otro por la cintura. La atrajo hacia sí, hacia su cuerpo fuerte.

—¿Así bien?

Aprovechando que no podía verla, ella cerró los ojos para disfrutar del momento.

—Sí —mejor que bien.

La envolvía el calor, con aroma a él. Al cabo de unos minutos, se adormiló. Quizá él tuviera razón. Tal vez necesitara dormir. Habían pasado muchas cosas y el miedo también la afectaba. Bostezó de tal modo que le dolieron las mandíbulas.

—¿Te importa que te toque? —preguntó él.

Soltó una risita al oír el gemido largo y dramático de ella, que no sabía si podría soportar muchas más tomaduras de pelo.

—Así —le dio tiempo para protestar y luego la colocó contra él, con sus piernas fuertes detrás de las de ella y apretándola de un modo que eliminó todas las objeciones de ella.

Y Cherry pensó que no estaría mal dormir así, segura en brazos de Denver.

Pasó el tiempo, pero no se dormía.

—No duermes —murmuró él.

—Todavía no —ella curvó los dedos en el antebrazo de él—. ¿Te impido dormir?

—No. Estaba pensando. ¿Cuándo te has pintado las uñas de los pies?

Cherry abrió mucho los ojos, sorprendida.

—¿Te has fijado?

—¿En que has cambiado de color? —preguntó él con voz baja y ronca—. Me fijo en todo lo tuyo, nena. Ya deberías saberlo.

—¡Oh! —exclamó ella, quien también se fijaba en todo lo de él—. A mediodía me entró ansiedad y no tenía nada mejor que hacer.

—¿Excepto preocuparte?

—Y pintarme las uñas de los pies.

Él la abrazó con gentileza.

—¡Ojalá hubiera podido estar aquí contigo!

Cherry sabía que hablar con él así en la oscuridad era engañoso. Producía la sensación de que no podía pasar nada malo, de que el futuro estaba lleno de promesas.

Una ilusión falsa.

—No —ella volvió la cabeza lo suficiente para besarle el bíceps voluminoso—. No quiero interferir con tu agenda —«más de lo que ya lo he hecho».

—No lo harás —él le mordisqueó el lóbulo de la oreja—. Puedo hacer distintas cosas —la besó detrás de la oreja, lo que hizo que ella volviera a pensar en sexo, hasta que añadió—: Habrá que hacer malabares para conseguir que encaje todo. Y no, no estoy hablando del tamaño de mi pene.

Ella cerró la boca, pero rio.

—Gamberra —él volvió a besarla, esa vez en el lateral del

cuello—. Los fines de semana suelen estar libres, pero entre semana empiezo temprano y termino tarde.

—Yo trabajo de nueve a cinco, así que puedo adaptarme a tu agenda —comentó ella, por si él quería saberlo.

—Lo arreglaremos —declaró él.

Guardó silencio, lo que hizo que ella se pusiera a pensar.

—¿Denver?

—¿Sí?

—¿Por qué ninguno de vosotros ha invitado a salir a Vanity? —preguntó ella.

Sintió la sonrisa de él contra su hombro.

—La mayoría no hacemos relaciones estables, ya lo sabes. A los otros les pasa lo que a mí. Ninguno tenemos tiempo.

Cierto. Todos tenían agendas agotadoras, al menos cuando se preparaban para una pelea. Su vida social parecía producirse de un modo espontáneo, y casi siempre en fines de semana.

—De acuerdo, eso lo entiendo. Pero ninguno ha intentado acostarse con ella tampoco —musitó Cherry.

¿O lo habían hecho? Tal vez lo hubiera hecho Denver y ella no lo sabía. ¿Y por qué iba a saberlo? Hasta entonces tampoco había mostrado ningún interés por ella.

Él se movió y colocó una pierna sobre las de ella.

—Es la mejor amiga de Yvette. Será dama de honor en la boda.

Cherry se volvió a mirarlo y él la apretó con fuerza.

—¿Y qué?

—Que es parte del grupo y eso haría que resultara incómodo si la cosa saliera mal. Eso la descarta para sexo ocasional.

La mente de ella se llenó de pensamientos tan perturbadores, que sabía que no podría dormir. Jugueteó con el vello suave el antebrazo de él y preguntó:

—¿Pero tú querías estar con ella?

—No —repuso él.

Desconcertada por que no dijera nada más, ella insistió:

—¿Estás seguro?

—Segurísimo.

Poco satisfecha con respuestas de una sola palabra, ella decidió ir directa al grano de lo que la ponía nerviosa.

—¿A mí también me considerabas en una posición incómoda?

—No.

—Y entonces, ¿por qué no hacías nada cuando dejaba muy claro que quería estar contigo? ¿Por qué siempre me ignorabas?

Denver gruñó.

—No te engañes, nena. Yo jamás he podido ignorarte por mucho que lo intentara —la mordió ligeramente en el hombro y lamió después el mismo punto—. Siempre sabía cuándo andabas cera. Lo sentía hasta en los huesos.

—¿Y por qué nos hiciste esperar a los dos?

«¿Por qué me hacías tan desgraciada?».

Denver estaba inmóvil. Cherry oía las respiraciones de ambos y el tictac del reloj

El latido de su corazón.

—Al principio —susurró él— dudé por la cercanía. Vives aquí con Merissa y Cannon se pone en plan hermano mayor si alguno de nosotros se hace ilusiones —colocó una mano en el pecho de ella—. Intentó espantarme, hasta que se dio cuenta de que yo buscaba algo más que una noche.

Aquello era nuevo para Cherry.

—¿Cannon te dijo que no salieras conmigo? —preguntó. Si él tenía la culpa del largo retraso, le pegaría.

Denver soltó una risita.

—Creo que lo que le preocupaba no era «salir». Cuando hablamos del tema, hubo un momento en el que Yvette pensó que íbamos a llegar a las manos y se asustó.

«¡Imposible!», pensó Cherry. Yvette nunca le había dicho nada.

—Yo no llevo bien que me den órdenes y Cannon es demasiado protector de su hermana, y de la compañera de casa de su hermana, pero arreglamos las cosas pacíficamente.

—Y no me invitaste a salir.

—No.

—¿Por qué? —preguntó ella, enfadada ya.

Cuando vio que él dudaba, habría deseado retirar la pregunta. ¿Le iba a decir algo horrible como que no le gustaba ella o que tenía una personalidad irritante?

—La verdad, cariño, es que me dabas miedo.

Cherry se echó a reír. Hasta donde ella sabía, a Denver no le asustaba nada. Hasta cuando entraba a luchar en la jaula con una multitud rugiendo y los focos alumbrándole, parecía sólido como una roca, como si aquello para él fuera lo más normal del mundo.

—Eso me cuesta mucho creerlo —dijo.

—No sé por qué. Te metiste en mi cabeza desde el día en que te conocí.

Aquello no sonaba muy halagüeño. Más bien como si ella fuera una pesadez.

—¿Qué quieres decir? —preguntó.

—Me gustabas demasiado y te deseaba más todavía. He conocido a muchas chicas que solo querían acostarse con un luchador. Creía que tú eras distinta, pero coqueteabas con todos y eso me volvía loco.

«Un momento». Esa vez ella no pudo contenerse y se sentó en la cama.

—¡Yo no hacía eso! —exclamó.

Denver se apartó con un ruido que sonó como un gruñido de irritación. La vista de Cherry se adaptó lo bastante a la penumbra para ver la sombra de su cuerpo grande cuando se acomodó de espaldas y dobló los brazos detrás de la cabeza.

—Nena, tú coqueteas con todos los hombres que ves.

Ella abrió la boca con desmayo.

—Te he perseguido desde que te conocí —le recordó.

—A mí y a todos los demás que se ponían a tiro —cuando ella intentaba asimilar aquel insulto, él añadió con voz firme—: Pero eso ya se ha terminado.

¿Quería darle órdenes después de una acusación así? Cherry no veía lo bastante bien para juzgar su expresión, y por Dios que quería verlo cuando decía esas tonterías. Estiró el brazo por encima de él —quien soltó un gruñido cuando los pechos de ella rozaron su abdomen—, encendió la luz y se sentó en los talones.

Había apartado la sábana y ahora él podía distraerla fácilmente con su maravilloso cuerpo. Su cama nunca había estado tan bien como con él encima.

—¿Me vas a echar la bronca o me vas a desnudar con esos hermosos ojos? —preguntó él.

—Las dos cosas —replicó ella. Él se había colado a la fuerza en su habitación, así que tendría que lidiar con su fascinación física—. Entiéndelo, Denver. Una cosa es hablar. Puede que me guste bromear un poco...

—Coqueteas, Cherry. Mucho.

Ella enarcó las cejas. Aquel hombre era terco e irritante.

—¿Y tú no? Tú flirteas con todas las fans que se te acercan. ¿Y acaso me quejo yo?

—Eso es trabajo —repuso él, como si no tuviera importancia.

—¡Ja! No me digas que nunca te has acostado con una fan, porque he oído historias.

Denver optó por guardar silencio.

—Pero yo no he estado con nadie más. Ni siquiera he besado a nadie más desde que te conocí —prosiguió ella.

Él se quedó inmóvil.

—¿No?

—No —dijo ella.

Llevó la mano a los abdominales de él, más tensos todavía por el modo en que estaba reclinado, y pasó lentamente los dedos por cada músculo. Consiguió parar antes de llegar a la erección, que presionaba los calzoncillos, pero no le fue fácil.

Lo miró de hito en hito.

—¿Te excita insultarme? —preguntó.

—Nunca te he insultado. Solo he dicho la verdad —Denver le agarró la muñeca y le subió la mano hasta el pecho—. Pero me pone nervioso tener una mujer enfadada cerca de mi sexo, así que, ¿por qué no acabamos con esto?

Ella se soltó la mano y cruzó los brazos debajo de los pechos.

—Me has herido, Denver.

—Jamás haría eso.

—¡Ya lo has hecho! Muchas veces —tal vez fuera el momento de decir la verdad. Se obligó a mirarlo—. Si hubiera sido otro hombre en vez de tú, me habría rendido hace mucho.

—Me alegro de que no lo hicieras —comentó él.

Su mirada directa la ponía nerviosa.

—Me gusta hablar, eso no puedo cambiarlo —explicó.

—Hablar no tiene nada de malo.

—Con Carver y sus hermanos era imposible. No podía sonreír a nadie ni saludar a nadie, así que no podía coquetear. Supongo que... quizá a veces me he pasado un poco. Pero solo porque ahora puedo hacerlo.

—Eso tiene sentido —asintió él—. Jamás deberían haberte coaccionado de ese modo.

Aliviada de que lo entendiera, Cherry volvió a tocarlo.

—Si me mostraba demasiado familiar con otros hombres, era porque tú me rechazabas y no quería que vieras lo mal que me sentía. Yo también tengo mi orgullo, ¿sabes?

Una mezcla turbulenta de emociones intensificó entonces el color de la mirada de cazador de él.

—¿O sea que querías ponerme celoso porque no saltaba lo bastante rápido al ritmo que tú marcabas? —preguntó.

—¡No! —ella vibraba de indignación—. Tú siempre piensas lo peor de mí.

Él entrecerró los ojos al oír aquello.

—Cherry...

—Nunca he esperado que saltaras. Pero tu falta de interés me humillaba. No me dabas ninguna razón para pensar que pudiera importarte con quién hablara —ella se irguió y respiró hondo—. Pero puedes creer que no he deseado a ningún otro hombre desde que te conocí. Ellos lo saben.

—¿Ellos?

—Stack, Miles, Brand... todos los hombres con los que he entrado en contacto.

—Leese no lo sabía.

—Con él hubo solo unos pocos bailes y unas risas —a Cherry le asustaba contar tanto de sí misma mientras Denver permanecía distante. Pero era importante que él lo supiera. Quería sinceridad y ella le daría la que pudiera—. Una tapadera.

Él se frotó el puente de la nariz.

—No sé lo que significa eso, cariño.

—Significa que utilicé al pobre hombre porque no quería que nadie, y menos tú, supiera que quería irme a casa a llorar.

Se miraron a los ojos. Ambos respiraban con fuerza.

La expresión de Denver cambió de irritación a otra cosa, algo más que un mera disculpa, aunque susurró:

—Lo siento —se incorporó sobre un codo y le miró los pechos—. ¡Caray!, estás muy sexy cuando te enfadas.

Cherry creyó que le iba a explotar la cabeza.

—O quizá lo que me excita es saber que no te ponían otros hombres —Denver la agarró por la cintura y la tumbó despatarrada encima de él.

—¿Qué...?

Él la besó en los labios.

—Te deseo —volvió a besarla hasta que ella abrió los labios y él deslizó la lengua en su boca y siguió besándola hasta que ella fue incapaz de pensar con claridad.

El salto de la rabia a la lujuria la dejó con el corazón galopante. No sabía si entregarse o apartarlo.

—Lo siento, preciosa —él le tocó el trasero y la balanceó contra su potente erección—. Lo siento muchísimo.

—Umm...

Había ganado la lujuria. Cherry se hundió en el cuerpo de él, deslizó las manos en su pelo y se agarró con fuerza.

CAPÍTULO 12

En cuanto dejó de resistirse, Denver le puso una mano en la cabeza y la otra en el trasero y la colocó debajo. Acopló su cuerpo al de ella, pero se las arregló para mantener casi todo el peso fuera de ella. Volvió a besarla, más profundamente y con más pasión, queriendo devorarla.

Le había hecho daño. Y eso lo destrozaba.

Pero más devastador todavía era la insistencia de ella en que jamás le había gustado ninguno de los otros hombres. Denver no podía quitarse eso de la cabeza. Había acumulado mucho resentimiento por nada.

Saber que había estado obsesionada por él desde el día en que se conocieron le produjo un calor que fue creciendo en intensidad hasta que no fue capaz de pensar en otra cosa que no fuera estar dentro de ella.

Había perdido mucho tiempo alejándose de ella, protegiéndose porque pensaba que ella era como su madrastra. Pero no. No quería pensar en Pamela cuando Cherry lo besaba como si lo necesitara más que el aire que respiraba.

La realidad de cómo le había hecho daño hacía que estuviera decidido a mostrarle cuánto le importaba.

Y le producía una necesidad salvaje de tenerla para sí. Ella era suya. Punto. Jamás volvería a hacerle daño, y se aseguraría de que tampoco se lo hiciera nadie más.

Todas las razones que le había dado para esperar... la enfermedad, los madrugones de ambos... seguían siendo válidas. Pero ya no le importaban lo bastante para resistirse.

Abandonó la boca de ella y le besó la garganta y el hombro y fue trazando un sendero de besos hasta los pechos. Tenía pechos grandes, llenos y firmes, con los pezones ya erectos.

Cuando pasó un pulgar por la punta sensible, ella se arqueó, alentándolo. Él le puso un brazo detrás para sostenerla así, abierta a él.

—Debería dejarte dormir —gruñó antes de cerrar los dientes alrededor de la pequeña punta rosada.

El grito entrecortado de placer de ella, dulce y ansioso, vibró en el aire entre los dos. Denver tiró con gentileza.

Cherry le agarró un puñado de pelo, lo atrajo hacia sí y dobló una rodilla al lado de la cadera de él. La erección de él quedó apoyada en su sexo caliente y la única barrera era ya la ropa interior.

A Denver le latía con fuerza el corazón. Se excitó todavía más. La repentina y aplastante necesidad de devorarla resultaba casi dolorosa.

Mordisqueó con cuidado el otro pezón y tiró también de él hasta que ella gritó.

—¡Denver!

Él succionó fuerte, acariciándolo con la lengua y balanceándose contra ella al tiempo que desenganchaba los dedos de ella de su pelo uno por uno.

Para impedir que ella le metiera prisa, apretó las manos de ella a lo largo de su cabeza.

—Paciencia.

Cherry asintió con la boca entreabierta y la mirada nublada.

—Lo intentaré.

Agradecido a que hubiera encendido la luz, él se incorporó sobre los brazos para verla, para empaparse de su cuerpo, vestido solo con un tanga minúsculo, con los pechos sonrosados y el cabello revuelto.

¡Cuánta tentación! Quería entrar ya en ella. Quería besar cada centímetro de su cuerpo.

Y curiosamente, al mismo tiempo, solo quería abrazarla.

Ella movió los pies para hacer palanca y se retorció contra él.

—Te necesito.

Su entusiasmo le dio alas a él.

—¡Cuánta pasión! —dijo. Y era toda suya—. Espera que me ponga un preservativo —estaba ya en tal estado, que, si no se ocupaba de eso entonces, tal vez no llegara a hacerlo. Y eso los dejaría vulnerables a algo que ninguno de los dos necesitaba.

Cherry le lanzó una mirada cargada de deseo.

—Date prisa.

La lujuria le oscurecía la cara y ponía niebla en sus ojos marrones. Tenía los pezones duros y el vientre tenso y no podía estarse quieta, se movía de un modo que resultaba increíblemente sexy.

—Estás muy necesitada, ¿verdad, nena?

—Estoy en la cama contigo, Denver —contestó ella con voz cargada de emoción—. Tú siempre haces que me sienta así.

Él se incorporó sentado, tomó los vaqueros de la silla donde los había dejado y sacó el único preservativo que llevaba. Cuando se esforzaba por abrirlo con las manos temblorosas y la respiración pesada, Cherry se acercó a él por detrás y se movió contra él. Denver sintió sus pezones en la espalda y ella extendió el brazo y lanzó su tanga al suelo.

¡Maldición!

La lengua caliente de él le lamió la oreja.

—Pronto tendremos tiempo de explorar cada centímetro de tu cuerpo grande —le susurró al oído.

Él cerró los ojos y luchó por controlarse, pero sabía que no le quedaba mucho tiempo.

—Puedes estar segura —contestó, a punto de perder el control—. Pero no será esta noche.

Se volvió desnudo, con el preservativo puesto, y la besó en los labios. Se dejaron caer juntos en el colchón. Las manos de él la tocaban por todas partes y las de ella hacían lo mismo.

La necesitaba preparada. Y la necesitaba ya.

La fue besando con la boca abierta a lo largo de la garganta y hasta los pechos, donde pasó unos minutos succionando de nuevo. Disfrutaba con la respiración irregular de ella, con sus suspiros lujuriosos y sus respingos suaves y agudos.

Quería devorarla y le dio pequeños mordiscos amorosos y gentiles en el vientre y en el interior del muslo.

—Denver...

—¡Chist!

Le abrió las piernas, la miró, inhaló su olor... y la saboreó. Ella levantó las caderas contra la caricia de su lengua, haciéndole saber cuánto le gustaba eso. Mejor, porque a él le encantaba. Su sabor, la sensación de su carne resbaladiza e hinchada, su olor y los sonidos provocadores que hacía en su garganta.

La comió con suavidad, esforzándose por ser paciente hasta que supo que estaba cerca del orgasmo. Se incorporó para verla y le complació que tuviera la cabeza echada hacia atrás, el labio inferior entre los dientes y las manos agarrando fuerte las sábanas.

La necesitaba ya, así que deslizó dos dedos en su interior y gimió.

—Estás mojada, nena. Pero muy apretada —se colocó encima, le abrió las piernas y colocó el pene erecto contra ella. Encontró humedad sedosa y calor y eso casi destruyó su determinación—. Voy a entrar despacio y con cuidado. Tú solo relájate.

En lugar de obedecer, ella le abrazó las caderas con una pierna y le pasó las manos por el pecho y los hombros.

—¡Ahora, Denver!

Cuando empezó a penetrarla, ella hizo una mueca y él se detuvo.

—Relájate —repitió.

Cherry tenía los ojos abiertos, grandes, oscuros y nublados por el deseo. Lo miraba con amor.

—Cherry...

—Te necesito. Entra —ella se mordió el labio y susurró—: Ahora.

—¡Joder! —exclamó él.

Intentó contenerse, atemperar la explosión de emociones que lo embargaban, pero no pudo. La estrechó contra sí con fuerza y se hundió en ella con una embestida potente.

Ella soltó un grito, le clavó los dientes en el hombro y su sexo apretó el pene de él con fuerza. El mordisco dio paso a un beso húmedo y caliente. El grito se convirtió en un ronroneo ansioso.

Ella se retorció para adaptarse a él, impulsándolo a entrar con cada movimiento.

Lo que Cherry le hacía sentir, aunque perturbador por su intensidad, lo alentaba a montarla con fuerza y cariño a la vez.

Adoptó un ritmo profundo pero regular y ella se acopló a él y sus gritos se fueron haciendo más agudos y más altos a medida que crecía su placer. La besó cuando sintió que se tensaba y ella le clavó los dedos en la espalda y alzó el cuerpo. Cuando llegó al clímax, liberó la boca y gritó con entusiasmo, y eso lo excitó tanto que él terminó también inmediatamente.

El placer cegador fue remitiendo poco a poco, llevándose consigo toda la tensión. Él descansó sobre ella, apoyado en los antebrazos, con cuidado de no echarle todo su peso.

Cherry le besó el hombro con dulzura y suavidad.

—Y bien —susurró—, ¿esto no es mejor que dormir?

Denver soltó una carcajada, que se convirtió en un gemido cuando se colocó a su lado.

Le puso la mano en el muslo e intentó comprender sus sentimientos por ella. Tenía muchas cosas entre manos, incluido un gran combate en un futuro próximo. Necesitaba concentrarse en eso y lo haría. Pero también sacaría tiempo para estar con ella, a su lado, disfrutando del modo en que lo excitaba y lo aturdía con un placer alucinante.

Cherry se volvió hacia él, le pasó la mano por el bíceps y suspiró de satisfacción.

—Espero que no nos haya oído Merissa.

«¡Ah, mierda!». Denver contuvo un momento la respiración y abrió mucho los ojos.

Había olvidado por completo que no estaban solos. Miró al techo y se preguntó si sería a prueba de ruidos.

Giró la cabeza para mirar a Cherry y lo embargó la emoción. ¡Qué hermosa era! Y en aquel momento parecía una mujer satisfecha y bien tratada.

Se dejó llevar por la curiosidad y preguntó:

—¿Has oído alguna vez a Merissa haciendo el amor?

Cherry sonrió con los ojos cerrados.

—No. Nunca. Rissy no trae chicos aquí —levantó los párpados—. Creo que está enamorada de Armie.

—Sí.

Ella enarcó las cejas.

—¿Tú lo sabías?

—Creo que lo sabe todo el mundo menos Armie.

Cherry dejó pasar el comentario para concentrarse en el torso de él, donde pasó los dedos por el pecho y fue siguiendo el vello hasta el abdomen.

—Vas a destruir a tu contrincante cuando pelees.

—¿Tú crees? —Denver sabía que lo haría, pero quería saber cuánto entendía ella de ese deporte.

Ella sonrió con picardía.

—Se depila entero con cera. El pecho, las piernas... Hasta las axilas.

Denver sonrió.

—¿Y eso significa que puedo derrotarlo?

—Sí. Mientras tú te dedicas a entrenar y ponerte en forma, él se dedica a cuidarse. Es una nenaza. Lo vas a aniquilar.

—Estás loca —él bajó la cabeza y le dio un beso en la nariz—. Muchos se depilan para que no se enganche el vello ni les tire durante los forcejeos.

—Tú no lo haces —ella se colocó encima de él y le acarició el cabello largo, en el que metió las manos—. Estás muy cachas.

Denver puso ambas manos en el trasero de ella y sonrió.

—El día lejos de ti me ha parecido muy largo.

La expresión de ella cambió. Se volvió seria, casi sombría.

—Denver —se situó al lado de él y se sentó encima de la sábana arrugada—. Tengo que llamarlo.

Los dos sabían a quién se refería.

—Sí —él había pensado en eso y quería dejar atrás esa historia—. Sé que te preocupa el tema, lo mejor será solventarlo cuanto antes.

—¿Lo entiendes? —preguntó ella, esperanzada.

Denver asintió.

—Siempre que tú entiendas que no dejaré que te haga daño.

Cherry respondió con una sonrisa tan triste, que a él le preocupó.

—No es responsabilidad tuya.

—No hables así, ¿de acuerdo? Si quieres estar conmigo, tienes que saber cómo soy. Y no soy alguien que vaya a dejar que estés asustada o preocupada. Jamás.

Notó que ella quería debatir eso, igual que notó que ocultaba algo cuando dijo:

—Lo llamaré mañana.

—Quiero estar presente cuando lo hagas —repuso él. Si aquel bastardo la amenazaba en algún sentido, quería saberlo. Y, por desgracia, no podía confiar en que ella se lo dijera—. ¿De acuerdo?

En lugar de mostrarse de acuerdo, Cherry optó por evadirse.

—Cuanto más espere, más enfadado estará.

—Me importa una mierda lo enfadado que esté.

—Pues debería importarte —ella se mordió el labio inferior con indecisión, pero entonces debió de alcanzar una conclusión—. Es peligroso.

—Yo también.

Cherry le tocó el brazo, como si quisiera apaciguarlo.

—Lo sé, pero no en el mismo sentido.

Por alguna razón, Carver y sus hermanos tenían un gran dominio sobre ella. Denver sabía que tenía que andar con cuidado si no quería hacerle daño nunca más.

Reprimió su irritación y le apartó la mano.

—Dame un segundo, ¿de acuerdo?

Saltó de la cama y fue al baño a quitarse el preservativo, lo que le permitió tener un momento para aclarar sus pensamientos.

Cuando volvió, encontró a Cherry sentada en el mismo lugar donde la había dejado, sin que le preocupara su desnudez.

Era un milagro que él fuera capaz de pensar viéndola así y sabiendo que era suya si la deseaba.

Subió a la cama con ella y apoyó la espalda en el cabecero.

—Vamos a llamarlo ahora —dijo.

Ella lo miró sorprendida.

—¿Ahora?

—Sí.

Denver tenía la impresión de que, si no presionaba en ese momento, cuando estaba con ella, Cherry haría la llamada en cuanto se hubiera ido.

—Has dicho que lo entendías —dijo ella.

—Sí. Ahora tú tienes que entender que quiero compartir tus problemas. Y él es un problema.

Ella entrecerró los ojos.

—¿Compartir los problemas?

Denver no entendía por qué le preocupaba tanto eso. Decía que sentía algo por él. Lo había perseguido hasta que lo había conseguido, ¿no? Pues tendría que asumir lo que eso implicaba.

Como se sentía magnánimo, decidió explicárselo:

—Las relaciones funcionan así.

—¿De verdad? —ella se puso de rodillas—. ¿Y tú vas a comentar conmigo cómo ese como se llame...? —chasqueó los dedos—. Ya sabes quién.

—¿Quién?

—El tío con el que vas a pelear.

—¿Packer? —preguntó él. ¿Qué tenía eso que ver?

—Exacto. Packer. ¿Vamos a decidir juntos cómo evitar que pelee sucio?

Denver se rascó la cabeza. No terminaba de ver adónde quería ir a parar ella.

—No sé lo que...

Cherry casi le pegó.

—Los muchachos me han dicho que pelea sucio. Que saca la mano para pinchar a sus oponentes en los ojos.

Denver soltó un bufido.

—Eso ha pasado unas cuantas veces. No significa que...

—Sí significa —ella se apoyó en él, preparada para dejar algo en claro—. Miles dijo que Packer solo te puede vencer si hace trampa. Dijo que los tres últimos luchadores a los que se ha enfrentado acabaron heridos. Brand me dijo que el árbitro le da un aviso y después quizá le quita un mísero punto, pero...

Denver se echó a reír, no pudo evitarlo. Ella, ofendida, resultaba muy atractiva.

Al parecer, no fue buena idea. La risa le molestó, pero él la agarró antes de que pudiera salir de la cama. Forcejear con ella era divertido, sobre todo porque no intentaba en serio hacerle daño.

Le miró las tetas cuando peleaba con él, le abrió las piernas con una rodilla para acoplarse allí y sonrió.

—¡Déjame! —insistió ella.

Denver siguió sujetándola, acercó los labios a su boca terca y la besó.

Ella lo empujó.

—¡No!

—Sí —volvió a besarla y siguió haciéndolo hasta que ella suavizó la postura—. Me encanta tu sabor —murmuró él. Le besó la barbilla, la garganta y el hombro—. Tienes la piel más dulce y más suave del mundo —le soltó las muñecas para tomarle los pechos—. En todas partes.

Cherry deslizó los dedos por los hombros de él.

—Tú eres duro como acero caliente.

—¿En los hombros? —preguntó él, burlón.

—Umm —repuso ella—. Y en otros lugares.

A él le sorprendía la rapidez con la que ella podía dejar el enfado y volver a sentir un interés sexual. Le sorprendía y lo complacía. Mucho.

Denver se incorporó un poco más y la sentó en sus rodillas.

—Problemas.

Ella gimió y quedó relajada en sus brazos, dejándose caer con dramatismo.

Él rio, la abrazó y la besó en la boca.

—Primero has dicho que no y no te he hecho caso.

—Es verdad —repuso ella.

—Era una pelea fingida —explicó él—. Quiero que sepas que, si alguna vez lo dijeras en serio, yo no...

—Denver —ella le mordió el labio inferior—. Ya sé que tú nunca cruzarías esa raya. Respetas demasiado a las mujeres para eso.

¡Maldición! A él lo emocionaba esa fe y esa confianza.

—Cierto —contestó—. Gracias por saberlo —pero ella tenía que saber toda la verdad—. Contigo es más que eso. Tengo sentimientos por ti.

La mirada de ella se volvió cálida y sonrió con dulzura.

—Yo también los tengo por ti —susurró.

¿Lo amaba? No, él no quería preguntar eso. Ya tenían demasiadas cosas entre manos.

—En segundo lugar —continuó—, Packer no tendrá ninguna oportunidad de meterme un dedo en el ojo —explicó, presumiendo solo un poco.

—Pero Miles dijo...

Denver pensó que ya se ocuparía de Miles más tarde.

—He estudiado las peleas de Packer, sé cómo piensa y cómo se mueve. Tengo un plan y sí, lo destrozaré. Así que no te preocupes por eso. Pero, si tengo un problema —añadió, interrumpiendo la protesta de ella—, lo comentaré contigo. Lo prometo.

Claramente, ella no se esperaba eso.

—¿Aunque sea de un combate?

—Sí. No espero que entiendas todos los detalles del deporte, pero siempre es agradable hablar estas cosas.

—Puedo ser tu orientadora —repuso ella. Parecía complacida.

—Eres demasiado sexy para llamarte eso —gruñó él en su cuello—. Pero me gusta hablar contigo. Eres una buena oyente.

—También soy lista.

—Sí, es cierto. Y eso nos lleva de vuelta a Carver.

Cherry frunció el ceño. No le gustaba cómo había llegado él hasta allí.

—No quiero que te metas en esto —dijo.

Denver se recordó que tenía que conservar la calma.

—¿Qué significa eso exactamente? —preguntó.

—Carver puede... decir tonterías. Amenazarte. Decir cosas feas e idiotas.

—Cosas que irán en serio.

Ella seguía con el ceño fruncido.

—Por favor, no dejes que te provoque.

—Me gusta pensar que tengo algo más de control que eso.

Cherry soltó un resoplido. A Denver no le gustó eso.

—¿Vas a insistir en escuchar? —preguntó ella.

—Insistir no —aunque a él no le importaba recurrir a culpabilizarla si así conseguía lo que quería—. Pero, si confías en mí, ¿por qué no puedo escuchar? Sobre todo si sabes que así me sentiré mejor.

Después de un silencio largo y tenso, decidió que la falta de respuesta de ella era su respuesta. Tomó su móvil.

—¿Quieres que haga yo los honores? —preguntó.

Cherry negó con la cabeza. Se mostraba más preocupada de lo que nunca debería estar una mujer. Denver le dio el teléfono.

—Pon el altavoz —le dijo.

—Muy bien.

Él sabía que su contrariedad se debía al miedo. Miedo por sí misma y miedo por él.

—Gracias —musitó, confiando en suavizar su malhumor.

Ella permaneció inmóvil mirando el teléfono hasta que él le preguntó:

—¿Sabes el número?

—No.

Por alguna razón, eso hizo que él se sintiera mejor. Quizá porque significaba que ella lo había eliminado totalmente de su vida.

Buscó en su cartera y sacó un trozo de papel.

—Lo anoté en el hotel cuando dejó el mensaje.

Cherry tomó el papel y lo alisó sobre su muslo.

—¿Te limitarás a escuchar? —preguntó—. ¿No interrumpirás, no hablarás, no dejarás que Carver sepa que estás aquí?

A Denver le resultaba muy raro que una mujer se preocupara por él. Toda su vida había sido más grande, más fuerte y más seguro que la mayoría. La gente a veces acudía a él con sus problemas, pero no recordaba que nadie se hubiera preocupado por él desde la muerte de su madre.

—Si eso es lo que quieres, estaré tan callado que no sabrá que estoy aquí —dijo.

El alivio aflojó la tensión en la columna de ella.

—Lo es.

—Entonces guardaré silencio —por el momento—. Pero Cherry, si se presenta aquí, si se le ocurre tocarte...

—Esperemos que no lo haga —contestó ella. Y marcó sin dar tiempo a Denver a exponer sus amenazas.

Con el rostro lleno de ansiedad, sujetó el teléfono con ambas manos y esperó a que contestara Carver.

Con la esperanza de tranquilizarla, Denver le echó el pelo hacia atrás y le acarició la espalda. Otra experiencia nueva, tener a una mujer desnuda en el regazo, llamando a un matón demente y haberle prometido que se quedaría al margen.

Carver contestó al cuarto timbrazo.

—¿Sí?

Cherry tardó un rato en contestar. Denver la observaba, esperando, intentando entender la horrible influencia que tenía Carver sobre ella.

—Soy yo —dijo al fin ella.

Una carga de electricidad estática llenó el silencio y fue creciendo en intensidad hasta que Carver soltó un bufido.

—Vaya, vaya, Cherry, cariño —soltó una risita cargada de malicia—. Ya era hora, joder.

Ella guardó silencio.

—¿Por qué has tardado tanto? ¿Estás muy ocupada con tu novio?

—No —repuso ella, sin mirar a Denver. Inhaló hondo y enderezó los hombros—. No quiero hablar contigo. Sea lo que sea...

—¿Tu enamorado te dijo que papá ha muerto?
—Sí. Mi más sentido pésame.
—¿Pero no sientes su muerte? —preguntó Carver, burlón.

Denver la vio reaccionar entonces y sintió deseos de abrazarla, aplaudirla y protegerla a nivel emocional.

—Sabes que no.
—Eres una zorra —dijo Carver—. Él te acogió, te dio de comer, te...
—El estado me dio de comer —ella entrecerró los ojos—. ¿Qué quieres ahora?

Ante la acritud de su tono, Denver le sonrió para alentarla, haciendo lo posible para mantener su presencia oculta. No era fácil. Quería ahorrarle aquello. Pero también quería que entendiera que siempre respetaría sus deseos.

—Puedes empezar por disculparte por no haberme llamado antes.
—Espera sentado.

Carver se echó a reír.

—Te crees muy valiente, ¿eh? Supongo que tendré que ver lo que puedo hacer sobre eso.

La postura de Cherry mostraba ansiedad y rabia, pero su voz seguía siendo fuerte.

—Ahora voy a colgar.
—Si lo haces, te juro que te arrepentirás.

Era imposible no captar la amenaza y Denver se movió y sus músculos se tensaron automáticamente, preparándose para una respuesta violenta.

Cherry le tocó el brazo y le pidió en silencio que tuviera paciencia y le dejara llevar eso a su modo. Pero era muy difícil. Denver asintió, pero no se relajó en absoluto.

Tras obtener la promesa de él, dijo:

—Si no me vas a decir lo que quieres, no voy a perder más tiempo con esto.
—Janet está en el hospital —repuso Carver, y los dos pudieron oírle rechinar los dientes—. Está bastante mal.

Un rastro de emoción cruzó el rostro de Cherry, pero enseguida adoptó una expresión plácida.

¿Por él o por Carver?

—¿Y qué tiene eso que ver conmigo? —preguntó con aire despreocupado.

Esa vez la risa de Carver sonaba genuinamente divertida.

—Tampoco sientes nada por tu defensora, ¿eh?

«¿Defensora?», pensó Denver. ¿Significaba eso que Janet había acabado siendo su amiga? En ese caso, Cherry lo ocultaba bien.

—Los sentimientos no tenían cabida en el tiempo que pasé con tu familia o contigo.

—Le dije a Janet que eras una mocosa desagradecida que necesitaba disciplina, pero no me hizo caso. Por alguna jodida razón, pensaba que eras mejor que nosotros.

Aquello hizo reír a Cherry, pero sin rastro de humor. Se tapó la boca. Sus ojos oscuros se veían ensombrecidos por los recuerdos.

Carver bajó la voz y probó una nueva táctica.

—A papá lo asesinaron, Cherry. Igual que a tu viejo.

Ella guardó silencio, sorprendida.

—¿Quieres saber lo que le ha pasado a Janet? —preguntó Carver con regocijo.

Ella negó con la cabeza sin contestar, lo que hizo fruncir el ceño a Denver.

—La pillaron en el fuego cruzado. ¿Te resulta familiar?

Cherry cerró los ojos, pero no por mucho tiempo. Enderezó la columna y miró el teléfono, lanzándole dardos con los ojos.

—Me aburres, Carver. Ve al grano.

Si Denver no la hubiera estado observando, si no hubiera visto su cara apenada, la habría creído. Pero así no la creía. Cherry estaba de todo menos aburrida.

De hecho, parecía destrozada por lo que él asumía debía de ser el recuerdo de la muerte de sus padres.

—No sabemos si sobrevivirá —dijo Carver—. Está sufriendo y pasa más tiempo inconsciente que despierta.

—¿Y me vas a decir que eso te importa? Hace tiempo que me fui, pero me cuesta creer que vosotros dos hayáis hecho las paces.

Eso hizo perder el control a Carver.

—¡Me importa una mierda si esa zorra se pudre en el infierno por toda la eternidad! —gritó.

—¿Y por qué me molestas? —la voz de Cherry, en contraste con la rabia de Carver, sonaba más serena... porque era más controlada.

Denver asintió con la cabeza. Estaba orgulloso de ella.

—Te molesto —declaró Carver— porque Janet guardó algunas cosas. Cosas que necesitamos.

Denver se preguntó a qué cosas se referiría.

—Yo no tengo nada que ver con eso —contestó Cherry con firmeza, lo que hizo pensar a Denver que ella sí sabía cuáles eran esas cosas.

—¡Y unas narices! Antes de que se la llevara la ambulancia, Janet dijo que tú sabrías dónde buscar.

Cherry arrugó la frente. Su confusión parecía genuina.

—No tengo ni idea de por qué diría eso. Janet jamás comentó sus asuntos conmigo.

—No te creo. No podía hablar libremente con tanta gente cerca, pero dijo que tú lo sabrías. Dijo que te hiciéramos volver aquí.

Esa vez la risa de ella estaba plagada de sarcasmo.

—Eso no va a pasar.

—Oh, sí va a pasar, Cherry, cariño. Resígnate.

Ella negó con la cabeza.

—No.

—De un modo u otro —le advirtió Carver.

—No.

—Considéralo una vuelta al hogar.

—¡Esa casa nunca fue mi hogar! —gritó ella.

El pánico que traslucían sus palabras hizo que Denver se incorporara un poco más y se acercara para recordarle que no estaba sola.

Carver soltó una risita.

—¿De qué tienes tanto miedo, cariño? —hablaba con una especie de cantinela maliciosa—. Sabes que disfrutarías jugando de nuevo en el bosque, ahora sin que Janet estuviera cerca para estropear la diversión.

Cherry soltó el teléfono sobre la cama y se apartó de él.

—No te atrevas a...

—Sabes que yo me atrevo a muchas cosas, ¿verdad, hermanita? —la voz de Carver volvía a ser dura.

—¡Deja de llamarme así! —gritó ella con furia.

A Denver no le gustaba el giro que había dado aquello, con Cherry perdiendo el control. Ignoró el teléfono y tendió los brazos hacia ella, pero ella lo esquivó.

—No soy tu hermana —le dijo a Carver, respirando con fuerza.

Siguió un silencio, que aumentó aún más la tensión.

—Haces bien en recordármelo —susurró Carver.

Eso la hizo palidecer y Denver entendió por qué. A pesar de la resistencia de ella, la atrajo hacia sí para recordarle de ese modo que no dejaría que nadie la tocara, y Carver menos que nadie.

Cherry cedió y se apoyó en él.

—Me das asco —le dijo a Carver.

—Deja de ser una zorra mimada. Si vienes a casa, que es donde debes estar, prometo portarme muy bien contigo.

—Ni en un millón de años.

—Es tarde. Consúltalo con la almohada y sé que tomarás la decisión correcta. Espero tu llamada mañana. No más tarde —Carver hizo una pausa—. Ah, y Cherry, cariño. Sueña conmigo —cortó la llamada.

Ella siguió sentada, mirando todavía el teléfono.

Denver dejó el aparato en la mesilla y le frotó la nuca.

—¡Eh!

Cherry levantó la vista hacia él muy despacio. Respiró hondo, soltó el aire e intentó relajar los hombros.

—Siento que hayas tenido que oír eso.

—Quería estar presente, ¿recuerdas? —él le dio un beso cálido en la frente—. ¿Quieres explicarme algo de eso?

Ella, nerviosa, negó con la cabeza.

—¡Ojalá pudiera! Pero no tengo ni idea de a qué se refería Janet. Jamás participé en sus asuntos. Nunca.

—Ha dicho que ella estropeaba la diversión.

Cherry, incómoda con el recuerdo, agitó una mano en el aire.

—A veces me defendía de los otros.

—¿Pero no lo bastante?

Ella apartó la vista.

—Janet a veces era más amable, pero me consideraba una extraña, igual que los demás —lo miró a los ojos—. No tengo ni idea de cómo podría ayudarles a encontrar algo.

—¿Crees que las mismas personas que asesinaron a tus padres pueden ser responsables de la muerte del padre de Carver y de que Janet esté en el hospital?

—No lo sé —ella bajó la vista y jugó con el borde de la sábana—. Parece posible.

De nuevo había allí falta de confianza. ¿Temía ella lo que haría si sabía toda la verdad?

¿O le preocupaba más lo que le haría Carver si se lo decía a alguien?

Debería insistir en conseguir más respuestas, pero ella parecía estar al límite.

—Es tarde —dijo él—. ¿Por qué no dormimos y seguimos hablando mañana? Quizá recuerdes algo.

La prórroga hizo que ella se apretara contra él con alivio.

—Buena idea —bostezó de un modo teatral—. Estoy muerta.

Denver sabía que se mostraba esquiva, pero lo dejó pasar. Quería saberlo todo relacionado con ella entonces y en el pasado. De un modo u otro, destaparía todos sus secretos, quisiera ella o no.

No se le pasaba por alto la ironía de todo aquello, teniendo en cuenta que, a pesar de sus palabras, él no pensaba compartir sus cargas con ella. Sus problemas familiares eran privados, perturbadores y, por lo que a él respectaba, no abiertos a discusiones.

—Ven aquí —dijo. Se tumbó en la cama, con Cherry a su lado y tendió un brazo para apagar la luz. Los dos necesitaban dormir.

La besó y ella suspiró, se acomodó a su lado y guardó silencio. A pesar de todas las preguntas que quedaban sin respuesta y de las amenazas vagas, era agradable abrazarla así y terminar el día con el olor de ella en el aire y su cuerpo cálido acurrucado a su lado.

Desgraciadamente, una hora después, Denver seguía dándole vueltas a todo aquello en la cabeza. Había oído cómo se quedaba ella dormida y disfrutaba de la sensación de su aliento gentil en el pecho y de los sonidos suaves que emitía en el sueño.

Suaves... hasta que dio la impresión de que contenía el aliento.

En sintonía con ella, él se quedó inmóvil y alerta. Ella movió el brazo que tenía en el abdomen de él.

—¿Cherry? —susurró él.

Ella abrió los ojos y lo miró fijamente. Respiraba entrecortadamente.

—¿Denver?

«¿Quién si no?», pensó él.

—Sí. ¿Estás bien? —preguntó.

Cherry tragó saliva con fuerza. Asintió.

—Sí.

—¿Un mal sueño? —preguntó él.

A pesar de la oscuridad, captó la confusión en los ojos de ella.

—Soñaba... contigo —dijo.

CAPÍTULO 13

Cherry se abrazó al cuello de Denver y lo apretó con fuerza para calmar sus temblores. Aunque ya estaba despierta, a nivel emocional seguía atrapada en aquel sueño extraño, que había dado un giro tan traicionero. Sentía todavía el suelo frío y rocoso cortándole las rodillas, aún podía oler la espesa vegetación del bosque, húmeda por el rocío, y oír el rumor de las hojas en los árboles y el zumbido de los insectos.

La risa de unos espectadores crueles resonaba en su cabeza una y otra vez.

Alzó un hombro para secarse los ojos y se dio cuenta de que no estaba sudorosa por el cálido día de verano. La suciedad no cubría sus poros y su pelo parecía suave y limpio.

Había sido tan real porque ella lo había vivido una vez.

Excepto por el final.

—Cuéntamelo —pidió Denver con calma.

«No». A ella le latía con fuerza el corazón al recordar su cobardía, sus esfuerzos patéticos y sus lágrimas inútiles.

La risa que provocaba su miedo cerval. El chasquido de los bichos que se acercaban, la visión de múltiples patas y antenas, y a veces hasta ojos.

Y luego el sonido de un disparo que quebraba la noche.

En la realidad, ella no había podido moverse.

Pero en el sueño se había vuelto para huir... y había chocado de frente con Denver. Este la había abrazado y todo lo demás se había desvanecido.

Denver le pasó una mano por la espalda, arriba y abajo.

—Cuéntame lo que has soñado.

Peligro y miedo, con él metido de algún modo en medio de todo. En el sueño, él la deseaba.

En ese momento lo deseaba ella.

Le besó el hombro, saboreó su piel brillante y caliente sobre el músculo firme. Le gustó la sensación y fue mordisqueando la piel de él hasta la garganta, rasposa por el amago de barba, y hasta la mandíbula fuerte.

—Te necesito —dijo.

Él le apartó las manos y se incorporó sobre ella.

—Cherry...

—Solo ha sido una pesadilla, pero tú salías en ella.

—¿Y te salvaba?

«No». Ella no le dejaría hacer de macho protector. Se protegería sola. Lo que más necesitaba de él podía dárselo en aquel momento.

Pasó una pierna sobre la cadera de él.

—Estás en mi cama —insistió. Pasó las uñas por el pecho de él, probando sus músculos—. Bésame. Por favor.

La levísima vacilación por parte de él le hizo contener el aliento. Luego Denver bajó la cabeza y la besó en los labios con tal ternura, que casi le partió el corazón.

—Así no —suplicó. Lo empujó hacia atrás y le lamió el labio inferior antes de mordisquearlo—. Bésame como si me desearas.

—Siempre te deseo, nena —contestó él con voz ronca y preocupada.

Y en ese caso, ¿por qué sonaba tan sombría su voz? Cherry se incorporó contra él y, sí, vio que tenía una erección.

—Tengo preservativos en la mesilla —dijo para convencerlo.

Eso le ganó un pellizco de él y una pregunta tensa.

—¿Por qué?

¡Qué tonto! A Cherry le iba a costar un poco hacerse a la idea de que estaba celoso.

Colocó las piernas alrededor de él y cruzó los tobillos en la parte baja de su espalda.

—Por si te convencía alguna vez de que vinieras —bajó las manos por la ancha espalda hasta apretar el musculoso trasero—. Y lo he conseguido, así que ríndete.

Notó que la resistencia de él se debilitaba. Lo notó en su modo de respirar y en que se colocó mejor encima de ella.

Cherry aprovechó eso para acariciarle la espalda hasta los hombros.

—¡Estás tan cachas! Por favor, deja de negarte.

—Necesitas dormir —murmuró él, sin mucha convicción.

El sueño desenterraba recuerdos feos que estaban mejor enterrados.

—Te necesito a ti —ella enredó los dedos en el pelo sedoso de él, en la nuca, apretó la pelvis contra él y tarareó de satisfacción—. Me parece que tú también me necesitas a mí —dijo.

Denver se giró, de modo que ella quedó encima.

—No sé —se burló—. Quizá deberías convencerme.

—Me encantan los retos —musitó ella. Casi tanto como le encantaba él y el modo comprensivo en que le permitía divertirse sin hacer demasiadas preguntas.

Sentada en el abdomen de Denver, extendió el brazo hasta el cajón de la mesilla y sacó la caja de preservativos. Abrió uno y sonrió.

—Considéralo hecho.

El golpeteo de las zapatillas de correr sobre el cemento húmedo de rocío acunaba a Denver, pero, en honor a la verdad, había dormido menos de tres horas. No había sido su intención. Descansar bien era tan importante para él como llevar la dieta apropiada. Pero, cuando Cherry se proponía seducirlo, carecía de resistencia.

La había deseado demasiado tiempo para decirle que no cuando ella insistía en que sí.

Cuando la había dejado a las cinco de la mañana, ella estaba profundamente dormida y, aparte de un beso suave en la frente y de una mirada prolongada a su cuerpo acurrucado, no la había molestado.

Le había dejado una nota de despedida en la cómoda. Ya la echaba de menos, lo cual era absurdo, pues normalmente cuando corría entraba en una zona en la que el resto del mundo dejaba de existir.

Esa vez no.

Bostezar no servía de nada, así que se concentró en el ritmo de la carrera e intentó ignorar su agotamiento. Tenía que hacer sus ejercicios cardiovasculares antes de la reunión que tenía con un cliente, después entrenar en el centro recreativo y más tarde hacer *sparring* con Cannon y por fin dar una clase a chicos del instituto.

El aire húmedo de la mañana olía a lluvia. Respiró hondo y siguió corriendo en dirección al parque. Cuando iba por la mitad de la carrera se le unió Cannon, quien, por su modo de sudar, llevaba corriendo casi tanto tiempo como él.

—Hola —dijo Denver, cuando el otro llegó a su altura.

—Buenos días —Cannon ajustó su zancada al ritmo de su amigo—. Necesito que hoy vengas antes al centro recreativo.

«¡Maldición!», pensó Denver.

—¿A qué hora? —preguntó. Quizá pudiera cambiar la reunión con el cliente.

Cannon bajó la cabeza con una carcajada.

—¿No quieres saber por qué?

—He supuesto que ha surgido algo —repuso Denver.

Cannon se había portado tan bien con todos ellos, que nadie preguntaba por qué cuando les pedía algo, fuera lo que fuera. Denver lo quería como a un hermano, lo valoraba como a un amigo y, como casi todos en la ciudad, lo consideraba un héroe local.

—Sí —Cannon se frotó la cara con el hombro para quitarse una gota de sudor—. Patrocinadores.

—¿Patrocinadores?

—Una nueva marca de ropa —esquivaron a una pareja mayor que se dirigía a la playa—. Ropa deportiva.

Hablar mientras se corría nunca era fácil, pero sin dormir, menos.

—¿Y qué tiene que ver eso conmigo?

—Te quieren a ti —contestó Cannon.

Aquello no era nuevo para Denver. Todos los luchadores establecidos tenían al menos un patrocinador, si no varios.

—¿Y por qué no me han llamado a mí? —preguntó.

—Porque también me quieren a mí. Y a Stack.

Denver aflojó el paso.

—No comprendo.

Cannon sonrió.

—Quieren patrocinar el centro recreativo y a sus luchadores. A ti y a mí específicamente porque ya estamos en la SBC, pero, en menor escala, también quieren ayudar a patrocinar el centro y quieren que llevéis sus camisetas. Han dicho que donarán también camisetas juveniles.

Denver pensó en los muchachos que iban al centro recreativo y sonrió. Muchos se ilusionaban con un caramelo.

—A los chicos les encantará, sobre todo si sus camisetas son iguales que las nuestras —dijo.

—Sí. A mí también me ha parecido buena idea, más que nada por la inyección de dinero que prometen. Podremos actualizar equipo viejo y añadir otro nuevo. Mi representante ha acordado los detalles, pero le he dicho que primero tenía que consultaros a vosotros —Cannon adoptó un tono conspirador—. Si todas las camisetas son iguales, Armie dirá que es un uniforme.

Denver se echó a reír.

—Sí, es probable. Quizá pueda cortarle las mangas o algo así.

—Quizá —repuso Cannon. Doblaron un recodo y, como de común acuerdo, empezaron a andar—. ¿Qué ocurre con Cherry? ¿Hay algo nuevo?

«Un sexo fantástico», pensó Denver. Pero no estaba dispuesto a contar detalles en ese terreno.

—Llamó a esa escoria de hermano adoptivo que tiene —comentó. «Y después tuvo una pesadilla que combatió con placer.

Cannon se subió la camiseta para secarse el sudor de la cara.

—¿Y qué le dijo?

Mientras caminaban, Denver le contó todo lo que había oído durante la llamada.

—¿Y qué es lo que quieren que encuentre? —preguntó Cannon.

Denver movió la cabeza.

—Cherry dice que no tiene ni idea.

—¿Tú te lo crees?

Denver pensó en el día que tenía por delante.

—Me oculta algo, pero no sé qué ni cuánto —su cuerpo no. Su afecto por él tampoco. Pero algo sí—. Lo aclararé luego con ella. Anoche estaba demasiado estresada para hablar de ello —y no confiaba en él lo bastante para decirle la verdad.

—Hay una cura para eso, ¿sabes?

—Sí —Denver sonrió—. Estaba dormida cuando me he ido.

—¿En tu casa o en la suya?

—La suya.

Cannon guardó silencio, lo que hizo que Denver se pusiera tenso.

Sabía que, como le había dicho a Cherry, a su amigo no le gustaba que fueran hombres a acostarse con la compañera de casa de su hermana. Pero él no buscaba solo sexo con Cherry. Ella era más que un ligue. No era un polvo de una noche. Era algo más.

Cuánto más, todavía no lo sabía. No habían tenido tiempo de planteárselo.

Pero sabía que quería mucho más que un polvo. ¡Qué demonios!, ya había tenido un maratón sexual con ella y eso solo le había abierto el apetito.

Pensaba pasar todas las noches con ella, así que lo mejor sería aclarar aquello con Cannon cuanto antes.

—Si sigues siendo contrario a que pase la noche allí...

—No, no lo soy —contestó Cannon.

Pasaron dos mujeres, que los miraron abiertamente. No mucho tiempo atrás, los dos habrían apreciado el interés femenino.

Pero ya no tanto.

Cannon fingió no verlas y Denver las saludó con un gesto de la cabeza.

—Si se tratara de Yvette, yo también me quedaría con ella —dijo el primero, cuando se alejaron—. En realidad, me alegra que las chicas no estén solas en la casa.

—Y yo me alegro de que lo entiendas, porque Cherry no lo entiende.

—¿No quiere que estés allí?

—Sí quiere —para sexo. ¿Y cuándo había empezado él a quejarse de eso?—. Lo que ocurre es que está preocupada por mí. Cree que Carver me puede hacer daño o algo así.

Cannon le dedicó una sonrisa conmiserativa.

—¡Ay!

—Sí —unos niños lanzaron un balón en su dirección. Denver se adelantó unos pasos, lo paró y se lo devolvió a los niños—. Lo que pasa es que cree que perderé el control.

—Lo siento, pero eso ocurre —contestó Cannon, llevado por un mal recuerdo—. Cuando aquel bastardo intentó agarrar a Yvette...

Denver guardó silencio, pues sabía que a su amigo todavía le resultaba duro pensar en todo lo que había pasado su prometida. Yvette era encantadora, una chica callada y muy contenida. No había tenido una vida fácil, pero era feliz con Cannon.

—A mí también me gusta pensar que me controlo —dijo Cannon—, pero aquel día perdí los nervios.

Denver no dijo nada. No sabía lo que haría él en las mismas circunstancias, así que quizá Cherry tuviera razón al tener miedo.

Acababan de dar la vuelta y llegar al punto en el que había empezado Cannon cuando este dijo:

—¿Qué vas a hacer?

Denver se encogió de hombros con frustración.

—Intentar conseguir que confíe en mí, que sea sincera conmigo —«que me quiera».

No, a la porra con eso. Lo que más deseaba era que dejara de tener secretos con él. Antes de que llegaran más allá a nivel de sentimientos, tenía que poder confiar en ella.

—¿Y hasta entonces? —preguntó Cannon, casi como si le hubiera leído el pensamiento.

—Cuidaré de ella y la protegeré —como haría cualquier hombre bueno. Pero también intentaría entenderla.

—¿Y si te da motivos para pensar que sus antiguos hermanos adoptivos son un problema serio?

—No permitiré que sean un problema para ella —nunca más. Tenía la sensación de que ya le habían causado suficiente dolor.

Mientras seguía a Cannon hasta su coche, Denver miró su reloj. Hablar de Cherry hacía que tuviera ganas de verla. Probablemente podría hacerle una visita rápida, pero por motivos que no quería analizar, decidió no hacerlo.

—¿Te vienes conmigo? —preguntó Cannon.

—No, voy a terminar de correr. Pero gracias.

—Avísame si puedo hacer algo para ayudar a Cherry, ¿de acuerdo? ¿Nos tendrás informados?

—Cuenta con ello —Denver conocía el valor de contar con la ayuda de un luchador bien entrenado, disciplinado y capaz... aunque a Cherry no le ocurriera lo mismo.

Después de ducharse, peinarse y maquillarse, Cherry se puso unas sandalias, una falda estampada larga de verano y un top de tirantes rosa. Para complementar la imagen, se puso pendientes de aro y subió a la cocina. Tenía una cocinita para ella en su zona de estar, pero compartía con Merissa el espacio de almacenamiento en la cocina principal.

Su amiga estaba enjuagando su taza de café, pero dejó de hacerlo en cuanto vio a Cherry.

—¡Oh, vaya! Ahí llega la descocada.
Cherry se quedó paralizada en el sitio e intentó hacerse la inocente.
—¿Qué quieres decir?
—Has abusado de ese hombre afortunado la mitad de la noche —Merissa le sonrió—. Me habéis despertado dos veces y me muero de envidia.
Levantó su mano para chocarla con la de su amiga, en un gesto de apoyo total.
Teniendo en cuenta que Merissa medía casi un metro ochenta y Cherry era bastante más pequeña, esta tuvo que ponerse de puntillas para chocar la mano con ella.
—¿De verdad nos has oído? —preguntó.
—Seguro que os ha oído mi hermano, y está en el otro extremo de la ciudad —contestó Merissa, quien no parecía nada preocupada por la molestia. La abrazó con fuerza—. Me alegro mucho por ti —apartó a su amiga para mirarla mejor—. Cuéntamelo todo. Denver es bueno en la cama, ¿no? No solo por lo grande que la tiene, sino por lo que hace. Dame detalles para que pueda vivir un poco a través de ti.
Cherry la esquivó y se acercó a la cafetera a servirse un café. No había dormido mucho, pero no se iba a quejar. Aunque el pobre Denver había tenido que salir de la cama antes del amanecer.
—Me siento culpable.
—¿Por despertarme? —Merissa se sentó en una silla—. Tengo cinco minutos. Cuéntamelo todo.
—Por despertarte no —Cherry se volvió y vio a su amiga muy atenta, con los codos sobre la mesa y la barbilla en las manos—. Aunque eso también lo siento.
—No lo sientas —Merissa empujó otra silla con el pie por debajo de la mesa—. Siéntate y suéltalo—enarcó las cejas—. Dime todas esas cosas malas por las que te sientes culpable.
Cherry, riendo, se echó leche y azúcar en el café y fue a sentarse en la silla que le ofrecían.
—Sabía que Denver tenía que madrugar mucho esta mañana y aun así... Bueno...

—¿Le diste sexo apasionado? —preguntó Merissa con los ojos abiertos como platos.

Cherry suspiró suavemente.

—¡Oh, Rissy!, sí que fue muy apasionado. Tan caliente como una supernova.

—¡Bah! Pues te apuesto lo que quieras a que no se queja.

—No, no se queja —Cherry se mordió el labio inferior, pero no pudo reprimir una sonrisa de satisfacción—. Intentaré hacer menos ruido la próxima vez.

—¡Ni se te ocurra! —Merissa le guiñó un ojo—. No me molestas en absoluto. Alguien en esta casa debería estar dando vítores, y desde luego no soy yo.

Desde que había roto con Steve, Rissy había dejado de salir con hombres, pero no parecía triste por ello. Simplemente se había metido de lleno en el trabajo.

Cherry sabía que era una bendición tener una amiga así en su vida.

—¿Puedo decirte algo? —preguntó.

—¿Algo jugoso? —Merissa se inclinó hacia ella—. Claro que sí. Cuenta.

Su forma de alentarla hizo que Cherry tuviera ganas de reír de nuevo.

—No, no es nada de eso —dijo. Desesperada por aclarar sus pensamientos, tomó media taza de café de un trago y cruzó los brazos sobre la mesa—. Quiero que Denver desee estar conmigo.

Merissa levantó una ceja.

—¿Estás diciendo que lo tienes aquí a la fuerza? ¡Traviesa! ¿Usaste sogas y cadenas?

—A veces eres peor que Armie.

Merissa se apartó, fingiendo sentirse insultada.

—Retira eso.

—Perdona.

—De acuerdo —Merissa se puso seria, incluso le tomó una mano a Cherry—. Dime a qué te refieres con eso. ¿Por qué crees que está aquí?

Cherry sabía que su amiga tenía que marcharse y que ella también disponía solo de unos minutos, así que decidió ir al grano.

—Porque quiere protegerme.

Merissa parpadeó.

—Sí —dijo con sequedad. Le dio una palmadita en la mano a su amiga—. Todos los gemidos y gruñidos de anoche eran por eso.

—Eso era sexo —declaró Cherry—. Y las dos sabemos que los hombres son fáciles —solo que Denver no había sido ni mucho menos fácil.

Había sido tan difícil que ella había estado punto de rendirse en más de una ocasión. Pero le importaba demasiado para eso.

Merissa la miró a los ojos.

—¿Lo dices en serio?

Cherry, que odiaba las explicaciones, y más cuando ninguna tenía tiempo para ello, dijo:

—Es por mis estúpidos hermanos adoptivos.

Le sorprendió que Merissa asintiera.

—Sí, Cannon me lo contó.

«¡Santo cielo!». La vergüenza envió una ola de calor por el cuerpo de Cherry. ¿Todo el mundo estaba al tanto de la fealdad de su pasado?

—No te preocupes, ¿de acuerdo? —Merissa volvió a apretarle la mano, esa vez con conmiseración—. Las únicas personas que lo saben son tus amigos, y los amigos no juzgan.

¿Amigos, en plural?

—¿Quién? —preguntó Cherry.

—Yvette, los chicos, yo...

—¿Los chicos? —gimió Cherry. Ya era bastante malo que lo supieran sus amigas.

Merissa se encogió de hombros.

—Sí, Stack, Armie, Miles, Brand, Gage...

—¡Nooo! —gruñó Cherry, horrorizada.

—¡Eh, basta ya! —Merissa frunció el ceño—. Nosotros te

queremos, eres parte de esta gran familia de locos y eso significa que tus problemas son los nuestros.

Cherry no quería que ellos sufrieran sus problemas.

—Cannon y tú sois los únicos familiares aquí.

—¿Y qué? Los lazos de sangre no significan nada. Sé sin ninguna duda que, si necesitara ayuda, podría contar con cualquiera de los chicos, Armie incluido, aunque da la impresión de que yo no le caiga bien y no sé por qué —ladeó la cabeza y alentó a Cherry con una sonrisa—. Tú eres la hermana que nunca he tenido. Si no sientes lo mismo, mala suerte para ti. Yo sí.

Cherry se preguntó cómo podía ser tan afortunada. La sobrecarga emocional la impulsó a confesar:

—La mejor decisión que he tomado en mi vida fue venirme a vivir a Warfield.

—¿Y vivir conmigo?

—Esa es la mejor de todas las decisiones buenas —contestó Cherry. Decidió que se imponía la sinceridad—. Y estoy encantada de tenerte por hermana. Gracias.

Las dos disfrutaron un momento de aquella amistad sincera. Luego Merissa suspiró.

—¿O sea que crees que Denver juega a ser el gran protector?

—Estoy segura.

—En ese caso, también sabrás por qué, ¿verdad? —Merissa se levantó de la mesa, sin esperar respuesta y se colgó el bolso al hombro—. Porque le importas.

Cherry tenía miedo de creerlo por si resultaba no ser cierto.

—¿Cómo lo sabes? —preguntó.

—Hace mucho más tiempo que conozco a Denver que tú. Confía en mí, ¿de acuerdo?

Él también le pedía lo mismo, pero Cherry pensaba que no todo era cuestión de confianza. Había otras cosas importantes para la supervivencia, como la independencia y la responsabilidad.

Y querer lo suficiente para no meter a otros en el desastre que era su vida.

Merissa se detuvo al lado de su silla y le puso una mano en el hombro.

—Se supone que las dos tenemos que estar en guardia hasta que se resuelva este tema. A mí me hicieron jurar que informaría de cualquier ruido que me asustara.

Cherry casi podía imaginarse a Cannon echando ese sermón.

—Tu hermano es fantástico.

—Sí que lo es —Merissa se agachó y le dio un abrazo—. Tengo que darme prisa. Intenta no pensar demasiado en tu familia adoptiva ni en los sentimientos de Denver. Tengo la corazonada de que todo se arreglará.

Cherry, que habría deseado compartir esa creencia, terminó el café y tomó su bolso. Cuando salió a la calle, vio que se avecinaba tormenta de nuevo. En lugar de encontrarse con un cielo azul, nubes blancas algodonosas y sol, la recibió un viento frío y húmedo, que inmediatamente le rizó el pelo. Un relámpago iluminó el horizonte gris en la distancia.

—Genial. Sencillamente genial —dijo entre dientes. Corrió hasta su coche con la esperanza de llegar a la guardería antes de que empezara a llover. Giró la llave de contacto y... No pasó nada. Ni siquiera un amago de ruido.

—¡No, no, no!

Probó varias veces más con el mismo resultado. Apoyó la cabeza en el volante, pensó en llamar a Denver y rechazó de inmediato esa idea.

En vez de eso, sacó el teléfono móvil y marcó con un suspiro el número de la única persona que creía que no estaría ocupada.

Cherry pensó que era curioso que, después de haber hablado de Vanity la noche anterior en el contexto de si Denver la había deseado físicamente, ahora fuera precisamente ella la que acudiera en su auxilio.

Era todavía temprano y tenía la sensación de que la había

despertado, pero Vanity estaba tan guapa como siempre. La humedad no le encrespaba el pelo como hacía con ella. No, el hermoso cabello largo de Vanity, que le llegaba hasta la parte baja de la espalda, solo mostraba una ondulación sexy.

Incluso sin maquillaje, tenía una piel impecable, con solo el bronceado suficiente para resaltar sus ojos azules.

Si no fuera tan simpática, sería fácil odiarla solo por su perfección física.

Pero era simpática y amable, tanto que había salido de la cama para llevar a Cherry al trabajo en su coche. Esta se dejó caer en el asiento del acompañante, autocompadeciéndose un poco.

Vanity miró en su dirección.

—¿Qué vas a hacer con el coche?

—No lo sé. No tengo ni idea de qué es lo que le pasa —contestó Cherry. Confiaba en que no fuera nada caro porque ya había faltado al trabajo y eso se notaría en su sueldo. Una reparación cara dejaría su cuenta en números rojos—. Estoy rezando para que sea solo la batería.

Mientras esperaba a Vanity, el cielo se había oscurecido todavía más, cubriéndolo todo con sombras grises. El viento doblaba ramas y arrojaba polvo y matorrales a la carretera. La tormenta sería fuerte.

—No entiendo nada de coches —confesó Vanity.

—Yo tampoco —dijo Cherry. Pero ya pensaría en algo. Siempre lo hacía—. El tuyo es precioso —pasó la mano por el suave asiento de piel color mantequilla.

—Sí, ¿verdad? —Vanity sonrió—. Las cosas bonitas no tienen por qué costar una fortuna.

Cherry la miró con la boca abierta. El coche, un Mustang nuevo, descapotable, probablemente costaba más de lo que ganaba ella en un año. No sabía nada de las finanzas de Vanity, excepto que siempre llevaba ropa cara pero cómoda, solo trabajaba cuando quería y no parecía pensar en el dinero. No exhibía su riqueza, pero valoraba tan poco sus gastos como su ropa o su pelo.

—Seguro que uno de los chicos te puede ayudar —comentó Vanity.

Por «chicos», se refería al grupo del centro recreativo. ¿Acaso Merissa y ella consideraban que los luchadores estaban a su disposición? Al parecer, sí.

Cherry negó rápidamente con la cabeza.

—No quiero molestarlos.

—Dudo de que lo consideren una molestia —Vanity le sonrió—. A los hombres les encanta ser útiles.

—Tal vez —Cherry estaba dispuesta a aceptar la palabra de su amiga—. Pero es mi problema, no el de ellos —aunque a Vanity le hubieran hablado de su familia adoptiva, no sabía todo lo que ocurría. No entendía que lo del coche sería un problema más que añadir al resto, haciendo que se sintiera como un desastre andante—. Ya pensaré en algo.

Vanity alzó los ojos al cielo y pulsó un botón en el volante.

—No hace falta.

Hasta que no se oyó en el coche el sonido de llamada, Cherry no se dio cuenta de que la otra había llamado con manos libres. Soltó un respingo de sorpresa.

—¿Qué haces?

—Hola, Vee —contestó Armie en ese momento—. ¿Qué pasa?

—¿Vee? —preguntó Cherry en voz baja, momentáneamente distraída.

—De Vanity —explicó esta. Hizo la señal de paz con una mano—. Ya sabes cómo es Armie.

—¿Con quién estás? —preguntó él.

—Con Cherry —contestó Vanity—. Verás —dijo antes de que la aludida pudiera pararla—, esta mañana no arranca su coche y la llevo yo al trabajo. Es su primer día después de estar enferma y no podía faltar ni llegar tarde. Pero no sabemos qué le pasa al coche. Podría ser algo sencillo, como que se haya quedado sin batería, que es lo que ella espera, porque, ¿quién puede permitirse reparaciones caras? Pero he pensado que, si lo lleva a un taller, querrán timarla y acabará pagando reparaciones que quizá no necesite. Además, también necesitará que la lleven a casa desde el trabajo, pero no quería molestar a nadie.

Cherry escuchaba admirada aquellas maniobras verbales. Vanity había dicho todo aquello sin respirar y sin dar lugar a que la interrumpieran.

Armie se echó a reír.

—¿Me oye ella?

—Sí —repuso Vanity con una sonrisa de satisfacción—. Está sentada a mi lado hirviendo de rabia.

—Pastelito Cherry —murmuró Armie—. ¿Por qué no me has llamado?

La interpelada soltó un respingo.

—¿Cómo me has llamado?

—Así te llamaba Denver cuando lo dominaba la lujuria. Ahora que estáis enrollados, seguro que querrá matarme por decírtelo, pero me gusta. Resulta cariñoso.

¡Vaya! Armie también había hecho maniobras verbales y había conseguido dejar sin habla a Cherry. ¿Denver la llamaba por ese nombre tan absurdo?

—Y bien —dijo Armie, con una sonrisa en la voz—. ¿Qué pobre excusas tienes para no llamarme a mí?

—Estás ocupado —musitó ella, horrorizada por aquel mote y por verse en un aprieto.

—No, Denver está ocupado. Pero yo acabo de hacer un torneo y estoy libre por el momento.

Ella sabía que mentía.

—Trabajas mucho en el centro recreativo —dijo.

—Sí, bueno, estoy buscando una excusa para no estar allí esta tarde, así que iré a buscarte a la guardería y le echaré un vistazo a tu coche. ¿A qué hora sales?

Cherry vaciló, buscando mentalmente una alternativa, y Vanity le dio un codazo.

¡Maldición!

—Hoy tengo un día corto, termino a las tres —dijo Cherry con un suspiro.

—Es una hora perfecta. Gracias por darme un motivo para eludir el gimnasio. Nos vemos luego.

Vanity desconectó la llamada con una sonrisa.

—¿Lo ves? Te lo agradece.

—Mi suerte apesta últimamente.

Vanity no hizo caso de su comentario.

—Si se me averiara el coche, llamaría a Stack sin dudarlo. O no, espera, quizá llamaría a otra persona para que no resultara tan obvio —dijo.

Cherry abrió mucho los ojos y se giró lentamente a mirarla.

—¿No resultara tan obvio el qué?

—Lo buenorro que está, lo sexy que es y cuánto me gustaría estar en horizontal con él. Bueno, la parte horizontal ya la sabe —Vanity guiñó un ojo—. Ha accedido a acompañarme a la boda y yo he accedido a tener sexo con él.

«¡Caray!». Cherry pensó que había oído mal e intentó comprobarlo.

—¿Habéis acordado un intercambio?

Vanity aparcó riendo delante de la guardería.

—Sexo a cambio de una cita. ¿Ese no es el intercambio habitual? No, es broma. No lo es. Al menos, no siempre.

—Estoy muy confusa.

—Porque te confundo intencionadamente. Perdona, es que estoy... un poco mareada, supongo —se inclinó hacia Cherry con voz ronca por la excitación—. ¡Me voy a acostar con Stack! ¿No es fantástico?

—Vanity, en serio —Cherry la miró de arriba abajo—. ¿Te has mirado al espejo últimamente? Tú puedes acostarte con quien quieras.

—Aceptaré eso como un cumplido. Gracias.

—Pues claro que ha sido un cumplido —comentó Cherry, confusa—. Tú eres espectacular.

—Pero no, no puedo —repuso Vanity, sin hacer caso de la explicación—. Denver y Cannon son territorio prohibido, ¿verdad?

Cherry frunció el ceño.

—¿Qué?
—Para acostarse.
Cherry enderezó los hombros.
—Definitivamente, sí.
—Y estoy bastante segura de que Armie también lo es.
—Es... —Cherry carraspeó. Entraba en territorio peligroso—. ¿Estás diciendo que quieres acostarte con Cannon, Armie y... Denver? —«no, no no».
—No, solo constato un hecho —Vanity movió una mano en el aire—. A mí me gusta Stack.
A Cherry le daba vueltas la cabeza. La miró de hito en hito.
—¿Estás colgada de Stack?
Vanity enarcó una ceja.
—¿Hay algún motivo para que te muestres tan incrédula?
—No. Claro que no. Stack es fantástico. Tú eres fantástica. Es solo que... No te lo había oído nunca —Cherry se encogió de hombros, un poco perdida—. Tampoco habéis salido ni has hablado mucho con él, que yo sepa.
Vanity se miró las uñas.
—Me resulta muy atractivo —dijo.
—Claro que sí —asintió Cherry. No tan sexy como Denver ni mucho menos, pero Stack estaba tan en forma como los demás luchadores y llamaba mucho la atención con su pelo rubio y sus ojos azules—. Me alegro de que os vayáis entendiendo.
—Solo es sexo —dijo Vanity, pero sonrió—. Bueno y una cita para la boda. Una victoria doble.
Cherry no pudo evitar reír.
—Stack es un chico afortunado.
—Y yo no dejaré que lo olvide —contestó Vanity. Cayeron las primeras gotas en el parabrisas—. Vete antes de que te empapes.
Cherry abrió la puerta del coche y salió.
—Muchas gracias por traerme.
—Ha sido un placer. Ya me contarás lo que pasa con el coche.
Cherry se despidió con un gesto de la mano y entró co-

rriendo en la guardería. En las horas siguientes estuvo demasiado ocupada para pensar en hermanos adoptivos, luchadores cachas o averías de coches. A la mitad de los niños les daban miedo los relámpagos, y los más alborotadores, que no les tenían miedo, no podían salir fuera a quemar energía. Sobre mediodía se fue la luz. Por suerte, al final el día aclaró un poco y volvió la luz, lo que hacía más fácil leer cuentos. Cuando llegaron las tres, había dejado de llover.

Y deseó que mejorara también el resto de su suerte.

CAPÍTULO 14

Denver y Armie entrenaron juntos un rato. Los chicos del instituto siempre protestaban a la hora de saltar a la comba, como si pensaran que no era lo bastante varonil o algo así.

Armie resopló. Con el cuerpo cubierto de sudor, le habría gustado ver a uno de esos chicos seguirle el ritmo.

—Saltos dobles —le dijo a Denver, y los dos se esforzaron y realizaron dos series de veinte hasta que Armie dio el alto.

Denver arrojó la cuerda a un lado, lanzó unas cuantas patadas al pesado saco y después una serie de puñetazos.

Armie lo miró sonriente.

—Vas a hacer que Packer desee no haber luchado contigo.

—Ese es el plan.

—Tómate un respiro. No hay razón para que te pases entrenando.

—Mira quién habla.

Armie hizo el gesto de quitarse un sombrero imaginario

—Sabes que yo necesito mucho para subir pulsaciones.

—Porque estás loco —repuso Denver.

Se fue al otro extremo del gimnasio, donde había dejado sus cosas.

Armie se acercó a un banco a recoger su botella de agua y su toalla. Solo le quedaban unos minutos para salir y todavía no le había dicho a Denver que iba a recoger a Cherry. No quería dar la impresión de que lo hacía a escondidas.

Por otra parte, Denver sabía que él solía esquivar a los patrocinadores, incluso a los que no se dirigían específicamente a él.

Acababa de pasarse la toalla por el pelo mojado y la cara caliente cuando sonó el timbre e la puerta y entró Caos.

Verlo consiguió lo que no lograba el entrenamiento. Acelerarle el puso a Armie.

Cannon se acercó al recién llegado, le estrechó la mano y lo recibió como a un amigo al que hacía tiempo que no viera.

Ninguno de los dos miró en dirección a Armie.

¿Qué demonios se proponían?

Armie tenía que ducharse antes de ir a buscar a Cherry, pero no podía irse en ese momento después de haber sido acusado de huir. Quedaría muy feo y... ¡A la porra!

Arrojó la toalla a un lado y se adelantó un paso.

—Planeando un ataque frontal, ¿eh? —preguntó Denver.

Armie se giró en redondo.

—¿Tú sabías esto?

—¿Que iba a venir un amigo de Cannon? No. No me consulta su agenda social.

—¡Vete a la mierda!, no me refiero a eso.

—Armie...

Este contuvo el aliento, contó hasta dos, adoptó un rostro inexpresivo y se volvió hacia Dean Connor alias «Caos». Y no dijo nada porque no sabía qué decir.

El recién llegado le tendió la mano y Armie se la estrechó.

—Me alegro de pillarte por fin —dijo el visitante.

Armie parpadeó.

Y maldijo interiormente a Caos, al ver que se echaba a reír.

—¿Ha sido una frase desafortunada? —preguntó este.

—¿Querías algo? —contrarrestó Armie.

—Sí. Empecemos por suprimir la hostilidad —contestó Caos.

Denver le dio una palmada en el hombro a Armie, quien, cuando lo vio alejarse a hablar con Cannon, pensó que era un bastardo traidor.

—No soy hostil —comentó Armie, con un tono de voz muy agresivo..

—Me alegro. ¿Puedes dedicarme quince minutos?

—Mierda —Armie se pasó una mano por la cara—. Verás. Tengo que ducharme y salir pitando.

Caos se quedó pardo mirándolo. Juzgándolo. Tomándole la medida.

—Es la verdad —Armie se encogió de hombros con un gesto casual—. Tengo que ayudar a una mujer.

—Pues elige otro momento.

—Puedo estar de vuelta en unas horas —contestó Armie, que habría preferido que no se vieran nunca, pero pensó que quizá era ya hora de acabar con aquello.

Caos miró su reloj y asintió.

—Te invito a cenar.

En la barbilla de Armie se movió un músculo. Puso los brazos en jarras y frunció el ceño.

—¿No has dicho que solo serían quince minutos?

—Si lo hacemos ahora —Caos ni siquiera parpadeaba—. Pero, si vienes a la hora de cenar, cenaremos —enarcó una ceja—. ¿O tienes algún problema con eso?

Aquello era un reto en toda regla. Que provocó que Armie lanzara un juramento... por dentro. Por fuera sonrió lo más astutamente que pudo y asintió.

—Cenaremos, pues.

Solo le quedaban dos minutos para salir por la puerta o llegaría tarde a recoger a Cherry. Todavía no se lo había dicho a Denver, pero, cuando vio que Caos se acercaba a este, decidió que se lo contaría más tarde.

Corrió al vestuario y se dio la ducha más rápida que se había dado en su vida.

—Voy a dar tu clase por ti —dijo Stack.

Denver acababa de ducharse después de hace *sparring* con Cannon y estaba descansando un momento. Creía que estaba solo, pero Stack apareció a su lado, recién salido también de la ducha y llevando solo una toalla alrededor de las caderas.

—¿Y eso por qué? —preguntó Denver.

—Porque tienes un aspecto de mierda —Stack lo miró con curiosidad—. ¿Debo suponer que Cherry te tuvo despierto toda la noche?

—En realidad, sí —Denver se frotó los músculos cansados de la parte de atrás del cuello, los flexionó y ladeó la cabeza.

Stack se detuvo en el proceso de peinarse el pelo mojado con los dedos.

—¿De verdad?

—Sí —Denver se desperezó, tan cansado que ni siquiera le importaba que Stack probablemente estuviera imaginando un montón de cosas que no debía, como a Cherry en modo «exceso de sexo»—. Pero puedo dar la clase.

—¿Estás seguro? A mí no me importa.

En lugar de admitir que se sentiría como una nenaza si dejaba que una mujer le cambiara el paso, Denver preguntó:

—¿Hoy no tienes una cita caliente?

—Más tarde —contestó Stack. Sacó una camiseta limpia de su taquilla—. Tengo tiempo —se puso unos vaqueros.

Entonces fue Denver el que lo miró con curiosidad.

—Creía que ibas a empezar a salir con Vanity.

—No tenemos una cita hasta la boda —Stack se sentó en el banco, se puso calcetines y zapatillas deportivas y fingió que no veía a Denver observándolo—. Ya puedes dejar esa mierda.

—¿No pensabas decirme nada?

—¿De la cita de esta noche? —preguntó Stack—. No. Solo es un rollo amistoso.

—¿Y a Vanity no le molestará?

—Ella dijo que no —Stack se encogió de hombros. Era él quien parecía enfadado—. Más o menos me dijo que siguiera con mis asuntos hasta la boda.

—¿Siguieras con tus asuntos con otras mujeres? —preguntó Denver, para asegurarse de que lo entendía.

Stack suspiró con frustración.

—Es una mierda, ¿verdad? Se me acerca ella y fija una cita sexual para la que faltan semanas, pero no le importa lo que haga hasta entonces. ¿Tú has oído de alguna mujer que haga algo así?

—¡Ah! No —repuso Denver. Pero se preguntó si Vanity no lo habría hecho con la única intención de volver loco a Stack. Si ese era el caso, lo estaba consiguiendo.

—¿Sabes lo que pienso? —Stack se irguió y cerró la taquilla de un portazo—. Creo que ella se dedica a hacer lo que quiere con otros hombres y que por eso propuso ese trato.

—¿Y eso te importa? —preguntó Denver.

Su amigo se quedó parado. Bajó la cabeza.

—¡Joder! —murmuró con muy mala uva—. No lo sé —miró a Denver de hito en hito.

Este se levantó también, haciendo lo posible por no reír.

—Te daré un consejo sin que me lo pidas. No esperes a la boda —dijo. Él había esperado y sabía lo fácil que era arrepentirse de eso.

¿Y si Cherry no lo hubiera presionado cuando estaban en otra ciudad, tras la pelea de Armie? ¿Y si él no hubiera terminado por ceder?

Ella habría estado sola y enferma en la habitación del hotel, sin nadie que la ayudara.

Y habría tenido que lidiar con Carver y los demás hermanos sin ayuda de nadie.

Ese pensamiento lo atormentaba. Especialmente cuando pensaba en lo diferente que podía ser ella ahora si hubieran empezado a estar juntos mucho antes. Quizá se mostraría ya mucho más abierta.

Quizá le habría contado ya sus secretos.

—No sé —murmuró Stack con disgusto—. Fue bastante clara.

—¿En lo de querer esperar? Quizá solo usó la boda para romper el hielo. Ya sabes que es imposible adivinar lo que piensan las mujeres. Lo mejor que puedes hacer es preguntárselo directamente.

Stack apoyó la espalda en la taquilla con un resoplido.

—¿Como hiciste tú con Cherry?

—Confieso libremente que yo la cagué.

—Sí, lo dice el hombre que ha pasado la noche follando.

Denver no pudo evitar una carcajada, pero luego apuntó a Stack con el dedo y dijo:

—¡Cállate!

Sonriente, Stack alzó las manos en un gesto de comprensión. Las bromas estaban permitidas con aventuras de una noche, pero lo de Cherry era algo más que eso.

—Si no quieres que dé la clase, me voy a buscar diversión ya.

—¿Pensarás lo que te he dicho de hablar con Vanity?

Stack se pasó una mano por la cara.

—Pensaré en ella, sí, incluso aunque no debería, pero hablar no entrará en la ecuación.

Denver hizo una mueca de exasperación.

—Pero no le digas a tu amiga de cama que estás pensando en otra mujer.

—No. Estoy distraído pero no soy tonto —Stack tomó su bolsa de deporte—. Ese tipo de conversación puede acabar con una amistad con derecho a cama.

Denver volvió a la zona principal con él. Su clase empezaría en unos minutos.

Los chicos de instituto estaban ya allí, calentando o haciendo el tonto con el saco de boxeo. En conjunto, eran chicos sanos y atléticos. Denver se dirigía hacia ellos cuando vio que uno por uno miraban hacia la puerta.

Se volvió con una sensación incómoda en la nuca. Y vio a Pamela Barnett Lewis allí de pie.

La madrastra malvada por excelencia.

Denver entró al instante en modo hostil. El desdén venció al agotamiento.

«No necesito esta mierda hoy», pensó.

Por supuesto, ella se dirigió hacia él sonriente, caminando con elegancia.

Con veintinueve años, era solo cuatro años mayor que él y veintitrés más joven que su padre.

El cabello pelirrojo liso, cuyo color realzaba en una peluquería cara, le caía justo por debajo de los omoplatos. Llevaba un vestido ceñido a sus curvas y sandalias de tacón alto.

Denver oyó susurros detrás de él y se dio cuenta de que los chicos del instituto no eran los únicos que se la comían con los ojos. Pamela llamaba intencionadamente la atención al caminar, de modo que casi todos los varones presentes admiraban ya sus curvas y su elegancia.

Justo antes de que llegara hasta él, Denver llamó a Stack, quien, de camino a la salida, se había detenido en el mostrador de recepción a hablar con Harper, la esposa de Gage.

Stack lo miró a él y después a Pamela. Enarcó las cejas con curiosidad, dijo algo a Harper y se dirigió hacia ellos.

—Hola, Denver.

Este la ignoró por el momento.

—Lo siento, Stack, pero creo que te voy a necesitar unos minutos después de todo.

—Claro —dijo el otro. Empezó a alejarse, pero Pamela no se lo permitió.

—Hola —le tendió una mano de manicura perfecta—. Soy Pamela Barnett Lewis, la madrastra de Denver.

Enfatizó la relación, esperando que Stack mostrara sorpresa, le dijera que era muy joven o cualquier otra cosa, siempre que expresara una reacción fuerte.

Pero Stack no mordió el anzuelo. Le estrechó un momento la mano.

—Señora —dijo, con el respeto que habría dedicado a una abuela, y se alejó para empezar a trabajar con los chavales.

Denver pensó que tenía unos amigos maravillosos.

Pamela, confusa, hizo amago de fruncir el ceño, pero sin llegar a alterar su frente perfecta.

—Denver...

—Por aquí —dijo él, poco dispuesto a hablar con ella, fuera cual fuera el tema, a la vista de todos.

Se dirigió a la sala de personal sin molestarse en ver si lo seguía.

El sonido de los tacones detrás de él hacía que se sintiera acosado. Cuando por fin entró en la sala, donde había una intimidad relativa, exhaló el aire que retenía.

Sacó una silla, se sentó y esperó a que ella hiciera lo mismo.

—Veo que todavía no has aprendido modales —dijo ella.

A Denver le hacía mucha gracia que aquella mujer se permitiera criticarlo.

Pero no tardó en descubrir que sentarse había sido una mala idea, porque ella apoyó la cadera en la mesa... justo a su lado.

Denver mostró abiertamente el asco que eso le producía echando atrás la silla y poniéndose de pie.

Ella soltó un suspiro entre seductor y recriminatorio.

—Veo que también me guardas rencor todavía.

—No hay ningún rencor.

Pamela lo miró burlona.

—Tu padre me eligió a mí frente a ti y es comprensible que guardes rencor por eso.

Denver adelantó un paso y quedó frente a ella. Habló en voz baja, pero que denotaba enfado.

—Con quién folle es asunto suyo, pero, cuando tú intentas follar conmigo, se convierte también en asunto mío.

—Era joven.

—Eras muchas cosas. No repasemos la lista.

Ella alzó la voz con rabia.

—¿No puedes ser civilizado ni siquiera cinco minutos?

Al parecer, no. Denver retrocedió un paso y se cruzó de brazos.

—¿Qué es lo que quieres? —preguntó.

Pamela recobró la compostura con un esfuerzo. Jugueteó sin necesidad con el pelo y alisó la falda corta del vestido. Si él no la conociera, casi se habría creído que estaba dolida.

—Se acerca el cumpleaños de tu padre y espero que vengas a su fiesta.

Denver apenas oyó esas palabras, que ella pronunció mirando su cuerpo con lujuria. Entrecerró los ojos.

Pamela alzó la vista y se sonrojó.

—Perdona. Es que... parece que ahora eres más grande todavía.

Denver apretó los dientes.

Ella soltó un gritito entrecortado.

—No quiero decir... No estaba... —tartamudear no iba con ella. Se enderezó y dijo con tono formal—: Es evidente que te cuidas bien.

Denver, cuyo humor se volvía más frío por momentos, consideró largarse y dejarla allí. Pero era tan tenaz que podía seguirlo y entonces volvería a estar en público con ella.

—Intentaré llamar a papá, pero los dos sabemos que no quiere hablar conmigo —dijo.

—No, una llamada no es suficiente —ella se irguió y enderezó los hombros—. Voy a dar una fiesta íntima familiar y tú, querido hijo, tienes que estar presente.

En cuanto vio que llegaba Armie, Cherry corrió a su encuentro. Sujetó el bolso al costado y corrió por la acera, esquivando los charcos. Pensaba que no importaría que se mojara un poco con la llovizna que caía, siempre que no se entretuviera demasiado.

Desgraciadamente, cuando estaba a mitad de camino, se abrieron los cielos y un diluvio de lluvia helada, trasportada por un viento fuerte la caló hasta los huesos.

Armie abrió la puerta del coche.

—¡Maldita sea, Cherry! ¿Por qué no me has esperado? —preguntó.

Cuando entró en el coche, le tendió pañuelos de papel, con los que ella se secó la cara y el cuello. A continuación se abrazó el cuerpo intentando parar los escalofríos.

—¿Qué habrías hecho? —preguntó—. ¿Empaparte también tú?

—Tengo un paraguas y un chubasquero.

—¡Oh! —sí, ella también llevaba un paraguas en su coche. ¡Qué tonta!—. Te estoy empapando el asiento.

—Ya se secará —Armie extendió el brazo hasta el asiento de atrás, agarró el chubasquero de nailon y se lo dio. A continuación empezó a salir con cuidado al tráfico entre la hilera de coches que recogían a los niños.

—Muchas gracias —dijo ella. El chubasquero no ayudaba mucho, pero era mejor que nada. Cuando se lo hubo puesto, se abrochó el cinturón.

—¿Quieres que suba la calefacción? —preguntó Armie.

—No, está bien así —él solo llevaba una camiseta y parecía cómodo. No había razón para que se achicharrara—. Cuando lleguemos al centro recreativo, alguien tendrá una camiseta que pueda prestarme —quizá incluso Denver, aunque las de él le quedaban enormes y eran más aptas como camisón que para llevar en público.

—Pensaba que íbamos a tu casa.

—Denver quería que nos viéramos en el centro recreativo —explicó ella. Estaba de camino y más cerca que su casa—. ¿Te importa?

—No, yo iba a volver allí de todos modos. Pero ¿qué pasa con tu coche?

—No puedes examinarlo con esta lluvia.

—¿Por qué no? —Armie sonrió—. Sé que soy dulce, pero no me derretiré.

—No, rotundamente no.

—¿No crees que sea dulce?

Cherry puso los ojos en blanco.

—Sí, mucho. Y te agradezco la oferta. De verdad. Pero mi coche está en la calle, no en el garaje, y no puedo dejar que te pongas a hurgar en él con esta tormenta.

Armie tamborileó en el volante con los dedos.

—Está bien. ¿Qué tal mañana? —detuvo la respuesta de ella al añadir—: Es decir, si Denver no lo hace antes, claro.

—Quizá —respondió ella. De ser posible, solucionaría el

problema sola sin molestar a ninguno de los dos—. Espero que esta tormenta pase pronto.

—No tiene pinta —replicó Armie. La lluvia azotaba el parabrisas de tal modo que los limpiaparabrisas resultaban casi inservibles, y el viento golpeaba el coche y aullaba a su alrededor. La miró y reprimió otra sonrisa—. Quizá quieras usar el espejo antes de llegar. Tu maquillaje está un poco... corrido.

Cherry bajó el visor y soltó un grito.

—¡Cielo santo! Gracias por decírmelo.

—No está tan mal —repuso él, reprimiendo una carcajada.

—No, para un payaso —contestó ella.

Por suerte, tenía maquillaje en el bolso y como Armie conducía despacio por necesidad, pudo hacer algunas reparaciones. No eran suficientes, seguía hecha un desastre, pero estaba mejor.

Uno de esos días Denver podría verla en su mejor momento: independiente, fuerte y en control de su vida.

Desgraciadamente, no sería ese día.

Después de controlar su temperamento, Denver preparó sus argumentos, buscando razones sólidas para rehusar, aparte de las más evidentes. No quería que ella supiera que todavía guardaba rencor.

No quería que supiera que sentía algo por ella, ni bueno ni malo.

Ya era bastante que tuviera que vivir con el daño que le había hecho. La relación con su padre había cambiado irremediablemente por culpa de ella. Quería a su padre y, en muchos sentidos, lo respetaba.

Pero en lo relativo a su segundo matrimonio, solo sentía desprecio.

—No me gusta que guardes silencio tanto rato —dijo Pamela—. Normalmente significa que estás pensando cosas horribles de mí.

—Te equivocas. No pienso en ti en absoluto —Denver se

giró y se acercó a la puerta abierta, dándole la espalda—. Solo me preguntaba qué pensará mi padre de esta invitación. Puede que no te dé las gracias por pedirme que vaya.

Pamela le puso una mano en el hombro y él se puso rígido de repugnancia.

—Te echa de menos, Denver. Deberías saber eso.

Sí, claro. Por eso lo llamaba tan a menudo. ¿Cuánto tiempo había pasado? Casi cinco años ya. Largos años. Denver negó con la cabeza y se apartó de la mano de ella.

—Guárdate las garras para ti —dijo.

—Era un gesto de conmiseración.

Denver se echó a reír y se giró a mirarla. Ella lucía una expresión perfecta de remordimiento mezclado con esperanza. Él la miró maravillado.

—Si no supiera la bruja embustera que eres, casi podrías convencerme —dijo con suavidad.

—Bruja —repitió ella. Los músculos de su rostro se tensaron, a pesar de su esfuerzo por ocultar sus emociones—. Te agradezco la sinceridad.

—Los dos sabemos la verdad, no hay razón para disfrazar un hecho.

Pamela se puso rígida. Daba la impresión de que le costaba contenerse para no golpearlo.

Denver casi esperaba que lo hiciera. Así podría mandarla a la mierda y acabar con aquello.

En vez de eso, la mujer respiró hondo, se echó el pelo hacia atrás y lo miró con dureza.

—Te garantizo que él quiere que vengas.

—¿Igual que me garantizabas que nadie se enteraría nunca si follábamos? —él se enderezó—. ¿Igual que me garantizaste que no harías daño a mi padre? —la rabia lo empujó a dar un paso al frente—. ¿Como le garantizabas a él que tú eras inocente?

A ella le tembló la barbilla.

—Me das miedo, Denver.

—Chica, a ti no te asustaría ni un tifón.

Pamela pasó a su lado y salió al pasillo que llevaba al gimnasio.

Denver hizo una mueca y dio un paso en su dirección. Quería que corriera, que saliera corriendo de su vida.

—La gente cambia, maldita sea —susurró ella con voz temblorosa.

—¿Tú? —preguntó él con sarcasmo.

La mujer asintió.

«¡Y una mierda!», pensó Denver.

—¿Eso significa que le has dicho la verdad a mi padre?

En los ojos de ella brillaban lágrimas.

—Le quiero.

Denver no se tragó ni por un segundo aquella desesperación llorosa.

—Tú no eres capaz de amar.

Ella fingió no haberle oído.

—Le amo —insistió— y quiero que mi matrimonio funcione.

—Quieres los beneficios de estar con él.

Pamela, malhumorada, golpeó el suelo con el pie.

—Podrías arreglar vuestra relación sin necesidad de hablar de eso.

—Sigue soñando —Denver todavía podía oír en ocasiones la furia en la voz de su padre en el momento horrible en el que le había hablado con disgusto, decepcionado, echándole la culpa. Había cometido un error y este le había cambiado irrevocablemente la vida—. Papá jamás perdonará lo que tú le hiciste creer.

Entonces ella cambió de táctica.

—Denver —suplicó. Volvió a acercarse a él y esa vez se atrevió a tocarlo.

En ese instante, a él lo cegó la rabia. Le agarró las muñecas con intención de apartarla y justo en ese momento, Cherry y Armie entraron por la puerta, seguidos por el rugido fuerte de un trueno.

Tropezaron el uno con el otro, riendo, y a sus pies se formó un charco de agua.

Armie le dijo algo a ella y luchó con un paraguas que se había vuelto del revés.

Cherry, sonriendo, se apartó el pelo de la cara y se desprendió de un chubasquero empapado.

Los ojos de Denver echaron chispas.

La falda larga se pegaba a las caderas y los muslos de ella y la blusa rosa le ceñía los pechos como una segunda piel, mostrando un sujetador más oscuro debajo. Gracias al sujetador, no llegaba a verse nada, pero con los grandes senos que tenía y el modo en que la miraban todos, eso daba igual.

La irritación por la situación con Carver y lo que le ocultaba Cherry, la aparición de Pamela y ahora aquello... todo se fusionó en un crisol de furia.

—¿Denver?

Este ignoró a Pamela y su súplica y avanzó con pasos largos hacia la puerta.

—¡Denver, espera!

Con el rugido del pulso en los oídos, él casi no oyó a Pamela. Todos los ojos estaban fijos en Cherry, así que nadie notó que se acercaba. Vio que Armie intentaba volver a ponerle el chubasquero.

Y ella le golpeaba el brazo riendo.

Mientras, gotas de lluvia caían lentamente de su pelo a sus tetas y dentro del escote.

—¿Qué coño es esto? —preguntó Denver a dos pasos de ellos.

Cherry, atónita, se detuvo en seco y su sonrisa se evaporó ante la furia evidente de él.

Armie se colocó delante de ella y alzó ambas manos. ¿Pretendía protegerla de él?

—Ella no se da cuenta, tío. Respira hondo.

—¿Tú la has traído aquí? —Denver miró a Cherry y empujó fácilmente a Armie a un lado—. ¿Con esa pinta?

Cherry, herida, adoptó la misma inexpresividad que había usado cuando hablaba con Carver. Bajó la voz en un intento de privacidad que resultaba risible.

—¡Tú me dijiste que viniera aquí! —susurró.

Sin importarle que los miraran todos en el centro recreativo, él se inclinó hacia ella apretando los dientes.

—¡Por Dios, Cherry! Pareces desnuda.

—¿Pero qué dices? —ella se miró rápidamente, tirando de la tela empapada de la falda.

Él clavó la vista en sus pezones.

Eso hizo que ella mirara allí, soltara un grito entrecortado y se tapara con los brazos.

Denver se llevó una mano a la espalda y se sacó la camiseta por la cabeza de un tirón.

Cherry se la quitó antes de que pudiera ofrecérsela y la sujetó delante del pecho.

—Póntela —le dijo él.

Ella pasó de la vergüenza a la rabia.

—¿Me estás dando órdenes? —preguntó con incredulidad.

Por un momento, él pensó que le iba a tirar la camiseta a la cara y se preparó para ello.

Armie se colocó al lado de ella y gruñó a Denver.

—Gilipollas —miró a Cherry—. Los celos vuelen locos a los tíos, preciosa. No le hagas caso.

Denver, furioso de nuevo, se puso rígido desde las plantas de los pies hasta la punta de las orejas.

—Eres... —empezó a decir.

—¿Vuelves a salir con fans? —preguntó Pamela.

¡Ah, demonios! Denver se había olvidado de ella.

Tanto Armie como Cherry se inclinaron para mirar detrás de él. Armie con interés masculino. Cherry se puso roja, con la camiseta apretada todavía delante del cuerpo.

Denver, rabioso, miró a su madrastra.

—Adiós, Pamela.

Ella no le hizo caso. Sonrió a Armie.

—Preséntanos.

Armie ladeó la cabeza y la miró de arriba abajo.

Denver, a punto de estallar, no tenía tiempo para mostrarse educado.

—Estoy ocupado.
Por supuesto, a ella no la detuvo eso. Extendió el brazo.
—Soy Pamela, la madrastra de Denver.
Cherry abrió la boca, sorprendida.
La expresión de Armie pasó de interesada a fría pero educada.
—Encantado de conocerla, señora —le estrechó brevemente la mano y miró a Denver—. Estoy ahí atrás. Tenemos que hablar.
Cherry, mortificada, intentó sonreír.
—Hola. Encantada de conocerla. Como se puede ver, me ha pillado la lluvia y no me daba cuenta de que...
Denver la rodeó con el brazo para que dejara de balbucear.
—Pamela ya se iba.
La aludida, como la lianta que él sabía que era, mostró los dientes en una sonrisa comprensiva y se dirigió solo a ella.
—Encantada de conocerte. Cherry, ¿verdad?
—Sí.
—¡Qué nombre tan poco convencional! —no lo dijo como un cumplido—. ¿Denver y tú salís juntos?
Cherry se lamió los labios.
—Nosotros... —musitó.
Miró a Denver con tanta incertidumbre que él sintió ganas de golpear las paredes.
—Eso no es asunto tuyo, Pamela —intervino.
—¡Denver! —Cherry intentó soltarse, pero él no se lo permitió. Sabía que hacía mal, pero en aquel momento la necesitaba. Para disculparse por eso, la besó en la frente.
Cherry, perpleja, lo miró primero a él y después a Pamela. Esta los observaba con curiosidad astuta.
—No te preocupes —dijo—. Conozco a Denver y sus... arrebatos.
Este se preguntó qué narices querría decir con eso.
Cherry debió de preguntarse lo mismo, porque dejó de resistirse y se apoyó en él.
—¿Y qué arrebatos son esos, señora Lewis?

—Llámame Pamela, por favor.
—Está bien.
«¡Bien!». Denver miró a Cherry con admiración. Siempre era una chica dulce, a la defensiva en ocasiones, pero nunca cortante. En aquel momento, sin embargo, su tono era tan cortante y frío como el de Pamela.
—A pesar de la hosquedad de Denver, está claro que los dos estáis… ¿enrollados? Así que te incluiré en mi invitación. Verás, pronto será el cumpleaños de mi esposo y sé que al padre de Denver le gustaría volver a verlo, pero seguro que también le encantará conocerte a ti.
—Ya veo —Cherry enderezó los hombros y alzó la cabeza—. ¿Denver ha aceptado la invitación?
Pamela dejó de sonreír.
—No exactamente.
—Entonces, por supuesto, yo no puedo aceptar —Cherry se pegó más a él—. Pero lo hablaremos y, si es necesario, él se pondrá en contacto contigo.
Aunque dio la impresión de que le costara mucho esfuerzo, Pamela se las arregló para sonreír.
—Gracias —miró la lluvia por la ventana—. ¡Qué tiempo tan horrible!
—Sí, a mí me ha pillado —Cherry se separó de Denver—. Estaba en mitad del aparcamiento cuando ha empezado a llover a cántaros y, por supuesto, no llevaba paraguas.
—Pero contabas con la ayuda de ese joven tan atractivo —comentó Pamela con aire crítico.
Denver se cruzó de brazos y esperó a ver cómo lidiaba Cherry con la acusación velada de la otra.
Ella le sorprendió con la primera sonrisa mezquina que le había visto jamás.
—Sí, es un buen amigo de Denver y me ha traído aquí. Y ahora, si me disculpas, tengo que ir a cambiarme.
—¿Guardas ropa en el gimnasio?
—No, pero uno de los buenos amigos de Denver me prestará algo —Cherry miró a Pamela con una mezcla de lástima y

desprecio—. Ha sido un placer conocerte —miró un instante a Denver y después de nuevo a ella—. Muy... instructivo.

Denver la vio alejarse de la confrontación empapada, con el maquillaje arruinado y sujetando la camiseta delante de su cuerpo. No miró atrás y mantuvo los hombros alzados y la barbilla en el aire.

Y él se dio cuenta de que estaba sonriendo.

—Es muy rara, Denver —comentó Pamela.

—Sí. Es muy especial —él le hizo un saludo burlón—. Hasta la vista.

—Espera.

Él suspiró con impaciencia.

—¿Vais a venir?

—Como te ha dicho Cherry, lo hablaremos —contestó Denver.

Y de pronto se dio cuenta de que lo decía en serio.

La noche anterior le había prometido compartirlo todo con ella, pedirle opinión sobre sus problemas.

Pamela era un problema. El alejamiento de su padre era un problema.

El mayor problema de todos eran sus celos.

A partir de ese momento cumpliría su promesa... y confiaba en que ella lo perdonara.

CAPÍTULO **15**

Cherry, que llevaba ya la camiseta de Denver, se asomó al vestuario. Aquel dominio tan masculino le fascinaba. Al centro recreativo iban también mujeres, pero no muchas, no en la escala de los luchadores, y aunque tenían un cuarto para cambiarse que incluía dos váteres y lavabos con ganchos en la pared, carecían de aquel elaborado vestuario, aquella amplitud de taquillas, bancos, duchas abiertas...

¿Los hombres no conocían la modestia? De no ser por la pared de taquillas, podría ver dentro de las duchas. A cualquiera que estuviera desnudo en la ducha.

Oyó que caía agua y contuvo el aliento. Eso casi la hizo toser, pero consiguió evitarlo respirando hondo.

La sala olía bien. A sudor limpio de hombre, *aftershave* y jabón.

El ruido del agua se cortó y decidió que sería prudente anunciar su presencia.

—¿Yuju? —gritó. Y le pareció que sonaba como una rana estrangulada.

A un momento de silencio le siguió un juramento suave y después oyó el sonido de pies por el suelo de cemento mojado.

Armie dobló la esquina. Llevaba una toalla alrededor de las caderas y se iba secando el pecho desnudo con otra. Abrió mucho los ojos al verla allí, en el umbral.

—¿Cherry?

—Hola.

Atónito, él miró alrededor de ella y detrás de ella. Cuando vio que estaba sola, frunció el ceño.

—Esto es el vestuario, preciosa.

—Lo sé —ella se miró las piernas y se apresuró a explicarse—. Necesito algo seco y en la sala de personal no hay ropa. ¿Hay alguien más aquí abajo? —preguntó con picardía.

—Solo yo —contestó él.

Caminó hacia ella, con el muslo jugando al escondite con la toalla, que iba envuelta muy floja, y ella retrocedió un paso rápidamente.

Armie extendió el brazo con expresión burlona hasta una de las taquillas y sacó unos vaqueros, una camiseta y calzoncillos del Capitán América.

Cherry miró los calzoncillos minúsculos, lo imaginó con ellos sin querer y soltó una carcajada al tiempo que se ruborizaba.

Armie enarcó una ceja.

—¿Piensas quedarte ahí mientras me visto o me vas a dar un poco de intimidad?

—Te va a dar intimidad —contestó Denver detrás de ella.

Cherry se puso rígida. Miró a Armie a los ojos, para sacar fuerzas de su regocijo, y por fin se volvió hacia Denver.

—Disculpa —dijo con toda la altivez de que fue capaz.

Salió de la sala, pero como todavía necesitaba cambiarse, se quedó al otro lado de la puerta y apoyó la espalda en la pared fría de cemento pintado.

Durante unos segundos, nadie dijo nada. Luego se cerró una taquilla y eso pareció romper el silencio.

—Escucha —dijo Denver—. La mierda de antes...

—Será mejor que empieces a disculparte con ella —intervino Armie.

—He pensado empezar contigo.

Sí, Cherry opinaba que también le debía una disculpa a Armie.

Al parecer, este no estaba de acuerdo.

—No es necesario. Los hombres desesperados hacen cosas estúpidas. Y tú, amigo mío, estás desesperado.
—¿Por qué dices so?
Armie soltó un bufido.
—Basta con mirarte y cualquiera puede ver que estás metido en una batalla perdida.
Cherry se preguntó a qué batalla se referiría.
—Sí —contestó Denver, como si hiciera una gran confesión—. ¡Joder!
—Imagino que es terrible —lo compadeció Armie—. Pero tengo entendido que es más fácil una vez que te rindes.
—No sé por qué, pero no creo que con Cherry vaya a ser fácil haga lo que haga.
A ella la afectó de tal manera la desolación de su voz, que se separó de la pared y volvió a entrar en el vestuario.
Donde estaba Armie desnudo.
Ella soltó un grito.
Él dio un salto y se cubrió rápidamente sus partes con sus grandes manos.
Denver se colocó delante de ella y le tapó los ojos con la mano.
—¿Qué demonios haces, Cherry?
Ella empezó a balbucir. Por mucho que Denver y Armie taparan, la imagen estaba ya impresa en su cerebro.
—¡Creía que ya se había vestido!
Armie se echó a reír con tantas ganas que el rugido de su risa rebotaba en las paredes del vestuario.
Cherry seguía paralizada en el sitio, con la mano de Denver tapándole la mitad superior de la cara.
—No tiene gracia —gruñó.
—Un poco sí —le dijo Denver—. ¿Cuánto has visto?
Ella hundió los hombros.
—Toda la parte delantera.
Armie se dominó lo bastante para preguntar:
—¿Quieres que me dé la vuelta y echas otro vistazo?
Cherry se mordió el labio inferior.

Denver se puso rígido.

—¡Coño, nena…!

—¡No! —ella carraspeó, extendió un brazo a ciegas y le dio una palmada en el pecho—. No, no quiero. De verdad.

—¿Lo ves, Denver? Está claro que no le interesa.

—¡Tú no ayudas nada, Armie! —protestó Cherry, que quería pegarle—. Gracias a ti, me sentiré avergonzada el resto de mi vida.

—No —repuso Denver—. De eso nada. Porque vas a olvidar lo que has visto.

Cuando Armie pudo dejar de reír, le habló a Denver.

—Entiendo lo que quieres decir con lo de que no es fácil.

—¡Cállate! —contestaron los otros dos al unísono.

Denver la rodeó con un brazo y la sacó de la habitación.

—Vístete —le dijo a Armie por encima del hombro.

—Aguafiestas —les gritó este.

Una vez fuera del vestuario ella pudo por fin mirar a Denver y vio que fruncía el ceño. ¿Cómo se atrevía?

Se disponía a decirle claramente lo que pensaba de su actitud, cuando el pasillo a sus espaldas se llenó de gente.

Cannon, Gage, Harper… y Leese.

«¡Santo cielo!». Cherry miró a Denver, pero a este no parecía sorprenderle la presencia de Leese, lo cual la dejó confusa.

Cannon los miró a los dos.

—¿A qué viene tanto jaleo?

Armie salió del vestuario, vestido ya con vaqueros y una camiseta vieja gris que decía: *Me gustan las chicas por sus corazones. Corazones grandes, saltarines y temblones.* Llevaba otra camiseta en la mano.

—Cherry ha visto algo interesante, eso es todo —contestó.

Ella se sonrojó.

—Si no brincaras por ahí desnudo…

—No empieces rumores, cariño. Yo no brinco.

Harper se echó a reír.

—Es un desvergonzado, Cherry. No dejes que te haga sonrojar o te estará gastando bromas eternamente.

—Harper no se sonroja —repuso Armie—. En vez de eso, te pega.
Gage retuvo a Harper, que intentaba alejarse.
—Bonita camiseta —dijo a Armie.
Leese sonrió entonces.
Incapaz de soportar más tiempo el misterio... o las bromas, Cherry le preguntó:
—¿Qué tal? ¿Qué haces aquí?
Denver la abrazó.
—Lo he invitado yo.
—¿Ah, sí? —aquello era nuevo para ella. Sabía que habían hablado, pero no que se habían hecho amigos. ¿O simplemente menos hostiles?
—Vamos. Estamos bloqueando el pasillo —dijo él. Consiguió que ella avanzara unos pasos antes de pararse—. Te lo explicaré todo en la sala de personal.
Cherry no se movió. Cannon y Leese desaparecieron en el vestuario. Gage se inclinó a darle a Harper un beso suave pero apasionado.
—Enseguida vuelvo —dijo. Y entró también en el vestuario.
Ella lo observó alejarse con un suspiro.
Armie le dio un codazo a Denver.
—Parece que sigue la luna de miel, ¿eh?
Harper volvió a suspirar. Le dio un pantalón corto a Cherry.
—Guardo ropa aquí porque vengo mucho —miró la delantera de Cherry, oculta bajo la camiseta enorme de Denver—. Desgraciadamente para mí, tenemos tallas distintas. No creo que te valga ninguna de mis camisetas.
—Tu esposo te dirá que tu talla es perfecta —contestó Armie. Extendió el brazo con la camiseta—. Yo tengo una para Cherry.
Esta la tomó, leyó la parte delantera y se la devolvió en el acto.
Harper se la quitó sonriendo y leyó en voz alta:
—Menos abrazos, más cerebro.
Denver se la arrebató a Harper y la volvió del revés.

—Te quedará mejor que una de las mías —dijo.

Cherry lo miró con malicia.

—Tampoco me apetece llevar una tuya.

Harper tomó a Armie del brazo.

—Vámonos. Tienes visita.

—¿Quién?

—Caos.

—Llega temprano.

—Pues vete brincando y díselo.

Armie hizo ademán de darle un azote en el trasero, pero ella se escabulló. Él miró a Denver.

—Debes saber que el coche de Cherry se ha averiado esta mañana. Vanity la llevó al trabajo y yo la he recogido. No quería molestarte a ti —explicó.

—¡Armie! —protestó la chica.

Denver respiró hondo.

—La idea era llevarla a casa y echarle un vistazo al coche a ver qué le pasa, pero ella no quería que lo hiciera con la lluvia y hemos venido aquí. Nos hemos empapado hasta los huesos a pesar del paraguas.

Denver asintió, pero Armie no había terminado.

—Si hubiera sabido que te ibas a poner en plan matón con ella, no la habría traído.

—¡Armie! —esa vez Cherry lo riñó a él por usar ese tono. Lo último que quería era que tuviera un conflicto con Denver.

—Gracias —dijo este, como si el otro no acabara de insultarle—. Te lo agradezco.

—De nada. Pero en serio, tío, contrólate —Armie le guiñó un ojo a Cherry y se alejó con paso desganado al encuentro con Caos.

En cuanto se quedaron solos, Denver intentó tomarle la mano a Cherry.

—Puedes cambiarte en la oficina.

Ella se apartó.

—No sé si quiero ir a alguna parte contigo.

Denver, resignado, la miró un rato a los ojos.

—¿Servirá de algo que pida disculpas? —preguntó con suavidad.

—No lo sé —ella cruzó los brazos debajo de los pechos y adelantó una cadera, intentando mostrarse irritada y no dolida—. Prueba a ver.

Él le dedicó una sonrisa sexy, pero siguió mirándola con sus hermosos ojos de tonos marrones y dorados y dijo con una sinceridad conmovedora:

—Lo siento.

Eso hizo añicos la determinación de ella. Dejó caer los brazos y tragó saliva.

—¿Cómo has podido hacerme eso? —preguntó. No le dio ocasión de responder. Aún no—. Me has humillado, Denver. Y no solo delante de personas a las que conozco.

—Por favor, no te sientas avergonzada. Como ha dicho Armie, el culpable soy yo y casi todos los presentes lo han visto así —le tocó la mejilla—. Si es Pamela la que te preocupa...

—Es tu madrastra —Cherry recordó el humor y el desdén en la mirada de la mujer y volvió a sonrojarse—. Por tu culpa le he causado una primera impresión terrible.

Denver arrugó el ceño.

—No es una buena persona. No te preocupes por ella.

—Pero yo sí lo soy, y el modo en que me has tratado...

—Lo sé —él la atrajo hacia sí, con sus grandes manos abiertas en la espalda de ella, y colocó la barbilla encima de su cabeza.

—Lo siento muchísimo. Ha sido... un día difícil.

—Háblame de ello.

—Me gustaría.

Sorprendida, ella se apartó para verle la cara.

—¿De verdad?

Denver le tomó el rostro ente las manos.

—Me está sustituyendo Stack, pero debo volver para que pueda marcharse. ¿Te importa esperarme? No tardaré mucho y luego podemos pasar el resto del día juntos.

¿Significaba eso que no se quedaría a pasar la noche? Con él, nunca estaba segura.

—¿Me hablarás de Pamela? —preguntó. Solo eso ya valdría que se tragara el orgullo. Había percibido que el ataque de posesión de Denver había tenido mucho que ver con aquella mujer.

—Sí, lo haré —él la soltó y se metió las manos en los bolsillos. Parecía extrañamente inseguro—. Y comentaremos la fiesta de cumpleaños de mi padre.

Cuando Cherry oyó que volvían Cannon, Leese y Gage, asintió.

—Me quedo —se puso de puntillas, le dio un beso rápido y empezó a alejarse.

Él le tomó la mano, le dio un beso más largo y satisfactorio y la enfiló en dirección contraria a donde pretendía ir ella.

—Al final del pasillo hay una habitación en la que te puedes cambiar. La puerta se cierra con llave. Y Cherry...

—¿Sí?

—Te recompensaré por esto.

Pamela esperó todo lo que pudo debajo del saliente del centro recreativo a que parara la lluvia. Una y otra vez debatió consigo misma si debía volver a entrar e intentar razonar de nuevo con él o si sería mejor intentarlo con aquella novia rara suya a ver si así conseguía acercarse a él.

El rechazo de Denver le provocaba un dolor frío en el estómago. ¿Qué quería, que se pusiera de rodillas y se arrastrara?

Un estúpido error y él jamás le permitiría olvidarlo. Lyle la había perdonado. ¿Denver era mucho mejor que su padre?

¿O solo más testarudo?

De acuerdo, Lyle no conocía toda la verdad. Si la conociera, quizá pensara de otro modo. Pero ella quería decírsela. Quería confesar. Era una persona distinta y quería que Denver le permitiera demostrárselo a Lyle y a él.

Y a sí misma.

Pero, para poder limpiar su conciencia, necesitaba un reencuentro entre padre e hijo. Si eso no ocurría, si tenía que confesarle sus pecados a Lyle estando todavía distanciado de su hijo, ninguno de los dos la perdonaría.

De hecho, Lyle podía acabar odiándola tanto como Denver, y entonces ella lo perdería todo.

No había ayudado que su hijastro resultara todavía más atractivo que antes. Era increíblemente apuesto, con grandes músculos y mucha presencia. Los años de madurez, con su dedicación a ese deporte, lo habían vuelto más hermoso.

Nadie podía culparla por mirar. Excepto Denver.

Y probablemente Lyle.

¿Qué iba a hacer?

Se cubrió el rostro con las manos, pero ella no era una llorica, no era una persona que se dejara llevar por la indecisión. Le daría un día, dos como mucho, para que se pusiera en contacto y, si no lo hacía, volvería a ir tras él.

Abrió el paraguas, echó a correr hacia el coche… y chocó de frente con un cuerpo. Aflojó la mano que sostenía el paraguas y a este se lo llevó el viento.

Aunque normalmente no decía palabrotas, esa vez se le escapó un juramento. Retrocedió dos pasos tambaleantes y se empapó al instante.

Unas manos la agarraron de los brazos para sostenerla. A través de la lluvia que caía, vio un rostro de hombre que sonreía con aire apreciativo.

Le echó una chaqueta por la cabeza para cubrirla, quedando él expuesto a la lluvia.

—Perdona, preciosa. ¿Estás bien?

Mantenerse fuera de la lluvia requería acercarse mucho a él.

—¿Qué? —el hombre olía a tabaco y tenía un aspecto escabroso y peligroso. Tanta seguridad como Denver pero con algo raro—. ¿Quién eres tú?

—Un amigo de Denver.

—¿Un luchador?

Él sonrió.

—He tenido algunas peleas, sí.

¿A qué se refería? Ella no estaba segura de fiarse de él. Quería hacerlo. Sería un avance llevarse bien con uno de los amigos de Denver, pero...

—Te he visto dentro hace un rato. No podía creer que salieras con esta tormenta.

—¡Oh! —exclamó ella. Saber que no era un desconocido la ayudó a relajarse. Miró el cielo oscuro y la manta de agua que caía—. Tenía que irme ya —bien mirado, no debería haber ido allí. Había confiado en que contar su vínculo con Denver le granjearía simpatías.

En lugar de eso los amigos de él se habían mostrado cortantes aunque educados. Todos menos aquel hombre.

Este la miró de arriba abajo, como si no estuviera empapándose en aquel momento.

—O sea que tú también estás con Denver, ¿eh? No me sorprende. Ese hijo de perra suertudo siempre se lleva a las tías más buenas. Pero tú tienes mucha más clase que Cherry Peyton, ¿sabes?

—¡Oh! ¡Oh, no! —ella sonrió, complacida con la observación y entendiendo por fin por qué él se mostraba amistoso. Sabía que tenía que mostrarse honesta—. Soy la madrastra de Denver —aclaró. Y esperó un rechazo inmediato por parte de él.

El hombre soltó un silbido.

—¡Imposible, joder! —exclamó.

Eso debería haberla ofendido, pero, después del modo horrible en que la había tratado Denver y de cómo la habían rehuido sus amigos, la reacción de él le produjo una sensación de placer.

—Sí, llevo ya seis años casada con su padre.

—Pues debió de sacarte de la cuna. ¡Y yo que pensaba que Denver era afortunado! Pues su padre...

La sonrisa de ella se hizo más brillante.

—¡Vaya!, gracias —extendió la mano—. Pamela Barnett Lewis.

Él le estrechó la mano y frunció el ceño.
—Denver debería haberte acompañado al coche —se acercó más—. No puedo creer que no lo haya hecho.
—Estaba ocupado —repuso ella con seguridad, aunque en realidad no tenía ni idea de lo que hacía su hijastro en el gimnasio.
—Pues él se lo pierde, ¿verdad? —el hombre le sonrió de un modo que la asustó un poco—. Carver Nelson a tu servicio.

Armie miró a su alrededor en el restaurante y casi deseó haberse puesto otra cosa. Era un lugar de una elegancia informal, no uno de los lugares de comida basura que le gustaban a él.
Por otra parte, ¡a la mierda! No quería estar allí. Además, Cannon también llevaba una camiseta, aunque fuera una camiseta de la SBC más nueva. Pero los otros dos...
Y ahí estaba la otra parte del problema.
En los otros dos.
Había pensado que comería una hamburguesa rápida con Caos y, en vez de eso, estaba sentado con Simon Evans y con él en un restaurante con manteles almidonados y cartas elegantes. Lo de que Cannon hubiera sido también invitado todavía no sabía si era bueno o malo. Cannon tenía habilidad para presionarlo, para ver lo «mejor» en él y querer que otros lo vieran también.
En aquel momento, todos lo miraban a él.
Armie se recostó en el asiento, extendió las piernas y enarcó una ceja.
—Creo que he olvidado mis diálogos en este drama. Necesito un apuntador.
Simon se echó a reír, movió la cabeza, que llevaba afeitada, y la mitad de las mujeres presentes en el local se mostraron embelesadas. Simon Evans, más conocido entre la comunidad de luchadores como Sublime, siempre había tenido aquel efecto en las damas. El matrimonio y unos cuantos años más no habían cambiado nada.

—Eres un tío gracioso, Jacobson. ¿No te llaman Rápido por tu agudeza?

—No exactamente —intervino Cannon con una gran sonrisa—. Pero esa es una larga historia.

No, en realidad era una historia corta... que Armie no tenía intención de contar.

—Vamos a pedir antes de hablar —propuso Caos.

Simon hizo una seña y enseguida se acercó una camarera. Menos de medio minuto después, todos tenían ya las bebidas. Armie fue el único que pidió cerveza. Y peor aún, pidió también una hamburguesa bien cargada de calorías mientras los demás optaron por pollo y pescado a la plancha.

Caos y Simon lo observaban con atención y él no sabía si era por la comida, de la que no pensaba dar explicaciones, porque, bueno, su historial hablaba por él. Cuando era necesario que mantuviera el peso, lo hacía.

Y cuando podía relajarse y darse un capricho, también lo hacía.

—Pues explica lo de Rápido —pidió Simon.

—Noqueos rápidos, rendiciones rápidas y victorias rápidas —dijo Armie, antes de que Cannon pudiera contar la verdadera historia—. Esa es la base de mi juego.

—No sé por qué me da que ahí hay algo más —musitó Simon—. Pero no estamos aquí por eso —terminó, cortando la protesta de Armie.

Caos se echó hacia atrás en su silla con expresión muy seria.

—Dime, Armie, ¿qué es lo que te mueve a ti?

El interpelado suspiró. No quería entrar en psicologías baratas.

—No tengo ni idea de a qué te refieres.

—Acabas de decirlo. Victorias rápidas, quizá incluso oportunistas.

—¿Competición de bajo nivel? —insinuó Armie.

—No —repuso Simon—. Muchos de los hombres a los que has derrotado se han unido luego a nosotros.

—En todas las peleas sales dominando y sigues dominando con movimientos hábiles y arraigados —añadió Caos.

Cannon sonreía como un padre orgulloso.

—Nunca tienes un solo fallo, nunca vacilas —intervino Simon de nuevo.

«¿Pero qué coño...?», pensó Armie. Claro que vacilaba. Simplemente no dejaba que se notara. No en un combate. Caos tamborileó con los dedos en el mantel.

—A ti te mueve algo y yo quiero saber qué es.

¡Jesús! Entre Cannon empapándose de todo, Caos diseccionándolo y Simon mirándolo divertido, casi consiguieron ponerlo nervioso. A Armie no le gustaba nada estar en el punto de mira. Se dio tiempo para pensar y dio un trago largo de cerveza antes de preguntar:

—¿A qué viene esta inquisición?

—A que te quiero en la SBC —dijo Caos.

—Te queremos en la SBC —corrigió Simon—. Y para eso, tenemos que entenderte mejor. Conozco tíos a los que les mueve el público. Se alimentan de eso. Conozco otros que quieren probar algo, o a sí mismos o a los demás. Y conozco a hombres para los que ganar es una medalla de honor.

Cannon se echó a reír.

Armie sonrió un poco.

—Yo no soy así.

—¿Qué parte? —preguntó Simon.

—Ninguna de esas —repuso Armie.

No le importaba que el público se mostrara amistoso u hostil. No tenía que probarle nada a nadie. En cuanto al honor... Sí, aunque era importante para él, no tenía nada que ver con ganar. Par él, el honor estaba más en cómo se peleaba que en si ganaba o perdía.

—¿Y qué es entonces? —insistió Caos.

La respuesta era sencilla.

—Me gusta pelear y me gusta ganar.

—En la SBC tendrías victorias mayores.

Sí, y ahí estaba el quid del problema. Las peleas más importantes atraían más público. Armie respiró hondo para rehusar una vez más, lo más educadamente posible.

—Antes de que vuelvas a decir que no, y puedes dejar de negar con la cabeza, quiero hacerte una oferta —intervino Simon.

—No quiero oírla.

—Pues lo siento. Si firmas con la SBC, invertiremos a lo grande en el centro recreativo.

¡Demonios, no! El susto hizo incorporarse a Armie. Hasta que Cannon se inclinó hacia delante.

—No se van a hacer con él, Armie, eso nunca. Siempre lo dirigiremos tú y yo.

Armie se relajó un poco.

—Pero quieren ser parte de ello —siguió Cannon.

Armie lo miró.

—¿Cómo?

—Solo... realzando algunas cosas.

—Estamos hablando de dar becas a algunos de los chicos en riesgo. De transporte hasta y desde el centro recreativo, un microbús quizá. Organizar visitas de algunas de las estrellas de la SBC...

—¡Eso es chantaje! —protestó Armie. Y también era una propuesta estupenda. ¡Maldición!

—No nos importa recurrir al chantaje de vez en cuando.

Armie hizo una mueca.

—¿Nos? ¿A quiénes no os importa recurrir al chantaje?

—De momento a Simon y a mí, pero Jude Jamison también quiere tomar parte.

—¡Joder! —murmuró Armie. Volvió a dejarse caer contra el respaldo de la silla. ¿No bastaba con que Simon y Caos fueran a por él, que tenía que hacerlo también Jude Jamison?

Este había empezado como campeón de la SBC y se había esforzado mucho por poner el deporte en el candelero, además de haberse convertido en un actor de cine famoso en el mundo entero, antes de volver a sus raíces y comprar parte de la SBC. Si Simon y Caos eran grandes, Jude tenía estatus de superestrella.

Armie sabía que Simon volvía a sonreír, sentía que Cannon

lo miraba con satisfacción y sentía la presión de la mirada fija de Caos. «¡Maldita sea!».

—Ha llegado el momento —dijo Cannon con suavidad.

Armie no podía respirar. Echó atrás su silla y salió de allí.

—Volverá —oyó que decía Cannon a sus espaldas—. Dadle un minuto.

Así era su amigo. Siempre asumiendo lo mejor de él. Armie se dirigió a la salida sin hacer caso de la camarera que intentaba flirtear ni de la sensación de estar siendo cazado.

Ir a la SBC significaba renunciar a la comodidad del anonimato y sacar a la luz el pasado.

Eso implicaba que antes o después tendría que volver a enfrentarse a las viejas acusaciones.

Y con una vez había sido suficiente.

Respiró hondo, empujó la puerta y salió a la calle. Había dejado de llover y el aire era fresco, aunque también pesado y espeso. Los neumáticos de los coches siseaban en la calle mojada. Los canalones goteaban y los pájaros, instalados con las plumas mojadas en los cables telefónicos, trinaban alegres.

Armie se acercó a un banco de autobús en el que brillaban charcos pequeños. Apoyó las manos en el respaldo e inclinó la cabeza pensando mientras se debatía entre lo que quería y lo que temía.

Aquella idea le resultó insoportable y le dio ganas de echar a correr. Él no temía a nada.

¡Qué gran mentira! Tenía mucho miedo.

No quería padecer el miedo.

Pero lo padecía. Miedo, humillación…

Impotencia.

El sonido de su teléfono le hizo dar un salto. Maldijo su debilidad, lo sacó del bolsillo y contestó sin mirar quién llamaba.

—¿Sí?

—¿Sabías que, si llamas al gimnasio, la persona que contesta da tu número sin hacer preguntas?

Armie miró el teléfono sorprendido, totalmente distraído de su problema por aquella voz que conocía.

Su sangre se llenó de hostilidad.

—Es así porque yo quiero que sea así —respondió. Inclinó la cabeza para eliminar la tensión del cuello.

—¿Eres el responsable de ese lugar?

Armie no estaba dispuesto a explicarle nada a aquel idiota.

—¿Qué es lo que quieres?

—Hablar con Cherry.

Armie se echó a reír.

—No.

—Dile que me llame —dijo el otro con voz letal—. Dile que, si no lo hace, haré muy desgraciadas a todas las personas que le importan.

—Te diré algo —repuso Armie con jovialidad insidiosa—. ¡Vete a la mierda!

—Te arrepentirás de esto.

—¿Sí? —Armie sonrió, contento de provocarlo, de poder concentrarse en algo que no fuera su atormentado futuro—. Vamos a vernos y hablar de esto en persona. ¿Qué te parece?

—Me parece bien.

«Perfecto».

—¿Dónde puedo encontrarte?

El otro soltó una carcajada.

—No te preocupes por eso. Ahora que estoy en Warfield, prometo que te encontraré yo.

Terminó la llamada.

Armie tardó dos segundos en asimilar las implicaciones de lo que había oído. Cuando lo hubo hecho, se volvió con decisión y regresó al restaurante.

Cuando llegó a la mesa, vio que habían servido la comida y los demás lo esperaban para empezar. Había esquivado demasiado tiempo las posibilidades. Había llegado el momento de afrontar la realidad.

El momento de seguir adelante.

Sin sentarse, sacó cuarenta dólares y los dejó sobre la mesa. A continuación le tendió la mano a Caos.

—Acepto la oferta.

Caos apartó su silla despacio y lo miró sorprendido.

—Todavía no hemos comentado el contrato.

—Eso puede hacerlo Cannon en mi lugar —Armie le estrechó la mano a Caos y luego tendió la suya a Simon—. Es un placer conoceros en persona.

—¿Así de fácil? —Simon ya no sonreía.

—Ha surgido algo.

—Entiendo —Simon le estrechó la mano—. ¿No tienes ninguna pregunta?

—No tengo tiempo. Quizá más tarde —contestó Armie. Se volvió hacia Cannon—. Tengo que hablar un momento contigo.

Su amigo ya se había puesto en pie. Armie decidió que llamaría a Denver de camino al centro recreativo.

No había nada como afrontar los problemas de otro para poner los propios en perspectiva.

Avanzaron juntos hasta la puerta principal y Armie le contó a Cannon lo de la llamada.

—¿Estás seguro de que era él? —preguntó este.

—Segurísimo —y Armie tenía un mal presentimiento—. Tú no has visto a esos cretinos, pero Denver hace bien en estar preocupado. No me gusta ninguno de ellos, y si es verdad que están en Warfield...

—Iré contigo —decidió Cannon.

—¿Qué? ¿Y dejar plantados a esos dos? —señaló con el pulgar la mesa desde donde los miraban Simon y Caos.

—Esperarán.

Lo que implicaba que Cannon también tenía sus prioridades y, como de costumbre, él, Armie, era una de ellas. Afrontar un futuro problemático resultaba más soportable con un buen amigo al lado.

—No, tú quédate. Yo me ocupo. Estaremos todos vigilantes. Pero quizá más tarde puedas...

—Montar una red. Sí, lo haré. Dile a Denver que lo llamaré esta noche.

Mucho tiempo atrás, Cannon había establecido contacto

con casi todo el mundo del barrio, unos mayores y retirados, otros jóvenes y en riesgo. Conocía a los buenos y a los malos y a muchos en el medio, que veían y oían cosas que otros desconocían. Cuando era necesario, podía extraer información de la calle de un modo que la policía no podía.

Armie asintió.

—Denver no perderá a Cherry de vista —musitó en voz alta.

Cannon sonrió.

—Tengo la impresión de que no lo habría hecho de todos modos. Esos dos, o se están peleando, o lanzando chispas lo bastante calientes para provocar un incendio.

Armie sonrió.

—Sí, resultan todavía más entretenidos de lo que eran Gage y Harper —se frotó la boca y volvió a mirar a los dos luchadores veteranos—. No quería mencionar nada de esto delante de ellos. No quiero que piensen que Denver tiene distracciones ahora, cuando se supone que debe concentrarse en el entrenamiento.

—Asumo que llevan el tiempo suficiente en esto para saber que los luchadores pueden hacer más de una cosa a la vez.

—¿Especialmente si hay una mujer por medio?

—Si es la mujer apropiada, desde luego —Cannon se cruzó de brazos—. ¿Estás conforme con cómo ha salido esto?

—¿Qué? ¿Que mi mejor amigo me sabotee y conspire con el enemigo? ¿Por qué me iba a importar eso?

—Ellos no son el enemigo —repuso Cannon con tono de censura.

Armie se echó a reír.

—Ya no, por lo visto —¿qué sentía? Resignación. Cautela—. Tú lo has dicho. Ha llegado el momento. No puedo retrasarlo eternamente.

—No tendrás que afrontar nada solo. Eso lo sabes, ¿verdad?

Armie lo sabía. Desde que podía recordar, Cannon había sido como un hermano para él. Mejor que un hermano, incluso.

—Está bien. Pero ahora quiero hablar con Denver.

—Lo llamaré. Tú vete al centro recreativo por si hay alguna trampa allí —Cannon sacó unas llaves del bolsillo—. Llévate mi coche. Yo iré con Simon y Caos. Y por favor, estate muy alerta.

—Siempre —Armie vaciló—. Negóciame un buen contrato.

Su amigo sonrió.

—Eso haré.

Armie suspiró. Años atrás, Cannon le había salvado el pellejo. Si quería que fuera a la SBC, iría y afrontaría las consecuencias, fueran las que fueran, de frente.

—Gracias —dijo.

—¿Por qué?

—Por presionarme —por todo—. Por no dejar que me conforme.

—¡Eh!, ¿para qué están los amigos si no te meten en situaciones incómodas? —Cannon le apretó un momento el hombro, sacó su teléfono y se dirigió a un rincón tranquilo de la entrada para hablar con Denver.

Armie tenía muchas cosas entre manos, pero salió del restaurante sonriendo. Quizá las cosas no estuvieran tan mal después de todo.

CAPÍTULO 16

Stack tenía intención de marcharse en cuanto Denver se hizo cargo de la clase.

Pero cuando llegó Vanity, mojada y con el pelo agitado por el viento, decidió esperar un poco más. La observó desprenderse de una gabardina elegante, a juego con el paraguas, y sentirse como en casa en el centro recreativo.

Él ya llegaba tarde a su cita, aunque más que una cita, era un acuerdo mutuo para acostarse, pero aun así... De algún modo, la idea de salir en busca de «algo seguro» ya no lo seducía.

Sacó el teléfono móvil y salió al pasillo para hacer una llamada y cancelar sus planes. Después de explicarle a la chica con la que había quedado que había surgido algo y de prometerle que la compensaría por ello pronto, se dio cuenta de que no estaba solo.

Sin saber por qué, se volvió con aire de culpabilidad y se encontró con que Vanity estaba escuchando. Ella lo miró sin ninguna muestra de remordimiento.

Stack la miró a los ojos, se despidió de la otra chica y guardó el teléfono y la culpa.

—Hola —dijo Vanity con ojos brillantes.

—Hola a ti también —esa noche ella llevaba el pelo largo recogido en una especie de trenza intrincada que le caía por la espalda como si señalara su trasero estelar. Con pantalones cortos elásticos de correr y un top a juego, no podía ocultar ningún defecto... si hubiera tenido alguno.

Stack sintió la boca seca. Aquella mujer quería acostarse con él.

Pero no hasta la boda.

—Siento curiosidad, Stack.

—Yo también —contestó él, empalmado a medias por la curiosidad.

La sonrisa burlona de ella, una marca personal, lo volvía loco, pero en ese momento denotaba confusión.

—¿Qué?

Él negó con la cabeza.

—Tú primero.

—Te iba a preguntar por qué sigues aquí si tenías una cita.

«¡Ah!». Stack buscó una excusa y optó por lo más evidente.

—Hemos tenido un poco de drama, eso es todo. Ha venido la madrastra de Denver.

—¿Y por qué es eso un drama?

Él se encogió de hombros.

—No he tenido tiempo de descubrirlo, pero te aseguro que no ha sido un encuentro amistoso —en vez de contarle lo mucho que pensaba en ella, Stack se salió por la tangente con el tema de Denver y sus problemas domésticos—. Me ha sorprendido mucho verla. No parece una madrastra en absoluto.

—¿No? ¿Y qué aspecto debe tener una madrastra?

—¿El de una madre? O al menos lo bastante mayor para ser una madre. Esta mujer parece de la edad de Denver. Y es... —¿cómo decirlo?—. Bueno, iba muy elegante para el gimnasio, eso seguro. Y es joven y sexy. Pelirroja, pelo largo, ropa elegante y actitud atrevida.

La sonrisa de Vanity no se alteró ni lo más mínimo.

—La admiras. ¡Qué bonito!

—Ya he dicho que me sorprendió, ¿no? —él frunció el ceño. Vanity no tenía ni motivo ni derecho a mostrarse ofendida por sus observaciones—. Tú no crees que yo ligaría con la madrastra de Denver, ¿verdad? Porque eso sería pasarse de la raya.

—¿O sea que lo que te lo impide no es que esté casada sino su relación con Denver?

—¡No! —exclamó Stack. ¿Cómo se las arreglaba ella para meterlo siempre en aquellos líos verbales?—. No me atribuyas cosas que no he dicho.

La sonrisa de ella se hizo más amplia.

—De acuerdo, perdona. ¿Sabes qué? Creo que la he visto y sí, es hermosa.

—Se ha ido antes de que llegaras.

—Pues ahí fuera hay una mujer que encaja con su descripción.

—¿Y qué hace? —preguntó Stack con curiosidad.

—No sé. Hablando con un hombre. Me he fijado por el vestido que lleva. Normalmente, las mujeres que visten así no se quedan paradas en la lluvia.

La curiosidad de Stack empezaba a dar paso a la aprensión.

—¿Qué hombre?

—No lo conozco. Ojos oscuros y pelo moreno. Estaban juntos y él sostenía una chaqueta encima de la cabeza de ella. El viento agitaba el pelo rojo de ella.

Stack empezaba a oír campanas de alarma cada vez más altas.

—Ven —tomó a Vanity de la mano y tiró de ella hasta donde estaba Denver, quien despedía ya la clase con los chicos más mayores.

—Quiero que siempre avancéis —les dijo—. Que tengáis al contrincante echado hacia atrás. No queréis que sepa lo que se avecina, ya sea una llave, un puñetazo o una patada. Mientras está retrocediendo, no tiene equilibrio. Pero además, eso os deja el campo abierto para entrarle.

Stack, que esperaba a un lado, se cruzó de brazos y asintió a las instrucciones de Denver.

Vanity le dio un codazo en el hombro.

—Hay muchas reglas y movimientos y todos parecen depender de otros factores —dijo en voz baja—. ¿Cómo conseguís aprenderlos todos?

—Memoria muscular —repuso Stack, mirando todavía a

los chicos—. Si practicas mucho las rutinas, los movimientos y el *sparring*, al final sale automático. O es lo que debería pasar.

—¿Eso significa que el que pierde no ha practicado lo suficiente?

—No necesariamente —Stack se giró hacia ella y, cuando la vio mirándolo con interés, se sintió como si le hubieran dado un martillazo. ¿Sabía el efecto que esa ropa tenía en él?

Probablemente. Vanity Baker no tenía nada de tonta.

No a todas las mujeres les sentaba bien la roña ceñida de deporte. Vanity podía ser un anuncio andante para todas ellas.

—Algunos luchadores tienen más corazón y más habilidad innata —le explicó Stack—. Tienes que ser capaz de soportar el dolor sin perder la cabeza y también de adaptarte. Si un movimiento se tuerce, si el hombre con el que luchas es especialmente experto en algo, te puede ayudar cambiar de macha.

Bajó la vista al pecho de ella, pero solo un segundo. Vanity lo miraba con atención y se daría cuenta si empezaba a pensar en temas lujuriosos.

—Y a veces te pillan. Les ocurre hasta a los mejores. Cometes un error, por pequeño que sea, y eso puede cambiar todo el combate.

—¿Qué tipo de error?

—Un puñetazo que no esquivas. Una trampa de sometimiento que se te pasa. O también puedes tropezar o resbalar en el sudor o la sangre. Romperte una mano o tener una luxación —se encogió de hombros—. Cualquier cosas.

Vanity arrugó la nariz al oír eso.

—¿A ti te han pillado alguna vez?

«A lo grande», pensó él. La noche que ella le había pedido que fueran juntos a la boda, por ejemplo. En cuanto mencionó lo de acostarse, él dejó de pensar con la cabeza.

—¿Stack?

Este apretó los dientes e intentó borrar las imágenes sexuales de su mente. Por suerte, lo salvó Denver, que había terminado mientras hablaban, al preguntar:

—¿Qué ocurre?

Stack lo miró.

—Creo que tu madrastra puede estar entablando amistad con los descarriados hermanos adoptivos de Cherry.

—¿Qué? —exclamó Vanity.

Antes de que Stack pudiera hablarle de la trinidad de hermanos problemáticos, llegó Harper corriendo con el teléfono en la mano.

—Es Cannon. Dice que te ha llamado al móvil y, como no contestas, ha asumido que estabas dando clase —le dio el teléfono a Denver y volvió a recepción, donde a menudo echaba una mano.

Stack intuía que había muchas cosas que iban mal. Denver no se apartó para hablar, así que Vanity y él escucharon la conversación. Por lo que pudo entender, teniendo en cuenta que solo oía una parte del diálogo, Armie había recibido una llamada de los hermanos confirmándole que estaban en la ciudad.

Aquello no era bueno.

En cuanto Denver finalizó la llamada, miró a Vanity.

—Dime lo que has visto.

Ella no hizo preguntas. Le repitió a Denver lo mismo que le había contado a Stack pero con más detalle.

—¡Mierda! —Denver se frotó la parte de atrás del cuello—. Carver dice que está aquí. Ha vuelto a amenazar a Armie y dice que quiere ver a Cherry…

—O sea que probablemente era él el que estaba fuera con tu madrastra, ¿verdad?

—Llámala Pamela, ¿de acuerdo? Yo no acepto esa relación.

Stack asintió, aunque dada la hostilidad entre Denver y la mujer, no pensaba llamarla de ningún modo.

—Si él estaba ahí fuera, eso significa…

—Que sabe dónde está el centro recreativo —Denver miró a Vanity—. Y sabe quién entra y sale de aquí.

Stack, que acababa de entender lo peligroso que era eso, miró a Vanity con el ceño fruncido.

Ella enarcó las cejas con aire interrogante.

—¿Te encargarás tú? —preguntó Denver.

¿Se refería a si cuidaría de Vanity? Stack respiró hondo.

—Yo me ocupo.

—Bien. Cannon va a montar una red de vigilancia, pero tardará al menos unas horas, o un día, en empezar a funcionar.

—Nunca viene mal pasarse de cuidadoso —comentó Stack.

—Tengo que buscar a Cherry —declaró Denver.

—Está en el baño —le informó Vanity—. Arreglándose el pelo y el maquillaje, creo.

Denver miró el reloj y frunció el ceño.

—¿Todavía?

Vanity se encogió de hombros.

—No es fácil hacerlo en un cuarto de baño donde no tiene sus... accesorios habituales.

Denver asintió.

—Gracias —dijo. Y se alejó.

Cuando se quedaron solos, Stack la miró.

—¿Por qué has venido?

—Lo siento. Creía que tú no estarías.

¿Qué clase de respuesta era aquella? A Stack le puso los pelos de punta.

—¿Qué quieres decir con eso? —preguntó. ¿Acaso lo esquivaba?

Vanity se tomó de su brazo y echó a andar con él. Teniendo en cuenta la poca ropa que llevaba y la camiseta de manga corta de él, Stack tenía la sensación de que sus pieles se tocaban.

«Se tocan los brazos», se recordó. Aunque ni su cerebro ni su polla dieron muestras de entender esa aclaración.

—No era mi intención decir eso —explicó ella con una sonrisa—. Es solo que no quería que pensaras que te estoy persiguiendo porque tenemos un pacto para el futuro. Me ha sorprendido que estuvieras aquí.

—La madrastra de Denver... —empezó él a explicar de nuevo.

—Comprendo. Parece que ha sido un día frenético —ella le apretó el brazo lo suficiente para que él tensara los músculos, especialmente cuando sintió el lateral del pecho de ella en el bíceps—. Ha sido muy amable por tu parte quedarte a echar una mano.

—Sí —repuso él, aunque no llegó a oírse porque Vanity tiró de él hacia un rincón tranquilo.

A esa hora de la noche, el centro empezaba a vaciarse. Cerrarían pronto y solo quedarían unos pocos del círculo más íntimo, que a menudo se quedaban más tiempo a usar los aparatos.

Ella se detuvo al lado de un saco de boxeo.

—He venido a apuntarme a clases de defensa personal y he pensado que podía aprovechar para hacer ejercicio.

«¡Maldición!», pensó Stack. Él hacía turnos dando esa clase a las mujeres.

Ella rodeó el saco de boxeo y se detuvo a examinar una hilera de pesas.

—En California iba mucho al gimnasio y también surfeaba mucho. Pero desde que llegué aquí, he sido una vaga. No quiero perder la forma física.

Stack apoyó un hombro en la pared y la miró con detenimiento.

—No te preocupes por eso.

—Stack —ella pasó los dedos por el equipo—. ¿Has pensado mucho en eso?

—¿Eso?

—Nosotros. Lo de acostarnos.

¡Jesús! Aquella mujer lo descolocaba con su modo tan directo de hablar.

—Día y noche —confesó. Pensaba tanto, que enrollarse con otras mujeres le parecía una molestia, pero eso no lo dijo—. ¿Y tú?

—Sí —ella le miró la boca y se acercó un paso más—. No quiero que adelantemos eso, porque existe la posibilidad de que haya conflicto y entonces volvería a estar sin acompañante para la boda.

A él le latió con fuerza el corazón, con lujuria, pero mantuvo un tono inexpresivo.

—Teniendo en cuenta lo que ofreces, ¿crees que yo haría eso? —preguntó.

Vanity lo miró a los ojos.

—Si hicieras algo que me irritara, podría ser yo la que se echara atrás. Sea como fuere, eso me dejaría sin acompañante.

Increíble. ¿O sea que no quería follar con él todavía porque, si lo hacía, él podía hacer que se enfadara hasta el punto de que ella no quisiera que fueran juntos a la boda?

—Creo que me siento insultado —dijo sin dejar de mirarla a los ojos.

—Por favor, no —los ojos azules de ella adoptaron un tono ahumado—. Y menos ahora, porque...

La química hizo que él se acercara más.

—¿Por qué?

—Porque, aunque creo que no debemos matar el suspense, la verdad es que necesito al menos un pequeño aperitivo.

Stack abrió mucho los ojos. Su polla recibió la noticia con alegría.

Vanity también se acercó más.

—¿Crees que eso sería posible? —preguntó.

—¿Un aperitivo? —preguntó él—. Sí —contestó, porque la mera palabra ya lo excitaba.

—Un beso —musitó ella.

Stack decidió que sí, que eso podía hacerlo.

—¿Dónde? —susurró.

Vanity malinterpretó la pregunta.

—En la boca, para empezar —dijo.

Como siguiera así, él acabaría empalmado.

—Con dónde preguntaba si aquí, en el centro recreativo —delante de todo el mundo.

Nadie les hacía ningún caso de momento, pero...

—Si no te importa —ella se lamió los labios y miró los de él—. Ahora que me he decidido, no quiero esperar.

A Stack le resultaba surrealista estar allí con ella, en el gimnasio, hablando de besarse, comentando un polvo que no iba a ocurrir aún, ser insultado y, a pesar de todo eso, desear tanto aquel beso que lo necesitaba más que su próximo aliento.

—Te seguiré a tu casa —dijo, no muy seguro de que pudiera parar en un beso. Ella intentó protestar, pero Stack le dio un beso breve en la boca—. Lo haré —insistió, y vio que se lamía de nuevo los labios.

¡Cuánto deseaba sentir aquella lengua rosa sobre él!

—Tú no sabes toda la historia —explicó con un gruñido—, pero hay peligro y necesito saber que llegas sana y salva a tu casa.

Vanity no discutió. Asintió con la cabeza.

—He captado algo, pero no quería fisgar.

Sorprendente. Él no conocía a ninguna otra mujer que no quisiera fisgar.

—Estoy seguro de que te enterarás antes o después —dijo él, que no quería entrar en detalles en ese momento—, pero hazme un favor y ten mucho cuidado. ¿De acuerdo?

—De acuerdo —ella tragó saliva—. Ese beso no ha contado.

A él le encantó el modo tembloroso en que lo dijo.

—No, claro que no —contestó.

—Y no te dejaré besarme en casa. Sería demasiado fácil que me dejara llevar.

Stack lanzó un gemido.

—No puedes decirme esas cosas, ¿sabes?

Ella sonrió burlona, pero terminó con una carcajada.

—Un luchador grande y fuerte como tú puede controlarse muy bien.

—¿Y tú no?

Vanity se puso seria. Suspiró.

—Contigo, sinceramente no lo sé —llevó ambas manos al pecho de él, lo acarició ligeramente y se inclinó hacia él. Echó la cabeza atrás, tenía los ojos pesados—. Ahora bésame de verdad.

«¡Demonios, sí!». Stack le pasó un brazo por la cintura, colocó la otra en su nuca y la atrajo hacia así, alineando sus cuerpos de un modo ardiente. La besó en la boca como soñaba con hacerlo desde que la conocía.

Y resultó que era mejor todavía de lo que había imaginado.

—¿Vosotros dos cobráis entrada para este espectáculo porno? —dijo la voz de Armie.

Vanity se apartó con un gemido y lo miró de hito en hito.

—Eso ha sido muy cruel. Y yo pensaba que eras mi amigo.

—Vamos, Vee —se burló él—. Sabes que tú no quieres dar el espectáculo.

Stack miró a su alrededor y se dio cuenta de que Armie tenía razón. Gage y Harper les sonreían, dos chicos los miraban desde la puerta y Denver y Cherry miraban también en dirección a ellos, aunque daba la impresión de que estaban inmersos en una discusión seria.

A Stack no le importaba quién mirara, pero...

Vanity volvió a suspirar.

—Creo que ha valido la pena —después de decir eso, se colgó otra vez del brazo de él—. Yo estoy lista para irme, si lo estás tú.

—¿La acompañas a casa? —preguntó Armie, sin que sonara demasiado a indirecta.

—Es mi protector personal mientras estoy en tránsito —aclaró ella—. ¿No es un chico dulce?

—Puro sirope —asintió Armie. En ese momento lo llamó Denver—. Seguid así, chicos —dijo, antes de alejarse.

Stack no había dicho ni una palabra. Atrapado en la presa caliente de la lujuria, no estaba seguro de poder hablar.

—Después de ese beso —le confió Vanity—, será todavía más difícil esperar.

«¡A la porra!», pensó él. Faltaba demasiado para la boda. Jamás conseguiría aguantar tanto. Pero, si se lo decía así, perdería su ventaja, así que se limitó a sonreír.

Y por una vez, ella pareció más confusa de lo que estaba él.

Cuando salieron del centro recreativo, ya se habían encendido las farolas. Las fuertes tormentas habían dejado el aire nocturno casi frío. En el cielo negro no brillaba ni una sola estrella.

Si hubiera sabido que Carver y los matones de sus hermanos iban a llegar tan pronto, Denver habría aparcado más cerca del centro recreativo, en el espacio reservado normalmente para los invitados, en lugar de en la calle, más lejos.

Cherry avanzaba a su lado y Denver miró atrás y vio que Armie estaba vigilante en la puerta. Si fuera él solo el que se iba, su amigo no se habría molestado, pero, puesto que lo acompañaba Cherry, nadie quería correr el riesgo de una emboscada que pudiera dejarla desprotegida.

Incluso sabiendo que Armie le cubría las espaldas, Denver iba pendiente de cada sombra y cada movimiento que había en la calle. La brisa fría y húmeda ponía carde de gallina en los brazos de Cherry. Esta se había aseado y arreglado y, aunque llevaba la camiseta de Armie del revés, estaba muy sexy.

Él estaba seguro de que la desearía aunque llevara un saco de patatas, porque su deseo se debía a algo más que su aspecto y su atractivo sexual.

Aunque ella lo negaba, por su modo rápido de hablar, sabía que estaba nerviosa. Hablaba de todo, desde la tormenta hasta de la presencia de Leese en el centro recreativo o del beso de Vanity a Stack.

—Estoy bastante seguro de que la ha besado él, no al revés —comentó Denver.

—Eso no era lo que parecía. ¿Crees que a Stack le gusta ella?

Denver se encogió de hombros.

—Claro que sí —dijo—. ¿Por qué no iba a gustarle?

—Sabes que no me refiero a eso —protestó ella—. ¿Le gusta de verdad?

Denver se preguntó por qué las mujeres siempre querían analizarlo todo.

—Me parece que está confuso —contestó. El viento sacudía las ramas de los árboles y las hojas mojadas desprendían gotas de lluvia que los salpicaban. Denver tiró de ella fuera de las ramas—. No te preocupes por tu coche. Yo me encargaré.

Cherry frunció el ceño.

—Yo puedo...

—No es necesario —pasó una camioneta despacio y Denver frunció el ceño. Hasta que vio sonreír al conductor y parar para recoger a una amiga que salió de un edificio—. Ya me ocupo yo.

Ella gruñó, pero cambió de tema.

—¿Ahora vamos a mi casa? —preguntó.

Él negó con la cabeza con aire ausente.

—Esta noche vamos a mi casa, ¿recuerdas? Tengo que poner un rato el hombro en remojo y en tu casa solo hay ducha.

Cherry dio un giro de ciento ochenta grados.

—¿Te has hecho daño en el hombro?

—Está bien —ese día, Denver había forzado todos los músculos en un intento por eliminar la tensión sudando. No le había dado resultado—. Solo está dolorido, nada más.

—En la parte de arriba tenemos una bañera.

—¿En los dominios de Rissy? Sí, seguro que a Cannon le encanta esa idea.

Cherry le dio un golpe en el brazo.

—Ella no se acercaría a mirarte —después de un momento de vacilación, añadió—: No creo.

Denver sonrió, pero permaneció vigilante.

—Quizá debería mostrarle mi paquete para saciar su curiosidad —un grupo de personas avanzaba riendo por la acera de enfrente. Un poco más arriba, alguien cerró la puerta de un coche.

Denver se dio cuenta de que Cherry se había detenido y, cuando se volvió, la vio rígida con los brazos cruzados y el rostro tenso.

Él sonrió, aunque fue el primero en sorprenderse por ello.

—Es una broma, nena. No te mosquees.

—No tiene gracia.

Él la tomó del codo y la atrajo hacia sí. La besó, en la acera, con las gotas de los canalones cayendo a su alrededor.

—Tenemos un trato en exclusiva, ¿recuerdas?

—¿Eso cubre enseñar y mirar?

—Desde luego —él no quería que nadie pensara en el cuerpo de Cherry, ni mucho menos lo mirara.

Cherry asintió, satisfecha.

—Muy bien.

Él la guio hasta su coche y le abrió la puerta del acompañante.

—La puerta del baño se cierra por dentro —dijo ella, en cuanto se sentó.

—Abróchate el cinturón —él cerró la puerta, dio la vuelta al coche y se sentó al volante. Puso el motor en marcha, pero sus pensamientos estaban divididos entre el peligro e imaginar a Cherry en la bañera—. ¿Tú te bañas mucho? —preguntó.

—A menudo. A Rissy no le importa.

—¡Maldición! —exclamó él.

Casi podía verla tumbada de espaldas, con el pelo rubio recogido en alto y el agua lamiendo sus pechos grandes y suaves. Se movió en el asiento. Por muchas veces que la poseyera, o por muchas cosas que ocurrieran al margen de ellos dos, como el peligro que representaban unos lunáticos, ella siempre lo excitaba con mucha facilidad.

—Podemos bañarnos juntos —sugirió ella.

Sí, a Denver le gustaría eso. Pero se impuso el recelo.

—¿Hay alguna razón para que no quieras ir a mi casa? —preguntó.

—No. En realidad, me gustará ver dónde vives.

—Y entonces, ¿a qué viene tanta vacilación?

Pasaron los segundos, hasta convertirse en un minuto completo.

—¿Cherry?

Ella soltó un gruñido de irritación.

—Sigo irritada contigo.

—¿Ah, sí? —preguntó él, pensando que lo ocultaba muy bien—. ¿Y qué tiene que ver eso con ir a mi casa?

—Nada. Es solo que… quería que habláramos.

—Estamos hablando —repuso Denver. Pero sí, sabía que ella no se refería a eso.

—Tú —dijo ella— tienes algo que explicar, pero ahora tenemos que preocuparnos del imbécil de Carver y por eso intento dejar a un lado la explicación por el momento.

¡Qué razonable! Y tenía motivos para estar furiosa. Aunque también para priorizar otras cosas.

—Te lo agradezco.

Cherry, belicosa... y muy atractiva, lo miró de hito en hito.

—Si por casualidad ese arrastrado nos está vigilando y quizá hasta siguiendo, no quiero llevarlo a tu casa. Pero sé que, si te digo eso, te vas a enfadar y no quiero que esto haga que te enfades conmigo.

Denver se preguntó cómo demonios esperaba ella que no lo irritara aquello.

—O sea que, como sigues cabreada, ¿no puedo reaccionar si me trato como a una nenaza?

—¡No!

¡Ah! Ni siquiera negaba la parte de «nenaza», lo que implicaba que debía de seguir muy enfadada, por muy bien que lo tapara.

Denver buscó el modo más rápido de suavizar las cosas y le tendió la mano. Le complació que ella se la tomara después de una breve vacilación.

—Primero, estoy vigilante y no nos sigue nadie. Pero, aunque lo hicieran, mi casa es bastante segura.

Ella pensó en aquello un buen rato, antes de asentir.

—De acuerdo.

Denver le apretó la mano con gentileza. La respuesta cortante de ella indicaba que todavía tenía un largo camino por recorrer.

—Segundo, pero más importante, siento muchísimo haberte puesto en evidencia hoy.

No hubo respuesta.

—Nunca he sido un imbécil tan posesivo. No te echo la culpa a ti, pero la verdad es que me tienes a media asta.

Ella se atragantó con la saliva.

—No solo en el terreno sexual, sino en todos los aspectos. Me fío de Armie, desde luego.

—Por supuesto que sí.

—Estás muy segura de eso, ¿eh?

—Pues claro —ella se giró a mirarlo—. Cuando estaba enferma en el hotel, no te molestó que se acercara tanto a mí.

—No se acercó...

—Estaba muy cerca, Denver —dijo ella. Movió las manos con nerviosismo—. Y me tocó.

Él frunció el ceño.

—En ningún lugar importante —aclaró ella, antes de que él se provocara un aneurisma—, pero me paró el corazón tener a dos hombres grandes y atractivos...

El cuerpo de él se puso tenso de celos.

—... tratándome con guantes de seda.

Denver vio la expresión divertida de ella.

—Ahora quieres cabrearme —la acusó.

Y ella se echó a reír. ¿Se reía de él?

—Las desgracias no vienen solas. Pero lo que importa...

—¿Qué es lo que importa? —preguntó él, a quien todo aquello le sonaba a venganza.

—... es que, si te fías de Armie, debe de ser que no te fías de mí.

Aquello detuvo de golpe la irritación de él. Había dado esa impresión, lo que significaba que también tenía que darle una explicación.

Y eso implicaría desnudar parte de su alma. «¡Mierda!».

—¿Denver?

—Confío en ti plenamente —como no se entendía totalmente a sí mismo, le costaba mucho explicarle a ella su reacción—. No se trata de eso.

Cherry ladeó la cabeza para observarlo.

—Armie es escandaloso, nadie puede negarlo —tomó la mano de Denver entre las dos suyas—, pero solo se muestra amistoso con las mujeres con las que no se acuesta. Tú sabes eso.

—Sí, lo sé —Armie hacía muchas bromas superficiales con

sus amigas. Solo era distinto con Yvette. Armie y ella habían conectado a un nivel más básico. Eran más que simples amigos, pero no había nada íntimo entre ellos.

—No estarás sugiriendo que no hable con él, ¿verdad? —preguntó Cherry.

—¡Santo cielo, no! —a él le gustaba que su grupo la aceptara tan bien. Los demás luchadores la consideraban alguien especial, no un rollo casual. Eso importaba.

—Bien —contestó ella, con aire severo—. Yo te adoro, pero...

¿Ella lo adoraba?

—... no me dejaré mangonear y no te permitiré que me des órdenes.

Carver probablemente le había hecho todo eso.

—No quiero hacerlo —se sentía ridículo por lo que iba a decir, pero ¿por qué no?—. Yo también te adoro. Tal y como eres. No quiero que cambies.

—¿De verdad? —la sonrisa de ella casi lo dejó ciego—. ¿Me adoras?

¡Qué palabra tan estúpida! Denver decidió añadir algunas que le gustaban más.

—Te adoro, disfruto contigo, te respeto, te deseo...

Cherry se echó a reír.

Después de apretarle la mano, retiró la suya para ponerla en el volante, pues sabía que necesitaría las dos manos allí cuando contara algunas verdades. El solo hecho de decidir contárselo todo a ella le provocaba un montón de emociones desconocidas.

No quería prolongar aquello más tiempo, así que se lanzó de cabeza.

—Poco después de que Pamela y mi padre se casaran, ella se insinuó a mí.

Cherry lo miró con la boca muy abierta.

—¿Cuántos años tenías?

La tensión inundó los músculos de Denver, haciendo que el hombro le doliera de un modo terrible.

—Veinte.

—Un chico.

—No —él no se dejaría dorar la píldora, especialmente cuando ella no había oído aún toda la historia—. Era un hombre adulto. Papá lo sabía —odiaba esos recuerdos—. Y Pamela también.

—Imagino que entonces ya eras tan impresionante como ahora.

Denver rio sin pizca de humor. ¿Impresionante? En aquel momento se sentía como un semental. Joven y estúpido, se creía invencible.

—Mi padre tuvo un turno largo en el hospital. Yo me había acostado tarde la noche anterior y estaba todavía en la cama —explicó. ¡Cuánto odiaba revivir aquello!

Cherry le puso una mano en el brazo, justo encima del codo. No dijo nada, pero no hacía falta. Él sentía su apoyo silencioso.

—Ella entró en mi dormitorio desnuda.

—¡Guau! —ella deslizó los dedos debajo de la manga de la camiseta y le tocó la piel desnuda de la parte superior del brazo—. ¿Y qué hiciste?

Revivir aquello en su cabeza hacía que Denver volviera a sentirlo también.

—Se me echó encima antes de que tuviera tiempo de darme cuenta de lo que pasaba. Me desperté con la mano de ella en la polla y su boca en el cuello —«su cuerpo desnudo contra mí, su largo cabello resbalando por mi pecho»—. Dijo que le había oído a una de las chicas con las que salía lo grande que la tenía y que quería que descubrirlo por sí misma.

—Supongo que necesitaba verificarlo, ¿eh? —preguntó Cherry con humor socarrón.

Denver se pasó una mano por la cara. Apretó los dientes y volvió a soltarlos.

—Tenía una erección —admitió—. Ella seguía diciendo un montón de cosas…

—Denver, la tienes grande.

—Lo sé, pero ella se tomó aquello como si la estuviera alentando, como si me hubiera empalmado específicamente para ella.

—Una situación incómoda —murmuró Cherry.

Él se preguntó si se burlaba de él.

—Te juro por Dios que la mayoría de los hombres se despiertan empalmados, sobre todo a esa edad.

Ella le subió la mano hasta el hombro.

—¿Cómo se lo tomó cuando la echaste de allí?

Denver la miró, no muy seguro de haber oído bien. En los grandes ojos marrones de ella no había dudas ni recriminaciones.

—¿Estás seguro de que la eché? —preguntó.

—Sí —respondió ella con suavidad.

Eso le sentó muy bien a Denver. Lo bastante bien para aliviar parte de la presión sofocante que sentía en el pecho y respirar hondo un par de veces.

—Gracias.

—Confío en ti, Denver. Por completo —la sonrisa de ella era ya un bálsamo, pero sus palabras eran aún mejores—. Estoy segura de que a esa edad eras diferente, con las perspectivas y prioridades de un chico de esa edad. Pero tú jamás te acostarías con la mujer de tu padre. Eso es ridículo.

—No puedes conocerme tan bien —repuso él.

—Quizá haya cosas que todavía no sé, pero tú no te dedicas a esconder cómo eres.

—Cómo soy, ¿eh? —Denver se sentía mejor por segundos, como si acabara de librarse de un tumor de varios años.

Cherry asintió con la cabeza.

—Puedes ser muy testarudo y Dios sabe que eres un machista. Muy machista —ella arrugó la nariz—. Pero de un modo amable, porque quieres proteger a las mujeres.

—Pero...

—Y en la cama eres una fuerza dominante —ella se estremeció—. Eso combinado con tu cuerpo y, sí, con tu tamaño, resulta muy sexy.

Ella lo había desviado totalmente de su camino.

—Cherry...

—También eres prepotente y muy autoritario, un macho alfa que siempre quiere dirigir el cotarro.

—Sigue, sigue, no te cortes.

—No lo haré —declaró ella—. Puedes encajar la verdad y me parece que necesitas oírla.

Era curioso, pero esa ristra de insultos logró que Denver se sintiera mejor. Si Cherry conocía sus defectos, quizá también conociera su lealtad, que le impedía traicionar jamás a una persona querida.

Aunque su padre no la hubiera conocido.

Ella no había terminado aún.

—Por mucho que lo niegues, tienes mal genio. Yo lo he padecido hoy.

—¿Hemos vuelto a eso? —preguntó él. ¡Mierda! Odiaba que la hiciera sentirse mal—. Si pudiera cambiarlo, lo haría. No tengo ninguna excusa buena, lo sé, pero ha sido un día de mierda, y con Pamela allí, cuando has entrado así con Armie...

Ella agitó una mano en el aire, descartando sus palabras.

—Tú sueles ser justo. Lo demuestra lo fácilmente que pides perdón.

A Denver le resultaba más difícil aceptar el elogio que las críticas.

—Quizá solo quiera echar un polvo.

—Eso sí me lo creo. Eres la persona con más furor sexual que he conocido.

—Eso no es cierto —él no pudo reprimir una sonrisa—. Y si tú no fueras tan sexy...

—Pero también tienes mucho honor —lo interrumpió ella—. Cuando te equivocas, lo admites —respiró hondo—. Y sé que, si hubieras hecho algo con Pamela, aceptarías la mitad de la culpa. Sin embargo, pareces odiarla.

Denver sentía, más que nada, resentimiento, pero no estaba dispuesto a discutir por cuestiones de semántica.

Cherry suavizó la voz, la postura y la expresión.

—¿Y qué ocurrió? —preguntó.

La fe absoluta que tenía en él lo conmovía. En aquel momento supo la verdad. Lo que sentía por Cherry Peyton era más que adoración, más que lujuria.

La amaba.

CAPÍTULO 17

—¿Denver? —él estaba tan quieto que eso preocupaba a Cherry—. ¿Estás bien?
—Sí —contestó él, que parecía algo mareado.
Su voz sonaba rara. Ella se inclinó hacia él.
—¿Estás seguro?
—Muy seguro.
Y entonces, ¿por qué tensaba los bíceps debajo de la mano de ella? ¿Por qué no dejaba de tragar saliva? Le frotó el hombro... y sintió un pequeño escalofrío. No podía tocarlo sin tener alguna reacción.
«Deja de pensar en sexo», se ordenó a sí misma. Cosa nada fácil cuando se trataba de Denver. Se lamió los labios e hizo una oferta magnánima:
—Si prefieres no hablar de eso ahora, puedo esperar.
Él miró por el espejo retrovisor y después por el lateral y dobló una esquina.
—No me importa. Solo estaba pensando.
—¿En qué?
Él entrecerró los ojos.
—En lo especial que eres.
—¡Oh! —ella, sonrojada, se recostó en el asiento—. ¿De verdad?
—¿No lo sabes? Porque te aseguro que estás muy por encima del resto.

Los halagos casi lograron que Cherry olvidara la conversación de antes. Pero Denver no la olvidó.

—Pamela intentó besarme en la boca, pero la esquivé. Cuando le dije que parara, me dijo que nadie lo sabría —continuó. Se frotó el puente de la nariz y la parte de atrás del cuello—. Cuando le recordé que estaba casada con mi padre, me garantizó que este no se enteraría y que, por lo tanto, no le dolería que jugáramos un poco.

—Se saltó el hecho de que tú sí lo sabrías.

Denver respiró con fuerza.

—Pensaba que no podría negarme, que era irresistible o algo así.

—Te juzgó mal.

—La aparté de un empujón, sin hacerle daño ni nada de eso, pero estaba tan sorprendido que reaccioné sin pensar. Ella cayó al suelo, desnuda y despatarrada. Juro que intenté no mirar. Pero ella empezó a gatear. Intentaba agarrarme y yo intentaba huir. Me hizo muchas... promesas —él miró a Cherry, incómodo—. Sobre las cosas que me haría. Como si eso pudiera hacerme cambiar de idea.

Lo que describía no tenía nada de gracioso, pero Cherry casi podía verlo como una escena cómica. Un joven superapuesto, una mujer desnuda ofreciéndose, rechazo y confusión.

¡Y pensar que se había sentido avergonzada de su aspecto al ver a Pamela! A ella no le tocaba juzgar, pero Pamela tampoco estaba en posición de juzgar a nadie.

Sentía curiosidad por las cosas que le había ofrecido a Denver su madrastra, pero optó por no preguntar.

—Sigue —pidió.

—Me atrapó al lado de la maldita puerta y en ese punto, conmigo muy cortante, pasó de tener esperanzas a suplicarme que no dijera nada.

«¡Oh, no!», pensó Cherry, sufriendo por él. Recordaba conversaciones que habían tenido en las que él no había querido hablar de su familia.

—¿Se lo dijiste a tu padre?

—Al principio no. Papá era muy feliz con ella y, aparte de lanzarme miradas de súplica, Pamela actuaba como si no hubiera pasado nada.

—¿Pero tú no podías hacer lo mismo?

Denver apretó los dientes.

—No quería hablar con ella. ¡Qué demonios!, ni siquiera soportaba mirarla. La situación se puso tensa. Intenté ocultarlo, pero mi padre se dio cuenta.

Cherry vio que volvía a mirar los espejos y le impresionó que permaneciera vigilante incluso mientras recordaba una parte fea de su pasado. Era un hombre increíble, más todavía de lo que había pensado en un principio.

—Fue un error no habérselo contado todo cuando pasó. Pamela le dijo a mi padre que la odiaba, que me mostraba mezquino e irrespetuoso con ella. Afirmaba que haría lo que fuera por librarme de ella.

Cherry lo miró con incredulidad.

—¿Y él la creyó?

—Dijo que me había observado y veía mi hostilidad cada vez que la miraba. Yo sabía... —Denver apretó el volante y respiró hondo—. Sabía que sería inútil, pero intenté contarle la verdad.

—¡Dios santo, Denver! Lo siento muchísimo.

—Me echó a patadas. Me dijo que no creía mis mentiras. Dijo que no volviera hasta que madurara lo suficiente para pedirle disculpas a Pamela.

Cherry dio un respingo, furiosa por él.

—¡Pues claro que tú no puedes hacer eso!

—No —asintió él—. No hemos hablado desde entonces y ahora Pamela quiere que vaya a una fiesta familiar como si no hubiera pasado nada.

Cherry quería sugerir algo, pero aquello era importante. No solo para los sentimientos de Denver y para su relación con su padre, sino también quizá para su perspectiva de la vida.

¿Le molestaba tanto que coqueteara con otros hombres por el modo en que Pamela los había traicionado a su padre y a él? No era psicóloga, pero eso le resultaba evidente.

Como también era evidente que necesitaba creer en ella tanto como creía ella en él.

—Tienes que aceptar su invitación —dijo.

Él la miró un instante y enseguida volvió la vista al camino.

—No creo...

—Tienes que ir y tienes que ser amable.

Denver apretó los dientes. Respiró hondo y, probablemente para complacerla, preguntó con suavidad:

—¿Y eso por qué?

—Tienes que probarle que has dejado eso atrás —aunque los dos sabían que no era así, ella tenía la sensación de que, cuando volviera a hablar con su padre y con Pamela, esa vez ya como adulto, encontraría el modo de cerrar ese capítulo—. Tienes que probar que Pamela no tiene ningún efecto sobre ti, que nunca la deseaste físicamente, ni entonces ni ahora.

—Me da igual lo que piense ella.

—No lo harías por ella ni por tu padre. Y desde luego, tampoco por mí.

Denver arrugó las cejas, pero siguió escuchando.

—Tienes que probártelo a ti.

—¡Mierda! —él se frotó la boca, pero no discrepó. Pasaron los segundos, un minuto entero—. ¿Vendrás conmigo? —preguntó al fin.

La pregunta implicaba una muestra de confianza tan grande, que a Cherry le saltó el corazón en el pecho. Intentó frenar el júbilo que sentía, para que él supiera que se tomaba todo aquello muy en serio.

—Si es lo que quieres, sí.

Él le tomó la mano y se la apretó.

—No será agradable —dijo.

—Puede que te sorprenda. Pero, sea como sea, estaré encantada de acompañarte.

Denver se llevó la mano de ella a la boca y le besó los nudillos.

—Gracias.

—¿La llamarás esta noche para decirle que iremos?

—La llamaré mañana —él sonrió—. Si busco bien el momento, quizá pueda hablar con el ama de llaves y que le dé ella el mensaje a Pamela.

Cherry se echó a reír.

—Buen plan —pensó que él necesitaba una distracción después de una conversación tan seria—. ¿Sabes lo que me gustaría hacer esta noche? —preguntó.

—¿Ir directa a la cama, para que pueda hacerte gemir y gritar y demostrarte lo arrepentido que estoy de haberte insultado antes? —preguntó él enseguida.

Ella imaginó aquello mentalmente y tardó un segundo en contestar.

—¿En serio? —preguntó, fingiendo distanciamiento—. ¿Eso es lo mejor que se te ocurre?

—Estoy muy salido. ¿Cómo quieres que sea creativo así?

Cherry pensó que lo amaba. Y quizá algún día se lo dijera.

—¿Sabes qué? Sí, quiero hacer eso.

Él casi sacó el coche de la carretera. Frenó, se enderezó en su asiento y la alentó con una mirada ardiente.

Aunque ella no necesitaba que la alentaran.

—Esta noche, sí, porque ya te he perdonado. Y, después, este viernes, quiero que tengamos una cita.

—¿Una cita? —preguntó él, tenso ya después de haber hablado de sexo.

—Sí, ¿ese concepto en el que dos personas salen juntas? Y para variar, puedo ponerme guapa en vez de ir hecha un desastre —a modo de ejemplo, levantó el dobladillo de la camiseta de Armie, que le quedaba muy grande y seguía llevando del revés—. Me da la impresión de que, desde que estamos juntos, he tenido una catástrofe física detrás de otra. Quiero ponerme guapa para ti.

—¡Maldición, nena! —él tiró de la pernera de los vaqueros—. Tú siempre estás guapa.

—Ya sabes a lo que me refiero —repuso ella, aunque apreciaba las palabras de él.

Denver frenó el coche, giró y entró en un camino de entrada.

—Claro. A las chicas os gusta arreglaros. Eso lo entiendo. Pero hablo en serio. Tienes que saber que nunca, ni por un segundo, ni cuando estabas enferma ni, desde luego, cuando estabas empapada con la ropa pegada al cuerpo, nunca he pensado que no estuvieras fantástica.

Por el interior de ella se expandió una burbuja de felicidad.

—Eres muy adulador.

—La lujuria me inspira.

—Acepto tener sexo, pero eso tú ya lo sabías, ¿y aun así te pones poético?

—La verdad es que estoy medio empalmado desde que te enfrentaste tan bien con Pamela en el gimnasio. Las mujeres fuertes y decididas siempre me ponen mucho.

—Eso describe también a Pamela.

—Ni muchísimo menos. Ella es débil, manipuladora y necesitada. Pero tú eres...

—¿Qué?

La voz de él sonó suave y áspera a la vez.

—Fuerte, independiente y leal, y todo eso hace que seas muy sexy.

¡Caray! La miraba de un modo que hacía que ella estuviera fascinada por sus ojos dorados.

Hasta que él apagó el motor del coche e hizo un gesto.

—Mi casa.

Con la conversación, Cherry casi no se había dado cuenta de que habían llegado. Miró el hermoso rancho de ladrillo a través del parabrisas.

—Tu casa —ladeó la cabeza, sonriente, atenta a lo que veía, y después abrió la puerta, sin dar tiempo a que él se acercara a abrírsela, y salió.

Denver se unió a ella en el camino hacia el porche y le tomó la mano.

—¿Qué te parece?

—Es maravillosa.

Eso le hizo reír.

—Es solo una casa, no es lujosa ni nada cara.

—Es perfecta para ti —repuso ella.

La casa era sencilla de diseño, pero parecía acogedora, con el terreno suficiente para que resultara hogareña, pero no tanto que requiriera mucho mantenimiento. Cuando ella vio los rosales, se detuvo.

—Es obvio que la casa es de nueva construcción —dio—. ¿Eso significa que tú has plantado las rosas?

Denver se tiró de la oreja.

—Sí, y también todas las demás cosas.

El garaje se abría en el lateral, pero él no había guardado el coche. Caminaron por un sendero con adoquines, dando la vuelta a la zona del garaje, hasta llegar al pequeño porche.

Denver sacó una llave y, en cuanto entraron, pulsó números en un teclado de seguridad.

—Ven, te enseño la casa y luego preparo algo de comer.

Antes de alejarse, ella admiró los techos altos y los suelos de madera. Había una alfombra enorme entre dos sofás y un sillón grande situado enfrente de una televisión con pantalla plana gigante.

—Casi todas mis prioridades están en el sótano —dijo él, riendo.

—¿Aparatos para entrenar?

—Para cuando no paso tanto tiempo como debería en el centro recreativo.

Hasta donde ella sabía, eso no pasaba nunca. Su impresión era que Denver prácticamente vivía en el gimnasio.

Caminaron hacia una cocina grande, pero él tiró de ella por un pasillo corto que había a la izquierda y abrió una puerta.

—El baño de invitados.

Cherry se asomó a mirar.

—Muy bonito —dijo—, aunque pensaba que esas palabras no le hacían justicia—. Me encantan los azulejos y los grifos.

—Gracias. Se abre a dos de los dormitorios más pequeños, uno a cada lado, pero casi siempre están vacíos —él volvió a la sala de estar y señaló la cocina—. El comedor y el rincón de desayunar están unidos ahí. Y aquí está mi dormitorio.

Ella entró en una estancia de ventanas grandes, techos altos, más suelos de madera y muebles muy masculinos.

—¡Caray! Tu cama es enorme.

—Está hecha a mano, elegí yo el tamaño.

¿Extra ancha para tener sitio de sobra para acrobacias sexuales? Una punzada de celos le hizo fruncir el ceño.

—Seguro que mi colchón de cama doble normal te dio claustrofobia.

Denver la abrazó y le frotó el cuello con la nariz.

—¿Abrazado a ti? En absoluto. Dormiría en una cama individual siempre que estuviera contigo.

¡Caray!, esa noche era puro encanto. Cherry no sabía qué pensar de eso.

—La colcha es preciosa —comentó.

Él apoyó la barbilla en la cabeza de ella.

—La hizo mi madre. Era para su cama con mi padre, pero cuando él volvió a casarse…

—¿Pamela te la dio a ti?

—Quería donarla, junto con todas las demás cosas de mamá, así que me quedé esto y algunas otras cosas —repuso él. Se acercó a la cómoda, abrió un cajón y sacó un joyero—. No sé qué hacer con esto —levantó la tapa y mostró algunas joyas de valor, mezcladas con otras de bisutería—. Pero no me parecía bien librarme de ello.

Cherry se pegó contra él y admiró los diseños. Tocó una delicada cadena de plata de la que colgaba una lágrima de ónice.

—Es hermoso —comentó.

Denver sonrió.

—Ese era el favorito de mi madre. No se lo quitaba casi nunca.

—Quizá algún día tengas una hija a la que poder dárselo —comentó ella. Y de inmediato imaginó una niña adorable con el pelo castaño de Denver y sus intensos ojos dorados. Un pensamiento llevó a otro e imaginó también un bebé con el pelo rubio de ella. Aquello era peligroso. Se apartó de la cómoda y sonrió como pudo—. ¿No sería bonito?

Él la observó con atención. Cerró el joyero con cuidado y lo devolvió al cajón.

—Tal vez —enlazó sus dedos con los de ella y la llevó al baño principal.

Cuando Cherry abrió la puerta, sonrió al ver el jacuzzi.

—Es lo bastante grande para dos.

—Armie jura que podrían usarlo tres, pero soy el único que lo utiliza.

—¿De verdad? —a ella le costaba trabajo creer que no hubiera estrenado todavía el jacuzzi—. ¿Nada de sexo con burbujas?

Él, sonriente, negó con la cabeza.

—Solo hace un año que tengo la casa y eres la primera mujer a la que traigo aquí.

—No te creo —el corazón de ella intentó buscarle un gran significado a eso, pero su cabeza le dijo que frenara y lo pensara bien.

—Créeme —él le tomó la cara entre las manos, la ladeó y la besó en la boca—. Quizá podamos probarlo esta noche —susurró contra los labios entreabiertos de ella.

Cuando ella siguió mirándolo con expresión embelesada, él recorrió su boca con la yema del dedo, soltó un gruñido bajo y le dio la vuelta con gentileza.

—Vamos, nena. Hay que ir a la cocina a pensar la cena.

—Espera —dijo ella. Le había mostrado la casa tan deprisa, que no había tenido tiempo de apreciarla—. ¿Adónde da esa puerta?

—Es un armario —él la abrió y le mostró una habitación tan grande como el baño, pero donde guardaba su ropa, algunas pesas, deportivas y una cesta para la ropa sucia.

Cherry miró todo aquello sorprendida.

—Es un armario impresionante.

—Sí —sonrió Denver—. Ya imaginaba que a una mujer le gustaría.

Eso la hizo reflexionar. ¿Había comprado la casa pensando en el matrimonio? Antes de que acabaran juntos por fin, antes de que ella terminara convenciéndolo, le había parecido que era un solterón modelo, feliz con su vida en solitario y sin ninguna inclinación de asentarse en un futuro cercano.

—No pienses demasiado —le susurró él al oído. La rodeó con su brazo, tiró de ella fuera del dormitorio y, cuando entraron en la cocina, le sacó una silla en el rincón de la mesa del desayuno—. ¿Qué te apetece comer?

«A ti».

—Nena —gimió él—. No me mires así. Tengo que darte de comer y, aunque me encantaría ir directamente al dormitorio, de verdad que tengo que remojar un poco el hombro.

Cherry saltó inmediatamente de la silla.

—Perdona. Estoy... —«enamorada»—. Ha sido un día largo. ¿Por qué no te metes tú en la bañera y yo cocino?

Él la miró de arriba abajo.

—¿Sabes cocinar?

Ella, insultada, cruzó los brazos bajo el pecho y sacó una cadera.

—¿Tengo pinta de estar hambrienta?

—No —contestó él, enarcando las cejas.

Y ella pensó que quizá la encontraba tan inútil que pensaba que no podía hacer nada bien.

—Tienes pinta de ángel lujurioso. De sueño erótico —él se acercó y le rozó la mejilla con los nudillos—. Si además también sabes cocinar, estoy perdido.

Cherry confió en que dijera la verdad, porque ella hacía tiempo que estaba perdida.

—Me defiendo en la cocina —dijo con voz temblorosa.

Denver bajó la mano por la mejilla de ella hasta la barbilla y después a la clavícula.

—¡Maldición! —se apartó de ella con un esfuerzo visible—. Busca por ahí y prepara lo que quieras, pero nada complicado. Yo estaré en la bañera.

—De acuerdo.

—Y Cherry...

—¿Umm?

—Debes saber que vivo con una erección continua y una sonrisa —y sin más, se volvió y salió de la estancia.

Y ella se sentó de nuevo en la silla porque le fallaban las rodillas. ¿Ese era el modo que tenía él de decirle que su relación era más que física? Para ella siempre lo había sido.

Para él... No era fácil saberlo.

Tuvo que respirar hondo varias veces antes de sentirse capaz de revisar los armarios de la cocina. Donde descubrió que aquel hombre era muy organizado.

Sin perder de vista la dieta restringida de él, optó por filetes de pollo, arroz integral y brócoli. Las tres cosas estaban a mano, así que asumió que a él le gustaban, pero, para asegurarse, fue al baño y llamó a la puerta.

—¿Denver?

—Adelante.

Ella entró en el vapor... y en lo que era un regalo para la vista. Abrió mucho los ojos.

—¡Oh! Umm...

Denver tenía un hombro sumergido y mostraba el otro y un brazo largo y musculoso, la cintura estrecha, una cadera algo más pálida y un muslo fuerte y peludo.

—Ya me has visto antes —dijo, al ver que ella seguía con la boca abierta.

Cierto. Pero no así. Y cada vez que lo veía, era como una inspiración. En aquella postura, con el brazo apoyado al costado, le sobresalía mucho el bíceps.

Aquel hombre personificaba el concepto «sexy».

Cherry carraspeó y observó cómo se movía el agua burbujeante contra su piel y se deslizaba por sus músculos.

—En el centro recreativo —le dijo él— tenemos un jacuzzi lo suficientemente profundo para poder introducir el hombro estando sentado.

Ella se sintió culpable de inmediato.

—Podríamos habernos saltado esta noche y habrías podido...

—No —contestó él con voz dura y mirada penetrante—. Esta noche te necesito.

A causa de su madrastra y de un pasado que le había causado mucho dolor. Cherry, que quería ser lo que él necesitaba, sonrió débilmente.

—Entonces me alegro de estar aquí.

—Yo también —él seguía mirándola, esperando.

—¡Ah, sí! —ella recordó que había ido allí por un motivo—. ¿Pollo y arroz integral?

Denver asintió, acariciándola con los ojos.

—Perfecto.

Cherry vaciló un momento.

—¿Necesitas algo?

—¿Aparte de ti? Nada —él se movió, lo que hizo oscilar el agua en el jacuzzi, permitiéndole a ella ver un momento sus partes íntimas—. Me siento muy hedonista. Un baño caliente, una mujer sexy y la cena en el plato. No se puede pedir nada más.

Cuando ella pensaba una respuesta, sonó el teléfono de él. Los dos giraron la vista al lavabo, donde estaba el aparato.

—¿Quieres que te lo dé? —preguntó ella.

—Sí, si no te importa —él se sentó en el agua, y se secó las manos en una toalla que colgaba en el borde del jacuzzi.

Cherry, sin pretenderlo, vio que el que llamaba era Stack.

—Aquí tienes —le dio el teléfono, se disculpó, salió y cerró la puerta tras de sí.

Estaba en casa de él y lo último que quería era que se arrepintiera de haberla llevado allí porque la viera escuchando sus llamadas.

Además, no le costaba nada adivinar de qué hablarían. Los grandes luchadores probablemente querían coordinar sus planes. Mientras maceraba el pollo, movió la cabeza. Resultaba un poco irritante, y muy tierno, lo protectores que eran todos.

Denver no salió hasta media hora más tarde, cuando la cena estaba lista. Llevaba solo pantalones cortos anchos, con el pelo mojado peinado hacia atrás. Entró olfateando el aire.

—Huele bien.

Ella lo miró de arriba abajo mientras servía dos platos.

—¿Está mejor el hombro? —preguntó.
—Está bien —él se colocó detrás y le besó un lado del cuello—. ¿Cómo puedo ayudarte?
—Está todo listo. Siéntate y te serviré la cena.
—Yo sirvo, siéntate tú —él le sacó una silla y la acompañó a sentarse antes de tomar los platos. Los llevó a la mesa y se sentó enfrente de ella—. Vamos a comer. Stack y Armie llegarán dentro de unos minutos.

Cherry estaba masticando un bocado, pero la noticia la sorprendió.

—Espera. ¿Qué? —estaba deseando meterse en la cama con él.

—Sí, tenemos que forjar algunos planes. No apagues el motor, no nos llevará mucho tiempo. Pero los dos son gorrones y se comerán la mitad de mi comida si no me doy prisa.

—¡Ah! —definitivamente, esperaría con el motor en marcha—. Come, pues —se mordió el labio inferior y lo observó cortar el pollo tierno y aliñado.

Dos segundos después, tomó el primer bocado, cerró los ojos y emitió un gruñido de placer.

—Buenísimo.

Cherry sonrió.

—¿Te gusta?

—Me encanta —él probó a continuación el fragante arroz y el humeante brócoli, y expresó su apreciación—. ¡Caray, nena!, sí sabes cocinar.

—Te lo he dicho.

Denver señaló el plato de ella con la barbilla.

—Será mejor que comas. A esos dos tampoco les importa nada robar tu comida —dijo.

Terminó de cenar en quince minutos, antes de que sonara el timbre. Con el plato ya vacío, se levantó, la besó en la frente y fue a abrir la puerta.

Era algo que hacía a menudo. Darle besitos en lugares especiales que parecían íntimos pero no necesariamente sexuales. El corazón de ella quería gritar una vez más que aquello significaba algo, pero su cabeza le decía que no sacara conclusiones precipitadas.

Pero estar allí, en su casa, hablando con él mientras se bañaba, cocinando y cenando juntos... Todo eso resultaba muy hogareño, muy doméstico.

Y sin embargo, Carver estaba en la ciudad, empeñado en destruir su mundo. Por eso habían ido allí los amigos de Denver, ya también amigos de ella.

Oyó distintas voces y se dio cuenta de que Cannon también estaba allí.

A ella le quedaba solo la mitad de la cena cuando entraron todos en la cocina. Y sí, Armie se dirigió a ella y le robó un trozo de pollo directamente del tenedor.

Stack miró su plato.

—Tiene buena pinta. ¿Quién ha cocinado?

—Yo —contestó ella, sonriente. Apartó su silla—. He terminado. Si queréis...

Antes de que acabara la frase, los dos se lanzaron sobre su plato. Stack fue el primero en sentarse, pero Armie tenía el tenedor.

Cannon se echó a reír.

—Los hombres solteros son patéticos.

Denver sonrió.

—Sí —contestó, para sorpresa de ella.

Cherry, sonrojada, tardó un momento en reaccionar.

—No me importa preparar algo más de...

—No los alientes —le advirtió Denver. La atrajo hacia sí—. Son como animales salvajes. Si les das de comer una vez, los tendrás siempre encima.

—Eso es verdad —declaró Cannon—. Pregúntale a Rissy. Ella te lo dirá.

—Tu hermana tiene la culpa —Denver sonrió—. Ignora las dietas y siempre prepara cosas dulces.

Stack asintió con la boca llena.

—Me encantan sus magdalenas.

Armie frunció el ceño con ferocidad y le dio un golpe en la cabeza.

—¡Eh!

Armie no se disculpó.

—Eso ha sonado mal y lo sabes.

—Yo jamás haría un chiste erótico sobre la hermana de Cannon —se defendió Stack.

—Sí, bueno... —Armie frunció el ceño—. Olvídalo, pues.

Denver y Cannon soltaron una carcajada. Stack siguió comiendo, aunque alejándose de Armie, hasta que el plato quedó vacío.

Después de presenciar ese intercambio de frases, Cherry se dio cuenta de lo difícil que debía de ser para Merissa que nadie pudiera ni siguiera bromear sin meterse en un lío. Como era hermana de Cannon, todos los hombres la ponían en un pedestal y eso la volvía intocable.

¿Lo sabría Rissy?

¿Y tendría eso algo que ver con la resistencia de Armie hacia ella?

Denver le alzó la barbilla, interrumpiendo sus pensamientos, y la besó.

—¿Por qué no te bañas tú ahora y yo recojo los platos? —preguntó.

Inmediatamente la miraron todos, lo que hizo que se sintiera como en un espectáculo.

—¿Eso significa que los hombres quieren hablar? —preguntó.

—Significa que, en cuanto pueda echarlos, quiero...

—¡Denver! —ella, escandalizada, le puso una mano en la boca. Sintió un calor intenso en la cara, que se acentuó cuando se dio cuenta de que todos sonreían.

—Puedes dejar de ahogarlo, cariño —comentó Armie—. Todos sabemos muy bien lo que quiere.

—Exactamente —lo secundó Stack.

Solo Cannon se privó de hacer comentarios sugerentes, pero su sonrisa lo decía todo.

—Seremos breves, lo prometo.

Cherry tomó su bolso, hizo un gesto de saludo con la cabeza y salió de la cocina con toda la dignidad de la que fue capaz. Sentía que todos la miraban salir, así que hizo lo posible por no oscilar las caderas. Incluso después de que doblara la esquina, todos guardaron silencio, por lo que al final, cerrar la puerta del baño fue como una auténtica huida. Una vez asegurada su intimidad, su corazón dejó de latir con fuerza.

No tenía ropa para cambiarse, pero encontró una camisa de franela que le había dejado Denver para usar a modo de albornoz. ¡Qué considerado! Por la mañana ella tenía que trabajar y él tendría también la agenda llena. ¿Eso significaba que la llevaría a su casa esa noche? ¿O al día siguiente muy temprano?

Con tantas preguntas sin respuesta interfiriendo con su satisfacción, esperaba que Cannon tuviera razón y no se quedaran mucho tiempo. No tenía la más mínima intención de volver con ellos con la misma ropa ni con solo una camisa de franela.

De hecho, una vez que se fueran todos, no le importaría quedarse desnuda con Denver. Quería hacer el amor con él el resto de su vida.

Pero de momento esa noche se conformaría con unas pocas horas.

Todos se sentaron a la mesa en cuanto se cerró la puerta del cuarto de baño.

Stack cruzó los brazos sobre el mantel.

—¿La vas a instalar aquí? —preguntó.

Denver, que se debatía entre emociones conflictivas, movió la cabeza.

—No sé —dijo. Quería hacerlo, ¿pero estaba preparado para eso?

Armie dio la vuelta a su silla para sentarse a horcajadas.

—Es idiota —dijo. Miró a Denver—. Eres idiota.

Cannon se echó a reír.

—He oído lo que pasó en el gimnasio.

—¿Ah, sí? Me pregunto cómo —comentó Denver con sarcasmo, mirando a Armie.

Este se encogió de hombros.

—¿Se puede saber por qué te lo piensas tanto? —quiso saber.

Esa pregunta, partiendo de él, hizo que Stack y Denver lo miraran con incredulidad.

Armie alzó los brazos.

—¿Qué? —inquirió, malhumorado. Se levantó de la silla y empezó a pasear.

Cannon enarcó una ceja.

—¿Me estoy perdiendo algo?

—No —Armie volvió a sentarse—. Pero Denver sí. ¿Cuánto crees que va a esperar una mujer como Cherry?

Denver recordó la conversación que habían tenido en el hotel.

—¿Una mujer como Cherry, que es un tipo distinto de buena chica? —preguntó.

—Te acuerdas de eso, ¿eh?

—Cualquiera puede ver que estás colgado de ella —señaló Stack—. Y viceversa.

Denver pensó en aquello, decidió lanzarse y miró a sus amigos uno por uno.

—¿A vosotros no os molestaría su modo de coquetear? —preguntó—. Es decir, si estuvierais saliendo con ella.

Armie frunció el ceño.

—No digas tonterías.

—Ha flirteado contigo —contestó Denver. Miró a Stack—. Y contigo también.

Stack se echó a reír.

—Le gusta bromear, pero siempre he sabido que te quería a ti.

—Lo mismo digo —intervino Armie.

—Ha sido bastante obvio —asintió Cannon—. El único que quizá no se daba cuenta eras tú.

—Y ya has tenido mucho tiempo para pensarlo —declaró Armie.

Denver se recostó en su silla.

—Lo tengo pensado —jugueteó con el vaso de té que le había servido Cherry con la cena y miró a sus amigos—. Es una chica especial, ¿verdad?

El asentimiento de los otros tres le hizo sonreír.

—Los capullos de los hermanos adoptivos me están empezando a cabrear.

Todos sabían que estos no se irían así como así. Lo que implicaba que tenían que asegurarse de que no hicieran daño a nadie.

—He hablado con Margaret —dijo Cannon.

—¿La teniente Peterson? —Denver la conocía y la tenía por una mujer dura, aunque, cuando estaba con su esposo y su hija pequeña, parecía mucho más blanda.

—¿De qué sirve tener amigos polis si no los utilizas de vez en cuando? —preguntó Armie.

Cannon asintió.

—De momento no hay mucho que puedan hacer. Pero ha dicho que, si se acercan a Cherry, la llamemos. No estaría mal pedir una orden de alejamiento para todos ellos, pero implicaría que habría que entregárselas.

—Y no sabemos dónde se hospedan —repuso Denver con frustración.

—Tú tienes que entrenar ahora —intervino Stack—. ¿Quieres que recoja yo a Cherry del trabajo?

Denver negó con la cabeza. Tenía la impresión de que a ella no le gustaría mezclar a nadie más en sus asuntos. Ya le costaba bastante conseguir que lo dejara intervenir a él.

—Yo me ocupo —contestó.

—Al menos puedo cubrirte en el centro recreativo —insistió el otro.

—Gracias. Si te necesito, te lo diré.

—He probado a devolver la llamada al número desde el que me llamó Carver —dijo Armie—. No funciona.

Denver no esperaba que fuera fácil.

—Cherry tiene su número. Puede que llame yo a ese bastardo —dijo.

Un silencio sorprendido siguió a sus palabras.

—Si tienes su número, ¿se puede saber a qué demonios esperas? —preguntó Armie.

—Ella no quiere que me meta.

Todos lo miraron fijamente.

—Es una mierda, ¿verdad? —dijo él.

—No te lo tomes como un insulto —le aconsejó Cannon—. Es probable que se avergüence e intente minimizar el problema.

—En parte es eso —Denver estiró el cuello y giró los hombros. Miró hacia atrás para cerciorarse de que seguían solos. Oyó el ruido de la ducha y confesó:

—Parece que Cherry y yo funcionamos a algunos niveles y a otros no.

—¡Pamplinas! —exclamó Cannon—. Haz que funcione, eso es todo. Nadie ha dicho que fuera fácil.

—¿Pero ella lo vale? —preguntó Armie. Y antes de que Denver pudiera responder, añadió—: Tú sabes que sí.

—Sí —ella lo valía de sobra.

El silencio que siguió se prolongó hasta que lo rompió Cannon.

—Si se traslada aquí, dímelo. No quiero que Rissy esté sola en casa hasta que se arregle esto.

Pasaron los siguientes diez minutos elaborando planes. Cannon había corrido ya la voz, así que, si un forastero preguntaba por Cherry, les informarían enseguida. Su red sabía que debían conseguir toda la información que pudieran, lo que quizá incluyera seguir a los desconocidos. Como a veces los miembros de la red eran adolescentes a quienes las circunstancias habían hecho más duros que muchos hombres adultos, también les insistía en la necesidad de ser cautelosos.

—Cherry está convencida de que son peligrosos —Denver no quería ni pensar en lo que le habrían hecho sufrir, en las cosas que no le había contado aún y que quizá nunca le contaría—. Que nadie corra riesgos, ¿de acuerdo?

Todos asintieron.

—¿Y qué pasa con Leese? —preguntó Stack—. ¿Por qué está en el centro recreativo?

—Lo invité yo —Denver terminó el té. Aquel tema lo incomodaba menos—. No es tan malo.

—Nunca he dicho que lo fuera.

—Le gusta Vanity —comentó Armie, y todos adivinaron que lo decía solo para picar a Stack.

Este le lanzó una mirada apaciguadora, pero por lo demás, no le hizo caso.

—No ha tenido entrenamiento de verdad, nunca ha estado en ningún gimnasio —dijo.

—Eso me parecía —Denver sabía que entrenar con los mejores podía suponer una gran diferencia. Los luchadores aprendían de otros. Unos pocos se elevaban por encima de su grupo, pero no ocurría a menudo—. He mirado su historial y he observado su técnica. Domina algunos movimientos interesantes, teniendo en cuenta que ha sido autodidacta.

Stack sonrió.

—Yo lo he visto hacer trabajo de jaula con Justice, específicamente sometimientos.

Armie soltó un silbido. Justice era un tipo muy duro.

—Estaba encajando muchas marcas, hasta que ha pillado a Justice en un triángulo invertido y le ha golpeado la parte de atrás de la cabeza y el grandullón casi se ha desmayado. Se lo he grabado.

—Es demasiado chulo —comentó Denver, riendo con los demás—. Pero Justice también.

—A mí me cae bien —declaró Cannon, cuando se apagaron las risas—. Se le dan bien los chicos.

—Eso sí —Armie miró a Stack—. Y también las mujeres, o eso me han dicho.

Stack no le hizo caso. Se negaba a morder el anzuelo.

—¿Y si sigue todavía conchabado con los hermanos? —preguntó.

Denver ya había pensado en eso.

—No creo que lo esté, pero lo vigilaremos —repuso. Aunque Leese no tuviera nada que ver con ellos, no podía descartar la posibilidad de que esos capullos fueran de nuevo a por él—. Ya ha sido presa fácil para ellos en una ocasión y volverán a intentarlo.

Stack entrecerró los ojos.

—Esta vez no estará solo ni drogado.

—Y estará mejor entrenado —intervino Cannon—. Aprende rápido, solo necesita que lo afinen bien.

—Y un poco de humildad —añadió Stack con una sonrisa—. Esa parte me la pido yo.

Armie rio y abrió la boca para hablar.

—¡Cállate! —le ordenó Stack.

El silencio repentino de la ducha hizo que todos se quedaran muy quietos.

Los músculos de Denver se tensaron y la llamita de lujuria que ardía en su interior se convirtió en un auténtico infierno. Ahora que sabía que amaba a Cherry, la deseaba más todavía.

Y más a menudo.

De distintos modos.

Empujó su silla hacia atrás.

—Sé que hoy vais a recorrer el barrio, pero...

—Pero tú no —terminó Armie por él—. Quédate con ella. Nosotros nos ocupamos.

Cannon asintió.

—Está controlado.

—Pensaba reunirme con vosotros más tarde —después de que apaciguara su hambre interminable. Después de poseerla. Quizá dos veces. Eso le aclararía la mente e iría con ellos a hacer lo que había que hacer.

Stack se echó a reír.

—Cherry te pegaría si te oyera decir eso.

—En serio —Cannon le dio una palmada en el hombro—. Quédate con ella, descansa y te avisaremos si encontramos algo.

Normalmente recorrían el barrio de vez en cuando, hablaban con los dueños de los negocios, con los mayores... pero ellos tenían razón. Denver podía saltarse una noche.

—En ese caso, creo que será mejor que guarde el coche en el garaje —tomó las llaves y los siguió fuera de la casa, sin que ni siquiera le importaran sus bromas.

Podía aceptarlas.

Y, por el momento, también podía aceptar que Cherry le ocultara cosas.

Lo que no podía aceptar sería perderla.

Tenía que conseguir como fuera que los hermanos salieran a la luz, para enviarlos lejos de allí de una vez por todas.

CAPÍTULO 18

Cherry seguía secándose el pelo cuando giró el picaporte y entró Denver. Se apoyó en la jamba de la puerta, con aquella mirada intensa que siempre conseguía excitarla.

—Casi he terminado —prometió ella mientras se alisaba el pelo con el cepillo. Después del desastre de la tarde, quería estar tan guapa como le fuera posible. Sentirse limpia y refrescada hacía ya mucho por restaurar su confianza en sí misma—. He usado un cepillo de dientes que he visto en el estante.

—Utiliza todo lo que necesites —repuso él.

Su timbre de voz era de lo más sexy.

—Me alegra que pienses así —ella dejó el cepillo en la encimera y giró hacia él—. Porque también he usado tu crema hidratante.

Genérica y sin olor, pero sentía la piel lisa y brillante.

—Te estás acicalando —él se llevó una mano a la entrepierna y respiró hondo—. No es necesario, ya lo sabes. Es imposible que te desee más que en este momento. Pero puedo ser paciente.

—¡Qué campeón! —ella agarró los bordes de la toalla azul pálido con la que se cubría y la abrió del todo. Esperó un segundo y la dejó caer al suelo—. Pero yo no soy tan fuerte como tú y no puedo esperar.

Sin darle tiempo a respirar, él la tomó en sus brazos y echó a andar hacia el dormitorio con zancadas largas. Se dejó caer sobre ella en el colchón y la besó largo y profundo mientras le acariciaba los pechos con ambas manos.

Cuando le soltó la boca, no dijo nada, sino que bajó la boca por su cuerpo besándolo, lamiendo, mordiendo con gentileza y succionando.

En cuestión de minutos, ella estaba ya perdida.

—Denver, ahora.

En lugar de prolongar el placer, como a menudo le gustaba hacer, él se apartó de ella, buscó un preservativo en el cajón de la mesilla y volvió en cuestión de segundos para separarle los muslos y colocarse encima.

Ella se preparó a recibirlo, conteniendo el aliento y con el corazón latiéndole con fuerza. Pero él frenó, le tomó la cara con cuidado y la besó con ternura al tiempo que susurraba:

—Cherry…

La penetró con una presión firme e implacable, y se mantuvo firme contra ella hasta que se suavizó su cuerpo y recibió dentro hasta el último centímetro de su pene.

—Eso es —susurró él con voz ronca—. Esta es mi chica.

Ella no podía hablar. Creía que se había acostumbrado ya al tamaño, pero la seguía llenando de emoción estar tan llena, tan totalmente poseída.

—Muévete conmigo —le pidió el. Deslizó una mano debajo del trasero de ella y la guio hasta que encontró el ritmo. Cada vez más rápido y más hondo.

El placer se incrementó, era más dulce y más ardiente.

Denver apretó la cara en el cuello de ella y gimió, flexionando los músculos y con el calor saliendo de su cuerpo en oleadas. Eso fue más fuerte que Cherry. Se aferró a él, apagó sus gritos en el hombro de él y se dejó llevar. A los pocos segundos, él hizo lo mismo.

No era ni mucho menos tarde, pero, cuando ella sintió que Denver se relajaba, le acarició la espalda con los dedos.

—¿Sabes lo que quiero hacer? —susurró.

Él volvió a gruñir, pero se incorporó sobre los codos. La miró, la besó… y volvió a besarla.

—Dímelo.

Cherry, que sabía que él había descansado poco últimamente, confiaba en persuadirlo para que se acostara temprano.

—Quiero dormir —dijo. Bostezó, lo que la ayudó a enfatizar sus palabras y, con suerte, a convencerlo a él—. Estoy agotada y creo que tú también necesitas una buena noche de descanso.

Los hermosos ojos de él la miraron sonrientes.

—Te quiero, nena. ¿Podrías ser más perfecta?

Ella abrió la boca, pero él se le adelantó.

—Era un modo de hablar. Dormir me parece bien, así que no te muevas mientras me libro del preservativo. Enseguida vuelvo.

En cuanto desapareció en el baño, ella se incorporó para alisar la colcha, que habían arrugado, apartó la sábana y se metió debajo, desnuda todavía.

Denver volvió y se detuvo a mirarla.

—Me gusta mucho lo que veo ahora mismo.

Cherry se llevó una mano al pelo.

—¿Qué ves?

—A ti en mi cama, en mi casa —respondió él. La miró a los ojos—. Conmigo.

Era donde ella siempre había querido estar.

Denver apagó la luz, se reunió con ella y la tomó en sus brazos.

—Tenemos que procurar hacer esto más a menudo.

Había oscuridad y silencio. Se sentía segura en brazos de Denver. Esperó solo un instante antes de reunir valor para susurrar:

—De acuerdo.

Pero Denver ya se había dormido.

Cherry se despertó por segunda vez con Denver haciéndole el amor. La primera había ocurrido en plena noche. La había despertado con la mano en sus muslos y la boca en su pecho, y ella se había corrido antes de darse cuenta de lo que ocurría.

En ese momento él le separaba los muslos con la rodilla y, cuando ella abrió los ojos, la luz previa al amanecer se filtraba ya entre las cortinas.

Al ver la facilidad con que la penetró, se dio cuenta de que estaba preparada para él y eso no la sorprendió lo más mínimo.

—Denver.

Él la besó.

—Dilo otra vez.

—¿El qué?

—Mi nombre —musitó él. La montó con gentileza, con su aliento caliente contra la garganta de ella—. Dilo.

—Denver —gimió ella en un susurro. Y se le quebró la voz cuando aumentó el placer.

—Me encanta oír esa vacilación en tu voz cuando estoy dentro de ti —él la abrazó y la atrajo hacia sí, la acunó y los ojos de ella se llenaron de lágrimas cuando alcanzó otro orgasmo y soltó un grito.

La siguiente vez que abrió los ojos, la luz del sol iluminaba el dormitorio y Denver estaba sentado a su lado en la cama con una taza de café en la mano.

Cherry lo miró confusa y él le sonrió.

—Lo siento, nena, pero creo que te he dejado en estado de shock.

Ella movió la cabeza y se giró a mirar la hora. Por suerte, era todavía temprano.

—Tengo que empezar a moverme o llegaré tarde al trabajo.

Denver la ayudó a sentarse y le pasó el café.

—¿Quieres prepararte aquí o en tu casa?

—Teniendo en cuenta que aquí no tengo ropa, diré que en casa.

Él le sonrió.

—La ropa está bien... al menos cuando estás con otros. Cuando estamos solos, te prefiero desnuda.

Ella sorbió el café y emitió ruiditos apreciativos.

—Creía que esta mañana ibas a ir a correr.

Él le dedicó una sonrisa torcida.

—Ya lo he hecho, mientras te recuperabas.
—¡Oh! —ella se sintió perezosa.
Él tiró de la sábana para ver sus pechos desnudos. Respiró hondo y se puso de pie.
—Me va a costar acostumbrarme a tenerte en mi cama.
¿Era una queja? Cherry, que también tenía su orgullo, levantó la barbilla.
—Si prefieres que no me quede a dormir...
Denver la miró a los ojos.
—Estás justo donde quiero que estés —y añadió en voz baja, más para sí mismo que para ella—: Solo tengo que aprender a refrenarme.

Las dos horas siguientes fueron por ese estilo, con Denver tocándola a menudo, besándola mucho y diciendo cosas que se podían entender de mil maneras distintas. Cuando la dejó en su trabajo, casi fue un alivio para ella poder descansar el cerebro.

El clima era perfecto y lo niños pudieron salir a jugar fuera, donde quemaban energía, lo que significaba que también estaban más tranquilos dentro. Ella pasó todo el día con la sensación de estar flotando. Su felicidad era un ente vivo que hacía que el corazón le latiera más rápido y ponía una sonrisa en su rostro.

Sabía que Denver iba a ir a buscarla al trabajo y, cuando por fin llegó el momento de marcharse, tuvo que resistir el impulso de correr hasta él.

Pero él no lo resistió. Había aparcado en la acera y estaba de pie al lado del coche, escondiendo los ojos detrás de gafas oscuras y esperándola. Ella supo el momento exacto en el que la vio, porque mostró los dientes en una hermosa sonrisa y echó a andar hacia ella.

Y Cherry pensó lo fácilmente que podía acostumbrarse a eso.

Cuando él llegó hasta ella, sonrió.
—Asumo que, estando rodeados de renacuajos y de padres, no debería abrazarte y besarte hasta lograr que hables con ese tono tuyo caliente y ronco, ¿verdad? —preguntó.

—Probablemente no —repuso ella, decepcionada.
—Pues lo haré en cuanto estemos solos —le tomó la mano y se dirigieron al coche. Dos kilómetros más allá, paró el coche y la abrazó.

Y sí, cuando la soltó para tomar aire, la voz de ella sonaba ronca.

Denver le alisó el pelo.

—¿Qué es lo primero que necesitas? ¿Cenar? ¿O prefieres que vayamos a tu casa y recoges lo que necesites para pasar la noche conmigo mientras le echo un vistazo a tu coche?

«Lo que necesites para pasar la noche». Cherry se lamió los labios.

—¿Me estás invitando a quedarme otra vez en tu casa?

Él se subió las gafas de sol a la parte superior de la cabeza y le lanzó una mirada apasionada que hizo que a ella le diera volteretas el estómago y le cosquillearan los pezones.

—Teniendo en cuenta lo que quiero hacerte y lo que espero que me hagas tú a mí, lo mejor será tener intimidad.

En opinión de Cherry, ese era un modo fantástico de convencerla.

—De acuerdo.

Denver volvió a sonreír.

—Me encanta una mujer bien dispuesta.

—Ah...

—¿Tienes hambre? —él puso el coche en marcha y salió al tráfico.

Ella lo miró divertida y negó con la cabeza.

—Ahora mismo no.

—Pues vamos a tu casa. Yo reviso el coche y tú recoges cosas para unos cuantos días.

Cherry se preguntó si serían solo unos cuantos días. Aquel hombre la tenía muy confusa. No sabía qué tipo de relación tenían, si querría que fuera a su casa a menudo o solo a corto plazo.

—Respira, nena.

Ella obedeció y aspiró aire con fuerza.

Él le tomó la mano.

—Paso a paso, ¿de acuerdo?

A ella ya no la exasperaba la facilidad con que le leía el pensamiento. Asintió.

—De acuerdo.

Durante el resto del viaje, Denver le preguntó cómo le había ido el día y por los niños con los que trabajaba. Y luego le contó lo que había hecho él, que había entrenado con Leese, que habían invitado a Armie a unirse a la SBC y le habló de la red que había montado Cannon en el barrio.

—Desgraciadamente, anoche no averiguaron nada. Si alguien ha preguntado por ti, lo ha hecho con mucha discreción.

—¿O sea que lo sabe todo el mundo? —preguntó Cherry.

Sabía que no había motivo para avergonzarse. Lo que había ocurrido había pasado fuera de su control. Ella era una cría entonces. Una niña huérfana.

—Mentalmente entendía todo eso.

Pero a nivel emocional, sí sentía vergüenza. Su patético pasado probaba que había vivido en un entorno familiar sin ética ni moral antes incluso de que murieran sus padres. Y después de la muerte de estos, había seguido en la misma situación pero esa vez sin afecto, sin que a nadie le importara su bienestar.

El pasado enfatizaba claramente su falta de buena crianza, de familia que se preocupara por ella, de amigos.

Su falta de todo.

—Lo saben —dijo Denver con gentileza— y están preocupados. Nada más, cariño. Ni juzgan ni compadecen. Solo hay comprensión.

Como Denver también estaba ya metido en aquello, ella apartó de su mente la humillación. Quería que estuviera protegido y sus amigos estaban en muy buena situación para ofrecerle eso. Eran máquinas de luchar bien entrenadas con habilidades letales, que pasaban ya mucho tiempo con él, y también eran los hombres más éticos que había conocido jamás.

Él probablemente pensaba que no necesitaba la seguridad

de sus amigos, pero él no conocía a Carver, Gene y Mitty como los conocía ella.

Denver sabía que ella intentaba mostrarse más animada y más de acuerdo con la situación de lo que en realidad estaba. Sobre todo cuando la oyó decir:

—Tengo que darles las gracias por su interés.

—De acuerdo —contestó él.

Ninguno de ellos esperaba eso, pero si eso hacía que se sintiera mejor, pues muy bien. Miró en su dirección, vio que se mordía el labio inferior y quiso decirle muchas cosas, la mayoría poco apropiadas en aquel momento. Cuando empezara a declarar sus sentimientos, sería en privado, para poder llevársela a la cama en cuanto terminara de hablar. Se le daba mejor demostrar que decir de palabra, y quería que ella supiera todo lo que sentía por ella.

—Los veremos el viernes por la noche —comentó—. Es decir, si no te importa que nuestra cita incluya pasar por el bar de Rowdy —ella había ido muchas veces allí, pero nunca habían estado juntos como pareja.

Cherry sonrió complacida.

—Eso me parece una cita perfecta.

—Primero al cine —aclaró él, que quería que supiera que se había tomado en serio su petición de una cita de verdad—. Luego a cenar y después al bar.

—Denver —lo reprendió ella—. No es necesario que hagamos todo eso.

—Yo creo que, en nuestro caso, tiene que ser todo —comentó él con la esperanza de que ella lo entendiera.

Ella abrió la boca, pero de sus labios no salió nada hasta que al fin dijo con voz estrangulada:

—De acuerdo.

Y él se echó a reír.

—Por cierto, he llamado por la fiesta de cumpleaños de mi padre.

Cherry se quedó inmóvil por la sorpresa.
—¿Has dejado un mensaje?
—En realidad no —él carraspeó—. Ha contestado mi padre.
—¿Y cómo ha ido? —preguntó ella con curiosidad.
Denver arrugó la frente.
—Mejor de lo que esperaba —mucho mejor. Casi esperaba que su padre cortara la llamada, pero no lo había hecho.
—Eso es buena señal, ¿verdad? —preguntó ella.
—Se notaba que mi padre estaba muy sorprendido de oírme —Denver se rascó la barbilla—. Le he explicado que Pamela me había invitado a ir a su cumpleaños y al principio no ha dicho nada.
—¿Y después?
Denver vaciló. No estaba acostumbrado a hablar de sus cosas, y menos con una mujer. No podía evitar sentirse incómodo.
Cherry le tocó el brazo.
—No quiero fisgar. Sé que es un tema privado.
Él frunció el ceño al oír eso.
—Quiero contártelo.
—¿De verdad?
Por extraño que pareciera...
—Sí —la miró—. Y quiero que tú también me cuentes tus cosas.
—Lo hago —repuso ella.
Denver sabía que no se lo contaba todo, pero pensó que quizá pudiera dar ejemplo él. Guardó silencio recordando los detalles de la conversación con su padre.
Este le había preguntado:
—¿Entonces vas a venir?
—Si no te importa, sí —había dicho Denver—. Iré con alguien —había añadido para reducir parte de la tensión.
—¿Alguien especial? —había preguntado Lyle Lewis.
Su tono resultaba tan familiar, tan paternal, que Denver había recuperado fácilmente la antigua camaradería.
—Muy especial.
—En ese caso, estoy deseando conocerla.

Cherry le dio un codazo.

—¡Eh! ¿Sigues aquí?

—Sí —respondió él. Estaba allí, con ella, y si todo salía como quería, lo estaría siempre—. Le he hablado de ti.

—¿De mí?

—Sí —él sonrió—. Espero que no te importe que te haya usado de amortiguador. Buscaba un modo de que los dos cediéramos un poco. Yo quiero presentártelo y él quiere conocerte. ¿Te parece bien?

Ella se apresuró a asentir.

—Por supuesto —y luego preguntó con menos confianza en sí misma—: ¿Qué le has dicho?

—Que eres especial.

Ella entreabrió los labios.

—¿En serio? Quiero decir... ¿Lo soy?

—Sí —repuso él con suavidad—. Muy especial.

Cherry, que parecía mareada, guardó silencio el resto del trayecto hasta la casa de Merissa. A él le habría gustado mucho saber lo que pensaba, y normalmente conseguía intuirlo, pero en ocasiones ella podía ser muy inexpresiva.

Su silencio le habría preocupado, de no ser porque había una sonrisa en sus labios.

—¡Eh!

Ella enarcó las cejas y lo miró.

—¿Sí?

—¿Por qué no me das las llaves y le echo un vistazo a tu coche antes de que vayamos a mi casa? —preguntó él cuando aparcaba—. Así sabré si tengo que buscar algo para arreglarlo.

—¿Seguro que quieres molestarte con eso? Ya tienes muchas cosas entre manos. Sé que tu tiempo libre es muy valioso.

Denver pensó que no lo era tanto como el tiempo que pasaba con ella.

—No es problema —dijo. La atrajo hacia sí y la besó—. Llévate ropa para que no tengamos que volver mañana aquí. Eso me ahorrará tiempo por la mañana —dijo, antes de que ella pudiera interrogarlo.

Cherry se dirigió a la casa y él abrió el capó del coche para mirar dentro, pero no vio nada que le llamara la atención. Cuando oyó voces, volvió la cabeza y vio que Cherry salía de la casa con Merissa, las dos charlando animadamente.

La segunda llevaba pantalones cortos y una camiseta de la SBC que, a juzgar por el tamaño, probablemente sería de Cannon, su hermano. Llevaba un sándwich en una mano y un refresco de cola en la otra.

Siguió a Cherry, que depositó una bolsa en el asiento trasero del coche de Denver. A este siempre le hacía sonreír verlas juntas. Merissa era casi tan alta como su hermano, pero lo que Cannon tenía de musculoso, ella lo tenía de esbelta. Ambos tenían los mismos ojos azul claro.

En contraste, Cherry era más baja, más redondeada, con el pelo rubio ondulado en lugar de liso.

Las dos eran muy atractivas, pero de distinto modo.

Denver las observó acercarse.

—Vas muy rápido, ¿no, Depredador? —preguntó Merissa.

Denver le dio puntos por mantener la mirada fija en su cara para variar y sonrió al oír su nombre de guerra.

—¿Tú crees? —dijo.

Cherry resopló.

—A mí me ha parecido muy lento.

Él la abrazó.

—En ese caso, veré lo que puedo hacer para compensar por el tiempo perdido.

—Ahí lo tienes —dijo Merissa. Apoyó una cadera esbelta en el capó y le hizo un saludo con lo que le quedaba de refresco.

Denver se inclinó sobre el motor.

—No veo nada extraño. Gira la llave unas cuantas veces, ¿quieres? —si solo se trataba de la batería, sería fácil resolver el problema.

Cherry se acercó a la puerta del conductor, la abrió... y gritó tan alto que Denver se golpeó la cabeza con el capó.

Al sentir que le bajaba un chorrito de sangre por la sien, lanzó un juramento y se preparó para una amenaza, pero solo vio a Cherry, que se golpeaba la ropa y el pelo y retrocedía presa del pánico.

Y no era de extrañar. Una docena o más de serpientes salieron el coche y se retorcieron por el suelo con las bocas abiertas y los cuerpos enroscados. Mezclados con ese horror había un montón de arañas grandes, cucarachas, langostas y otros bichos repugnantes arrastrándose y volando alrededor del coche.

—¡Ay! —Merissa soltó el refresco de cola y corrió a meterse en la casa.

Denver cerró la puerta del conductor de una patada, agarró a Cherry, quien seguía gritando y bailando, horrorizada y con los ojos muy abiertos, espantó a los insectos y comprobó que no hubiera serpientes cerca de ella.

—¡Calla! Ya ha pasado, cariño —la abrazó y la llevó al camino de entrada a la casa. Las serpientes probablemente no serían venenosas, pero no lo sabía. No se parecían a las pequeñas culebras rayadas que veía de niño, y desde que se había mudado a la ciudad de Warfield, no había visto ninguna serpiente.

—¡Oh, Dios mío, oh, Dios mío, oh, Dios mío! —repetía Cherry.

—¿Estás bien? —él le apartó el pelo de la cara y en el proceso desenganchó a una mantis religiosa enorme que echó a volar. Por suerte, ella no pareció darse cuenta—. ¿Cherry?

Ella miró el coche, con el rostro muy pálido por el shock, y volvió a gritar. Denver se volvió y vio una serpiente negra y marrón, que medía al menos un metro veinte, reptando por la calle.

—¡Mierda! —le apretó los hombros a Cherry—. Tráeme un rastrillo o algo parecido, y si puedes, un cubo de basura con una tapa, o como mínimo, una bolsa de basura.

Ella lo miró y parpadeó.

—Te sangra la cabeza.

—Estoy bien.

—Pero...

—Calla —Denver volvió a apretarle los hombros—. Lo siento, nena, pero no sé si estas serpientes son peligrosas o no. Necesito que te des prisa y me traigas lo que te pido.

Cherry se llevó una mano al corazón y asintió. Respiró con fuerza y corrió hasta el garaje.

—He llamado a Cannon —gritó Merissa desde la puerta principal.

«Genial. Mejor que mejor», pensó Denver.

—Gracias —replicó.

Buscó por el suelo y encontró una pequeña rama caída, que utilizó para acorralar a las serpientes más grandes. Había quizá unas diez más grandes que las demás y eran irritables y poco dispuestas a cooperar. Denver apenas si conseguía evitar que escaparan.

Algunas de las más pequeñas se deslizaron entre la hierba y por la alcantarilla. Sobre eso no podía hacer nada. No quería matar a ningún animal, ni siquiera una serpiente, a menos que fuera imprescindible.

Cherry se adelantó con los objetos que le había pedido. Tenía la misma cara que si fuera a las galeras y sujetaba la tapa del cubo de basura delante de ella a modo de escudo. Seguía murmurando:

—¡Oh, Dios mío, Oh, Dios mío, Oh, Dios mío! —en una especie de letanía aterrorizada.

—Déjalo todo ahí —le dijo Denver, para que no tuviera que acercarse más.

—Tengo que ayudarte.

—No, ya me ocupo yo —él se secó la sangre de la cara con la manga.

Ella se acercó un poco más.

—Toma, te he traído una toallita para la cara. ¿Seguro que no estás malherido?

A él se le hinchó el corazón de amor y de orgullo. Era obvio que ella tenía problemas con los bichos, pero se esforzaba por ser valiente.

—Los bichos se han ido volando —le prometió él. Tomó la toallita y se limpió la sien—. Y sí, estoy bien. Solo es un arañazo.

—Siento haberte asustado.

—Tenías un buen motivo —dijo él.

Tomó el rastrillo que le tendía ella y se esforzó por mantener a las serpientes juntas. Una especialmente agresiva intentó lanzarse contra ellos y logró que Cherry retrocediera con un grito entrecortado. Denver la sujetó en el suelo con el rastrillo y le puso la tapa encima.

Por suerte, llegaron Armie y Cannon. Los dos saltaron de la camioneta del primero y miraron las serpientes con admiración morbosa.

—¡Maldición! —exclamó Armie, después de echarle un vistazo al coche.

—¿Estás bien? —preguntó Cannon, cuando vio que Denver sangraba.

—Me he dado un golpe en la cabeza —respondió este—. Estaba tan furioso, que casi no podía hablar—. Estoy bien.

—¿Y tú? —preguntó Cannon a Cherry.

Ella asintió con la cabeza. A Denver no le pasó por alto el miedo de sus ojos, la palidez de su cara ni su determinación de colaborar.

Tras un par de preguntas más, los recién llegados se pusieron a ayudar a Denver a meter las serpientes en el cubo.

—¿Quieres decirle a Merissa que llame a la policía? —preguntó este último a Cherry, para alejarla de aquella prueba de la obsesión de Carver.

—Ya lo he hecho —repuso Merissa desde una distancia segura—. También he llamado a Control de Animales. Van a enviar a alguien con experiencia en roedores o algo así.

Cuando la mayoría de las serpientes estuvo en el cubo, Denver fue a revisar el coche de Cherry. Los bichos, alterados por el ruido, volaban dentro chocando con los cristales y aferrándose a los asientos. El suelo estaba vivo con cuerpos de serpientes. No sabía cuántas había. Se preguntó si todo eso había ocurrido cuando ella estaba en su casa.

Armie se acercó a él.

—Esos tíos están mal de la cabeza. Tuvieron que traer una tonelada de serpientes e insectos.

—Lo remolcaré —intervino Cannon, que parecía también

muy cabreado—. Podemos abrirlo al lado del río o en alguna parte, cuando sepamos si las serpientes son venenosas o no.

—He reconocido a alguna —comentó Armie—. La grandullona es una serpiente ratonera. Asusta, pero no es muy dañina —sombrío, se pasó la muñeca por la frente—. Pero estoy casi seguro de que he visto una boca de algodón y esas mamonas sí son peligrosas.

Cannon, que sujetaba la tapa del cubo, frunció el ceño al percibir los movimientos de dentro.

—¿Se atacarán entre ellas? —preguntó.

Denver se encogió de hombros.

—Es mejor que dejarlas sueltas.

Quería explotar. Quería encontrar a Carver y destruirlo. Pero vio a Cherry de pie en la acera, con Merissa a su lado, pegada a ella.

—Solo nos queda esperar —dijo—. ¿Por qué no entráis vosotras en casa? Nosotros iremos en un momento.

Cherry asintió y echó a andar. Merissa avanzó hacia ellos.

—Esto no ha sido solo una broma —susurró Denver para que no lo oyeran ellas.

—No —coincidió Cannon, y el hecho de que hubiera ocurrido delante de la casa de su hermana hacía que fuera un asunto tan personal para él como para Denver.

De pronto, Merissa soltó un grito y todos se volvieron y vieron un bicho enorme zumbando alrededor de su cabeza. Parecía una cucaracha voladora gigante y la chica estaba aterrorizada.

Por suerte, Cherry ya estaba dentro.

Merissa corrió hasta su hermano, dándose golpes en la cara y el cuerpo. El bicho la siguió… y se posó en su hombro.

Aquello terminó de aterrorizarla y Denver hizo una mueca comprensiva cuando ella se agarró a la parte de atrás de la camiseta de Cannon y casi lo tiró al suelo.

Como este sujetaba la tapa del cubo y nadie quería que volvieran a escapase las serpientes, Armie interceptó a Merissa, la abrazó fuerte para calmar sus movimientos caóticos y apartó al bicho de un manotazo. Este cayó al suelo de espaldas, agitó sus muchas patas y murió.

Obviamente, Merissa no se daba cuenta de que ya estaba muerto, pues seguía gritando y agitando los brazos como una loca.

—Rissy —dijo Armie, apartándola más de Cannon—. Ya se ha ido.

—¿Adónde? ¿Adónde? —ella seguía moviéndose y saltando, aunque ahora intentaba colocarse detrás de Armie.

—Rissy —dijo Cannon con calma—. Ya no pasa nada. Está muerto.

—¿Cómo lo sabes? ¿Lo has matado tú?

Armie sonrió y la sacó de detrás de él.

—Creo que lo has matado a gritos —comentó.

Ella vio el bicho, se estremeció de asco y escondió la cara. Armie lo apartó con el lateral de su zapato. Apretó el hombro de ella con indulgencia.

—Ya no puedes verlo.

Merissa se asomó entre los dedos, vio que era cierto, dejó caer los brazos y miró Armie de hito en hito.

—¿Te estás riendo de mí?

Él sonrió y le alisó el pelo.

—Solo un poco —musitó con un susurro ronco.

Al instante siguiente, los dos fueron muy conscientes de la presencia del otro.

Denver se dio cuenta. Cannon probablemente también, pues los miró enarcando las cejas.

Y de pronto, ella pegó todo su cuerpo al de Armie y enterró la cara en el cuello de él.

—Gracias.

Él permaneció con los brazos a los costados.

—¡Ah!...

Cannon movió la cabeza, lanzó una mirada a Denver y empezó a arrastrar el cubo con las serpientes hacia el camino de entrada a la casa.

—Esta noche me llevo a Rissy a mi casa. No quiero que se quede aquí sola —dijo.

Denver tampoco quería eso. Y puesto que era él el que se llevaba Cherry, propuso:

—Puedo quedarme aquí con las dos.

—No.

Denver, que entendía que Cannon quería proteger personalmente a su hermana, asintió.

—Voy a ver cómo está Cherry —dijo.

—Está bien —los dos volvieron la vista atrás y vieron que Armie rodeaba a Merissa son sus brazos lentamente y con cautela. La expresión de Cannon parecía más pensativa que otra cosa—. Nunca había visto a Rissy perder los nervios de ese modo.

—Era un bicho gigante —repuso Denver—. La mayoría de las chicas no soportan esos bichos.

—Rissy no es como la mayoría —Cannon seguía mirando a su hermana y a Armie, quien ya no parecía tan incómodo. La tenía abrazada y le acariciaba la espalda.

La llegada de un coche de policía interrumpió la escena.

—Vete a ver a Cherry, cúrate la cabeza y lávate la sangre —le dijo Cannon a Denver—. Yo me encargo de todo hasta que vuelvas.

Pero no se dirigió hacia el agente, sino hacia su hermana y su mejor amigo.

CAPÍTULO 19

Denver la encontró en el vestíbulo, apoyada en la pared, con los brazos en torno al cuerpo, los ojos cerrados y las pestañas húmedas.

Verla así incrementó la rabia de él, que se convirtió en algo vivo en su interior. Movió la mandíbula y respiró hondo por la nariz. Mantuvo una distancia de un metro para protegerla de lo que sentía.

—Arreglaré tu coche, pero, a partir de ahora, te llevo yo en el mío.

Ella abrió los ojos y tragó saliva con fuerza.

—Gracias. Sé que debería insistir en conducir yo...

—¡Maldita sea!

—... pero la verdad es que no sé cuándo seré capaz de volver a entrar en ese coche.

Él asintió con la cabeza porque le costaba mucho hablar.

—Tengo una... fobia a los bichos. De cualquier tipo. Pero las arañas... —Cherry se estremeció—. Las cosas que vuelan...

—Y serpientes —asintió él—. Siento que te hayas asustado tanto. Tendría que haber revisado el coche antes.

—Tú no podías saberlo.

—De todos modos tendría que haberlo inspeccionado, joder —él respiró con fuerza. Su enfado iba en aumento por mucho que se esforzara en calmarse—. Tú te vienes a vivir conmigo.

Cherry lo miró fijamente con ojos brillantes.

¡Demonios! Denver no había pretendido que aquello sonara como una orden. Lo que acababa de decir parecía... permanente, no una solución temporal a una mala situación. ¡Pero a la mierda! No lo retiraría.

De hecho, una vez que ya lo había dicho, le gustaba la idea.

—Vente a vivir conmigo.

—Yo... —ella negó con la cabeza y se metió en la cocina—. No puedo hacer esto. No puedo dejar que Carver te retuerza el brazo y te obligue a hacer cosas que no quieres.

Denver, que seguía funcionando a base de adrenalina furiosa, la siguió. Quería negar que Carver tuviera alguna influencia en la decisión, pero los dos sabrían que era mentira. En lugar de eso, reiteró, con más dureza de la que era su intención:

—Tú te mudas a mi casa.

La indignación tensó el cuello de ella, que mojaba toallas de papel en el fregadero.

—Apenas puedo pagar este sitio. Jamás podría permitirme los dos.

Denver sentía ganas de gritar.

—¿Qué demonios significa eso?

Cherry se puso de puntillas y le limpió con cuidado la sangre de la cara y la sien, con gentileza especial cerca del corte.

—Que ya le pago la mitad de los gastos a Rissy.

Él le agarró la muñeca.

—Yo no quiero tu dinero.

Ella se soltó, rabiosa a su vez.

—Yo no soy una gorrona.

Aquello iba de mal en peor. Denver se pasó una mano por la cara.

—Yo no he dicho que...

Ella le apartó la mano y siguió limpiándole la cara, esa vez con menos gentileza.

—No gano suficiente para añadir algo más a mi presupuesto. Después de estar enferma y de faltar al trabajo, voy muy justa.

Aquello enojó de verdad a Denver. La miró fijamente, deseando que le devolviera la mirada en vez de concentrarse en una herida superficial.

—Si necesitas dinero, ¿por qué no me lo has dicho?

Cherry soltó tal respingo, que él lo sintió en su rostro. Ella le tiró la toalla mojada a la cara.

—¡Yo jamás te pediría dinero a ti! —exclamó.

Su vehemencia hizo que él se apartara un poco. Se miraron, ella, jadeante, él, reevaluando la situación. Tenía que controlarse, y pronto.

Tuvo que hacer un esfuerzo, pero asumió el control de sí mismo y de la situación.

—Hay algunos hechos que no podemos pasar por alto —dijo—. El primero es que Carver se está volviendo más osado. Tú eres lista y sabes que no es seguro que estés sola.

Ella se frotó la frente, pero no contestó.

Denver le bajó la mano y se la apretó.

—Te quiero a ti, no tu dinero. Y estar conmigo no te obliga a pagar nada.

—Yo pago mis gastos —declaró ella.

La desesperación con que lo dijo ayudó a ceder a Denver. Su orgullo era importante para ella y en aquel momento había muchas cosas fuera de su control. Necesitaba saber que tenía todavía la decisión final sobre su vida.

—Si hace que te sientas mejor, puedes contribuir con la comida y esas cosas. Pero, sea como sea, te quiero a salvo conmigo.

Cuando vio que ella seguía observándolo, tuvo que reprimir un gruñido.

—Considéralo un acuerdo temporal, si eso hace que te sientas mejor. Pero quédate conmigo —«siempre».

Y ella dudó todavía. Denver tuvo la horrible sospecha de que intentaba buscar alternativas.

—¿Tengo que ponerme de rodillas? —preguntó él.

Ella entonces lo miró confusa.

—¿Estás enfadado? —preguntó.

«¡Maldición!». Él recogió las toallitas descartadas, terminó de limpiarse la cara y fue a tirarlas al cubo de basura. Tardó un segundo en serenarse y volvió a mirarla.

—Lo siento, es que…

Cherry asintió con rigidez.

—Yo también.

—Es que me importas —dijo él.

Ella lo miró a los ojos.

Denver respiró hondo. Quería decir más, pero teniendo en cuenta cómo había reaccionado ella a su invitación, no se atrevía a declararle su amor.

—Si no estás conmigo, estaré distraído cuando debería estar concentrado en mi entrenamiento —dijo.

Ella se tapó la boca con una mano.

Denver odiaba recurrir a la culpa cuando ella tenía ya tanto de eso, pero haría todo lo necesario para verla segura.

—Por favor, ¿quieres instalarte conmigo?

Ella lo miró tanto rato que él empezó a sudar.

Entonces Cherry le tomó las manos y él se dio cuenta de que le temblaban.

Ella también se dio cuenta.

—De acuerdo —dijo—. Por el momento.

Si de él dependía, sería para siempre. Pero para empezar se conformaría con aquello. La atrajo hacia sí y la abrazó.

—Siento haber gritado —volvió a apartarla—. Tú sabes que yo nunca te haría daño.

—Claro que lo sé —contestó ella.

Pero parecía emocionalmente frágil, estoica.

—Deberían azotarme por perder los estribos —declaró él.

—Denver —ella lo abrazó con fuerza—. Tenías motivos para enfadarte.

—No estaba enfadado contigo.

Cherry le dedicó una sonrisa temblorosa.

—Ya lo sé.

Él no estaba convencido. Ya le había hecho daño una vez, gritándole en el gimnasio, poniéndola en evidencia. Estaba decidido a que eso no se repitiera jamás.

—Yo he gritado y tú has gritado —le recordó ella—. Reacciones normales. Los dos estábamos disgustados.
Denver frunció el ceño.
—Yo no estaba disgustado —dijo.
—¿Esa palabra resulta insultante? —preguntó ella.
Para él sí.
—Estaba cabreado, nena. No disgustado.
Cherry le dio una palmadita en el pecho.
—De acuerdo, muy bien.
Denver alzó los ojos al cielo con incredulidad.
—Ahora me estás apaciguando.
—Sí. Porque dices tonterías.
—¿Tonterías?
Cherry soltó una carcajada. Y, al oírla, él también sonrió. Estaba orgulloso de lo rápidamente que se recuperaba.

Ella le hacía sentir muchas cosas, la mayoría agradables y algunas perturbadoras. Pero no cambiaría ninguna. De hecho, cada vez sentía más por ella.

—Cuando le ponga la mano encima a Carver, lo destrozaré —dijo, en claro contraste con el momento de humor de ella. Pensaba que Cherry tenía que saber eso.

En lugar de contestar, ella señaló la puerta.
—Todavía no puedo volver ahí.
Denver la abrazó.
—No tienes que hacerlo.

Merissa abrió la puerta y entró con Armie. Este tenía un brazo alrededor de los hombros de ella y los dos conversaban íntimamente.

Denver y Cherry los miraron.

Merissa se apartó de Armie con un suspiro y se cruzó de brazos. Miró a Cherry.

—Estoy espantada —dijo.
—Yo también —contestó su amiga.
—Voy a hacer café —Merissa se dirigió a la cocina—. Me iré a otra casa hasta que ese imbécil desaparezca.

Denver se inclinó a susurrarle a Cherry:

—Se quedará con Cannon. Ha insistido él.
Cherry se reunió con su amiga. Parecía avergonzada.
—Rissy, lo siento muchísimo.
—¿Por qué? —Merissa sacó café de un armario—. Tú no lo has invitado a venir aquí.
—Pero es por mi causa que...
—No, es porque es un lunático —Merissa miró a Armie y tiró de Cherry para susurrarle algo. Las dos permanecieron así, cuchicheando muy juntas con alguna mirada ocasional a los hombres.
Denver empujó a un Armie fascinado hacia la puerta.
—Vámonos —dijo.
Armie obedeció.
—Estoy jodido —dijo en voz baja, para que ellas no lo oyeran.
—O te puedes dejar llevar por lo que sientes —musitó Denver.
Pero su amigo no lo escuchaba. Estaba muy ocupado intentando negar sus sentimientos. Denver podía haberle dicho que eso no funcionaría, pero suponía que Armie tendría que descubrirlo solo. Con suerte, antes de que fuera demasiado tarde.

Horas después, Denver y Cherry se fueron por fin a la cama. Ninguno de ellos dijo nada durante un rato. La velada había sido extenuante. Los especialistas en control de animales habían estado de acuerdo en que era mejor remolcar el coche antes de inspeccionarlo a fondo, sobre todo porque, como había dicho Armie, al menos una de las serpientes era venenosa. Teniendo en cuenta la facilidad de esos animales para esconderse debajo de asientos y en otros rincones, se decidió que habría que desmantelar parte del interior.

Denver ya había decidido que había que librarse del coche. Convenció a Cherry de que lo vendiera y le dejara ayudarla a comprar uno nuevo. Aunque ese tema lo discutirían a fondo otro día.

El policía había intentado achacarlo a una broma de mal gusto, pero él mismo no parecía convencido, y menos cuando le contaron la presencia de los hermanos adoptivos de Cherry en la ciudad. Había ayudado que Cannon llamara a la teniente Peterson.

Para sorpresa de Denver, esta se había presentado allí y había hablado con todos los presentes. Cherry le había prometido que la llamaría si alguno de sus hermanos adoptivos intentaba ponerse en contacto de nuevo.

No podían probar que ellos estuvieran detrás de lo del coche, pero la teniente estaba más que dispuesta a considerarlo probable. Saber que ella estaba en el caso les daba cierta confianza. Pero, como nadie sabía dónde encontrar a aquellos bastardos, había un límite a lo que la policía podía hacer.

—¿Cómo está tu cabeza? —preguntó Cherry, cuando por fin se metieron en la cama.

—Muy bien. No te preocupes por eso —Denver la deseaba, pero también quería que supiera que no era solo sexo—. ¿Y tú?

Ella alzó la cara para mirarlo.

—Estoy bien.

—Eres hermosa.

Ella sonrió. Alzó un codo y dejó sin darse cuenta un pecho desnudo lo bastante cerca para que él lo lamiera.

Denver resistió la tentación.

Cherry lo torturó más acariciándole el pelo.

—Gracias por pedirme que me quedara contigo —dijo.

Él le había pedido que se mudara a vivir allí, lo cual era muy diferente. Pero ella parecía demasiado agotada para discutir en ese momento por una cuestión de semántica.

—Gracias por acceder.

Ella pasó los dedos por la barbilla de él.

—Me siento aliviada de estar aquí, pero tengo que aclararme con algunas cosas.

—¿Por ejemplo? —preguntó él.

—No está bien dejar a Merissa allí sola. Sé que se quedará

unos días con Cannon, pero eso no durará. A ella no le gusta molestar.

—¿Cómo va a molestar si él quiere que esté allí? —preguntó él. Quería que Cherry recibiera también el mismo mensaje.

—Esto es culpa mía. Carver está aquí por mi causa. Lo menos que puedo hacer es...

—No —Denver la tumbó de espaldas y se colocó encima, sujetándola en el sitio—. Ya has accedido a quedarte aquí.

Ella lo miró a la cara y él vio muchas preguntas reflejadas en sus ojos oscuros. Preguntas sobre el futuro y sobre ellos como pareja. No podía contestarlas todavía, así que optó por hacer una sugerencia.

Primero la besó con gentileza.

—Sé que las cosas se están moviendo deprisa y los dos tenemos mucho entre manos en este momento. Yo tengo que entrenar y tú que trabajar.

—Y mi pasado acecha, embarrándolo todo. Lo siento muchísimo.

—A mí me alivia saber que no vas a lidiar con esta mierda tú sola —cuando ella empezó a hablar, él le puso un dedo en los labios para que guardara silencio—. Sé que eres independiente, nena. Es una de las cosas que amo de ti.

Cherry se quedó inmóvil, con la mirada oscurecida y el rostro sonrojado.

Sabiendo que contaba con su atención, Denver intentó convencerla.

—Pero ser independiente no significa que tengas que hacerlo todo sola. Créeme cuando digo que quiero estar a tu lado —«ahora y siempre»—. Confía en Cannon para cuidar de Merissa y confía en que esta comprende la situación tal y como es.

—Es...

—No es culpa tuya —enfatizó él.

—No directamente, porque yo jamás perjudicaría a mis amigos deliberadamente. Pero es un hecho que Carver está aquí porque yo estoy aquí.

—Me alegro de que estés aquí... conmigo.
Ella transigió lo suficiente para decir:
—Yo también me alegro mucho de eso.
Para convencerla, él optó por ofrecerle un punto de vista diferente.
—Cúlpate a ti misma porque él sea un psicópata matón que necesita que lo ingresen es como culparme a mí de que Pamela fuera una mujer infeliz atrapada en un matrimonio desgraciado en el que se había metido ella.
Ella le rodeó el cuello con los brazos y él la atrajo hacia sí en un abrazo protector.
—Eso no fue culpa tuya —dijo ella.
Conmovido, divertido y queriéndola más a cada minuto que pasaba, él la soltó.
—Y lo que hace Carver no es culpa tuya —declaró.
Sintió que ella se incorporaba y se apartó para mirarla.
—Lo siento, Denver, pero no puedo quedarme quieta esperando a ver lo que hace.
—Acabará metiendo la pata y lo pillaremos. Pero jamás le permitiré que te haga daño.
—Tengo que llamarlo.
—No.
—Tengo que...
—Lo llamaré yo.
Cherry volvió a abrazarlo, esa vez con más fuerza, y apoyó la cara en su pecho.
—No quiere hablar contigo.
—Pues tendrá que hacerlo de todos modos.
Ella se apartó entonces con resolución y se sentó a bastante distancia de él.
—Tienes que entender una cosa —dijo.
Denver sentía ya la pérdida de su calor. Asumiendo que tardarían un rato en poder dormir, se sentó apoyado en el cabecero y se cruzó de brazos, decidido también.
—Te escucho.
—Carver no es un hombre al que le influya la lógica. No

puedes alejarlo con advertencias. Las amenazas no le dicen nada. Se cree invencible. Piensa que siempre puede hacer lo que le apetezca, porque normalmente puede.

—En ese caso, tendrá que aceptar que esta vez no puede —«porque no puede tenerte a ti»—. Tiene que saber que no estás sola.

Ella respiró con fuerza.

—Si haces eso, si intentas enfatizar que estás a mi lado, que me defiendes, irá a por ti.

«Bien», pensó Denver.

—Mejor yo que tú —declaró.

—¡No! —ella se llevó una mano al pelo y salió de la cama—. Esto ya es bastante malo sin que tú acabes...

—¿Metiéndome? —Denver lo intentó, pero no pudo evitar hablar con repugnancia.

Cherry se giró a mirarlo.

—¡Herido!

¡Demonios! En opinión de él, aquello era aún peor. Un amago de furia lo obligó a echarse hacia delante con el ceño fruncido. La incredulidad le hizo hablar con un susurro chirriante:

—¿Crees que ese gamberro llorica puede conmigo?

Cherry levantó las manos en el aire.

—¡No lucha limpio, maldita sea! Tiene armas. Acecha en las sombras y... y...

Y le había hecho cosas terribles a ella. Denver se levantó de la cama, empujado por una horrible mezcla de amor y rabia. Cherry se apartó de él con los brazos cruzados y el rostro inexpresivo.

Él la obligó a darse la vuelta.

—No hagas eso —le dijo—. No me dejes fuera jamás.

Ella tardó un segundo en levantar la barbilla.

—No quiero que Carver y los locos de sus hermanos vayan a por ti. Sé que soy responsable de muchas cosas, pero no quiero ser responsable de esa —lo miró a los ojos, pero le tembló la voz cuando dijo—: Por favor.

Él le puso las manos en los hombros con cautela y la atrajo hacia sí.

—¿De qué eres responsable? —preguntó.

Cherry apretó los labios.

—Tengo que contarte más cosas de Carver para que lo entiendas. Así sabrás que no vale la pena...

—¿Luchar por ti? —preguntó él. ¿Era eso lo que ella pensaba?

Ella intentó apartarse, pero Denver la tomó en brazos y la llevó a la cama sin hacer caso de sus esfuerzos por soltarse, de sus excusas ni de todas las razones por las que no podía, o no debía, conocerla en todos los sentidos imaginables.

Se puso cómodo con la espalda apoyada en el cabecero y con ella debatiéndose en sus rodillas.

—Estate quieta.

Eso hizo que ella se debatiera más y él la sometió riendo. Al parecer, la risa no fue una buena idea, a juzgar por la mirada asesina que le lanzó ella.

—No quieres estar sentada, ¿eh? —preguntó él—. Tú mandas —la tumbó debajo de él, le sujetó las piernas con una de las suyas y le subió los brazos por encima de la cabeza. La miró detenidamente, sonrió y movió la cabeza—. ¡Maldita sea, nena! Pase lo que pase, tú siempre me pones.

—¡Maldita sea, Denver!

Él le mordió levemente el lóbulo de la oreja.

—Calla. Todo irá bien. Ya lo verás.

—Eso no lo sabes. Carver no es un hombre razonable.

—No es un hombre en absoluto —él le dio besos desde la oreja hasta la garganta—. Los hombres de verdad no van de matones con otros y mucho menos maltratan a mujeres —alzó la cabeza lo bastante para ver el deseo en los ojos de ella.

¡Qué dulzura de mujer! ¡Qué poco le costaba que estuviera dispuesta! Eso, en sí mismo, era ya una bendición. Que lo deseara tanto una mujer como ella...

No renunciaría a eso bajo ningún concepto.

—Cualquiera que aterrorice a una niña es la peor escoria

que hay sobre la tierra. Y aunque entiendo que preferirías lidiar sola con él, no es justo que me pidas eso, así que olvídalo.

La niebla sensual desapareció de la mirada de ella.

—¡Eso no es tan fácil!

—Si dejas de esconderte de mí, lo será. Si dedicaras un poco de esfuerzo a confiar en mí, lo sería —Denver esperó. Cuando ella no dijo nada, cuando vio que apartaba la vista, hurgó con la nariz en su piel fragante—. Tengo toda la noche —mejor dicho, tenía una vida entera con ella. Y Cherry lo comprendería antes o después.

Él le fue dando mordisquitos por el torso hasta llegar a la parte superior del pecho.

Cuando la respiración de ella se hizo más profunda, Cherry apretó los labios.

—De acuerdo.

Denver vio la resignación en su mirada y la creencia de que las cosas entre ellos cambiarían de algún modo. Le echó el pelo hacia atrás, pegó un instante los labios a los de ella y se incorporó sobre un codo, apoyando la cabeza en un puño.

—Es cuestión de confianza —le recordó.

Ella lo miró a los ojos. Estaba tan tensa que temblaba de estrés.

—Ya te conté que Carver me atormentaba.

—Sí.

—Sabe que los bichos me dan miedo. Mucho miedo.

Denver no pudo por menos que comentar una evidencia.

—Y sin embargo, hoy, te has quedado a ayudar porque sabías que yo lo necesitaba.

Cherry cerró los ojos. Su voz sonaba tensa.

—He pasado mucho miedo.

—Cuando alguien afronta sus miedos de ese modo, eso se llama ser valiente.

Ella negó con la cabeza.

—No si el miedo es a unos —tragó saliva con fuerza— insectos estúpidos.

—Te equivocas. Hay muchas clases de miedos y a cada uno

le afectan de un modo diferente —cuando le soltó las muñecas, ella bajó los brazos y le colocó las palmas en el pecho—. Estoy muy orgulloso de ti.

La risa avergonzada de ella le hizo daño.

—Si he sido valiente, ha sido solo porque tú estabas allí y sabía que no dejarías que nada me picara.

Denver pensó que aquello era un progreso.

—Yo no dejaría que nada ni nadie te hiciera daño —declaró.

Ella alzó las pestañas y mostró sus hermosos ojos oscuros… y su obstinado orgullo.

—Quiero cuidar de mí misma —insistió.

—Ya lo haces, nena. Teniendo en cuenta el punto del que partiste, lo haces muy bien. Estoy orgulloso de ti y quiero que también estés orgullosa de ti misma.

Cherry se mordió el labio inferior de aquel modo tan suyo y tan sexy y asintió vacilante.

—Bien —susurró él, contento con ella. Respiró hondo—. Ahora tienes que entender que las relaciones son cuidarse el uno al otro.

—De acuerdo —ella frunció los labios—. Pero yo no hago nada por ti.

Él sabía hasta qué punto estaba equivocada. Pensar en todo lo que hacía por él hacía que deseara desesperadamente poseerla. Lanzó un gemido y la besó apasionadamente. Luego apoyó la frente en la de ella.

—Volver a ver a mi padre después de tanto tiempo me resulta más fácil si sé que estarás a mi lado.

—¿De verdad?

—Claro que sí —esa vez la besó en la frente.

—Supongo que, si estás decidido a enfrentarte a Carver, necesitas saberlo todo. Tienes que entender hasta qué punto es retorcido y perverso.

Denver ya se hacía una idea, pero ella esperaba que contárselo, compartir la pesadilla, la ayudara a soltar parte de la carga que llevaba encima.

Lo empujó hasta tumbarlo de espaldas, se acomodó encima y apoyó la cabeza en su hombro.

—Una vez, antes de que pudiera escapar, Carver me sujetó contra el suelo y me obligó a besarlo. Dijo que, si no lo hacía, me pondría una chicharra enorme encima. Yo estaba gritando —ella alzó la cabeza—. ¿Sabes el ruido que hacen esos bichos?

A él le dio un vuelco el corazón.

—Sí, lo sé —repuso—. Asustan a mucha gente.

Ella volvió a abrazarse a él.

—Hacía aquel ruido espantoso y él me la acercaba solo para ponerme histérica. Yo intentaba no reaccionar, pero... —tomó las manos de él y las colocó debajo de su pecho izquierdo—. Todavía se me acelera el corazón solo con hablar de ello.

Carver la había traumatizado. Deliberadamente. No era extraño que la asustaran tanto los bichos. Si había un hombre que se merecía una paliza...

—Me besó —susurró ella—, pero yo estaba sollozando todo el tiempo. Y... y a él le gustó.

¡Hijo de perra! Denver hervía de rabia, pero con Cherry haciendo de manta con él, no quería incorporarse. Decidido a protegerla de su rabia, la reprimió todo lo que pudo y relajó las manos para agarrarle el trasero. Le costó dos intentos poder preguntar:

—¿Cuántos años tenías?

—Aún no había cumplido los diecisiete —los dedos de ella jugaban con el vello del pecho de él—. Carver tenía veintitrés. Era grande y musculoso —de nuevo se alzó para mirarlo—. Sus hermanos siempre miraban. Carver disfrutaba jugando conmigo y ellos disfrutaban mirando. Era como si se luciera así o algo parecido. Gene se ponía serio, casi salivando. Mitty se reía como un niño que viera dibujos animados. Sus reacciones eran espeluznantes y me hacían sentir...

Su voz se apagó. Ella volvió a acurrucarse contra él y susurró:

—Impotente. Me hacían sentir completamente impotente.

La realidad de lo que ella había sufrido era aún más destructiva de lo que Denver había imaginado. Abusos físicos, sí. Pero también perturbaciones emocionales.

—Lo siento muchísimo —dijo. Se prometió a sí mismo que haría que los tres pagaran por eso.

—Unos meses después de eso, me pilló a solas y me obligó a ir al bosque —dijo ella con voz inexpresiva, como si contara una historia aburrida.

Denver sintió su tensión y la acarició desde el trasero hasta los hombros y vuelta, bajando hasta los muslos. Quería tocar cada centímetro de ella, como si así pudiera curar la pesadilla, y quizá incluso borrar el recuerdo.

Colocó a ambos de lado y la estrechó contra sí en un abrazo protector.

—Tómate el tiempo que necesites, cariño —dijo.

Mientras esperaba, siguió acariciándola, con la mente llena de pensamientos y sintiendo náuseas.

Después de respirar hondo, ella empezó a hablar de nuevo.

—Había limpiado un claro en el bosque y tenía una estaca clavada en el suelo, con cuerdas atadas a ella.

¡Jesús!

—Había un montón de chicos allí. Unos se mostraban nerviosos y otros ansiosos. Planeaba que yo fuera el espectáculo y yo sabía que iba a ser algo muy malo, pero no podía soltarme —dijo ella. Se sentó de pronto, pero siguió aferrando la mano de él—. Esto lo voy a contar deprisa, ¿de acuerdo?

La emoción apretaba la tráquea de él como un puño de hierro y Denver tuvo que tragar saliva dos veces antes de ser capaz de hablar.

—Lo que tú necesites —se sentó también y quedaron uno frente al otro, él grande y capaz y ella, lo admitiera o no, pequeña y vulnerable.

—Me quitó la camiseta y el sujetador, me puso los brazos a la espalda y los ató a la estaca. Pensé que me iba a violar. Sigo pensando que ese era su plan.

«Con otros mirando», pensó Denver. Para recuperar la compostura, cerró los ojos, pero solo un segundo. Cherry lo necesitaba. Él le había pedido toda la verdad y estaría a su lado en cuerpo y alma mientras se la contaba.

—En cualquier caso —dijo ella, con la mano en la de él—, había perdido demasiado tiempo para una violación.

—¿Perdido cómo?

—Tenía un montón de bichos asquerosos y no dejaba de tirármelos. Algunas personas miraban y se reían. Otras simplemente miraban. Nadie me ayudó —Cherry apretó la mano de él con más fuerza—. De vez en cuando, se acercaba a quitarme un bicho, pero lo usaba como excusa para tocarme, y yo estaba tan histérica, que no recuerdo lo que dije. Solo recuerdo que lloraba.

La había torturado. Y otros psicópatas se habían quedado a mirar.

—Habría unas diez personas allí. Dos de ellas eran chicas que gritaban cada vez que uno de los bichos echaba a volar. Creo que eran a las que más odiaba yo, porque tenían miedo de los bichos, pero se quedaban a mirar de todos modos —Cherry movió la cabeza—. Cuando Carver se cansó de ese juego y me dijo que me iba a quitar los pantalones cortos, llegó Janet.

—¿La madrastra?

Ella asintió.

—Todavía puedo verlo tal y como ocurrió. Entró en el claro con pantalones de pijama y una camiseta de hombre, con el pelo revuelto, un cigarrillo entre los dientes y apuntando a Carver con una escopeta de cañones recortados. Dijo que buscaba un motivo para dispararle.

—¿Siempre tenía ese aspecto?

—El cigarrillo, sí. La escopeta, a menudo. Pero normalmente iba más limpia. Creo que se despertó después de haber estado bebiendo y, cuando vio que no estábamos ninguno allí, empezó a sospechar.

—¡Gracias a Dios!

Cherry asintió.

—Parecía una vengadora loca y cruel. Dijo a una de las chicas idiotas que me soltara. Todo el mundo guardó silencio, sin saber lo que ocurriría. Era un silencio inquietante, excepto por los bichos. Los bichos nunca están en silencio.

Denver le acarició la mejilla con el dedo meñique y le apartó un mechón de pelo de la cara.

Cherry no pareció darse cuenta.

—Cuando estuve libre, Janet y yo salimos de allí andando de espaldas y entramos en su camioneta —dijo—. Era todo muy raro, pero los demás seguían callados. Carver nos miraba fijamente, como si nos odiara a las dos... o como si planeara algo.

Arrugó la frente, como si todavía no pudiera entender la hostilidad de aquel psicópata.

—Janet me dijo que ya estaba harta de tener que preocuparse de que Carver llamara la atención de los agentes de la ley. Dijo que era demasiado temerario —Cherry tragó saliva—. También dijo que odiaba a cualquier hombre capaz de violar a una mujer y que sabía que Carver era un violador en potencia. Me había llevado algo de dinero, mi bolso, mis papeles y algo de ropa en una bolsa. Me llevó a la autopista y me dijo que me marchara y no volviera nunca.

Aquello era más de lo que Denver podía soportar. Volvió a tomarla en su regazo y la estrechó con fuerza. Ella no protestó, ni siquiera cuando él empezó a acunarla.

Deslizó los dedos en el pelo de él y susurró.

—Estoy bien.

Denver soltó una risita. ¿Ella quería calmarlo a él?

—Mejor que bien. Eres perfecta —dijo. Se le ocurrió una idea—. ¿Nunca pensaste en denunciarlos a todos?

Ella negó con la cabeza.

—Habría dado igual. Las autoridades locales los encubrían. Venían de visita a veces. Se iban con dinero y a veces con drogas. Carver y toda su familia tenían inmunidad en ese pueblo.

Y ella estaba atrapada en medio de todo aquello sin tener adonde ir, excepto escapar por su cuenta.

Cherry le puso una mano en la barbilla.

—¿Comprendes, Denver? Yo acepté dinero de drogas. Nunca lo hablaron conmigo, pero yo lo sabía. Habría tenido que ser muy tonta para no saberlo. Tonta y ciega.

—Y no eres ninguna de las dos cosas —repuso él.

Ella lo miró como si no entendiera su actitud despreocupada.

—Vendían a camellos que arruinaban vidas. Había palizas —lo miró a los ojos con desesperación—. Mis padres murieron por un trato de drogas. Quizá incluso por tratar con la familia de Carver. Pero en aquel momento no me importó, solo quería salir de allí.

—Eras una cría que quería sobrevivir, cariño. Y me alegro muchísimo de que no solo sobrevivieras, sino que además te convirtieras en la persona que eres, una persona que es muy importante para mí.

Ella lo miró a los ojos.

—¿Tú no crees que fui débil? —preguntó.

—¡Cielo santo, no! Fuiste muy fuerte.

A ella le tembló el labio inferior, pero solo un segundo. Después se lanzó sobre él.

Y para sorpresa de Denver, empezó a besarlo, no en busca de consuelo, sino de mucho más.

—Cherry...

Ella se apresuró a lanzarle argumentos convincentes.

—En este momento no puedo hacer nada sobre Carver. Anda por ahí y sigue siendo un ser humano horrible, pero no es un problema que pueda resolver esta noche.

Denver pensó que tampoco era un problema que tuviera que resolver sola. Pero eso ya se lo había dicho.

—Si no cambiamos de atmósfera, acabaré hecha polvo emocionalmente.

Él se dio cuenta una vez más de que la amaba.

—Conmigo puedes mostrarte todo lo emocional que quieras —dijo.

—Ya lo he hecho... demasiadas veces —repuso ella—. Esta noche solo quiero olvidar a Carver y el pasado. Quiero disfrutar de ti —lo miró con pasión y empezó a acariciarlo de un modo irresistible. Bajó la voz y susurró—: Puedes hacer eso por mí.

Teniendo en cuenta que no había nada que él no estuviera dispuesto a hacer por ella, ¿cómo iba a discutir eso? No podía. Estuviera coqueteando, riendo, llorando o enferma, era suya. Se lo demostraría, y quizá por la mañana ella habría empezado a creerlo.

CAPÍTULO 20

Carver se estiró en la cama estrecha e incómoda y miró el reloj. Eran casi las siete de la mañana. Debería dormir más, pero sabía que no lo haría. En la cama de al lado, Mitty roncaba con fuerza suficiente para hacer temblar los cristales y Gene murmuraba en sueños.

Pero no era eso lo que lo tenía despierto.

Cherry había ocupado su cerebro casi toda la noche y eso lo tenía nervioso y excitado.

Y rabioso.

Sus sueños intranquilos lo habían despertado un montón de veces en la oscuridad, pensando en la reacción de ella a la sorpresa que le había dejado en el coche. ¿Había gritado? ¿Llorado?

¿Su puñetero novio la había consolado?

Carver apretó los puños y respiró más hondo. Aquel tío se las pagaría al final, eso seguro. Por entrometerse y por tirársela a ella.

Por tener lo que él quería.

Aunque ella tenía un protector musculitos, había sido fácil montar la broma. Demasiado fácil. Había estropeado el coche para que ella tuviera que dejarlo allí y, cuando había ocurrido exactamente lo que él quería, Gene y Mitty se habían acercado durante la noche a colocar las serpientes y los distintos insectos.

¡Cómo le habría gustado estar presente para verla cuando

abrió la puerta! Pero, aunque le gustaba correr riesgos, sabía que eso sería demasiado. En aquella calle tranquila, llena de familias de clase media, no había donde esconderse, ningún lugar donde esperar y desde donde observar.

Miró el techo de la habitación de aquel motel barato y sonrió. Cherry siempre había tenido mucho miedo a los insectos y él había aprovechado a menudo esa fobia para meterse con ella. Una vez, cuando ella tenía quince años, le había metido un saltamontes grande por la parte de atrás de la camiseta.

Cherry había gritado como si le hubieran echado agua hirviendo y había desgarrado la camiseta para liberar al saltamontes. Ya entonces tenía tetas grandes. Daba igual que llevara un sujetador sencillo de algodón de color blanco, él se había empalmado y sus hermanos también. Janet había llegado corriendo, los había echado de allí y había metido a Cherry dentro.

Pero no antes de que él pisara al bicho, soltando restos por todas partes y haciendo casi vomitar a Cherry.

Desde aquel momento había disfrutado colocándole un ciempiés en la cama o una cucaracha en los cereales. En una ocasión la había sujetado debajo de él con una chicharra en la mano y la había obligado a besarlo.

Ella había llorado todo el tiempo, pero, aun así, sabía muy bien.

¡Joder! Carver se sentó en el acto y se pasó ambas manos por la cara. Un beso de una colegiala que lloraba y cerraba la boca y todavía lo excitaba pensar en eso. Cuando volviera a tenerla cerca, la ataría y le haría todo lo que quisiera. Conocía sus secretos.

Por mucho que temiera a las serpientes y los bichos, tenía más miedo de ser violada.

Mitty levantó la cabeza.

—¿Qué estás haciendo? —bizqueó y miró el reloj—. ¿Estás bien, Carver?

Gene soltó una risita con media cara aplastada en la almohada.

—Está pensando otra vez en ella —dijo.

—Seguid durmiendo los dos —Carver sacó un cigarrillo, lo encendió y se sentó con la espalda apoyada en el cabecero. Sí, pensaba en ella. ¿Cómo evitarlo cuando estaba tan cerca de volver a tenerla?
—Olvídalo —gruñó Gene, colocándose de espaldas.
Carver no tenía ninguna intención de hacer eso.
—Cuanto más tiempo estemos aquí, más tiempo descuidamos el negocio —insistió su hermano.
—La necesitamos a ella para terminar el negocio —le recordó Carver—. ¿O has olvidado que Janet escondió nuestro dinero?
Mitty se levantó, se rascó la entrepierna y entró en el cuarto de baño. Dejó la puerta abierta mientras vaciaba la vejiga.
—Podríamos obligar a Janet a que nos lo dijera —dijo desde el váter.
—Ya lo hemos intentado, idiota —repuso Gene—. Con la seguridad que le han puesto en el hospital, no podemos hablar con ella en privado —miró a Carver—. Pero no hay razón para no pegarle un tiro al maldito luchador, agarrar a la chica y largarnos a casa con ella. Cherry nos dirá lo que necesitamos saber.
—No —Carver se negaba a que le estropearan sus planes—. Quiero que el luchador sufra.
Gene se sentó en la cama.
—Si sigues haciendo el gilipollas, nos acabarán pillando.
Carver se inclinó en dirección a él.
—¿Ahora eres tú el cerebro? ¿El que hace los planes?
—No, yo solo lo digo.
Mitty volvió y se dejó caer en la cama, casi echando a Gene de ella. Discutieron durante un minuto antes de tranquilizarse. Carver los miró y vio que Mitty volvía a roncar, pero Gene tenía el ceño fruncido.
Mientras no interfiriera, por él podía protestar todo lo que quisiera.
—Todavía recuerdo aquel día en el bosque como si acabara de pasar —dijo Gene sin alzar la voz. Se puso los brazos

detrás de la cabeza—. El cuerpo de ella cuando la desnudaste despacio, el olor de su miedo —miró a su hermano—. Cómo te suplicaba.

Carver inhaló con fuerza. Quería oírla suplicar de nuevo. Quería verla desnuda, esa vez ya con un cuerpo de mujer exuberante.

—Si papá estuviera aquí... —empezó a decir Gene.

Carver lo interrumpió.

—Pero no está, ¿verdad? —él era el nuevo cabeza de familia y quería lo que le habían prometido hacía tanto tiempo—. Solo tenemos unos días más para atormentarla y pienso aprovecharlos al máximo. Después, el próximo fin de semana, la cogeré y nos iremos a casa. Deja de preocuparte por eso.

Gene pensó un momento en aquello y luego asintió con la cabeza.

—Está bien.

Carver agradecía su aceptación, pero de todos modos habría hecho lo que quisiera. Y lo que quería era vengarse del luchador antes de saciarse con Cherry Peyton.

Sí, necesitaba que le dijera dónde había guardado Janet el dinero. Cherry lo sabía, en eso creía a su madrastra. La vieja zorra no se atrevería a mentir. Si no continuaban con el negocio como de costumbre, los que habían matado a su padre y herido a la esposa de este volverían y acabarían el trabajo.

Con todos ellos.

Pero arreglar el tema del negocio no era, ni mucho menos, todo lo que quería de Cherry.

Pensando en eso, volvió a mirar la hora, sacó la tarjeta que le había dado Pamela y la llamó desde el teléfono del motel. Aquella mujer deseaba tan desesperadamente oír cumplidos, que la había convencido en cuestión de segundos. Le había resultado muy fácil conseguir que los invitara a la fiesta. Como decía Gene, eso los mantenía en esa ciudad más tiempo del que le habría gustado, pero no quería pasar una oportunidad tan buena de vengarse... y satisfacer sus deseos.

—¿Hola? —preguntó la voz cortante de ella.
—¿Pamela? Hola. Soy Carver, el amigo de Denver —Mitty y Gene se movieron y lo miraron. Él negó con la cabeza para darles a entender que no podían hablar y sonrió al teléfono—. Espero que no sea muy temprano.
—Carver —musitó ella, contenta—. No pasa nada. Llevo horas levantada.
—Sabía que no eras ninguna perezosa —dijo él, y escuchó la risa de ella—. ¿Denver ha confirmado ya si va a ir?
—Sí. Menos mal. Habló con mi esposo y le dijo que vendría.
—Bien, bien —musitó Carver. Aquello era fantástico—. ¿Va a llevar a la chica? —aquel sería el mejor escenario, un modo fácil de agarrar a Cherry delante de él, de lograr que se sintiera impotente mientras se hacía con ella.
—Sí, así es. Y en realidad, es la situación ideal.
Él opinaba exactamente lo mismo. Soltó una carcajada.
—¿Y eso por qué? —preguntó. Estaba seguro de que Pamela no lo decía por lo mismo que él.
—Hay mucha mala sangre, pero, si está Cherry, todo el mundo tendrá que mostrarse amable. Además, si la acogemos bien, tendremos un modo de volver a entrar en la vida de Denver. Por eso la invité.
—Buena idea —comentó Carver—. Denver puede ser difícil a veces, ya te lo dije.
—Sí. Y gracias de nuevo por tus consejos. Fue muy agradable poder comentar todo esto con un amigo suyo.
—Denver y yo nos conocemos desde hace tiempo —mintió Carver—. Me alegro de poder ayudar. Le hará feliz reunirse con su familia.
En la cama de enfrente, Gene lanzó un gruñido.
—Pero recuerda que no debes decirle que hemos hablado. Se mosquearía mucho y volverías a estar como al principio.
—No diré ni una palabra, lo prometo.
Carver, que casi jadeaba ya de anticipación, se despidió de ella y desconectó la llamada. Gracias a Pamela, sabía exacta-

mente dónde y cuándo encontrar a Denver y a Cherry. Eso le daba la oportunidad que necesitaba.

Estaba deseando que llegara el momento.

Estar con Denver era fantástico. Después del trabajo, Cherry pasó el tiempo buscando un buen lugar para una parte de su ropa, cosa que no resultó difícil, dado el tamaño de su armario. Ver sus cosas colocadas al lado de las de él le produjo una gran satisfacción.

Lo amaba. Quería estar con él toda la vida.

Y por el momento, él quería que se quedara.

Cherry no podía seguir siendo realista y no pensar en el amor. En conjunto, problemas aparte, estaba llena de optimismo, Aunque jamás presionaría a Denver contándole lo que sentía. Eso nunca. Él tenía que preparar un combate y ella ya le había echado mucha carga emocional encima. A partir de ese momento, quería que su relación fuera más fácil.

Más relacionada con el placer que con el pasado.

Decidida a lograr que aquello funcionara, habló con Yvette y Harper sobre recetas buenas que pudieran comer los luchadores cuando entrenaban. Denver le informó de que él ayudaría en la cocina y en todo lo demás. No era un hombre que fuera a quedarse sentado mientras una mujer le servía... a menos que se turnara también sirviéndole a ella.

Ella seguía sin decidir qué hacer con Carver, cuando este atacó de nuevo.

Después del trabajo, Denver la había recogido y habían ido al centro recreativo. Stack estaba allí, dando una clase de defensa personal a la que asistían tanto Vanity como Merissa. Cerca, Cannon y Miles practicaban movimientos de lucha con chicos del instituto. Yvette y su adorable perro Muggles miraban desde el lateral.

Era un grupo alegre y ajetreado, hasta que alguien llamó por un fuego que no existía. Llegaron coches de bomberos y de policía armando mucho jaleo. Evacuaron a todo el mundo y el único fuego que encontraron fue uno pequeño en los contenedores de basura detrás del centro recreativo, que apagaron fácilmente y sin ningún daño real.

Sin embargo, se desperdiciaron horas mientras todos esperaban en la acera de enfrente a que los bomberos tuvieran ocasión de inspeccionar el interior.

Denver, con rostro serio, mantuvo aferrada la mano de Cherry mientras hablaba con un agente y le contaba que era probable que la llamada hubiera partido de Carver. Esa aseveración suscitó una docena de preguntas. Mientras Cherry les daba la información que podía, Denver observaba la escena.

Ella se percató de pronto de que Cannon, Stack, Armie, Miles, Brand y Leese hacían lo mismo. Le desconcertó ver que habían formado un semicírculo protector alrededor del resto del grupo. Todos parecían alerta, cabreados y... preparados.

Al menos se tomaban en serio las amenazas de Carver, lo cual no impidió que aumentara la preocupación de Cherry. También notó que Leese parecía ser ya parte del grupo. Como lo tenía por un hombre bastante agradable, se alegró de ello.

El agente tomó notas, incluido el número de teléfono de Carver. Ante las repetidas disculpas de ella por las molestias causadas, le aseguró varias veces que lo entendía.

Y, aunque les habían hecho perder el tiempo, los bomberos también se mostraron cordiales mientras llevaban a cabo la inspección del local.

De hecho, nadie miró a Cherry con aire acusador, pero no hacía falta. Ella sabía lo que había ocurrido y eso la destrozaba. El centro recreativo no solo era un lugar especial para los luchadores, sino también para buena parte de la comunidad. Y lo habían violado, lo habían puesto en peligro de un modo terrible.

A causa de ella.

Cuando por fin terminó la entrevista, Denver le agarró la barbilla, le alzó el rostro y la miró con atención.

—En cuanto terminen la inspección, podemos volver a entrar —dijo.

Ella asintió.

—¿Estás bien? —preguntó él.

—Sí.

Denver le pasó el pulgar por la mejilla.

—Tu cara está caliente.

—Estoy... destrozada —y furiosa—. Esto no tendría que haber pasado.

Él hizo una mueca de rabia, pero habló con gentileza.

—No, no tendría que haber pasado.

—Tengo que disculparme con Cannon.

—No.

Ella miró a su alrededor y comprendió la verdad.

—Tengo que disculparme con todos ellos.

Denver le puso ambas manos en la cara.

—Tú no has hecho esto y no tienes por qué disculparte.

Ella intentó una sonrisa tranquilizadora.

—Puede que tú pienses que no, pero todos los demás...

—Están de acuerdo conmigo —después de un beso rápido, tan tierno que la dejó confundida, Denver llamó a Armie y a Stack—. Tengo que hablar con Cannon —dijo.

—Entendido —Armie tomó a Cherry del brazo y retrocedió con ella un poco más cerca de la pared del centro recreativo.

Stack se colocó al otro lado de ella y los dos se pusieron a observar a la gente y la zona próxima.

Era ridículo cómo la protegían mientras Denver se acercaba a hablar con Cannon. Ella podría haberles dicho que Carver era un cobarde en el fondo y jamás se aventuraría en una multitud de luchadores malotes.

No, cuando Carver fuera a por ella, lo haría cuando estuviera sola. Solo que... Denver ya no la dejaba sola nunca.

Se apoyó en la pared de ladrillo con un suspiro y cerró los ojos. ¿Cuánto tiempo duraría su relación con Denver bajo la tensión de la sombra oscura de Carver?

Miró a todos los que estaban allí, vulnerables, fuera del centro recreativo, y por fin aceptó la verdad. Si Carver no podía hacerse con ella, atacaría a cualquier otra persona solo para hacerle daño.

Todos los que conocía y a los que contaba como amigos serían un objetivo en potencia. Tenía que averiguar lo que quería él. Y para eso, tendría que volver a llamarlo.

—¡Eh, levanta la cabeza, muñeca! —dijo Armie, quien se estaba duchando cuando empezó el jaleo y se hallaba allí, en la acera, envuelto en una toalla, cosa que parecía gustar a las chicas.

¿Y por qué no? El joven era todo músculos, fibra y actitud chulesca envueltos en piel suave, cuerpo sexy, vello y tatuajes curiosos. Sus profundos ojos marrones siempre trasmitían humor y no tenía ni un solo hueso de modestia en todo su cuerpo.

—Estás haciendo que me sienta desnudo —le dijo él con una sonrisa.

Cherry empezó a disculparse por mirarlo, pero Stack se le adelantó.

—Estás desnudo —declaró.

—Tengo una toalla —argumentó Armie.

—Te habría costado lo mismo coger tus *boxers* —dijo su amigo.

—Hoy no he traído *boxers* —Armie miró a Cherry para asegurarse de que contaba con su atención y le guiñó un ojo con malicia—. Tenía unos minúsculos...

Stack le dio un empujón, que le hizo reír y casi le tiró la toalla.

Todas las mujeres que andaban cerca contuvieron el aliento, pero Armie se las arregló para mantener la toalla en su sitio.

Volvió a asegurarla y sonrió a Cherry.

—En serio, esos calzoncillos habrían tapado menos.

Ella movió la cabeza, reprimiendo una sonrisa.

—Eres un exhibicionista —musitó.

—Eso es —murmuró él con satisfacción—. Mucho mejor así que con la cara larga.

—No es que no estés guapa cuando estás preocupada —intervino Stack—. Pero la sonrisa te queda mejor.

—Estáis locos los dos.

Ambos le sonrieron y ella decidió que podían ser buenos confidentes.

—Creo que esto ha sido obra de Carver —murmuró.

Stack y Armie se miraron. Sí, ella se dio cuenta de que hacían el payaso en su honor, pero ¿cómo se iba a reír si acababan de alterar el negocio de Cannon? Los bomberos habían ido allí para nada.

Y no podía dejar de pensar en qué sería lo siguiente que haría Carver. Tenía que pararlo. ¿Pero cómo?

—No sufras —le dijo Stack—. Sus juegos mezquinos terminarán pronto.

Cherry no estaba tan segura. ¡Ojalá fuera verdad! Pero asintió de todos modos para mostrarse apaciguadora.

Entonces se dio cuenta de que Stack no dejaba de mirar a Vanity. Miró a su vez y entendió por qué. La californiana estaba rodeada de jóvenes admiradores. Cuando sonrió, Stack frunció el ceño.

Cherry se compadeció de él.

—No necesitas quedarte aquí de guardia —dijo.

—¿Qué has dicho? —preguntó él, sin apartar la vista de Vanity.

Armie le dedicó una sonrisa conspirativa a Cherry.

—Vete —le dijo a su amigo—, nosotros dos nos entretendremos mutuamente hasta que nos digan que está todo bien. Parece que ya salen los bomberos, así que podremos entrar en cualquier momento.

Stack asintió sin decir palabra y se alejó, dejando solos a los otros dos, o tan solos como podían estar en una acera llena de gente.

—Y bien —Armie ladeó la cabeza—. ¿Qué es lo que piensas, pastelito Cherry?

Ella lanzó un gemido.

Armie le apartó un mechón de pelo.

—Te sienta bien el nombre, así que deja de hacer ruidos de vaca.

—¿Ruidos de vaca?

—De gruñir —él se volvió y se apoyó en la pared al lado de ella—. ¿Sabes una cosa? Estoy decepcionado contigo.

Aquello le dolió a Cherry, pero solo dijo:

—Lo comprendo.

—Lo dudo —contestó él—. Verás, no solo estás dejando que te afecte un gilipollas como Carver, sino que además estás cargando al pobre Denver con tu miedo, y él tiene un combate en puertas.

Cherry hizo una mueca.

—Creo que eso se llama un gancho al hígado, ¿verdad?

Armie se echó a reír.

—O puede ser al plexo solar —le dio un codazo juguetón en las costillas—. Eso te deja sin aire —se puso serio y respiró con frustración—. Si Carver está mirando, ¿de verdad quieres que te vea tan abatida?

Ella no quería pensar en Carver mirándola.

—Sonríe —dijo él.

Ella así lo hizo.

—Mejor. Y teniendo en cuenta que estás locamente enamorada de Denver... —Armie guardó silencio, expectante.

Cherry dejó de sonreír y asintió con la cabeza. Después de conseguir su independencia, durante mucho tiempo solo había querido estabilidad. Pero Denver era mejor que eso. Era mejor... que todo.

—Lo amo desde el día que lo conocí —sonrió.

Armie sonrió.

—Me alegra oírlo —dijo.

Ella notó que él no comentaba nada sobre lo que podía sentir Denver.

—Lo último que quiero es interferir con su entrenamiento —declaró ella.

—Dudo de que te lo permitiera. Denver es bueno. Muy bueno. Si me gustara apostar, lo haría por él. Pero el tío al que se va a enfrentar se especializa en combate de cabina telefónica.

Cherry lo miró sin entender.

—Lucha de cerca —explicó Armie—. Se queda pegado, lo que hará que a Denver le cueste meter patadas o hacer un derribo. Por eso tiene que entrenar mucho otras cosas.

—¿Y yo lo altero?

Armie se echó a reír.

—Muñeca, tú lo alteras hagas lo que hagas. Pero puedes disminuir un poco la carga diciéndole lo que sientes.

Ella alzó las manos al cielo.

—Ya lo he hecho —era Denver el que no terminaba de definirse.

—No me lo trago —declaró Armie. Le dio con el hombro—. ¿Sabes lo que creo que deberías hacer?

—¿Qué?

—Primero, no permitas que Carver y los gamberros de sus hermanos te afecten a ti. No eres estúpida, así que no vas a ir sola a ninguna parte, lo que significa que no pueden tocarte.

Sí, Cherry sabía que ella estaba protegida. Pero ¿y el resto de la gente?

—Segundo —él hizo una pausa dramática—. Suéltale la bomba a Denver.

¿Decirle lo que sentía? ¿Desnudarse de ese modo? ¿Y si la rechazaba?

Ella se inclinó sobre el hombro de Armie y susurró:

—Quizá él no sienta lo mismo.

—¿Ignoras la locura transitoria que has causado en él? Además, Denver es un hombre serio. Sabe lo que quiere, tiene planes de futuro, dinero en el banco y objetivos alcanzables. Todo eso. Si no creyera que puedes encajar en eso, no seguiría contigo. Y, si no te quisiera mucho, no querría que encajaras en eso.

En opinión de Cherry, aquello tenía sentido. Contenta de tener a Armie como confidente, dijo:

—Está bien, supongamos que me quiere, pero…

—Te quiere.

—… ¿y si no está seguro de querer comprometerse todavía? Si le digo lo que siento, ¿eso no lo presionaría?

—La presión era que no confiaras en él. Pero sospecho que ya ha roto esa barrera.

—¿Qué te hace pensar eso? —preguntó ella.

Armie miró en dirección a Denver y se encogió de hombros.

—Hoy parece más relajado.

Esas palabras la sorprendieron tanto, que ella soltó una carcajada. Desde donde estaba podía ver la postura furiosa de Denver.

—Está muy enfadado.

—Sí, claro. Estos actos tan cobardes cabrean a todo el mundo, pero sigue habiendo una diferencia. No está nervioso —Armie la miró—. No quiero fisgar, pero ¿había cosas de tu pasado que no querías compartir?

Cherry apartó la cara y asintió.

—Sí.

—Comprendo. Yo también tengo un pasado manchado, ¿sabes?

Aquello hizo que ella volviera a mirarlo. No, no lo sabía.

—Entiendo de dónde vienes —le aseguró él—, pero me alegro de que te hayas abierto a Denver. Ese tipo de cosas son muy importantes para él.

—¿Y para ti no?

Armie recuperó su sonrisa de gamberro.

—Vamos, pastelito Cherry, yo no tengo relaciones románticas. Y, si se trata de aventuras de una noche, no. No quiero oír el equipaje que acarrean las pibas más de lo que ellas quieren oír el mío. Créeme, tenemos cosas mejores que hacer que hablar del pasado.

Cherry estaba pensando en eso, en particular en cómo podía afectar a Merissa, cuando le sorprendió el zumbido de su teléfono móvil y pegó un salto.

Armie la agarró del brazo, sin saber lo que había ocurrido, pero ella se echó a reír y sacó el teléfono.

—Perdona. Es que me ha sobresaltado —dijo. Algo avergonzada, contestó sin pensar, y sin mirar quién llamaba—. ¿Diga?

—Hola, hermanita, ¿qué tal estás? —preguntó Carver.

La rabia hizo que ella se alejara dos pasos de Armie, antes de que él volviera a agarrarle el brazo. Cherry lo ignoró.

—Carver, ¿qué has hecho? —preguntó.

—No sé a qué te refieres, hermana.

—¿Tan obtuso eres? Yo no lo soy, y nunca he sido tu hermana.

De pronto, Denver estaba también a su lado. Ella se dio cuenta de que llamaba la atención e intentó volverles la espalda a todos.

Denver la detuvo.

—¿Insultos, Cherry? Te arrepentirás de eso.

—¿Otra amenaza? —preguntó ella.

—¿Y por qué te iba a amenazar yo? Solo quiero que vengas a casa.

—No es mi casa, Carver.

—Pero volverás igualmente, ¿no es así?

Denver tenía la frente arrugada, la boca plana y respiraba con fuerza. Y ella se dio cuenta de que Armie tenía razón.

Ella le hacía daño con su insistencia en intentar lidiar con aquello personalmente. Estaba tan empeñada en no cargarlo con el problema, que lo empeoraba todo.

El arrepentimiento le provocó nudos en el estómago, pero alzó la barbilla.

—¿Quieres una respuesta, Carver? ¿Es eso?

—Me has hecho esperar tanto, cariño, que ahora ya quiero mucho más que eso.

—Está bien —a ella le temblaba la mano, pero le pasó el teléfono a Denver.

La satisfacción alteró toda la postura de este. Aceptó el teléfono con ojos brillantes, se inclinó a darle un beso rápido a ella y después hizo clic en el teléfono para comprobar el número antes de acercárselo al oído.

—¡Maldita sea, Carver! Parece que cambias de teléfono todos los días. Eso debe de costar dinero, capullo cobarde.

CAPÍTULO 21

Denver mantenía la vista fija en Cherry mientras escuchaba la respiración fuerte de Carver.

—¡Vuelve a pasarme a Cherry! —rugió este.

—Vamos, Carver. Tú no eres tan estúpido. Sabes que no volverás a hablar con ella nunca más —dijo Denver. Cherry no había accedido a eso, pero, si había confiado en él para hablar con Carver, acabaría convenciéndola—. Resígnate.

La desesperación hacía que escalara la rabia del otro.

—Ella te dirá...

—¿Qué? —lo interrumpió Denver. Le tocó la mejilla a ella y le alisó los rizos rubios—. ¿Que eres un capullo retorcido que es demasiado gallina para hablar con un hombre? ¿Que te excitas atormentando a niñas? Te he visto, tío. Ya sabía que eras un cabrón flojo.

—Te voy...

—¿Qué? —se burló Denver—. ¿Qué vas a hacer?

Hubo una pausa larga, que mostró la reticencia de Carver a implicarse.

—He oído que habéis tenido problemas en el gimnasio —dijo al fin.

—No que yo sepa.

Hubo otra pausa.

—¿Has ido por allí? —preguntó Carver.

—Estoy aquí ahora. ¿Por qué? ¿Vas a venir de visita?

—Pero yo pensaba...

—¿Qué? —Denver miró a Armie y negó con la cabeza. Carver no andaba cerca o estaría al tanto del lío que se había montado—. ¿Qué pensabas? —preguntó.

—No te creo.

—¿Qué no crees? Lo que dices no tiene sentido, tío —tenía a Carver arrinconado y los dos lo sabían—. Creo que esta conversación sería mejor en persona. ¿Eres lo bastante hombre para verte conmigo Carver?

Sonó una risa truculenta.

—Cherry sabe la clase de hombre que soy.

Denver, consciente de que tenía que mantener la calma, apartó la vista de Cherry, estiró el cuello y apretó los dientes.

—Sí, cuando era una cría podías asustarla —dijo. Y le satisfizo que su voz sonara casi indiferente—. Pero ahora es una mujer y está conmigo. Sabe que no hay razón para asustarse.

—¡Maldito seas!

—Verás —continuó Denver, con aparente buen humor—, comparado con un hombre de verdad, tú no eres nada. Nada en absoluto. ¿Por qué crees que te va a dedicar algún pensamiento?

Armie soltó una risita burlona, pero Cherry miraba tapándose la boca con la mano y con expresión horrorizada.

Denver había hablado ya con Cannon y hecho planes adicionales para protegerla. De no ser así, no se habría sentido tan cómodo provocando la rabia de Carver. Jamás, bajo ningún concepto, la pondría a ella en peligro.

Los hombres dementes podían ser impredecibles, y más cuando estaban rabiosos. Él contaba con eso. Necesitaba que Carver pasara a la acción para atraparlo y terminar con aquellas tonterías.

O acabar con él. A Denver le venía bien cualquiera de las dos cosas.

Mientras aquel psicópata siguiera escondido, él no podía controlar nada. Por eso haría todo lo que pudiera por hacerle salir a la luz.

—¿Sigues ahí, vómito piojoso? —preguntó con calma.
—Ella es mía —respondió Carver.
La calma antinatural con la que hablaba después de la histeria de un momento atrás hizo que a Denver se le erizara el vello de la nuca.
—Si crees eso, has perdido la noción de la realidad —contestó.
—Siempre será mía.
A Denver le revolvió el estómago pensar que, en otra época, Cherry había tenido que lidiar con aquel monstruo sola.
—Dime dónde te encuentras —musitó—. Estaré encantado de reunirme contigo y demostrarte lo equivocado que estás.
—Dile que ya no puede esconderse más —contestó Carver en un tono monótono. Y sin más, desconectó la llamada.
Denver confió en que el otro hubiera perdido los nervios. Se permitió un segundo para asentar la mente y disfrutar de su satisfacción y se volvió hacia Cherry. Cuando la vio allí de pie, sola con Armie, se dio cuenta de que todos los demás habían entrado en el edificio. Y una vez terminada la llamada, Armie también se alejó para dejarlos solos.
Denver tenía la impresión de que no conseguía inhalar suficiente aire cuando cruzó el estrecho espacio que lo separaba de Cherry.
Ella no decía nada, solo lo miraba fijamente.
«Hablando de perder el control...», pensó Denver.
La atrajo hacia sí y le buscó la boca. Giró la cabeza para separarle los labios, deslizó la lengua dentro y la besó profundamente.
Cherry se aferró a él, todavía en shock... durante unos cinco segundos. Después deslizó los dedos en el pelo de él, apretó su cuerpo al de él y devolvió el beso con todas sus fuerzas.
Denver la empujó hacia la pared de ladrillo, puso una mano plana en la pared, al lado de la cabeza de ella, y profundizó aún más el beso. La deseaba. La deseaba muchísimo.
A todas horas.
La importancia de lo que ella había hecho ese día...

—Esto se os está yendo de las manos —murmuró Armie—. Me estoy sonrojando, y no creía que eso fuera posible.

Denver alzó la cabeza, atónito. Miró a su alrededor y, por suerte, no había nadie más a la vista. Pero tenía a Cherry sujeta contra una pared exterior del centro recreativo, cerca de una calle concurrida y faltaban unas horas para que cerrara el centro.

Cherry apoyaba la cabeza en la pared, con los labios hinchados y rosas, los ojos nublados, y respirando de un modo que le realzaba los pechos y a él lo volvía todavía más loco.

—¡Maldición!

—Sí —contestó Armie—. Si queréis largaros, puedo poner alguna excusa ahí dentro.

—No —susurró Cherry, con voz apenas audible. Tragó saliva, llenó los pulmones y se apartó de la pared—. Él tiene que terminar su entrenamiento.

Armie sonrió.

—Eso puede ser difícil en algunas circunstancias, muñeca —comentó.

—Estoy bien —mintió Denver.

Estaba demolido, sorprendido todavía de que Cherry hubiera por fin confiado en él al cien por cien. Miró a Armie.

—Estoy seguro de que estamos solos, pero de todos modos...

—Me quedo cerca —repuso su amigo, que entendió que quería ser cauteloso. Señaló un punto cerca de la puerta de entrada—. Allí, ¿de acuerdo? Pero no olvides que estoy desnudo debajo de esta toalla, ¿eh?

—No tardaré mucho.

Armie asintió y se alejó. Llegó a la puerta justo cuando se acercaban dos mujeres.

—Señoras...

En lugar de entrar, ellas lo miraron de arriba abajo. Armie entabló conversación con ellas, y por el modo de reír de las chicas, parecía probable que él acabara ligando también aquella noche.

Denver movió la cabeza.

—Es un glotón —dijo.

—Mira quién habla —Cherry se tocó la boca con las puntas de los dedos—. No sé qué ha provocado eso, pero me ha gustado.

Sí, siempre le gustaba cuando la tocaba o besaba.

O algo más.

Denver sonrió complacido. En su sangre latía una satisfacción primitiva que hacía que se sintiera el hombre más afortunado del mundo. Ya era suya y lo sabía. Solo tenía que arreglar las cosas con su familia de adopción y podría consolidar la relación.

El último sol de la tarde lanzaba un brillo rosado sobre la piel de ella y hacía resplandecer su cabello rubio.

—Gracias, Cherry.

Ella le sonrió.

—¿Por qué?

Él le pasó su teléfono.

—Por darme esto —Denver se tiró de la oreja, pero eso no lo ayudó a encontrar palabras con más facilidad—. Por confiar en mí para ocuparme de esto. Pero es más que eso.

Cherry pasó una mano por el pecho de él.

—Confío en ti en todos los sentidos.

Sí, eso lo cubría todo. Ella empezaba por fin a ser suya, sin barreras. Y a él le encantaba eso.

Hasta entonces, Cherry se había mantenido fuerte, mezclando la aceptación con resistencia. Pero ya no.

Denver decidió que no había mejor momento para aclarar algunas cosas.

—Quiero comprarte un teléfono nuevo.

Los ojos de ella se volvieron recelosos.

—No quiero que Carver te pueda localizar. Lo intentará —explicó Denver—. Y con un poco de suerte, cuando vea que no puede, saldrá a la luz. Hasta que no lo haga, no podremos resolver este asunto.

Ella asintió despacio.

—De acuerdo.
—Tú no correrás ningún peligro, yo me ocuparé de eso.
—Lo sé —ella se alejó, pero no mucho—. Pero todavía me quedan meses de permanencia con este teléfono.
Denver le tomó las manos.
—Me ocuparé de eso —dijo. «Me ocuparé de ti»—. Te compraré un teléfono nuevo y te añadiré a mi contrato. No es nada del otro mundo, lo prometo.
Ella se mordió el labio inferior y apartó la vista.
—Yo quiero hacer lo correcto, Denver, pero... Pero no es fácil.
—Lo sé. Pero el que te echa una mano soy yo, no un extraño —él dobló las rodillas y se bajó un poco para mirarla a los ojos de frente—. Soy yo.
Cherry asintió, aunque arrugaba la frente con preocupación. Señaló el centro recreativo.
—Ahora todas las personas de ahí dentro pueden estar en peligro. Y más todavía si le es imposible contactar conmigo.
—Lo sé. Cannon y yo hemos hablado de eso. Él añadirá más seguridad, habrá hombres en las puertas acompañando a la gente desde y hasta los coches.
—Nuestros amigos... —murmuró ella.
Su modo de incluirse en el grupo le gustaba mucho a él. Poco a poco, ella se iba dando cuenta de que no estaba sola. Ya no.
—Eso también está cubierto. Cannon protege a Yvette y Merissa —dijo. Aquello no era nada nuevo. Su amigo siempre estaba vigilante con su prometida y su hermana—. Stack está encantado de pegarse a Vanity. Gage está con Harper.
—Y tú estás conmigo —repuso ella.
Era una declaración, no una pregunta, pero él la confirmó de todos modos.
—Yo estoy contigo —y la amaba más a cada segundo que pasaba—. Miles, Brand y Leese ayudarán con el servicio de seguridad. Está todo cubierto —repitió—. No hay motivo para preocuparse.

Ella sonrió con melancolía.

—No sé si puedo evitarlo —comentó—. Por favor, no te lo tomes como un insulto.

Denver sonrió a su vez.

—Está bien. Siempre que compartas tu preocupación conmigo, claro.

Ella se echó a reír.

—¿Acaso tengo elección? —preguntó. Se puso de puntillas y lo besó—. Creo que debemos entrar antes de que una de esas chicas le quite la toalla a Armie. Juro que parece que lo están pensando.

Él se volvió y vio que ella tenía razón. Una de las mujeres rozaba con los dedos el borde de la toalla hasta que Armie le atrapó la muñeca y la regañó riendo.

—¿Te he dicho que ha firmado con la SBC? —preguntó Denver. Mientras entraban, le contó las últimas noticias sobre la carrera de Armie.

Su amigo merecía ser feliz, pero Denver tenía la intuición de que se necesitaría algo más que una organización de lucha de élite para lograr seo. Y, si Armie no dejaba de eludir la verdad, podía perder su oportunidad.

Complacido con el modo en que iba todo, Armie se disculpó y escapó de las atrevidas mujeres. ¿Atrevidas? Una había sugerido que se quitara la toalla allí mismo, en la acera, donde podían verlo todos los que pasaran. Cuando se había negado, la otra había pedido que le dejara echar un vistazo.

Para mantener su reputación, él lo había considerado, e incluso fingido que lo iba a hacer. Ellas no se molestaron en ocultar su decepción cuando él se echó a reír y lo que hizo fue ajustarse mejor la toalla.

Estaban locas, pero a él le gustaban las mujeres atrevidas. Cuanto más, mejor.

Entró sonriendo en el centro recreativo y se dirigió al pasillo que llevaba al vestuario. Absorto en sus pensamientos, casi chocó con Rissy, que salía de la sala de personal.

Armie se detuvo en seco. Ella, que iba con la cabeza baja, no. Chocó con el pecho de él y cayó hacia atrás.

Estiró automáticamente las manos para agarrarse a él... y se agarró a la toalla.

Armie la sujetó por el hombro para impedirle caer.

—Tranquila —al mismo tiempo, le dio la vuelta de modo que quedara de espaldas a él.

El trasero de él miraba al gimnasio y sabía que habría alguien en la posición correcta para ver el espectáculo.

Rissy no dijo nada. Se quedó quieta, rígida, con los hombros levemente alzados, como en trance.

Armie se inclinó alrededor de su hombro y le miró la cara. Tenía los ojos cerrados y se mordía el labio inferior.

Sujetaba la toalla de él con una mano.

—¿Te importa si recupero esto? —él le soltó los dedos y volvió a cubrirse rápidamente la parte inferior del cuerpo. Divertido... y curiosamente excitado, preguntó:

—¿Te vas a desmayar?

—Tal vez.

Armie sonrió. Miró hacia atrás y vio que Vanity lo saludaba con la mano y Harper le guiñaba un ojo. Un segundo después, Gage tomó a su mujer en brazos y desapareció de la vista sin molestarse en reconocer la presencia de Armie.

Vanity siguió allí de pie, hasta que Stack se colocó delante de ella y le tapó la vista.

Armie se echó a reír.

—Gracias a ti, le he enseñado el culo a todo el mundo.

Rissy no contestó.

Él suspiró y le dio la vuelta para mirarla. Esperó con paciencia hasta que ella abrió un ojo.

—¿Estás bien? —preguntó.

Al ver que ya estaba tapado, Rissy respiró hondo y abrió ambos ojos.

—Creo que el shock me va a impedir crecer más —dijo.

—Ya eres bastante alta, Larguirucha —repuso él. Aunque era delgada y esbelta, solo medía unos tres centímetros menos del metro ochenta de él, y a Armie le gustaba cada centímetro—. Si crecieras más, superarías a tu hermano.

—Mide diez centímetros más que yo.

—Haciendo cuentas, ¿eh? Sigues siendo muy alta, y más para una mujer —comentó él.

La miró de arriba abajo. Llevaba un vestido de algodón sencillo y elástico, sin mangas, que realzaba la cintura estrecha y las curvas sutiles de los pechos y las caderas. Terminaba unos centímetros por encima de las rodillas, mostrando las piernas increíblemente largas y bien formadas. No llevaba joyas, usaba poco maquillaje, sandalias planas y llevaba el pelo suelto.

Y él estaba tan excitado que tuvo que empezar a recitar en su cabeza la letanía de «hermana de Cannon, hermana de Cannon, hermana de Cannon» para que su cuerpo no lo pusiera en evidencia. Con la toalla no habría podido ocultar una erección.

—Me han dicho que vas a firmar con la SBC —comentó ella.

Sus ojos azul claro eran iguales que los de su hermano, pero producían un efecto muy distinto en él.

—Sí —contestó Armie. La incomodidad le hizo frotarse la parte de atrás del cuello.

Rissy le miró embelesada los bíceps y a continuación los antebrazos.

Él hizo una mueca y bajó el brazo.

—Asumo que te lo ha dicho tu hermano, ¿no? —preguntó.

—¿Era un secreto?

—No —pero era algo que Armie no quería anunciar todavía. Necesitaba tiempo para hacerse a la idea.

Rissy se acercó un paso más y él contuvo el aliento.

—Ahora pasarás mucho tiempo fuera, ¿verdad? —preguntó ella.

Como para responder habría tenido que exhalar el aire, Armie se encogió de hombros.

Ella lo miró a los ojos y él sintió el suspiro suave en su boca.

—Yo también estoy pensando en mudarme —comentó Rissy.

Para él, aquello fue como un puñetazo en el plexo solar.

—¿Desde cuándo? —murmuró.

Ella se volvió y se apoyó en la pared, con los brazos cruzados a la espalda y una pierna doblada. Mantuvo la cabeza baja. Parecía pensativa.

—Me han ofrecido un ascenso si me traslado a Indiana —dijo.

Armie medio esperaba que dijera Kentucky, que sería donde empezaría a pasar mucho tiempo él, en el gimnasio donde entrenaba Cannon con Caos y Simon.

Quería pedirle que no se fuera, pero no lo hizo. Lo que dijo fue:

—Enhorabuena.

—Todavía no he aceptado. Tengo un tiempo para pensarlo —ella lo miró a los ojos—. Tú estarás en Kentucky, ¿verdad?

—Algunas veces —contestó él.

—¿Por qué tienes que hacer eso? —preguntó ella muy deprisa—. Me refiero a marcharte. ¿Qué tiene de malo entrenar aquí?

—Rissy —ella entendía casi tanto de Artes Marciales Mixtas como él, pues había apoyado a su hermano en cada paso de su carrera—. Entrenar en lugares diversos mejora la técnica de los luchadores.

—La variedad, lo sé. Pero ¿por qué no pueden ellos rotar aquí?

—Caos y Simon son de los grandes —comentó él—. Es un honor que te inviten a su gimnasio.

Ella hizo un ruido grosero con la boca.

—A ti no te importan esas cosas.

Armie se puso tenso.

—¿El honor?

—El prestigio.

—¡Ah! —exclamó él. Era cierto. Eso no le importaba mucho.

—¿Armie?

—¿Sí?

—Yo jamás cuestionaría tu honor —dijo ella. Al alejarse, pasó las yemas de los dedos por el hombro derecho de él, por su pecho y por el hombro izquierdo.

Él la observó alejarse, contemplando el gentil balanceo de su trasero. ¡Maldición! Al final tenía una erección después de todo.

Entonces recordó a los hermanos adoptivos sicópatas y corrió hasta el final del pasillo, donde vio que Cannon acompañaba fuera a su hermana.

Si ambos, Merissa y él, se marchaban de Ohio, eso podría resolver su problema.

Por otra parte, tenía el presentimiento de que aquella tentación de piernas largas y frases directas era un problema que solo podría resolver rindiéndose.

Y esa no era una solución factible.

Menos mal que el resto del viernes transcurrió bien.

Denver se tomó muy en serio su primera cita con Cherry y se desvivió porque ella lo pasara bien. Se mostró tan divertido en el cine y durante la cena, que ella casi olvidó el lío que había provocado Carver.

Pensó que Armie estaba en lo cierto. Cederle todo el control a Denver había supuesto una gran diferencia.

Para ella no era fácil. Se había acostumbrado a hacerlo todo por sí misma, a permitirse lo que podía pagarse y privarse de lo que no podía. Él actuaba como si no fuera nada del otro mundo y Cherry entendía la importancia de cortar todo contacto con Carver. De hecho, Denver llevaba el teléfono de ella en el bolsillo y ella llevaba el de él. Y habían decidido que, al día siguiente, antes de ir a la fiesta del padre de él, cambiarían el número del de ella.

Denver le daba repetidamente las gracias por permitirle hacer todo eso. ¡Qué ridiculez! ¿Por qué darle las gracias a una persona por permitirle que le hiciera regalos?

Ella sabía en su corazón que él entendía la importancia de

ser independiente. Denver demostraba en muchos sentidos que era un hombre increíble.

Después de la cena fueron al bar de Rowdy, donde estaban la mayoría de sus amigos, y todo el mundo parecía de buen humor. Ocuparon dos mesas grandes y un reservado en la parte trasera del bar. A Denver se acercaban continuamente fans. A Cannon también. Los dos se lo tomaban con calma. Reían y firmaban autógrafos, siempre receptivos.

Cuando las mujeres flirteaban demasiado, se mostraban muy diplomáticos. Seguían siendo amables y divertidos, pero sin alentarlas.

A petición de Rowdy, fueron al lateral del bar a hacerse fotos con clientes habituales. Así no provocarían atascos en el resto del bar. Denver se colocó sonriente entre una mujer y el novio de esta, con los brazos abiertos detrás de ellos. Era tan grande que sobresalía por encima de los dos, y sus hombros eran lo bastante anchos para abarcarlos a ambos.

Cherry pensó que era atractivo, tierno y con talento. Y de momento, era todo suyo.

—Amor juvenil —comentó Armie a su lado, con un suspiro melodramático.

—Parece que Denver está haciendo algo bien —intervino Stack, mirando a Cherry con aire apreciativo—. Ella se muestra... satisfecha.

Leese, ya un miembro aceptado del grupo, se echó a reír y señaló con la cabeza en dirección a Denver.

—Él también.

Todos se giraron a mirar a Denver, que a su vez miraba a Cherry.

Esta se sonrojó al ver la pasión de sus ojos. Él le lanzó una sonrisa de entendimiento.

Vanity le pasó una revista a Cherry desde la mesa de al lado.

—¿Qué te parece?

La revista mostraba a una mujer con una melena lisa hasta los hombros.

—¿Te vas a cortar el pelo? —preguntó Cherry.

No podía imaginárselo. El abundante cabello rubio claro de Vanity tenía justo las ondas necesarias para mostrar siempre un aspecto increíble.

—Yo no. Merissa está pensando en cambiar de imagen.

Yvette cruzó los brazos sobre la mesa.

—Quiere cambiar algunas cosas.

Resultó divertido ver cómo todos los hombres, todos menos Armie, empezaron a protestar a la vez.

—Pero si tienes un pelo precioso.

—Es tremendamente sexy.

—¿Por qué quieres cortártelo?

Merissa se sonrojó al ser el centro de atención.

—Es que... quiero tener más estilo.

—No —intervino Stack. Estiró el brazo para acariciarle un mechón—. Créeme, a los hombres les gusta tu pelo largo, con estilo o sin él.

Leese le sonrió.

—Un pelo así de largo forma parte de una docena de fantasías de hombres.

—¿De verdad? —Merissa no parecía convencida.

—Como mínimo —contestó Stack.

—Te lo dije —comentó Vanity. Y entonces pareció recordar que su pelo era igual de largo y miró a Stack.

Este enarcó una ceja y asintió.

Yvette y Cherry se miraron. Las dos habían notado que habían hablado todos excepto Armie. Y las dos sabían que probablemente era su opinión la que más quería oír Merissa.

Vanity también debió de notarlo, porque apartó por fin la mirada de Stack y se inclinó por detrás de Cherry para mirar a Armie.

—¿Qué opinas tú?

—Es su pelo —contestó él, con indiferencia. Tomó un trago de cerveza y se encogió de hombros—. Puede hacer lo que quiera con él.

Merissa bajó el rostro y Cherry sintió deseos de pegarle a Armie. Estaba pensando en darle una patada por debajo de la mesa cuando unas manos grandes se posaron en sus hombros y Denver, que estaba de pie detrás de su silla, le susurró al oído:

—¿Estás bien?

Ella rebosaba felicidad.

—Estoy de fábula.

Él la besó en la mejilla, le frotó el cuello con la nariz y alzó la cabeza para besarla en la boca.

Cuando terminó el beso, se acuclilló al lado de la silla de ella.

—Siento lo de los fans.

—No lo sientas —Cherry le puso una mano en la barbilla—. Eres un hombre muy popular. Eso me encanta.

Él le buscó los ojos con la mirada.

—¿Seguro que no te importa? —preguntó.

Era cierto que a ella no le importaba. Se había enamorado de un luchador y aceptaba que su carrera exigiría viajar a veces lejos de ella. Triunfar era importante para él y, por lo tanto, también para ella.

Le dio una palmada en el pecho.

—Haz lo que tengas que hacer para que tus fans estén contentos. Eso no es problema —se inclinó más, hasta casi tocar la nariz de él con la suya—. Pero al final del día, eres solo mío.

Era curioso. Habían hecho ya el amor muchas veces, pero a él le brillaron los ojos de deseo.

—¡Maldita sea, nena! —susurró—. Como sigas así, ya no estaré decente para hablar con mis fans.

Ella sonrió de placer.

—¿Sabes una cosa? —preguntó.

—¿Qué?

—Esta es la mejor cita de mi vida.

Denver le puso una mano en la nuca y la atrajo hacia sí para otro beso largo.

—Nos iremos pronto —prometió.

—No tengas prisa. Me estoy divirtiendo —repuso ella.

Y después de aquella exhibición, ya no quedaba ninguna mujer en el bar que no supiera que él estaba pillado. Y ella lo amó también por eso.

—¿Y no irás a ninguna parte sola, ni siquiera al cuarto de baño?
Cherry se puso una mano en el corazón.
—Te doy mi palabra.

Después de un beso más, que hizo reír a Stack y a Armie poner los ojos en blanco, Denver volvió a reunirse con Cannon y ambos se dirigieron a las mesas de billar junto con un montón de fans entusiasmados.

—Pronto estarás tú así —le dijo Cherry a Armie—. Después de tu primer combate en la SBC, no te dejarán vivir.

Él respondió bebiendo de un trago la cerveza que le quedaba.

Cuando Merissa se alejó de la mesa, Cherry decidió seguirla por si su amiga necesitaba un hombro amigo. Armie las alcanzó a las dos justo en la puerta del aseo de mujeres.

Tomó a Rissy del brazo.

—Espera.

Cherry se dispuso a entrar en el baño para dejarlos solos, pero Armie se lo impidió bloqueándole la puerta, a pesar de que no la miraba. Solo miraba a Merissa.

Esta parecía nerviosa.

—¿Qué...?

Armie movió la mandíbula y la observó un rato antes de decir con voz rasposa:

—No te lo cortes.

Merissa y él se miraron a los ojos hasta que Cherry empezó a sentirse como una voyeur.

Al fin su compañera de casa susurró:

—Está bien.

Como si esas palabras hubieran roto un conjuro, Armie miró entonces a Cherry.

—Mira a ver si hay alguien ahí dentro.

—¿En el lavabo?

—Sí.

—Ah... Está bien —ella abrió la puerta, asomó la cabeza y vio dos váteres vacíos y tres mujeres arreglándose el maquillaje en los lavabos—. Solo tres chicas.

Armie asintió.

—Os espero aquí.

Rissy entró la primera, como un zombi, pero, en cuanto la puerta se cerró detrás de Cherry, se dejó caer contra la pared y se abanicó la cara con la mano.

—¡Santo cielo! —exclamó Cherry, que la entendía muy bien—. ¿A qué ha venido eso?

—Ni idea.

—Creo que prefiere que lleves el pelo largo —dijo Cherry con una sonrisa. Ella era feliz y quería que todos los demás también lo fueran.

—Supongo —Rissy se tapó la cara, soltó un gemido, dejó caer las manos y miró a su amiga—. Probablemente no signifique nada, así que, por favor, no digas…

Cherry se puso de puntillas para abrazarla, lo cual resultaba gracioso dada la disparidad de estatura entre ellas.

—Mis labios están sellados.

Las tres mujeres salieron del lavabo, lo que obligó a las amigas a separarse para dejarlas pasar.

Rissy fue al lavabo y se alisó el pelo como si lo viera por primera vez.

—¡Y pensar que estaba dispuesta a esconderme! —exclamó.

Cherry la miró.

—¿Qué quieres decir? —preguntó.

—Me han ofrecido un ascenso en Indiana. Directora de sucursal en un banco más pequeño. Me parecía el modo perfecto de… Bueno, de alejarme de Armie. Cuando estoy aquí, lo veo por todas partes y… —aunque estaban solas, bajó la voz y susurró—: Armie es el único hombre que me interesa, ¿me entiendes?

—Sí —contestó Cherry. Lo entendía perfectamente porque ella siempre había sentido lo mismo por Denver.

—Y, como yo no le intereso a él, la situación siempre es muy incómoda para mí.

Cherry la miró hasta que su amiga empezó a sonreír.

—Sí —comentó—. Creo que le interesas.

Rissy apenas si reprimió un gritito.

—Entonces, ¿quizá debería posponer un poco lo de esconderme? —preguntó.
—Sí, desde luego —contestó Cherry.
Ella había pasado gran parte de su vida escondiéndose y no lo recomendaba. Se había escondido porque le asustaba más lo que pudieran hacerle Carver y sus hermanos que los bichos y las serpientes que había en el bosque alrededor de la vieja camioneta roñosa donde siempre se escondía.
Entonces se dio cuenta de su propia estupidez y abrió mucho los ojos.
—¡Oh, Dios mío! —exclamó.
—¿Qué? —preguntó Rissy, dejando de sonreír.
Cherry se llevó una mano a la cabeza. Las piezas del puzle empezaban a encajar.
—¿Cómo no me he dado cuenta antes? —preguntó. Aunque, por supuesto, sabía por qué. Por miedo. Siempre que estaba cerca de Carver, temblaba de tal modo que no podía pensar con claridad.
Pero ya no.
Miró a su alrededor, pero no encontró respuestas en el baño. ¿Qué hacer? ¿Qué hacer?
Rissy frunció el ceño.
—Me estás asustando —dijo.
Se abrió la puerta del baño y Armie asomó la cabeza. Las miró a las dos e hizo una mueca.
—¿Qué ha pasado?
Rissy lanzó un respingo.
—¡No puedes entrar aquí!
Él miró a Cherry y entró de todos modos.
—¿Qué pasa? —preguntó.
La interpelada lo miró con ojos muy abiertos.
—Sé lo que quiere Carver —dijo. Los latidos de su corazón sonaban muy fuertes en sus oídos—. Lo sé —empujada por la urgencia, empezó a salir, pero Armie la detuvo.
—Espera, muñeca —tomó la mano de Rissy y los tres echaron a andar juntos—. Dime de qué va esto.

—Yo me escondía de Carver —contó ella, mientras estaban todavía en el estrecho pasillo, donde había algo de intimidad y menos ruido—. Él me perseguía —movió la cabeza, poco deseosa de contárselo todo a Armie y Rissy—. Me escondía y eso es lo que él quiere saber. Dónde me escondía. Debe de ser allí donde Janet guardó las drogas o el dinero, o ambas cosas.

Armie arrugó la frente, confuso.

—No te sigo, cariño. Frena un poco y respira.

Cherry salió al bar y vio que Denver seguía rodeado por un grupo de admiradores. No podía molestarlo todavía.

¿Qué hacer?

Miró a su alrededor, intentando tomar una decisión, y vio a inspector Riske y al inspector Bareden en la barra. Parecía que acababan de llegar porque aún no se habían sentado, estaban charlando con Rowdy y su esposa. Vestían ropa informal y era obvio que estaban fuera de servicio.

Ella no los conocía bien, pero los había visto alguna vez con Cannon e Yvette. Conocía a la teniente Peterson y, con un poco de suerte, esta se reuniría con ellos.

Cherry sonrió a Rissy y le dio una palmada en el brazo a Armie.

—Voy a hablar con los inspectores. Y no, no necesito que me acompañes. Esto es privado. Te agradeceré que vuelvas a la mesa.

Él la observó un momento.

—¿Estás bien?

Ella asintió. Pensaba que quizá podría librarse de Carver de una vez por todas.

—Sí, creo que sí —lo abrazó en un impulso y a continuación, como estaba tan llena de esperanza, abrazó también a Rissy—. No molestes a Denver, pero si termina, dile que estoy con los inspectores.

CAPÍTULO 22

Cherry vio que Stack y Leese la observan con atención desde la mesa, pero, como Armie hacía guardia cerca, ninguno de los dos se molestó en entrometerse.

Ella pensó que tenía los amigos más maravillosos del mundo. La intromisión de Carver había alterado por un momento las bases de su recién encontrada vida. Pero ya no. Haría lo que fuera por proteger su independencia, a sus amigos y su relación con Denver.

Su sonrisa era temblorosa, pero se dirigió a los dos policías con la esperanza de parecer segura de sí misma. Cuando llegó a la barra, se colocó entre los dos y ellos la miraron desde arriba enarcando las cejas.

—Siento molestarles, pero... —ella unió las manos para ocultar su nerviosismo—. ¿Saben si va a venir la teniente Peterson? —preguntó. «Por favor, por favor, que venga», rezó en su interior.

El inspector Bareden, un hombre voluminoso, negó con la cabeza.

—Margaret y Dash han juntado tres días y se han ido de viaje.

«¡Maldición!». Cherry se mordió el labio inferior.

—¿Hay algo que podamos hacer por usted? —preguntó el otro policía, el inspector Riske.

Ella le tendió la mano.

—Soy Cherry Peyton.

—Nos conocemos, ¿verdad? —le preguntó Bareden.

—Sí, nos hemos visto —respondió ella—. Inspector Riske e inspector Bareden. Pero me sorprende que se acuerden.

Riske se apoyó en la barra y se cruzó de brazos.

—Margaret la mencionó antes de marcharse. Me pidió que estuviera atento. Le pusieron serpientes y bichos en el coche, ¿verdad?

Cherry se estremeció al recordarlo.

—Sí, fue a mí.

—¿Ha ocurrido algo más? —preguntó Bareden.

—No. Sí —ella movió la cabeza, nerviosa por la posibilidad de poner fin al reinado del terror de Carver—. Siento mucho interrumpirles la velada, pero ¿podemos hablar un momento en privado?

Rowdy posó los antebrazos encima de la barra.

—¿Algún problema, Cherry? —preguntó.

Ella respondió con una sonrisa bobalicona, poco convincente.

—Creo que no. Es solo que acabo de darme cuenta de algo importante.

Rowdy la observó con atención y después miró a los policías.

—Podéis usar mi oficina —dijo.

—Está bien —Bareden tomó un trago de su bebida y bajó del taburete. Era un hombre muy grande, más todavía de lo que ella recordaba—. Y por cierto, llámame Reese, estoy fuera de servicio.

El otro inspector, que no era tan grande pero tampoco tenía nada de pequeño, dijo:

—Yo soy Logan. Ambos somos amigos de Cannon y, por extensión, de Denver.

—¿Quieres que llamemos a Denver para esta conversación, Cherry? —preguntó Reese.

Ella casi se torció el cuello por mirarlo y, una vez que lo hizo, olvidó dejar de mirar.

—¿Cherry?
Ella asintió con la cabeza y recuperó la compostura.
—Denver está con fans en este momento. No quiero molestarlo todavía.
Los policías se miraron entre ellos.
—Se lo diré —les aseguró ella, con una mueca de culpabilidad—. No es que quiera guardar el secreto, es solo...
—Ahora siento curiosidad, te lo seguro —comentó Logan—. Vamos —le puso una mano en la espalda y la empujó hacia delante. Sabía perfectamente dónde estaba la oficina.
Denver se unió a ellos antes de que hubieran dado tres pasos. No dijo nada, simplemente la rodeó con un brazo y caminó con ellos.
Cherry lo miró.
—Me ha avisado Armie —dijo él.
—¡Le he pedido que no lo hiciera! —exclamó ella.
Denver se inclinó a darle un beso en la frente.
—Ha hecho bien —entraron en la oficina. Denver sujetó la puerta hasta que entraron todos y después la cerró. Miró a Cherry hasta que esta se puso nerviosa.
—Creo que sé lo que quiere Carver —explicó ella.
—¿Quieres decir aparte de ti? —Denver miró a los inspectores—. Disfruta amenazándola.
Cherry se frotó la frente.
—No quiero entrar en detalles, pero lo que importa es que Carver y su familia trafican con drogas.
Logan se enderezó. Reese frunció el ceño.
—Yo viví con ellos. Eran mi familia de acogida —ella dio el nombre del pueblo grande de Kentucky donde vivían—. Allí todos sabían que eran traficantes, pero, hasta donde yo sé, la policía también estaba metida.
Logan pasó detrás del escritorio y buscó por la mesa hasta que encontró una libreta y un boli. Escribió algo.
—Continúa —dijo.
Ella respiró con fuerza y asintió.
—Carver se tomaba libertades conmigo.

—Cherry —le dijo Denver.
Sí, ella se daba cuenta de que tenía que contarlo todo.
—Intentó... molestarme. Quizá violarme —movió la cabeza—. No estoy segura de cuáles eran sus intenciones exactas, pero eran malas.
Denver se apartó de la puerta, se colocó detrás de ella y la rodeó con sus brazos.
—¿Te importa que les resuma el tema? —preguntó.
Cherry asintió, agradecida por no tener que hacerlo ella.
Denver la abrazó por eso y contó brevemente los problemas que había tenido ella con Carver y sus hermanos, las amenazas que habían proferido desde su regreso y lo que había hecho él para intentar que salieran de su escondite.
La simpatía que percibió ella en Logan y Reese la emocionó. Se obligó a alzar la barbilla, enderezar los hombros y mirarlos a los ojos.
—Carver ha venido a buscarme por una razón. Sabía que quería algo, pero no sabía qué. Nunca tuve nada que ver con los negocios de la familia. Aparte de aceptar el dinero que me dio Janet cuando me dijo que me alejara, nunca he sabido nada de todo eso.
Reese le quitó el papel a Logan.
—Tenemos la dirección. Puedo llamar a la policía de allí, a agentes de la ley que no sean del mismo lugar y que investiguen —comentó. Y añadió con gentileza—: No todos los policías son corruptos.
—Ya lo sé —le aseguró ella—. Confío en la teniente, y también en vosotros dos.
—Los policías en los que puedes confiar son muchos más que los otros —le aseguró Logan—, pero entiendo que no te apetezca que intervenga alguien de la zona en la que vivías.
—Gracias.
Reese la observó. Entrecerró los ojos y alzó un lado de la boca con interés.
—¿Has dicho que ya sabes lo que quiere? —preguntó.
Denver la abrazó con más fuerza.

—¿Cherry?
Ella tomó las manos de él, que tenía cruzadas en su cintura, y asintió.
—Por fin he caído.
Denver la volvió, la miró a los ojos y suspiró.
—Dínoslo.
A ella nunca le había gustado hablar de su época con los Nelson, y mucho menos de la persecución de Carver. Pero ya no se acobardaría más. Mirar a Denver le resultaba más fácil que mirar a los policías.
—Te dije que me escondía de Carver cuando se ponía de cierto humor.
—Sí.
—No te conté que me escondía fuera. A veces toda la noche. Había encontrado una camioneta vieja roñosa en el bosque —siguió ella. Le empezaron a temblar las manos... hasta que Denver las sujetó—. Casi no se veía por la maleza que la rodeaba. Dentro solo quedaba un asiento. Me metí allí una noche en la que me buscaba Carver. Lo oí gritar mi nombre durante una hora. Tenía miedo de salir incluso cuando ya sabía que se había ido y pasé toda la noche allí.
Denver asintió con expresión dolorida, animándola a seguir.
—A pesar de que tuve que sacar a los bichos y algunas serpientes, decidí que era un buen lugar y volví por el día para limpiarlo lo mejor que pude.
—Tú odias los bichos y las serpientes —susurró Denver.
—No tanto como odiaba a Carver —respondió ella, también en un susurro. Para tragar el nudo de emoción que tenía en la garganta, se volvió hacia los inspectores—. Carver dijo que Janet había escondido algo. Supongo que serán drogas o dinero, o quizá ambas cosas. Él dijo que yo sabría dónde estaban, lo cual para mí al principio no tenía sentido. Pero Janet sabía dónde me escondía. El día que apuntó a Carver con una escopeta...
—El día que te dijo que te fueras —aclaró Denver.
Cherry asintió.

—Dijo que sabía que me escondía en la camioneta vieja y que había salido para ir a buscarme allí, pero me había encontrado antes en el claro.

—Con Carver planeando una violación pública.

Ella se encogió de hombros. No sabía qué más decir.

Denver la estrechó contra su pecho y miró a los inspectores.

—¿Tenéis suficiente para investigarlo?

—Haré unas llamadas —prometió Logan—. Conocemos a policías en esa zona.

—Policías buenos —clarificó Reese—. Podemos registrar ese lugar y ver si encontramos algo. Pero, entretanto, tenéis que ir con mucho cuidado.

Logan asintió.

—La gente desesperada hace cosas terribles —dijo.

—Es un psicópata —Denver la abrazó con más fuerza—. Creedme, no permitiré que se acerque a ella.

Logan y Reese intercambiaron una mirada y después el primero sacó una tarjeta y se la dio a Denver.

—Si vuelve a llamar, o si lo veis, llámame.

Denver casi no podía creer el cambio producido en Cherry. Después de asumir que sabía lo que quería Carver, se mostraba más animosa, más abierta con él.

La noche anterior había iniciado ella la sesión de sexo. Dos veces. Siempre había sido apasionada, pero ahora era también cariñosa.

Una combinación muy potente.

Sus sonrisas lo excitaban, y también el modo entrecortado en que pronunciaba su nombre justo antes de correrse.

Pero era más que eso. Era que toda ella parecía libre.

Había puesto música y bailaba por la habitación, vestida ya y esperando con paciencia a que terminara él. Reacio a dejarla sola, Denver había entrenado en casa ese día. Y en ese momento miraba la oscilación de sus caderas y se preguntaba si tendrían tiempo para un polvo rápido antes de salir.

No le entusiasmaba la idea de volver a casa de su padre y Cherry y su maravilloso culo podían ofrecer la distracción perfecta.

Cuando intentó agarrarla, ella se escabulló bailando.

—Tramposa.

—Te recompensaré esta noche, te lo prometo —dijo ella.

Parecía encontrarse a gusto allí, y eso le daba a él esperanzas de que, cuando le dijera que quería que se quedara para siempre, no protestara.

—Ven aquí —la atrapó antes de que pudiera volver a alejarse y la sujetó entre las piernas.

—Denver —protestó ella con una sonrisa—, tenemos que salir de aquí en menos de cinco minutos y todavía no has terminado de vestirte.

A él solo le faltaban los zapatos y la camiseta. Le había dicho a Cherry que vistiera de modo informal y, aunque nadie consideraría elegante su ropa, estaba fantástica. Su vestido blanco con flores azules se ceñía en la cintura y el escote era lo bastante bajo para mostrar parte de su tentador escote. La falda, amplia, caía con suavidad en torno a las caderas y los muslos y acababa en las rodillas. Llevaba sandalias azules de tacón que realzaban mucho sus piernas.

Entrelazó los dedos en el pelo de él, húmedo todavía de la ducha.

—¿Estoy bien? —preguntó.

—Estás para comerte —murmuró él. La atrajo hacia sí con las manos en los muslos de ella.

—Denver...

Él deslizó las manos por los muslos desnudos hasta que llegó al trasero. Le exploró las nalgas con el abdomen tenso.

—¡Cielos, nena! ¿Qué ropa interior llevas?

—Un tanga.

Denver retrocedió.

—Déjame ver.

Cherry se apartó sonriendo.

—Ya lo verás esta noche.

Él se levantó despacio del borde de la cama. Sí, aquel juego eliminaba cualquier aprensión que pudiera tener.

—No quiero esperar —dijo.

Ella se echó a reír y se escabulló al otro lado de la cómoda.

—Vámonos, por favor —pidió.

Él le dedicó una sonrisa lobuna.

—Ven aquí.

Cherry se sonrojó. Frunció los labios.

—¡No! —dijo.

Se volvió para correr, pero solo consiguió dar unos pasos antes de que él la levantara en vilo, lo que hizo que ella lanzara un grito de sorpresa.

Denver volvió a la cama y se sentó con ella tumbada sobre las rodillas.

—¡Denver!

—Calla, nena. Vas a conseguir que los vecinos llamen a la policía —él le subió el vestido con ella riendo y debatiéndose a la vez—. Tienes un culo fantástico —le puso una mano en el trasero. Su piel era suave y las nalgas firmes y rellenas.

Cherry dejó de debatirse y se tapó la cara.

—No puedo creer que hagas esto.

—¿Y esto? —preguntó él.

Deslizó un dedo debajo del tanga y lo fue bajando hasta que pudo tocarle el clítoris desde atrás.

—Ni eso.

Denver la acarició y la encontró caliente y mojada. Ya no protestaba y él gruñó y se apretó contra ella.

Ella se puso rígida y emitió un ruidito en la garganta.

—Vamos, Cherry —él la acarició con el dedo—. Dime que me deseas.

—Te deseo —susurró ella.

Oírselo decir fue demasiado para el control de él. Con un solo movimiento, la colocó doblada en el borde de la alta cama. Los tacones hacían posible que ella pudiera plantar los pies en el suelo y elevaban el sexy trasero.

—¡Sí! —exclamó él.

Se abrió los vaqueros mientras se acercaba a la mesilla a sacar un condón. Volvió en menos de diez segundos. Le subió el vestido, apartó el tanga a un lado y gruñó al verla. Le separó más las piernas con el pie.

—¿Denver?

—Quédate así.

Ella agarró la colcha con las manos.

—Eres mía, Cherry —él le plantó una mano en la parte baja de la espalda para que no se moviera y tomó su pene con la otra, mirando en todo momento cómo entraba en ella muy despacio, abriéndola, buscando el camino.

Ella gimió.

—¿Todo bien? —preguntó él.

—Date prisa.

Él le agarró las caderas y la embistió. Las piernas de ella se pusieron rígidas y Cherry soltó un grito, pero no de dolor.

Gritó el nombre de él.

—Eres mía —repitió él, corriendo ya al ritmo que sabía que más le gustaba a ella.

—Soy tuya —asintió ella, apretándole el pene con los músculos internos.

Ninguno de ellos duró mucho rato. Denver la esperó, encantado con su modo de moverse, con los sonidos que hacía, con su modo de llegar al clímax.

En cuanto notó el orgasmo de ella, se dejó ir. Cuando a ella le fallaron las piernas, él se dejó caer encima, aplastándola contra la cama.

—Me has arrugado el vestido —murmuró ella, adormilada.

—Lo siento.

—No te muevas todavía

—No —contestó él. Esperó un minuto completo para que se recuperaran los dos antes de incorporarse. Cherry no se movió ni siquiera cuando él le acarició el sedoso trasero.

El sexo con ella era la cura perfecta para todo. Denver se sentía tan relajado, que apenas si notaba los huesos.

Sonriente, le dio la vuelta y la besó.

—Muévete, nena. Vamos a llegar tarde.

La respuesta de ella fue en parte risa y en parte gruñido, pero se levantó y se dirigió al baño con piernas vacilantes.

—Llegaremos tarde por tu culpa —protestó—. Ya puedes ir inventado una excusa, porque decir la verdad no es una opción.

Denver casi no pudo contener la risa. Ni podía ni quería ocultar su satisfacción. La amaba y, pasara lo que pasara, se lo diría esa noche.

Mientras recorrían el camino de entrada a la casa de su padre, llevaba a Cherry de la mano. Aquello era familiar y, sin embargo, extraño. Desde que no iba por allí habían cambiado las sillas del porche, las contraventanas estaban pintadas de otro color y las jardineras de las ventanas estaban llenas de flores.

—¿Estás nervioso? —preguntó ella, que sí parecía muy nerviosa.

—No —él se llevó la mano de ella a los labios y le besó los nudillos—. Gracias a ti, estoy muy tranquilo.

Ella le dedicó una sonrisa hermosa.

—Me alegro.

La puerta se abrió antes de que llegaran y su padre y Pamela aparecieron en el umbral. Denver no vaciló, actuó como si no hubiera pasado nada y los saludó con un gesto de la cabeza.

—Papá. Pamela.

Su madrastra estaba sonrojada y parecía ansiosa cuando abrió más la puerta.

—Me alegro mucho de que hayáis venido los dos.

Cherry dio unos pasos al frente.

—Gracias por incluirme —dijo. Fue directa al padre de Denver—. Hola, señor Lewis —le tendió la mano—. Encantada de conocerle.

Lyle Lewis sonrió ampliamente y le dio un abrazo.

—Es un placer conocerte, jovencita. Cherry, ¿verdad?

—Sí, señor —ella le devolvió el abrazo y luego se apartó—. Su hijo tiene razón. Se parecen mucho.

La mirada de Lyle se posó en Denver y su expresión se volvió sombría.
—Hijo.
—Papá —el joven le tendió la mano, pero su padre respondió dándole otro abrazo.

Era el mismo tipo de abrazo que le había dado después de la muerte de su madre, cuando ambos estaban muy afectados.

A Denver le sorprendió, pero no le importó. Palmeó a su padre en la espalda, le dio un momento para recuperarse y se apartó.

Pamela se movía alrededor de ellos con incertidumbre, como si temiera que la acusaran de algo en cualquier momento.

—¿Alguien quiere beber algo? —preguntó.

Lyle apartó la mirada.

—Él recuerda dónde está el frigorífico, cariño.

—De momento estoy bien —contestó Denver—. ¿Cherry?

—¿Un vaso de agua? —preguntó esta.

Antes de que Pamela tuviera tiempo de irse, habló Lyle.

—Quiero hablar un momento a solas con mi hijo. ¿Por qué no os adelantáis vosotras y ahora vamos nosotros?

Denver miró a Cherry preocupado, porque no quería perderla de vista, pero ella asentía ya con la cabeza.

—Me encantaría ver su casa, si no les importa.

Como si aquello supusiera un respiro para ella, Pamela se apresuró a mostrarse de acuerdo.

—Yo te la enseño. Así podemos conocernos mejor y después buscamos algo de beber al salir.

Cherry sonrió a Denver una vez más y siguió a la otra.

—Es encantadora —comentó Lyle.

Denver asintió.

—Lista, sexy y divertida —miró a su progenitor a los ojos—. Estoy enamorado de ella.

Su padre sonrió.

—¿Y ella siente lo mismo por ti?

—Creo que sí. Todavía no hemos hablado de eso.

Se dirigieron al despacho, como de tácito acuerdo.

—¿Qué hay que hablar? ¿No le has dicho lo que sientes?
—Aún no. Han pasado muchas cosas. Pero estamos en ello.
Una vez en el despacho, Lyle cerró la puerta y se acercó a un pequeño frigorífico empotrado.
—¿Puedes beber cerveza? —preguntó.
—Sí.
—Tienes un combate pronto, ¿verdad?
—Sí, pero una bebida no me hará daño —contestó Denver.
Aceptó la botella y fue a sentarse en el sofá. Se dio cuenta de que el tapizado era diferente. Miró con más atención y vio que también habían pintado las paredes y había cambiado la zona de la alfombra
Lyle se apoyó en el escritorio sin dejar de observarlo.
—Lo sé, está todo cambiado. Pamela ha cambiado muchas cosas.
—A las mujeres les gusta hacer suyas las cosas —Denver se encogió de hombros—. Ella vive aquí ahora —su problema con su madrastra no tenía nada que ver con su gusto en la decoración.
No, el problema era mucho más profundo que eso.
—Todavía la amo —anunció Lyle.
Denver pensó en volver a encogerse de hombros, pero, como no quería mostrarse irrespetuoso, no hizo nada.
—He cometido muchos errores —añadió su padre—. Acababa de perder a mi esposa, tú ya habías crecido y no me necesitabas.
Denver tuvo que reprimirse para no hacer un ruido obsceno. Un hijo siempre necesitaba su padre, pero bajo ningún concepto diría eso.
Lyle se pasó una mano por el pelo entrecano.
—Supongo que tuve una estúpida crisis de edad mediana —miró a su hijo a los ojos—. Pero la amo. Con sus defectos y todo. Quiero que funcione nuestro matrimonio, pero antes necesito hacer las paces contigo.
Denver, que se sentía cada vez más incómodo, negó con la cabeza.

—A mí no me debes nada.
—Eres mi hijo y te quiero. Estos últimos años sin ti... —Lyle caminó unos pasos, volvió, tomó su cerveza y la dejó de nuevo en la mesa. Al fin miró a su hijo. Tenía los hombros tensos y el ceño fruncido por los remordimientos—. El orgullo es un hijo de perra malvado. Nunca debí dudar de ti. Eres mi hijo y sé que eres mejor que todo eso. No debí creer las mentiras de Pamela.

¿O seas que sabía que eran mentiras? ¿Se lo había dicho ella?

—Pero una vez que lo hice —continuó Lyle—, cuando me di cuenta de lo equivocado que había estado, tendría que haberte llamado, pero... —movió la cabeza con impotencia—. No sabía qué decir.

A Denver le latía con fuerza el corazón. Carraspeó.

—Eso es comprensible, papá. A mí tampoco se me dan bien las palabras.

—He sido un imbécil. Testarudo y estúpido. Y no te culpo si sigues enfadado conmigo.

—No lo estoy —Denver no sabía bien lo que sentía, pero la rabia no era parte de ello. Y menos con su padre. Alzó la cabeza.

—¿Pamela te contó la verdad? —preguntó.

—Sí, me lo dijo —repuso Lyle—. Pero yo ya lo sabía. Creo que lo he sabido siempre.

Y, sin embargo, había elegido a Pamela.

—No quería creer eso de ella porque sabía que me destrozaría —continuó Lyle—. Pero ella insistió en decírmelo. Dijo que todavía me quiere. Que fue un error imperdonable pero que de todos modos quiere mi perdón.

Denver asintió y esperó.

—Podré perdonarla más fácilmente si me perdonas tú a mí.

—No hay nada que perdonar —contestó Denver.

—Eso no es cierto. Hay mucho que perdonar —Lyle respiró hondo—. Sé que ella me ama. Y sé que tú eres la única indiscreción que ha tenido.

Eso hizo reír a Denver. ¡Mierda! Ahora él era una «indiscreción».

—Hijo...

Denver se pasó ambas manos por la cara y se levantó del sofá.

—Yo no la toqué excepto para apartarla.

—Lo sé —Lyle le sostuvo la mirada—. Eso también me lo dijo.

—¿Y qué quieres de mí?

—Sé que es mucho pedir, que la odias por todo lo que ha pasado, pero ha sido más culpa mía que de ella. Yo era más mayor y tendría que haber usado la cabeza.

Denver no podía negar aquello.

—¿Le darás otra oportunidad? ¿Me la darás a mí? —preguntó su padre.

—¿Volver a empezar como si no hubiera pasado nada? —preguntó Denver con una mueca. Se acercó a la ventana para mirar el jardín, con la esperanza de ver a Cherry. No estaba a la vista y eso lo preocupó. Tenía que acabar aquello cuanto antes—. No la odio, papá. Odio lo que hizo. Odio la situación. Odio que hayamos perdido tanto tiempo.

Se volvió, vio la cara de abatimiento de su padre y eso le llegó al corazón. Moderó su tono de voz e hizo lo posible por hablar con calma.

—Pero te quiero a ti. Y, si tú la amas, entonces sí, puedo ser amable.

Lyle, esperanzado, se adelantó un paso.

—¿Lo dices de verdad? —preguntó.

Sí, Denver lo decía en serio, era un peso que se quitaba de los hombros. Sonrió.

—Cherry me ha traído aquí. Es lo que ella quiere —principalmente porque sabía que era importante para él, pero ¿acaso eso no la convertía en una chica muy especial?—. No quiero decepcionarla jamás.

—Como te decepcioné yo.

Denver extendió la mano.

—Vamos a pasar página, ¿verdad? Se acabó el mirar atrás. No es necesario —declaró.

Su padre miró la mano, la tomó y atrajo a Denver hacia sí para volver a abrazarlo.
Esa vez, su hijo le devolvió el abrazo.
Un segundo después sonó su teléfono.

Hablaron del tiempo, Pamela le alabó las sandalias y Cherry admiró la casa. Conversación educada y superficial. Hasta que Pamela la llevó fuera, y en vez de dirigirse a la zona de las sillas, empezó a dar la vuelta a la casa.
—¿Adónde vamos?
Pamela sonrió. Estaba tensa.
—¿Te importa? Quiero enseñarte el jardín —se detuvo, debatiéndose visiblemente consigo misma y miró a Cherry—. También quiero hablar contigo y prefiero que no me oigan mi esposo ni Denver.
—¡Oh! —Cherry pensó que a este último quizá no le gustara que ella se metiera en medio de aquello—. No sé si es buena idea —dijo.
Pamela no le hizo caso.
—Asumo que Denver ha hablado contigo —comentó.
—De muchas coas.
—Estáis enamorados —siguió Pamela, como si aquello lo explicara todo.
Cherry esperaba que Denver sintiera lo mismo, pero no podía hablar por él.
—Lo estoy —contestó.
Pamela echó a andar de nuevo, claramente alterada.
—Seguro que me odias.
—Apenas te conozco —repuso Cherry, que no vio otra opción que seguirla.
—Te han hablado de mí —insistió Pamela.
—Sé que has cometido errores, pero eso nos pasa a todos —contestó Cherry.
La otra la miró sorprendida.
Cherry respiró hondo.

—Sé que Denver ha venido porque quiere formar parte de la vida de su padre. Tú estás en esa vida —explicó. Le tomó la mano para hacerle parar—. Y sé que normalmente podemos enmendar los errores cuando los confesamos, pedimos perdón por ellos y no volvemos a cometerlos.

Pamela cerró los ojos. Se le escapó una lágrima y luego sonrió.

—¡He mantenido la mentira tanto tiempo! —dijo con voz entrecortada—. No he tenido a nadie con quien hablar. Sé que me lo merezco. Le arruiné la vida a Denver y...

—Su vida no está arruinada —la corrigió Cherry—. Es el hombre más fuerte que conozco y dudo de que algo o alguien le pueda arruinar la vida. Pero creo que sí le afectó —musitó—. Y es obvio que a ti también. ¿No crees que te sentirás mejor si dices la verdad?

Pamela asintió.

—Sí. Ya descubrí eso. Tenía miedo... —gimió—. Aparte de todo lo demás, soy una cobarde. Quería que volviera Denver porque mi esposo no es feliz si no puede hablar con su hijo. Y se merece ser feliz. Pero tenía miedo de que Denver volviera a arrojarme otra vez mis mentiras a la cara. Hablé con Lyle y se lo conté todo.

Cherry esperaba que todo se arreglara por el bien de su amado.

—¿Y...? —preguntó.

—Fue difícil para los dos. Pero él es más amable de lo que podía esperar. Creo que está dispuesto a mantener la paz de momento porque desea a toda costa arreglar las cosas con su hijo —Pamela lanzó un suspiro estremecido—. Dijo que ya lo sospechaba. Que cuanto más pensaba en ello, más dudaba de su primera reacción. Que no quería creer eso de mí, pero que no podía creerlo de Denver.

Cherry decidió que aquel era un buen comienzo. Entonces, ¿por qué de pronto estaba nerviosa? Estaban cerca de la caseta de la piscina, que era grande y excavada en el suelo. Ella se frotó los brazos para combatir la carne de gallina y miró hacia la casa. Le pareció que estaba muy lejos para que aquello resultara cómodo. La piscina estaba muy cerca del patio trasero.

Dio una vuelta completa alrededor de sí misma, fingiendo admirar la belleza del jardín.

—Esto es fantástico.

—Gracias. La caseta de la piscina ya existía, pero yo le cambié el tejado y la rodeé de plantas.

—Tienes muy buen gusto —musitó Cherry, ausente. Su nerviosismo aumentó al ver que se movían los matorrales que rodeaban la casa de la piscina.

Tomó la mano de Pamela con intención de alejarla de allí.

—Seguro que los hombres nos están esperando —se volvió para marcharse con el corazón latiéndole con fuerza, y entonces apareció Carver apuntándola con una pistola. A su lado estaba Mitty, que reía de un modo maníaco.

—Hola, hermanita.

Todo se detuvo entonces para Cherry. Su aliento, su pulso y el aire que la rodeaba.

—¿Qué haces aquí? —preguntó con voz rasposa.

—¿Carver? —preguntó Pamela. Confusa, miró la pistola y después a Cherry—. ¿Hermana?

Cherry la miró con la boca abierta.

—¿Tú lo conoces?

—Es amigo de Denver.

Cherry lanzó un gemido y se abrazó el estómago, donde sentía ya nudos de miedo y tristeza.

—Sí —Carver se echó a reír—. La tierna madrastra de Denver me dijo dónde y cuándo podía encontraros a los dos.

—Yo... —Pamela frunció el ceño con preocupación—. ¿Qué haces, Carver?

Este rio de un modo perturbado.

—Eres tan ingenua como ella. ¿Amigo de Denver? ¡Demonios, no! Gene está destripando a ese bastardo en este momento.

—¡No! —Cherry echó a correr y cada zancada que daba incrementaba su miedo. ¿Acaso no era eso lo que temía? Una emboscada por sorpresa. Un ataque cobarde cuando menos lo esperaran.

Oyó que la perseguía Carver y apretó el paso, pero sus tacones se clavaban en la hierba y se le cerraban los pulmones, haciendo que le fuera imposible respirar.

Una mano la agarró de pelo y tiró de ella hacia atrás. Cherry gritó cuando Carver la apretó contra él.

Desesperada, casi histérica, se debatió hasta que él le apretó la pistola en la sien.

—Se acabaron las tonterías, cariño Cherry —le susurró al oído.

—¿Qué has hecho? —preguntó ella. Su intención era decirlo gritando, pero le salió una voz baja. Gene era bueno con la navaja y disfrutaba rajando tanto como Carver atormentando. «No, no, no. A Denver no»—. Por favor —suplicó—. No lo hagas.

Carver le retorció el pelo, pero habló a Pamela.

—Lo siento, encanto, pero necesito que no te muevas de aquí. Mitty, quédate con ella. Si alguna de las dos hace un solo ruido, empezaré a disparar.

Cherry respiró con fuerza. ¿Le preocupaba que gritaran? ¿Significaba eso que Gene todavía no había llegado hasta Denver? Sin pensar para nada en su seguridad y dejando que Pamela se las arreglara por sí misma, se llenó los pulmones de aire y lanzó un grito que hizo salir volando a una bandada de pájaros.

—¡Joder! ¡Cierra el pico! —Carver la zarandeó y la sacudió con fuerza hasta que a ella se le doblaron las rodillas y cayó al suelo, con la cabeza dándole vueltas y las extremidades flojas. Él se acuclilló a su lado y la agarró por la garganta—. Antes te escondías —dijo.

—Tenía que hacerlo.

Él apretó más los dedos.

—Siempre te escaqueabas y yo te buscaba, pero no podía encontrarte.

—Tú querías violarme.

—Te quería a ti, punto. Te quería de muchas formas, Cherry

—Carver miró el cuerpo de ella y respiró un poco más hondo—. Ahora no tienes donde esconderte, ¿verdad?

—Te arrepentirás —musitó ella. No sabía cómo, pero se encargaría de que así fuera.

Su amenaza no lo alteró, pero apretó más los dedos hasta que ella soltó un grito y le clavó las uñas en la mano. Él sonrió y aflojó la presión.

—Me cabrea mucho imaginar a ese neandertal de pelo largo follándote noche tras noche —dijo.

A ella le costó un segundo recuperar el aliento, pero sabía que tenía que desafiarlo. Se permitió un momento para prepararse para la reacción de él y luego lo miró fijamente.

—Día tras día —dijo con voz ronca—. Mañana, tarde y noche.

Carver frunció el ceño.

—Zorra descarada. ¿Crees que te voy a aguantar esa mierda? —de nuevo le apretó el cuello con los dedos, más y más fuerte.

Cherry vio estrellas, pero en ese momento no sentía dolor, solo un miedo sordo que lo impregnaba todo. Pamela estaba inmovilizada y Mitty le sonreía.

Ella escuchaba por si captaba alguna señal de Denver. «Por favor, que esté bien».

Carver, riendo, volvió a aligerar la presión y llevó la mano al escote del vestido, que recorrió con un dedo justo por encima de la tela.

—Me parece que habrá que darte otra lección, hermanita. He pensado llevarte de nuevo al bosque. Eso te gustaría, ¿verdad? ¿La comunicación con la naturaleza y con todos los bichos? —el estremecimiento automático de ella le hizo reír—. Pero quizá sea mejor poseerte aquí mientras él está dentro lloriqueándole a su papaíto. Apuesto a que eso haría que dejaras de pensar en él.

—Imposible —contestó ella, con voz ronca—. Un gusano patético como tú no puede cambiar ni un ápice lo que siento por él.

Carver explotó entonces con furia. Echó atrás el puño y Cherry se preparó mentalmente para el golpe.

Al instante siguiente, Carver salió volando alejándose de ella. Ella, que solo pensaba en llegar hasta Denver, empezó a incorporarse, pero entonces él llegó a su lado, la alzó contra su pecho y la abrazó como si no quisiera soltarla nunca.

CAPÍTULO 23

Cherry, un poco mareada, le tocó la cara para cerciorarse de que era real.

—¿Denver?

—Lo siento, cariño —él la besó en la frente y en la mejilla—. Lo siento muchísimo.

Ella miró más allá de él y vio que Armie apuntaba con la pistola a Mitty, quien se arrodillaba sujetándose un brazo, que estaba claramente roto, con el otro. Carver estaba despatarrado en el suelo, con la bota de Stack en el cuello.

Aquello tenía que haber sucedido muy deprisa… y ella no había oído nada.

—¿Qué…? —preguntó.

—Gene me pilló por sorpresa —Denver le alisó el pelo hacia atrás y le acarició el rostro con gentileza—. Consiguió pinchar a mi padre antes de que pudiera dominarlo.

Pamela soltó un grito y salió corriendo llena de pánico.

Cherry, cuyo corazón empezaba a recuperar la normalidad, se quedó mirándola.

—Es rápida —dijo.

Denver la estrechó más contra sí, con un ruido que era algo entre risa estrangulada y jadeo.

—Nena, ¿estás bien?

Al ver que estaba preocupado, ella lo rodeó con sus brazos.

—Estoy bien. ¿Tú estás bien?

—Estaré mejor en un minuto —él la bajó al suelo con gentileza.

Cherry se agarró a él, esforzándose por recuperar la compostura.

—¿Tu padre? —preguntó.

—Tiene un corte feo en el hombro, pero estará bien en cuanto le den unos puntos —él le tomó la cara y la giró primero a un lado y después al otro—. ¿Te ha pegado?

—No.

Denver le alzó la barbilla, le examinó el cuello y su expresión se volvió sombría.

—¿Te ha estrangulado?

Armie alzó la voz.

—¿Quieres que lo mate? —preguntó.

Cherry lo miró, asustada, y le pareció que era capaz de hacerlo.

Denver negó con la cabeza.

—Logan y Reese están en camino.

—¿Ya? —preguntó ella. A cada segundo que pasaba se sentía mejor, menos frenética, menos aterrorizada.

Menos atormentada por el pasado. Habían atrapado a Carver y aquello acabaría ese mismo día.

Denver tragó saliva con fuerza y cerró los ojos un momento.

—Te dije que te protegería —comentó.

—Lo has hecho —susurró ella.

—No lo bastante bien. Sabía que Pamela había hablado con Carver y pedí a los muchachos que estuvieran vigilantes. Pero creía que aquí estabas segura o no te habría perdido de vista.

—Tú no sabías que Carver conocía los detalles de la fiesta —comentó Cherry—. Y Pamela creía que era tu amigo. Se ha quedado tan atónita como yo cuando lo ha visto —añadió, con la esperanza de que él no odiara todavía más a su madrastra.

Denver asintió.

—Lo de la fiesta no se me había ocurrido, pero sabía que había hablado con él e hice que nos siguieran por si acaso.

—¿Armie y Stack?

—Esta tarde sí. Pero Cannon, Leese, Gage, Brand y Miles también accedieron a ayudar —contestó él. Le colocó el pelo detrás de las orejas—. Hay mucha gente a la que le importas.

Cherry sabía que todos ellos le eran más bien leales a él, pero se sentía feliz de que la incluyeran.

—Tengo que darles las gracias —comentó.

Denver soltó una risita estrangulada y acercó la frente a la de ella.

—Tú siempre quieres darle las gracias a alguien —enseguida se puso serio—. Leese hablará mañana con los inspectores. Puede declarar que Carver lo drogó y que le dieron una paliza solo para llegar hasta ti.

Carver se debatió en el suelo.

—Eso es mentira.

Denver le acarició la cara a Cherry una vez más y se volvió.

—Suéltalo, Stack —dijo.

En cuanto este apartó el pie, Carver se levantó jadeando.

—Te voy a matar, joder.

Denver asintió.

—Adelante.

Carver se lanzó contra él con un grito espeluznante. Denver aguantó firme hasta que el otro casi llegó hasta él. Entonces se movió tan deprisa que Cherry lo vio como en una niebla. Inhaló con miedo, pero Denver detuvo a Carver con un fuerte puñetazo en la cara, seguido de una patada que lo hizo caer el suelo despatarrado y él se quedó de pie, esperando impasible.

Carver se levantó más despacio y esa vez se acercó con cautela, con los puños en alto y los ojos entrecerrados. Lanzó un puñetazo y falló. Denver lo golpeó en la barbilla. Carver intentó lanzar otro puñetazo y volvió a fallar. A continuación recibió un golpe en la sien.

Adoptó otra postura menos firme, con los puños un poco caídos. Denver lanzó una patada y le dio en la cara. Saltó sangre y Carver cayó al suelo, inconsciente y Denver miró a Mitty.

El grandullón rugió y Armie le dio un empujón.

—Adelante con ello, vamos.

—¡Que te jodan! —Mitty se adelantó. Su mirada furiosa se clavaba en Denver con la intensidad de un rayo láser.

Este esperó hasta que perdió la paciencia. Cuando Mitty seguía a un metro de distancia, atacó con rabia. Mitty le lanzó un gancho, pero Denver lo pilló con una serie de puñetazos directos, en una combinación de izquierda-derecha, izquierda-derecha, hasta terminar con un rodillazo en la tripa. Cuando el grandullón se inclinó hacia delante, Denver le dio un puñetazo con la mano derecha que lo tiró al suelo de espaldas. Era tan grande que, cuando cayó, Cherry creyó que sentía temblar el suelo.

Stack miró su reloj.

—Me parece que tienes tres minutos como mucho.

Denver asintió.

—Llévatela de aquí.

Ella, que entendió lo que planeaba, se irguió en el sitio.

—Quiero quedarme.

Él la miró por encima del hombro.

—Cherry...

Ella alzó la barbilla.

—Me quedo —echó un vistazo a Carver y confesó—: Quiero mirar.

Denver la miró un momento a los ojos, sonrió levemente y se volvió hacia Mitty.

—Tú primero —dijo. Y lo golpeó quince, o quizá veinte veces seguidas, hasta que el grandullón se colocó en posición fetal, atragantándose con su propia sangre.

Aunque la paliza duró menos de un minuto, cumplió su cometido. Mitty no volvería a levantarse.

Cherry, satisfecha, apretó las manos y resistió el impulso de morderse el labio inferior.

Durante todo eso, Carver estaba sentado en el suelo, haciendo lo posible por recuperar la compostura.

—Arriba.

Carver sacudió la cabeza.

—¿Dónde está Gene?

—Lo he dejado inconsciente. Le he roto el brazo por dos sitios, lo bastante para que no vuelva a jugar con objetos cortantes nunca más.

Cherry sonrió. Había visto muchas veces a Gene amenazar y asustar a gente con su odiosa navaja. Pero ya no lo haría más. Estaba deseando decirle a Denver cuánto lo amaba.

—También le he roto la nariz —Denver hizo una seña a Carver—. Levántate, vómito quejica. Te voy a dar una muestra de lo mismo.

Carver miró a su hermano, su rostro machacado y negó con la cabeza.

—Esperaré a la policía —dijo.

Denver se echó a reír.

—Eso no funciona así —tiró de Carver, encajó un puñetazo en la barbilla y apenas se encogió. De hecho, su mirada de depredador brilló de satisfacción—. Eso es. Es mejor intentarlo, ¿a que sí?

—Estás loco.

—La amo —Denver se encogió de hombros—. Lo que significa que voy a tener que controlarme mucho para no matarte.

Cherry lanzó un gritito entrecortado y se tapó la boca con las manos. ¿Denver la quería? Frunció el ceño. ¡Vaya momento para decírselo!

Tanto Armie como Stack le sonrieron.

Carver cometió el error de hacer una mueca de desdén... y se llevó un puñetazo en la cara como respuesta. Denver tenía puños grandes y una precisión letal. Golpeó tres veces al otro antes de que empezara a intentar defenderse.

Aunque no le habría servido de mucho.

Carver cayó al suelo y movió la cabeza.

Denver no se rindió.

—Levántate.

Cuando Pamela y Lyle salieron juntos de la casa, Cherry apartó la mirada de Denver el tiempo suficiente para mirarlos. Lyle llevaba el brazo derecho envuelto en una venda blanca. El izquierdo rodeaba los hombros de Pamela. La pelirroja tenía chorretones de maquillaje en las mejillas y algunas manchas de sangre de su esposo en su, por otra parte, inmaculado vestido. Se aferraba a su esposo como si temiera perderlo si lo soltaba.

Denver tiró de Carver para levantarlo y lo golpeó una y otra vez.

—Ya basta —Lyle Lewis se apartó de su esposa—. Hijo, ya ha tenido bastante.

—Tú no tienes ni idea —le contestó Denver, sin apartar la vista de Carver.

Se oyeron sirenas de policía.

Denver inclinó el cuello. Carver colgaba flojo en sus brazos.

Cherry vio que la espalda de Denver se expandía varias veces y comprendió que luchaba consigo mismo. Notó que ni Stack ni Armie parecían inclinados a poner fin a aquello.

Denver golpeó de nuevo con un gruñido. A ella le sorprendió que, a cada puñetazo, parecía más enfadado, en lugar de ir perdiendo parte de la rabia.

Vio el nerviosismo en la cara de Lyle y la expresión atormentada de Pamela y dio un paso al frente.

—¿Denver? —dijo.

Este se quedó inmóvil, pero no contestó.

Cherry habló sin acercarse mucho.

—No quiero entrometerme, pero te necesito ahora mismo.

Carver gimió. Y recibió otro puñetazo que le hizo callar.

—¿Denver? —ella se acercó un paso más—. Yo también te quiero.

Él empezó a respirar con más fuerza. Los pronunciados músculos de sus brazos se flexionaban y abultaban.

—Buen modo de prolongar el suspense —dijo Armie. Le pasó la pistola a Stack y se acercó a susurrarle algo a Denver.

Este negó con la cabeza.

Armie volvió a susurrarle y a continuación le soltó el puño con el que sujetaba la camiseta de Carver.

—Eso es —musitó, como si calmara a una animal salvaje—. Respira hondo. ¿Te importa apartarte un poco? Muy bien. Eso es —dejó caer a Carver al suelo sin preocuparse si recibía golpes adicionales.

Las sirenas sonaron más cerca.

Armie le puso una mano en el hombro a Denver.

—Ella te espera, tío.

Cherry decidió que no. Esperar no se le daba bien. Ya lo había demostrado. Si no se hubiera acercado a Denver en la barra de la discoteca después del combate de Armie, quizá no estarían juntos en ese momento.

Tenía que actuar una vez más, que empujarlo.

Había dado solo un paso cuando él se volvió, corrió hacia ella y la levantó en brazos sin perder el paso.

—Voy a la parte de delante a recibir a la policía —dijo Lyle.

—Te acompaño —comentó Pamela, que seguía cerca de él.

Stack señaló a los hombres caídos, ambos inconscientes.

—Nosotros nos ocupamos —le dijo a Denver.

Armie asintió.

—Tarda todo lo que quieras —dijo. Y Cherry notó que reprimía la risa.

Estaban locos, pero ella los quería a todos.

Denver salió del jardín estrechándola contra su corazón y sin hacer caso de nadie más.

Quería llevarla en brazos hasta su casa, pero solo consiguió llegar hasta el porche de atrás antes de que la emoción se apoderara de él y tuviera que sentarse en el escalón. Jamás, ni aunque viviera cien años, olvidaría la imagen de Carver colocado encima de ella y con una pistola apoyada en su cabeza.

Gracias a Dios que Armie lo había llamado a tiempo y que Stack y él estaban lo bastante cerca para inutilizar a Mitty sin hacer ruido.

Sobre todo, gracias a Dios porque Cherry no hubiera sufrido daños graves. Él no podía perderla.

Cherry intentó levantar la cabeza, pero él la estrechó con más fuerza.

—Te quiero —dijo él. Pero no bastaba con decirlo. Ni mucho menos—. Te quiero muchísimo.

Los dedos gentiles de ella le acariciaron el pelo y el hombro.

—Yo te quise primero.

Él, riendo, le dio un mordisco suave en el cuello, le frotó la mejilla con la nariz y le dio un beso apasionado en la boca. Cuando pensó que ya podía hablar con normalidad, cuando parte de la tensión que lo hacía temblar se convirtió en lujuria en lugar de en rabia, alzó la cabeza y miró sus hermosos ojos oscuros.

—Yo lo he dicho antes.

—Yo lo supe antes.

—No es una competición, nena —murmuró él, pensando cuánto la adoraba.

Ella se acurrucó más contra él y suspiró.

—Si lo fuera, perderías.

—No estés tan segura —Denver volvió a alzarle la barbilla para mirarle la garganta. Algunas de las marcas rojas se convertirían en cardenales y le dolía, física y emocionalmente, verlas en la piel clara y suave de ella. Volvió a temblar de rabia—. Tendría que haberlo matado —gruñó.

—Me alegro de que no lo hayas hecho —ella pasó los dedos por la barbilla de él—. Pero he disfrutado viendo cómo recibía su merecido.

Sin embargo, ella ya había visto y oído suficiente violencia para durarle toda la vida.

—Carver ha salido de tu vida para siempre.

—Lo sé.

—Los inspectores cerrarán su negocio de drogas, la teniente Peterson se asegurará de que se sepa quiénes son los polis corruptos y Leese está más que dispuesto a declarar. De hecho, se cabreará cuando se dé cuenta de que ha perdido la oportunidad de vengarse.

—¿Quería estar aquí hoy? —preguntó ella.

Denver se encogió de hombros.

—Aceptó los turnos, pero si hubiera sabido que todo se decidiría hoy, sé que habría querido estar aquí —comentó.

A Leese le reventaba que Carver le hubiera dado una paliza, aunque en ese momento hubiera estado drogado.

Como muchos luchadores entrenados, era más engreído que la mayoría de los hombres y aquello, para él, era ya algo personal.

Pero no tan personal como para Denver.

—Me gusta la idea de que Carver se pudra en la cárcel —confesó ella.

Él asintió.

—Pamela quiere a tu padre.

—Eso parece, sí.

—¿Podrás perdonarla? —preguntó Cherry.

Era extraño, pero a Denver le gustaba hablar con ella. Necesitaba hablar con ella.

—Él también la quiere, así que no veo otro remedio.

Cherry lo abrazó con fuerza.

—¿Has hablado con él?

—Sí —Denver le puso una mano en la mejilla—. Vamos por buen camino, creo.

Ella apretó la mejilla en la palma de él y luego le tomó la mano para examinarle los nudillos.

—Eres muy bueno, ¿verdad? —preguntó.

—Te tengo a ti, ¿no? —repuso él. Al ver que ella no reía ni sonreía, le alzó la cara—. No lo hago mal, pero no puedes juzgarme por esto. Carver y los idiotas de sus hermanos son canallas, no luchadores entrenados.

—¡Estaba tan preocupada! —susurró ella con voz temblorosa, a modo de confesión.

—Ya lo sé, y entiendo por qué. Si Carver llega a disparar la pistola... —Denver cerró los ojos. Volvía a sentirse enfermo solo de pensarlo y la estrechó contra sí. Quería abrazarla con tanta fuerza y tanto tiempo, que ella olvidara el pasado y todo lo que había tenido que soportar.

—Tú me has salvado.

—Estás aquí por mi causa —Denver miró el jardín. Se había criado allí. El conflicto con Pamela no había manchado su impresión de su hogar de la infancia, pero lo que le había pasado a Cherry… Jamás volvería a estar allí sin recordarlo.

—¿Denver?

—¿Umm?

—¿Y ahora qué?

Reese y Logan se presentaron, acompañados también por agentes de uniforme. Armie hablaba por el móvil, probablemente con Cannon. Dentro de la casa, Denver oía a su padre charlando con el personal de la ambulancia, posiblemente sacando a Gene de la bodega, donde lo había encerrado como medida de seguridad.

—No te refieres a hoy, ¿verdad? —preguntó.

Ella negó con la cabeza.

—Me refiero a qué hacemos ahora con lo nuestro —explicó.

Denver pensó que, con todo lo que acababa de ocurrir, lo normal sería que ella estuviera llorando, no pensando en su futuro juntos. El hecho de que lo hiciera demostraba lo fuerte que era.

Tan fuerte como él.

—Tengo algunas opciones que me gustaría comentar —repuso.

Cherry sonrió.

—Adelante.

—Creo que deberíamos estar juntos —musitó él, después de un beso suave.

—Hasta ahí, de acuerdo.

—Te has sentido avergonzada por tu pasado cuando no había motivos. No soy el único que te mira y piensa que es admirable que hayas hecho tanto partiendo de tan poco.

—¿Tanto? —ella negó con la cabeza—. No tengo dinero. Vivo completamente al día.

Denver le sonrió.

—Juntos tenemos suficiente, nena. Ya te lo he dicho.

—Vivo en la parte inferior de la casa de Rissy.

—No, vives conmigo —él no quería malentendidos a ese

respecto. Inhaló con fuerza y se lanzó a fondo—. ¿Quieres casarte conmigo?

Cherry se quedó inmóvil, y entonces sí, sus ojos se llenaron de lágrimas.

—¿Lo dices en serio?

—Te quiero —él vio que todos se acercaban a ellos. Logan, Armie, su padre y Pamela—. Di que sí.

Ella asintió con la cabeza, tragó saliva audiblemente y enterró el rostro en el cuello de él.

Armie se detuvo de golpe con cara de disgusto.

—¿Ella está bien? —preguntó en un susurro, como si ella no pudiera oírle.

—Sí —Denver la estrechó con fuerza y le acarició la espalda.

—Puedo examinarla —se ofreció su padre.

Cherry negó con la cabeza.

—No —dijo.

Su voz quebrada hizo sonreír a Denver.

—Nena, tienes que decirle algo a Armie antes de que empiece también a llorar.

—Soy muy feliz —lloriqueó ella, sin mostrar la cara.

Denver soltó una carcajada y se puso de pie con ella en brazos. Aunque resultara raro, después de todo lo que habían pasado, la amenaza para Cherry, la inyección de adrenalina y el daño en sus nudillos, hacía años que no se sentía tan bien.

—¡Qué fuerte eres! —susurró ella.

—No tanto como para resistirme a ti —él echó a andar hacia Logan—. Supongo que tenemos que contestar a algunas preguntas.

—Estoy lista —musitó Cherry. Se secó los ojos en el hombro de él, miró un instante a Armie y al padre de Denver y volvió a acurrucarse—. Deberíamos esperar a casarnos hasta después de Cannon e Yvette.

Aquello hizo que él se detuviera.

—¿Por qué? —preguntó.

—No queremos robarles el protagonismo, y ahora que eres

mío, no me importa esperar un poco. ¿Quizá después de tu combate?

Denver había olvidado por completo el combate que tenía justo después de la boda de Cannon.

—Sí —contestó—. No es un mal plan.

Ella volvió a abrazarlo.

—Si no te importa, prefiero una boda mucho más íntima.

—Siempre que tu idea de íntima incluya a los amigos.

—Por supuesto que sí —repuso ella—. Y a tu padre y Pamela. ¿Te parece bien?

Denver empezaba a aceptar aquello, pero solo dijo:

—Lo que tú quieras.

—¡Caray! Una chica podría hacer muchas cosas con una promesa de ese tipo.

Él le sonrió.

—Me parece bien, mientras sepas que eres mía.

—Siempre lo he sido —ella lo besó con la nariz roja y los ojos vidriosos—. Y siempre lo seré.

La boda de Cannon e Yvette fue un gran éxito, aunque el padrino tenía un ojo morado y la principal dama de honor no podía parar de sonreír.

Denver estaba de pie en la barra con Stack y Armie, viendo bailar a las chicas. Estas se habían quitado los zapatos y sus elaborados peinados empezaban a desmoronarse.

Armie, muy elegante con esmoquin a pesar de los moratones del rostro, había bailado con casi todas las mujeres presentes. Desde que tenía un combate preparado con la SBC, era más popular que nunca... y entrenaba más duro que nunca.

Cuando paró la música, Denver enarcó una ceja.

Armie le dio un codazo a Stack.

—Yvette va a lanzar el ramo y, odio decirte esto, pero Vanity parece decidida a atraparlo.

Stack no apartaba la vista de la aludida. La miraba con tal intensidad que a Denver le costaba mucho no echarse a reír.

—Tío —le dijo Armie—, si no te enfrías un poco, la vas a quemar con los ojos.

—Estoy de buen humor y nada de lo que digas puede cambiar eso —contestó Stack.

Denver sabía que eso se debía a que Vanity había accedido a acostarse con él ese día. No dijo nada, por supuesto, pero pocas personas pasarían por alto las chispas que había entre los dos.

Yvette, increíblemente hermosa con su traje de novia, lanzó el ramo directamente hacia Vanity. Esta se apartó en el último segundo y el ramo casi le dio a Cherry en la cara.

Ella, sorprendida, consiguió retenerlo hasta que estuvo seguro en sus manos. Denver sonrió cuando la vio soplar para apartarse los rizos de la cara.

Vanity miró a Stack, lo llamó doblando un dedo y sonrió.

—Hasta luego —Stack se alejó tan deprisa, que estuvo a punto de tropezar con una pareja mayor.

—Le ha dado fuerte —comentó Armie—. Y creo que no se da cuenta.

—Piensa que es solo sexo —Denver se encogió de hombros—. ¡Y quién sabe! Puede que lo sea.

—Hablando de mujeres sexies... —comentó Armie.

—No hablábamos de eso.

—Cherry parece muy feliz.

—¡Cállate! —ordenó Denver.

Por supuesto, eso no detuvo a su amigo.

—¿Cuándo vais a pasar por el altar vosotros?

Denver sonrió.

—Aún no lo sé.

Eso llamó la atención de Armie.

—¿Pero ya lo habéis hablado?

Antes de que Denver pudiera contestar, Cannon tomó a Yvette en brazos y dio una vuelta completa con ella mientras todos silbaban y vitoreaban y algunos hombres hacían comentarios subidos de tono.

Yvette saludó con la mano y salieron juntos de la habitación. Podrían haberse ido de luna de miel, pero ninguno de los dos estaba ansioso por viajar, así que simplemente se iban a su casa a iniciar su vida de casados.

Dada la popularidad de Cannon en las Artes Marciales Mixtas, tendrían muchas oportunidades de viajar.

Cuando se hubieron ido, Denver decidió que ya podía dar la noticia. Tomó un sorbo de refresco y dijo:

—Estamos prometidos extraoficialmente.

Armie se atragantó con su bebida y empezó a toser. Dejó la copa en la barra.

—¡Qué astuto! —alzó el puño y Denver lo entrechocó con el suyo.

—¿Y tú qué? —preguntó.

Armie miró al otro lado de la sala.

—Me he fijado en aquella morena exuberante de allí.

Denver no mordió el anzuelo. Movió la cabeza.

—Tú sabes que esquivándola de ese modo te pones en evidencia, ¿verdad?

—No, no lo sé —repuso Armie, sin preguntar a quién se refería.

—Pamplinas. Ligas con todas las mujeres que ves, pero te niegas a mirar a Merissa, salvo cuando crees que nadie te ve.

En aquel momento se acercó la aludida con timidez. Eso también la delataba, pues ella no tenía nada de tímida. Solo con Armie.

Cuando se detuvo frente a él, se quedó paralizada, pero solo un segundo.

—Hola, Larguirucha —dijo Armie.

Ella alzó los ojos al cielo y le tendió la mano.

—Baila conmigo.

—Ah...

—Has bailado con todas las demás mujeres presentes.

—Ah...

—Mi hermano me ha dicho que te saque a bailar.

Armie enarcó las cejas.

—¿Ah, sí?

—Antes de irse —repuso ella—. A veces te pasas bebiendo

y ahora está preocupado por ti y tengo que hacer de canguro —murmuró en tono acusador.

Denver abrió mucho los ojos. Resultaba difícil creer que Cannon, de camino a la puerta, se hubiera molestado en unir a aquellos dos. Pero, por otra parte, tal vez no fuera tan increíble, pues confiaba en Armie más que en ninguna otra persona. Estaban tan unidos como dos hermanos. ¿Quién más querría que cuidara de su hermana?

Pero no. Denver no se tragó ni por un segundo que Merissa fuera a cuidar de Armie.

Este se echó a reír.

—¿Un pajarito cuidando de un halcón? —preguntó.

—Conozco bien tu reputación —repuso ella—. No hay necesidad de presumir de ella —le tomó la mano y empezó a tirar hacia la pista de baile.

—Rissy...

—No seas cobarde —se burló ella—. Prometo no morder. Al menos, no más fuerte que tú.

Armie se sonrojó, pero se dejó llevar y, en cuanto llegaron a la mitad de la pista, la música cambió a lenta y sensual.

Él intentó retroceder pero Merissa se echó a reír, lo agarró por la cintura de los pantalones del esmoquin y se negó a soltarlo.

Denver, divertido, los miró hasta que Logan se acercó a la barra a pedir bebida. Resultaba interesante la variedad de amigos que tenía Cannon. Jóvenes de la zona y viejos del barrio, luchadores del centro recreativo y de otros lugares, incluidos Caos y Simon. Policías, parientes... Todos querían a Cannon y ahora también a Yvette.

Logan señaló el brazo en cabestrillo de Denver.

—¿Algo serio? —preguntó.

—Solo un tirón del músculo. Ocurre a menudo entrenando. Antes de la pelea estaré a pleno rendimiento —contestó Denver.

Resultaba casi cómico cómo lo cuidaba Cherry cada vez que tenía una lesión. Pero lo apoyaba tanto como se preocupaba y él sabía que, en sus combates, sería la que más lo animaría.

—Me alegra oírlo —dijo el inspector.

Tomó la bebida nueva e hizo señas a Denver de que lo siguiera a un rincón más tranquilo.

Este obedeció, pero también siguió mirando a Cherry, que acababa de dejarse caer en una silla, con el rostro sudoroso, el cabello medio revuelto caído hasta los hombros y los ojos brillantes.

Y un montón de hombres rodeándola.

Denver sabía que ella no comprendía claramente su atractivo, pero él sí, y se consideraba muy afortunado porque, no importaba cuántos hombres la admiraran o cuánto riera con ellos, reservaba todo su amor para él.

—Quería ponerte al día, siempre que no te importe recibir noticias en una boda.

A Denver no le importaba en absoluto. Sabía ya que Janet se había recuperado y había sido detenida antes de salir del hospital. Además de Carver, Mitty y Gene, habían sido detenidas también una docena de personas más de la zona y un puñado de policías.

—Estoy deseando oírlas —dijo.

Logan miró primero su bebida y después a Cherry y sonrió.

—Ya sabes que encontraron casi ochenta mil dólares en la camioneta vieja de la que nos habló tu chica.

La camioneta donde se escondía ella de adolescente. Denver asintió.

—Pero también encontraron drogas en su casa. Estaban escondidas debajo de las tablas de los suelos, en las paredes... por todas partes —el inspector tomó un trago de su vaso—. Me han dicho que era un agujero infernal. Cuesta creer que Cherry vivió allí.

Los dos la oyeron reír cuando Brand tiró de ella hacia la pista de baile.

—Es más luchadora que ningún hombre que conozca —comentó Denver. Y lo creía de verdad.

—Los hermanos Nelson pasarán mucho tiempo en la cárcel. La Policía Estatal de Kentucky y dos departamentos de policía colindantes están coordinados con otras policías estatales y locales —Logan terminó su vaso—. Odio la corrupción policial, joder.

Denver lo comprendía muy bien. Por suerte, Reese y él siempre habían sido honrados.

—Debes saber que también han encontrado pruebas de que Carver, Gene y Mitty pueden haber estado relacionados con vario asesinatos —dijo el inspector.

—¿En serio? —preguntó Denver. En realidad no le sorprendía. Todos los días del resto de su vida daría gracias por que Cherry no se hubiera rendido con él.

Logan bajó la voz.

—Lo que tú les hiciste…

Denver enarcó una ceja, esperando. No se arrepentía de haber golpeado a aquellos bastardos. Por lo que a él se refería, habían sufrido muy poco.

Logan vaciló, miró a Pepper, su esposa, que estaba en la pista de baile, y movió la cabeza.

—Yo habría hecho lo mismo.

Denver le tendió la mano.

—Te agradezco las noticias.

—De nada.

—Creo que ahora iré a buscar a Cherry. Estoy listo para retirarme —comentó. Estaba más que preparado para tenerla otra vez para él solo.

Se la quitó a Miles, quien acababa de robársela a Brand.

Ella era el alma de la fiesta… y el amor de su vida.

Cherry le sonrió. Llevaba el maquillaje corrido y se había soltado el pelo.

—Ha sido una boda muy hermosa —comentó.

Denver la besó en medio de la pista de baile.

—Tú eres hermosa —dijo.

—Te quiero.

—Y yo a ti más —musitó él, que se sentía obligado a subir

continuamente las apuestas porque tenía la impresión de que ella nunca le permitiría olvidar lo mucho que había vacilado basado en suposiciones idiotas y en percepciones erróneas.

Cuando se dirigían a la salida, él llevaba los zapatos de ella. Stack y Vanity no estaban a la vista, pero Armie seguía en medio de la pista con Merissa. Otras mujeres intentaban reemplazarla, pero los dos las ignoraban.

Denver sonreía cuando salieron y se encontraron con una pequeña multitud. Por lo visto se había corrido la noticia de la boda de Cannon y no solo había algunos reporteros, sino también fans. Lanzó un gemido cuando tres reporteros avanzaron hacia él.

Cherry empezó a retroceder, pero él la detuvo.

—Esta noche no —susurró.

Las primeras preguntas versaron sobre Cannon, pero Denver las esquivó.

Aquello no era asunto suyo.

Después de eso, los reporteros y los fans empezaron a preguntarle por su entrenamiento, su oponente y sus posibilidades.

Denver contestó con calma. Dijo que su contrincante era bueno, que su lesión no era nada grave y que estaba en plena forma.

—¿O sea que crees que ganarás? —preguntó alguien.

Él adelantó un paso a Cherry para poder abrazarla por detrás.

—Esta es mi futura esposa —dijo.

Los hombres aplaudieron y las mujeres gimieron.

Cherry, sonrojada, saludó con la mano a los flashes.

—Soy su mayor fan —anunció.

Denver, feliz, la estrechó contra sí, la besó en la boca y dijo a la gente lo que él ya sabía.

—Soy un ganador y no tiene nada que ver con lo que haga en el próximo combate.

Cherry lo miró con admiración y lo abrazó con fuerza.

Él echó a andar hacia el coche, pero antes de llegar se giró hacia los fans.

—Pero sí. Venceré a Packer. Lo noquearé en el segundo asalto.

E inmediatamente después de eso se casaría con Cherry.

Ella había vivido un infierno y había salido de él luchando. Y ahora era suya.

—Me alegro mucho de no haber dejado de insistir contigo —comentó ella.

Denver se echó a reír. No, ella jamás le permitiría olvidar eso.

Era guapa, sexy y voluptuosa, pero también esbelta, adorablemente indulgente y salvajemente carnal. Una superviviente. Una luchadora.

Perfecta para él.

Y Denver estaría encantado de oír sus bromas el resto de su vida.

LA BODA

Una escena extra sobre Cannon Colter

Cannon estaba apartado de todos los demás... para asimilar bien todo aquello. Se había quitado ya la chaqueta del esmoquin y la corbata y abierto los botones superiores de la camisa. Sonaba la música, las luces eran tenues y la gente llenaba la pista de baile.

Personas que eran parte de su vida. Algunas desde hacía mucho, otras adiciones más recientes. Todas importantes para él. Y todas estaban allí para celebrar con él.

Ya era un hombre casado. Yvette era suya... para siempre. La vio bailar con Armie y sonrió de satisfacción. Pero lo que sentía era mucho más que eso.

Un amor tan fuerte que lo hacía a él más fuerte.

Ella lo excitaba y lo reconfortaba, lo desafiaba y lo alentaba, le hacía sentir poderoso y lo debilitaba.

Lo que sentía por ella era tan intenso que sabía que, independientemente de lo que le deparara el futuro, lo único que de verdad necesitaba para ser feliz era tenerla a su lado.

Bueno, eso y quizá también algunos niños en algún momento. Niñas con la sonrisa y el corazón generoso de su madre. Niños a los que educarían para que fueran hombres buenos.

Sí, eso le gustaría mucho.

Aunque estaba ocupado con su carrera, Yvette y él podrían hacer que eso funcionara. Los dos amaban el deporte y, con tantos amigos luchadores, sus hijos tendrían un montón de tíos postizos velando por ellos.

Pensar en esos presuntos tíos hizo que buscara a Armie con

la vista. El padrino se había presentado con el esmoquin de rigor... y un ojo a la funerala. Y había sonreído más que él durante la ceremonia. Más tarde, en la fiesta, se las había arreglado para bailar con todas las mujeres del local.

Todas excepto su hermana. Y eso hizo que Cannon la mirara. Estaba hermosa con su vestido de dama de honor, un diseño vaporoso y femenino que no solía ser del agrado de ella. Así de arreglada, había conseguido que la miraran todos los hombres del local... excepto Armie.

Cannon cayó entonces en la cuenta de que su mejor amigo esquivaba deliberadamente a Merissa siempre que podía. Y, cuando no podía, había tantas emociones en su rostro, que no podía por menos que sentir curiosidad.

Merissa era su hermana.

Armie era como un hermano para él.

Quizá por eso no se había percatado antes de eso. Para él, ambos eran familia. Sin embargo, al parecer, los sentimientos de ellos eran menos... de parientes.

Armie la quería, eso seguro. Cannon sabía sin ninguna duda que moriría por protegerla. ¿Pero había algo más que eso? ¿Más que entrega a un miembro de la familia? Sí, él creía que había más.

Mucho más.

Los otros lo sabían. Recordó las bromas que él no había pillado antes, los distintos modos en los que tanto Stack como Denver pinchaban a Armie.

Había estado ciego, pero ya no. A partir de ese momento estaría más vigilante con su hermana.

Y también con Armie.

No quería que ninguno de los dos sufriera.

En ese momento, Cherry pasó bailando con Miles por delante de él. Se reían juntos. Cherry se había quitado los zapatos y se había soltado el moño. A diferencia de Rissy, ella parecía encantada con el vestido vaporoso y daba muchas vueltas con él. Además, lo llenaba, sobre todo la parte superior.

Cannon sonrió. En otro tiempo, a Denver le habría molestado que ella bailara con otro luchador, pero ese día la miraba con una mezcla de emociones. No con celos, sino con satisfacción... y amor. Parecía que los dos habían resuelto los problemas en su relación y probablemente habría otra boda pronto.

Stack estaba al lado de Denver y miraba a Vanity con tal intensidad, que muchas personas se habrían sentido intimidades. Pero Vanity parecía divertirse demasiado para permitir que nada le estropeara aquello. A diferencia de las otras, lucía un aspecto tan inmaculado a esa hora como al comienzo de la ceremonia. A Cannon le caía muy bien, apreciaba la amistad que tenía con su esposa y era lo bastante hombre para saber que Vanity era más que hermosa. Mucho más.

Stack tendría que emplearse a fondo con ella.

Cuando Armie llevó a Yvette a su lado, ella anunció que era hora de tirar el ramo. Era bonito verla relajada y feliz. Había elegido el vestido blanco de rigor y había llorado un poco al pronunciar sus votos. Pero, aparte de eso, no era una persona demasiado formal. Quería que sus amigos y su familia lo pasaran bien y punto, lo que implicaba que habían hecho algunas cosas que habrían estado fuera de lugar en otra boda.

No parecía que nadie lo hubiera notado, ni que les hubiera importado.

Cuando lo hombres se apartaron en dirección a la barra y las mujeres ocuparon la pista, Cannon la besó.

—Te quiero.

—Yo también te quiero. Muchísimo.

—Eres muy hermosa —le dijo él.

El vestido blanco, combinado con el cabello moreno brillante de ella y sus alegres ojos verdes, le daban un aspecto casi etéreo. Aquel día especial llevaba el cabello largo parcialmente suelto, pero con mechones enroscados y sujetos con las mismas flores delicadas que sujetaban también su velo. La felicidad, y algo más de maquillaje que de costumbre, hacían que le brillaran los ojos.

—Muy hermosa —repitió él, pasándole el pulgar por la mejilla—. Por dentro y por fuera.

Modesta como siempre, ella sonrió y después alzó el ramo.

—¿Quieres hacer apuestas sobre quién lo conseguirá? —preguntó.

Cannon volvió a mirar a sus amigos. Armie le esquivó la mirada. Denver solo tenía ojos para Cherry y Stack parecía dispuesto a secuestrar a Vanity en cualquier momento. Los señaló con la cabeza.

—No —dijo—, pero será interesante ver cómo reaccionan ellos.

Yvette se echó a reír y adoptó una postura dramática. Movió el ramo detrás de sí y lo lanzó por encima del hombro en dirección a Vanity, su mejor amiga.

Stack decepcionó a Cannon porque no varió la expresión de su cara.

Pero Vanity, sonriente, se hizo a un lado en el último momento, y el ramo golpeó a Cherry en el escote. Esta, sorprendida, se las vio y se las deseó para que no se le cayera.

Todos gritaron y aplaudieron, incluidas Vanity y Merissa.

Cannon se acercó más a su esposa.

—¿Podemos irnos ya? —preguntó.

Ella le tocó la mejilla.

—¿Tienes prisa?

—Sí —él le frotó el cuello con la nariz—. Quiero mostrarle a mi esposa lo excitante que va a ser el matrimonio.

Yvette fingió desmayarse, pero soltó una carcajada.

—Nunca lo he dudado —dijo.

Cannon sabía que no era verdad. Había tenido tantas dudas, que se había visto obligado a luchar fuerte por ella. Había costado tiempo, pero al final ella era feliz. Y él haría todo lo que pudiera por que siguiera así.

Hizo una seña a su hermana para que se acercara y susurró a su esposa:

—Dame solo un segundo.

Yvette lo observó, miró a Merissa y sonrió.

—¿Qué te propones? —preguntó.

—Solo ayudar un poco a otras personas a las que quiero.

—Eres un hombre maravilloso —musitó Yvette—. No me extraña que te llamen Santo —lo abrazó con fuerza—. Y definitivamente, esa es la razón de que seas mío.

Con ella como esposa, Cannon no podía imaginar una felicidad mayor. Y de un modo u otro quería que todos sintieran lo mismo. Eso podía crear algunos conflictos, pero, para un grupo de luchadores que sabía cómo ganar, aquello no representaba ningún problema.

De hecho, miró una vez más a Denver, Stack y Armie y pensó que probablemente resultaría divertido.

www.ingramcontent.com/pod-product-compliance
Lightning Source LLC
LaVergne TN
LVHW041218080526
838199LV00082B/776